新西蘭之戀

LOVE IN NEW ZEALAND (A NOVEL IN TRADITIONAL CHINESE CHARACTERS)

B杜

British Library Cataloguing-in-Publication Data. A CIP catalogue record for this book is available from the British Library.

ISBN 978-1-913080-09-9 (ebook)
ISBN 978-1-913080-08-2 (print)

For my family

第一章/天使報佳音

初夏，微風吹過白楊樹的臂膀，稀稀疏疏的樹葉奏起沙沙的樂章，是個晴朗的好天氣，不冷也不過份酷熱，然而坐在諾大客廳裏的我卻熱得冷汗直流。

"胡語攻的臉瞬間羞紅，她是個十足的肉食主義者，她從未想過什麼吃術……素，吃素的問題，沙立人的話雖未必衝著她折……責備，不過，也夠闖……扎人的。他們……"

" Well, Miss Zhang，非常感謝妳大老遠來到寒舍，妳是A大的學生吧？"

男主人氣宇軒昂，說話中氣十足，雖然身著休閒服飾，但看得出經過細心的搭配，是個好看的中年大叔。

" 還……還不算是，我的英語程度還……還不夠好，現在還……還在語言班學習，不過只要我的雅思成績達到6.5分，就可以上A大一年級。"我易緊張的毛病又犯，講話支支吾吾，像足三歲學語孩童。

男主人說語言就是要多聽多講，不要閉門造車，何況我已經在新西蘭這個母語是英語的國家，他相信我的英語程度應該很快得到提升。

我謝了他，說自己也希望如此。

"現在國內的家庭都富足起來，來這裏學習的孩子都不缺錢，不像我那時候，如果不在校外打工，馬上就有斷糧的可能，更別提高昂的學費了。"他說。

我趕緊解釋我家不富有，來這裏學習是因爲新西蘭的學費跟英美比起來便宜一些，治安也好，所以……

"妳知道我給的時薪並不高，妳倒不如去中國餐廳端盤子或到比薩店送外賣，賺的錢還比我這裏多。"他建議。

哎！我怎麼會不知道？端盤子、洗盤子、打掃衛生……這些沒有技術含量的活，鄉下阿媽都幹得來，我沒有理由做不了。真正讓我卻步的是廚師間的淫聲穢語和餐廳老闆的毛手毛腳，這足以讓我這個來自保守家庭的乖乖女，嚇得三天不敢出門。

送外賣就更別提了，一來我不會開車，二來我從小就是個大路癡，加上新西蘭的市區道路動不動就是單行道，很可能五分鐘的路程，左拐右繞又多出20分鐘，顧客不投訴我才怪！

也是湊巧，那天下完課，我在中國城的茶餐廳裏吃了一碗雲吞，桌上恰好有前面客人留下的中文報，這類報紙通常是免費的，在琳瑯滿目的廣告中穿插幾條舊新聞，便是海外華人慰藉鄉愁最好的良方。

【徵普通話流利婦女一名，爲視力不佳的老人朗讀書報，時間報酬面議】

當我看到這則廣告時，心喀噔了一下，我已經快付不出下個月的房租了，這莫非是天使來報佳音？

而現在……情況似乎不太樂觀，我的糟糕表現即使上帝來了也救不了，我等著男主人跟我說不，然後我可以昂首微笑而去。當然，我已決定要躲在棉被裏好好地大哭一場。

“妳知道的，廣告上說得很清楚，我要的是普通話流利的。”

“我講的就是普通話，”我乾笑兩聲，“當然，今天我太緊張了，所以說得不太流利。”

男主人表示他不是這個意思，而是我的南方腔太重，而且說話不帶情感，他的母親聽起來可能不會太悅耳。

果然天使沒來報佳音。

“很抱歉我沒能達到您的期望，還是謝謝您給我這個面試的機會。”

我努力把即將溢出的淚水給逼回去，然後站起來和男主人握了握手，打算以“雖敗猶榮”的戰士之姿離開這座豪宅。

“胡語玫怎麼了？妳怎麼不繼續唸下去？”坐在貴妃椅上的花白老人終於開口說話。

男主人看了我一眼，樣子有些尷尬：“媽，張小姐待會兒還有課，所以不能唸給您聽。”

“你以爲我老糊塗了？她不是剛到？繼續唸下去！”老人命令著。

“媽，您不是喜歡北方口音嗎？明天約的就是地地道道的北京女孩，咱們看看再做決定，好嗎？”男主人仍試著力挽狂瀾。

然而老人對兒子說的話充耳不聞，她佈滿青筋的手向我伸來，我趕緊握住，順勢坐在她身旁。

“妳聽到我的鳥在叫嗎？”她問。

我傾聽了一會兒，回答沒有。

老人有些感慨地表示她的鳥越來越不叫了，可能和她一樣老，所以叫不動了。

“奶奶一點兒也不老，會長命百歲多活20年。”我说。

"呵呵！叫我奶奶，好,好，我這個兒子長這麼大，也没生個一兒半女叫我奶奶，"她忽然在我耳邊壓低聲音，"學人家當什麼丁客族，妳說這是不是不孝？"

男主人大力咳嗽兩聲，說：" Miss Zhang ，請繼續唸剛剛未完成的章節。"

這⋯⋯難道我被錄用了？

那個好看的男人無奈地表示他母亲是老闆，她说了算。

我開心地歡呼起來，擁抱了身旁的老人，站起身來也想擁抱男主人，但理智告訴我要含蓄一點兒，所以只是用力握住他的手，嘴巴不停地說著："謝謝！謝謝！⋯⋯"

男主人給了我一個不太自然的笑臉。

啊！天使真的報了佳音。

第二章／吃河豚的何麗

何麗穿著寬大的男士白襯衫，剛好蓋住她圓翹的屁股，底下露出兩條光溜溜的大腿，神情恍惚地走進我的房間。

我還在爲老師佈的功課焦頭爛額，她就那麼大喇喇地躺在我床上。

"再也沒有，再也不會有一個男孩子，讓我那麼……那麼的欲仙欲死。"她長長地嘆了一口氣，彷彿還沈浸在方才的戰役之中。

我不動聲色，眼睛盯著莎士比亞，並且努力去消化那些拗口的語句。

她轉過身來，非常興奮地說："告訴妳，昨晚在酒吧，那雙藍眼睛一直望著我，我知道他在看我，要看就給他看唄！沒多久他走過來請我喝酒，還說我長得像他的小學老師，呵呵！我哪有那麼老？他又說他的小學老師沒把他的九九乘法表教好，到現在他還不知道5乘以5是多少，我說哪有那麼笨的人？"

"所以妳就把學生帶回來指導？"我問。

“嗯！現在他五位數的乘除法都會了。”

“真厲害！”

“厲害的還不只這些，他的生物學得不錯，知道用什麼體位女人最舒服，一個晚上他變了好多花樣，把我翻過來翻過去，折騰得我……嘻嘻！”

我的老天！真是口無遮攔，我還以爲她的菜是那個糖果店老闆。

何麗睨了我一眼，說早八百年前的事還提？而且糖果店老闆是清粥小菜，她要的是加了芥末的大龍蝦，噢！不，是……河豚，明知吃了可能會死，還是擋不住誘惑地咬上一口……

她舔了舔嘴，彷彿真的吃到河豚肉。

見我不吱聲，何麗話鋒一轉，壓低聲音問：“妳……那個了沒？”

“哪個？”

“就是那個那個……”

我用三秒鐘離開李爾王，再用三秒鐘想何麗的“那個”。

“噢！妳說那個，我的那個要和老公分享，因爲身體是聖潔的。”

“Oh my God！妳該不會是教徒或女德班學員吧？都什麼時候了，還有那麼嚴重的處女情結！”她一臉不屑。

“何麗，”我坐直了身子，調好音量，試著不讓自己那麼老生常談，“我真不覺得妳這樣做是對的，那些男孩子只是利用妳、佔妳便宜，壓根兒不會和妳結婚。”

“結婚？”她揚起聲，“我還那麼年輕，結什麼婚？再說利用，還不知道誰利用誰呢！爽了就沒被利用，沒爽才是被利用，OK？”

她敏捷地跳下床，動手翻找我的床頭櫃。

"妳找什麼？"我問。

"髮夾，妳上次戴的，有可愛貓咪的那一個。"

我打開抽屜，把她要的東西拿出來，被她一把搶過去。

"妳好壞，好東西藏起來也不和我分享。"她馬上把髮夾別在頭髮上，"學校那些韓國棒子最喜歡可愛型的妹紙，下課後我帶泡菜給妳吃，嗯？"

第三章/富家子弟莫亦辰

下課鈴響，我疾步走出教室，心情低落到不行,爲何總是那樣壞運氣？

上禮拜二我奮戰到凌晨兩點，何麗和她的韓國棒子也在那時偃兵息甲。今天發成績，莎士比亞給了我一個大D，何麗得了C，連看似弱智的中東和非裔學生，考的也比我好，我是怎麼了？真想捶捶自己的笨腦袋。

Ke Ke Ke的聲音在耳邊吹過，我無暇顧及，快步疾走，忽然一個小紙團擊中我的後腦勺，我突地轉身……

"趕著參加妳前男友的喪禮嗎？"莫亦辰小跑步過來，"叫了妳老半天！"

被紙團擊中並不疼，但我的心很疼，豆大的眼淚狂奔而出，再也止不住。

"妳……妳別……我……我怎麼……很疼嗎？可可。"他嚇得手足無措，伸出手來撫摸我的後腦勺，彷彿這樣就能減輕我的疼痛。

我把他的手推開，要他滾遠一點兒，我心情不好。

"原來妳哭是因爲没來得及參加前男友的喪禮。"他又嘻皮笑臉起來。

"什麼前男友？告訴你幾百次，我没有男朋友，没有～没有～"我幾乎是聲嘶力竭。

"没男友也不是什麼世界末日，瞧妳哭得……對了，剛剛聽同學說圖書館裏有一本《Allegories in Shakespeare》，上禮拜考的答案都在裏面，我們一起把它找出來，嗯？"

莫亦辰考了個A，不明白他爲何還要看解析，我拒絕他的同情，藉口待會兒得去賺錢，没空！

"妳是每星期二、四下午四點到六點的班，今天星期三，You are free."他說。

我瞪大了雙眼。

"在Tuhaere Street上，妳當雙目失明可憐老太太的貼身丫鬟。"他繼續炫耀。

我難以置信到無法言語的地步。

他的頭微微傾向我，壓低聲音說："不用崇拜我，我的真正身份是中央情報局特工，代號○○7。"

"莫—亦—辰—"我幾乎是從牙縫裏嘶吼出來。

"Here."他舉起右手，彷彿回應上課老師的點名。

我問他知不知道偷窺別人的隱私是極其不道德的事？他點點頭。

"而且你說錯了三件事，一、老太太的家不在 Tuhaere Street 上。二、老太太没有雙目失明，她只是視力不好。三、我不是貼身丫鬟，我的工作是唸書給老太太聽。"

"不在 Tuhaere Street 上，那在哪裏？"他問。

"在……"

我看到莫亦辰從背包裏拿出紙和筆，該死！我又上大當了。

"你不是oo7嗎？自己找去！"我轉身想走。

"別，逗妳玩的。"他拉住我的馬尾，害我差點兒跟蹌倒地。

待我站定，無名火已燒得我面目全非。

"莫亦辰你聽好，我明明白白、清清楚楚地告訴你，我來新西蘭是爲了學習，不是來玩。你要找人玩，別找我，一堆廉價、拜金的女孩等著你挑。"說完，覺得意猶未盡，我繼續發飆，"我没錢，我得養活自己，不像某些富二代，一生下來，什麼都替他準備好了。"

等我發洩完畢，莫亦辰的笑臉没了，他正色地說："我父母有錢怎麼了？他們也是辛辛苦苦、起早貪黑掙來的；我誕生在那樣的家庭怎麼了？我父母從來不鼓勵我亂花錢，每個月的開銷我不見得比妳多；同學間開個玩笑怎麼了？妳以爲閉門造車、杜絕社交就能考出好成績？別以爲妳很不幸，別人就該爲妳的不幸買單！"

"你……你……莫亦辰，我再也不理你了！"被他訓得啞口無言，只有逃離現場才能掩飾我的尷尬。

他没有追來。

第四章／何日君再來

"可可，妳來了，老太太在花園裏等妳呢！"園丁老王戴著一頂大草帽，正在修剪灌木叢，他笑呵呵地和我打招呼。

"王叔叔好。"我收起洋傘，塞進背包裏。

此時的何麗若看到我大好晴天還撐傘，恐怕要大大地批評我一番："國外現在流行的是健康的小麥色，妳那白蒼蒼燈管式的慘淡，指不定要被人誤會患了多年的肺癆！"

我幾乎能看到她鄙視的神情。

"好，好。"老王用大剪子咔嚓一下，然後後退一步，檢查剪歪了沒？

我問他今天是什麼髮型？

"什麼髮型？噢！妳說樹的髮型，呵呵！妳真逗，我胡亂剪的，沒什麼髮型。"

"王叔叔剪的髮型可好看了，改天請你幫我剪。"

"哈!我剪妳的頭髮？那成什麼樣了？不成，不成，人又不是樹，剪壞了怎麼辦？"老王趕緊揮手拒絕。

我笑說他太謙虛了，又問老太太在哪裏？

"今天天氣好，老太太說想到花園裏坐坐，我太太扶她過去的，估計已在那兒待了好一會兒了。"

園丁老王的太太是毛家的廚子，我吃過她準備的下午茶，牛油餅很香酥，蘋果派很正宗，連伯爵茶也泡得出醇厚的口感。

"那好，我走了，拜！"

跟老王告別後，我踩著大理石鋪成的小徑往花園走去，經過車庫時，我往裏一瞧，今天蘭博基尼和阿斯頓•馬丁都不在，只停了輛毛奶奶的 mini, 代表毛先生和毛太太都出門了。

我往前繞到車庫後，眼前的一切豁然開朗。瞧！右手邊是私人網球場，配上照明設備，連晚上也能場上馳騁。離開球場，我的眼光落在正前方，那裏有個五十米長的游泳池，此時工人正拿著水管清洗池子，池邊深藍色大遮陽傘下有兩張白色躺椅，其中一張擱著一條紅白相間的大浴巾，毛太太今天肯定游泳了，因為毛先生的浴巾是藍白相間的。

再看左手邊，那裡有一排兩米高的樹叢，被老王修剪成古城牆，現在我就要穿越城牆去找毛奶奶。

就在小橋、流水、假山、魚游一樣不少的傳統中式園林裏，我看到一位老太太坐在涼亭的石椅上，頭髮梳成巴巴頭，身上穿著一套粉色絲質的家居服，鳥籠就擱在石桌上，黃色金絲雀在籠子裏一上一下有氣無力地拍打著，聽不到它婉轉的歌聲。

"寶貝兒，你唱個小曲兒給我聽，你已經很久很久沒唱了。王媽給你買的飼料你不愛吃，我又讓她買別的牌子，你還是不樂意，這樣挑食可不行，年紀大了，自己得愛惜自己，不然很快就要見閻羅王囉！"她喃喃說道。

"奶奶，我來了。"我放低聲量，因爲上了年紀的人很容易受到驚嚇。

"可可，妳來了，"毛奶奶伸出雙手，我馬上迎了過去，"看到妳，我真高興！"

"今天天氣好，是該出來曬曬太陽。"我說著場面話。

毛奶奶仰望天空，感嘆天氣是很好，可惜她看不到藍色的天空，能看到的只是長滿泡泡的藍光……

啊？原來奶奶的世界模糊一片。

"奶奶，我告訴您哈！太陽在您的右後方，今天天空的顏色是淡藍色的，上面有兩朵雲，一朵像……像漢堡，另一朵像……像雪糕。"

"呵呵！可可中午飯吃了什麼？現在是不是肚子餓？"毛奶奶問。

我羞紅了臉，答中午吃了咖喱魚蛋，還喝了鴛鴦奶茶。

"怎麼只吃那麼點兒？這走十分鐘的路不就消化完畢？不成，我讓王媽給妳準備吃的。"

"不用，真的……"我話沒說完，毛奶奶已經拿起石桌上的無線對講機，吩咐王媽給我準備華夫餅，上面加上蜂蜜和香草冰淇淋。

啊！我好愛吃華夫餅，新西蘭的蜂蜜又是全世界公認的極品，想到香草冰淇淋，嗯～yummy！

在等待美食的到來中，我唸了一會兒報紙，又讀了兩章張小嫻寫的愛情故事，聽毛奶奶說她挺喜歡吃法國菜，我又上網查了千層麵和奶油蔬菜燴飯的原料和作法。

我是越唸越覺得饑腸轆轆，華夫餅怎麼還沒來？

當王媽捧著熱騰騰的華夫餅過來時，我簡直等不及要一口吞下肚去，還好我没忘記該有的禮貌，切了二分之一的餅到奶奶的盤子裏，說：“奶奶，您先吃。”

“我不吃，妳吃。”毛奶奶把盤子又推回來，“我吃的不多，吃多了胃疼。”

我只好不客氣地大快朵頤一番，還好奶奶看不見我的饞相。

“他也喜歡吃華夫餅。”毛奶奶說。

“誰喜歡吃華夫餅？”我塞了一口餅，含糊不清地問。

“送我貝殼的那個人。”

“誰送您貝殼？”

毛奶奶不再說話，過了一會兒，她哼起歌來，是鄧麗君的《何日君再來》。

好花不常開，好景不常在，

愁堆解笑眉，淚灑相思帶，

今宵離別後，何日君再來？……

頓時，籠裏的黃色金絲雀似乎注滿了活力，它用力拍打翅膀應合奶奶的歌聲。

“這是個有故事的老太太。”我不禁想著。

第五章/冰釋前嫌？也許是

又一堂課結束了，同學們嘰嘰喳喳、三三兩兩地離開教室，我的下一堂課在紅樓，上的是工藝課。

新西蘭的工藝課是結結實實的"工人活"，絕不是動動剪刀和畫筆那樣簡單的事。聽學長、學姐講，修工藝課的同學們 never ever 被當掉，所以為了語言班的成績能好看一些，我不得不修了這門營養學分。

紅樓位於A大西邊的角落，走路得花十多分鐘，我看見何麗往我這邊瞧。

"拜托，別告訴我惡耗。"我邊默禱邊加快收拾的速度好趕緊上課去。

"嘿！該交房租了。"何麗還是走過來。

何麗是我的二房東，每個月月初，當大房東跟她催繳房租時，她負責先交齊租金，轉身再向我和另外一位香港來的女研究生收費。當然，天下沒有白幹的活，何麗佔據了屋內最大、採光最好的房間，繳的租金也最少。

"噢！"我洩氣地把所有的東西一股腦地全掃進書包裏。

“別拖喔！這個月我的手頭也很緊。”她說。

何麗在校外一家名爲“Blue Cat”的酒吧裏當侍應生，就是給客人送送酒和小菜，客人多半會給小費，逢酒吧搞活動，她每推銷一瓶酒，還能拿到百分之十的回扣，總之她賺的錢比我多得多。

“知道了。”我回應著。

真是一元錢逼死英雄好漢，我嘴巴答是，心裏卻思索著該不該再找份兼職還是從此三餐以方便麵裹腹？

走到樓梯口，我看見莫亦辰正往上走，我還沒來得及轉身遁逃就迎上他的目光。

“嗨！”他露出陽光般的笑臉。

我抓緊書包，感覺全身僵硬無法動彈。

他遞過來一本《Allegories in Shakespeare》，我趕緊揮手說不用了。

“妳知道這種又厚又重的書最適合做什麼？”他問。

真是敗給他了，我現在哪有心情猜謎語？他給我三秒鐘的時間思考，而我一點兒都不想搶答。

“答案是……最適合蓋在泡麵上，保證一點兒熱氣都不會漏，還有,萬一枕頭被偷，可以拿它當臨時枕頭用。”

“這個小偷有毛病啊！偷人家枕頭。”我竟然較起真來。

“是啊！現在有毛病的人很多，妳要當心。”他笑了笑，再次把書遞過來，“我用我的名字借的，只能借一個月，逾期得罰款，妳歸還時只要投入圖書館前台右側的投書孔裏就行了。”

我把書握在手裏，心中五味雜陳。

“妳下節課在紅樓上？”他問。

“嗯！”

“我在這棟樓，史密斯小姐的課，超難過。”

“嗯？”

“超級難通過的意思。”

“噢！”我接不下話。

“那……回頭見了。”

望著他遠去的背影，我心中戚戚然，正想往相反的方向走去，誰知莫亦辰突然調轉回頭，屹立在我面前。

“妳知道嗎？這是我們認識以來，第一次妳没有罵我。”

是嗎？我努力回想和他相處的畫面，終於找到答案。

“那是因爲你一直不正經說話的緣故。”

“那麼從現在起，我正正經經地說話，好嗎？”他問。

我想了想，搖頭答不好，因爲這樣就不像他了。

莫亦辰聽了有些失望，但很快控制住情緒，只見他往後退一步，清了清喉嚨：“可可，我警告妳，這本書妳若不按時歸還，害我被罰款，我就偷妳的枕頭去抵債！”

“見你的鬼！”

“我可不是鬼，妳的前男友才是，妳不是剛替他舉行過公祭？”

“莫—亦—辰—”我氣得咬牙切齒。

“拜啦！”他扮了個鬼臉，轉身揚長而去。

第六章/初戀古龍水

由於自己的成績一直呈現緩慢成長的跡象，我把罪過歸之於床太柔軟、何麗太咶噪、桌子太小以及咖啡不夠熱，其實心裏再清楚不過，是"虎頭蛇尾，缺乏積極性"讓我的學習之路倍感艱辛，所以如何讓懶散的自己處於一種"不得不唸書"的氛圍裏成了當務之急。

我通常是最早到圖書館的人之一，剛開始只是我這條支那小黃魚，然後歐巴魚來了，吃壽司的魚來了，篤信阿拉的魚來了，戴眼鏡的魚、刺青的魚、黑色的魚、白色的魚……通通游入圖書館。

有那麼幾秒鐘我會自問自答：

" 妳在哪裏？"

" 我在新西蘭。"

" 妳在做什麼？"

" 我在努力不讓自己被當掉。"

· · ·

於是我狠狠地讀了兩個 CHAPTER，直到一條噴了古龍水的魚游到我身邊坐下。

這味道是如此熟悉，我定眼一瞧，驚喜地握不住筆-是他。

～

要介紹這位生命中最重要的男人出場，我必須帶你回到毛宅，和你從頭說起。

在一個再平常不過的日子裏，老太太說想看台灣作家劉墉的作品，她還說毛先生的書房裏就有一本，於是王媽把我帶到樓上。這是第一次我上到毛家的二樓，與樓下鋪的酒紅色木地板不同，這裏鋪的是雪白的羊毛地毯，所以走起路來能像貓咪一樣，靜悄悄。

"這裏就是先生的書房。"王媽把一扇鏤花木門打開，我走了進去，"我不知道老太太要的書擱在哪裏，我猜就放在書架上，妳慢慢找，不過先生挺不喜歡別人弄亂他的東西，所以除了老太太要的書，其他的東西都別踫，好嗎？"

"好的，拿到書我馬上下樓。"我應允著。

王媽滿意地離開。

這是個約40平米大小的房間，毛先生的書桌緊臨窗戶，桌上的東西擺放整齊，桌面一塵不染，彷彿訴說它的主人是個一絲不苟、愛乾淨的人。

書架佔據觸目所及的所有牆面（如果不是早有所知，我會誤以為來到一個小型圖書館），大部份都是法律方面的書，中英文都有，我這才發現原來當一名大律師需要讀那麼多的書，不禁對毛先生肅然起敬起來。

尋覓一番後，雖然發現一些非法律方面的書籍，但可惜沒找到劉墉的書，正想下樓時，我的臨別最後一瞥看到毛先生的桌上擺著一個相框。

像毛先生那樣嚴肅的成功人士，桌上會擺著誰的照片呢？直覺告訴我不是毛太太，也不是毛奶奶。

想起王媽的叮嚀，她說別亂踫，但沒說別亂看，所以……

我走向毛先生的書桌，映入眼簾的是毛先生和一位三十幾歲男子的合影，兩個人都身著高爾夫球裝，毛先生的手搭在那位男子的肩上，男子則依偎在他的胸膛，由於拍攝角度的問題，那個男子只露出半張臉。

"是毛先生的表弟嗎？"我猜想著，但又感覺不對。

"可可，妳找到老太太要的書了嗎？"王媽在樓下喊著。

"沒，我這就下去。"我大聲回答。

由於沒找到劉墉的書，毛先生又到歐洲出差，我想著何不到A大圖書館踫踫運氣？畢竟我們學校也有中文系。

於是在一個晴朗的午後，小貓小狗正貪婪地在陽光下睡午覺的時刻，我穿梭在一排又一排的書架中找尋劉墉大人。經過不斷地尋尋覓覓，我的火眼金睛終於發現它傲立在某排書架的最上層，不禁欣喜若狂，但隨後便發現了一個大問題：160公分高的我該如何做到180公分高的人所能及之事呢？

我決定踮起腳尖，伸長手臂，做最大限度的努力。

就在這時候，一股男性特有的體香混合著古龍水的香氣逼近我，我的書被一隻大手拿了下來……

"Thank you！"

"不客氣。"

噢！原來是中國人。

我直視眼前的這個男人，馬上被他深刻的五官所吸引，心弦被撩撥了一下。

大部份的人都擁有一張類似某某人的臉，很難讓人記住，但這男人不，他的每個部位都帶有獨特性，散發著只有成熟男人才會有的魅力，我稱之爲英氣。膚色是健康的小麥色，牙齒很白，聲音像大提琴一樣低沈，最重要的是，他有一雙會說話的眼睛。

"妳該不會是我的學生吧？"這是個問句，但他的眼睛告訴我，他知道我不是他的學生。

我搖搖頭。

"也是，中國人應該不會到國外的大學上中文系，妳說呢？"

原來他是中文系的老師。

"有中國人讀A大中文系嗎？"我反問。

他答目前沒有，但不保證以後不會有，很多中國父母只要求孩子有一個大學文憑，至於學什麼，那不重要。

啊！我的父母也是如此，但......我真不想拿一個新西蘭某大學中文系的文憑回國，那會被鄰里笑話的。

"嗚、嗚、嗚......"我聽到他的手機發出震動的聲音。

"Excuse me."

他急著到圖書館外接電話，由於通道狹窄，即使我側著身子，但要讓身材魁梧的他通過還是有困難，於是他把手擱在我肩頭，想挪出適當的位置。

我不得不說當他踫觸我身體時，我全身起了痙攣，像通了電流似的。這是他給我施的魔法，因爲從那時候起，學校的男孩子一個個都像塗了奶油的娃娃，引不起我的興趣了。

~

我不只一次想和他在諾大的校園中再次相遇，所以開始留意起自己的穿著，也會替乾燥的嘴唇細心地塗上口紅，甚至有到中文系旁聽的衝動，但他卻似一縷輕煙，飄散在茫茫人海裏。

如今這個生命中第一個被我稱之為男人的男人就坐在我身旁，我的激動可想而知，他的每次呼吸都是愛的呼喚，書本上的字如巨石般，我再也啃不動。

我閉上眼睛，努力讓自己平靜下來，待我能再次思考時，突然憶起早上的語法課，趕忙收拾桌上物奪門而出。

就在走出圖書館，下完階梯時，我聽到路人接聽手機的說話聲。

上下摸索一番後，我發現我把手機落在圖書館裏了。

"不行，我得回去拿。"我很快做出決定。

當我氣喘吁吁地爬完階梯時，我看到那個古龍水男人正衝著我笑，手中晃動著我的手機。

"謝謝！"接過手機，我臉紅了。

"好可愛。"

"什麼？"

"喵嗚。"他學貓叫，然後指著我的頭頂。

噢！原來說的是髮夾。

"這是我在New Market的印度商店買的，就在KFC旁，六塊錢一個。"我說。

他饒富趣味地看著我："Do you know you are really cute？妳把購物地點告訴我，妳認為我一個大男人需要買髮夾嗎？"

我囁囁地答也許他可以買來送給老婆。

他大笑兩聲說自己沒有老婆。

“那麼……你可以買來送給女朋友。”我試探性地問。

他沒有馬上回答。

“拜托，說你沒有女朋友。”我向上帝請求。

他給了我一個狡黠的笑臉，說：“我的女朋友要像貓咪一樣可愛，妳幫我介紹，嗯？”

啊！在新西蘭的土地上，我的王子終於騎著白馬風塵僕僕地來到我跟前，遞上一朵紅玫瑰。

從此我一直戴著那支貓咪髮夾，連何麗也不借，因爲那是……那是愛的承諾。

那一年我19歲，在A大。

第七章／藍貓傳奇

"可可，妳再不出來，酒-吧-就-要-打-佯-了—了—了—"何麗斜靠在酒吧更衣室的門外，不斷地敲打著門。

站在落地鏡前的我無視她的催促，兀自嘟嚷著："這是什麼爛制服？！"

瞧！黃色緊身T恤配粉紅短褲，再套上半筒白色運動襪，然後腳踩黑色恨天高，這就是我一身的行頭。

那個色瞇瞇的愛爾蘭酒吧老闆還在我們的T恤胸口挖了一個大缺口，保證一彎腰就能春光無限，而夾在兩胸之間的是隻藍色的，邪惡的，醜陋無比的，貓。

我對著鏡子扮了一個鬼臉。

店名叫"Blue Cat"，所以酒吧裏養了我們這幾隻藍色的貓，但只有我是名副其實的憂鬱貓。（注：Blue 除了是藍色的意思外，還可以作"憂鬱"解。）

"在酒吧當服務員和在餐廳是一樣的，甚至空姐做的也和我們没什麼差別，說白了就是送送東西、擦擦桌椅，非常簡單。"何麗邊吞雲吐霧邊有感而發，"也是啦！老闆是色了點兒，但有我在怕什麼？妳想當烈女，没人會強迫妳人盡可夫。」

要接受自己在酒吧工作的事實的確做過很多思想鬥爭，畢竟那個場所總讓人浮想聯翩，但我終究抵不住現實的壓力，即使後來毛先生給了雙倍的時薪，我仍得爲每個月的捉襟見肘而犯愁。

於是我跟著何麗開始過起酒吧的夜生活。

酒吧營業時間是下午5點到凌晨1點，由於侍應生中有很多大學在校生，臨到考試、作業寫不完或有親密約會時，只要能找到代班的人，老闆多半睜一隻眼閉一隻眼，所以對我來說還是挺方便的。

5點到7點，我們還能慢悠悠地工作，因爲客人不多，7點以後，市區的酒鬼就陸陸續續來報到。10點以前還算正常，10點以後整個酒吧就亂成一團，每天打佯後，酒吧的男侍應生總要把幾個不醒人事和嘴巴胡言亂語的客人往外一扔。

自從在酒吧上班後，我對喝酒的男人深惡痛絕，因爲在酒的國度裏，人的尊嚴往往被踐踏得體無完膚。

我打開更衣室的門，何麗對我行注目禮。

"啧啧啧......"她邊搖頭邊把我往更衣室裏推，左右目測一番後，一雙鹹豬手便往我的胸口探去。

"啊～幹什麼妳！"我大叫。

一番左搓右揉後，她滿意地點點頭，只見我的小小乳房已經被擠成兩座小山，總算看得到乳溝。

“告訴妳，男人是下半身思考的動物，妳越性感，他們就越聽話。”

“我–不–要–”

我正想動手讓胸部回歸正常，何麗一把抓住我的手：“可可妳聽好，酒吧老闆已經多次暗示妳太營養不良，如果想保住這份工作，就照我說的做！”

呵！真嚇壞我了，很少看她這麼義正辭嚴。

“對了，妳得去買好一點兒的內衣，那會讓妳的胸部有料很多。”何麗扶著門板，轉身對我說。

蘇格蘭的客人紅著鼻子說再來一瓶烈的酒！我剛給了他烈的，那端德國佬又叫囂：“Where is my fish and chips？”, 於是我轉身到廚房拿炸魚和薯條。

整個晚上我忙得像隻勤勞的小蜜蜂。

“嘿！妳的莫札特來了。”何麗在我耳邊低語。

我轉頭望向吧台，莫亦辰正坐在那兒。

“你來做什麼？”我走過去好奇一問。

“來看酒家女。”

“誰是酒家女？你才是酒家男！”

“好，好，我收回，可以了吧？！”他喝了一口7-up, “我出任務來的，妳看到坐在留聲機旁邊的那個娘娘腔沒？”

我轉頭望過去，的確有那麼一個偽娘。

“他是俄國特務，我已經跟蹤他好幾天了。”說完，他點了個頭，彷彿說-是真的。

"噢！我佩服得五體投地，爲了國家，你是出生入死，在所不惜。"

"好說，好說，能者多勞嘛！"

他竟聽不出我話中的揶揄。

"不跟你說了，再說老闆要罵人了。"

我看見那雙愛爾蘭的賊眼已經飄了我好幾次，還是趕緊轉身走人爲妙。

風風火火地熬到凌晨一點，我把最後一包大垃圾袋丟到店後的垃圾箱，全身無力地回到吧台，何麗還在和最後一位客人打情罵俏，我故意咳嗽兩聲。

"噢！可可小寶貝兒妳來了，This is Co Co. This is John."她介紹雙方人馬。

那個Kiwi紅著眼和我擺擺手，算是打過招呼。

"John 說他剛買了一張水床，睡在上面好像躺在海面上，起起伏伏，伏伏起起，呵呵呵……"

何麗把店裏的啤酒當水喝，竟然喝高了。

"走了啦！"我扶起何麗，不想她被大野狼活吞下肚。

"去!"她用力推開我，"滾妳的蛋，我要和 John 回家試試他的水床，然後起起伏伏、伏伏起起，呵呵呵……"

即使我像一隻可憐的小狗對她搖尾巴乞求憐憫，何麗還是無情地走了。

她走了，我怎麼辦？我們通常結伴回家。這下好了，我像極了小紅帽，就要一步步地走進危險的叢林裏……

我匆忙溜回店裏的廚房，左看右瞧，找到一把水果刀（雖然我更鍾情大廚的切肉刀，但畢竟大到無法塞進兜裏，只能退而求其次）。

待累積好足夠的勇氣，我才一頭鑽進黑暗之中，邊走邊發洩："何麗，我恨死妳了，再信妳，我就是笨蛋加三級！"

忿怒讓我無暇多想，等我能分辨身後的足音時，不巧已離開大馬路，彎進小巷子裏了。

（噢！什麼狗屎好運全讓我蹤上了！）

我握緊兜裏的小刀，腿也不由自主地小跑步起來，没想到身後的足音也加速追趕，等我跑到巷尾即將轉彎時......

"可可，危險！"

聽到熟悉的聲音，我自然而然地放緩腳步，說時遲哪時快，一輛摩托車從轉彎處呼嘯而過。

我嚇得雙腿打顫，如果剛剛仍繼續往前跑，那麼後果......

"莫亦辰，幹什麼裝神弄鬼？！"驚嚇過後，我終於有餘力指責始作俑者。

"誰裝神弄鬼來著？妳不知道女孩子半夜在外溜達很危險嗎？"他問。

"我這是溜達嗎？我是回家好嗎？"簡直氣死我了！

他看著我好一會兒後，問我是不是缺錢？

這個莫亦辰真會戳人痛處，哪裏痛，戳哪裏。

"不關你事！"我將臉撇向一旁。

"酒吧的工作很不適合妳，看妳把自己搞成什麼樣？人不人，鬼不鬼的。"

"你才人不人，鬼不鬼，我正正當當賺錢怎麼了？"

"可可……哎！妳什麼時候才會長大？"他雙手一攤，"來吧！我送妳回家。"

本來我還想高傲地拒絕，但半夜獨自回家的確讓人害怕，所以不置可否地接受他的好意。

到了家門口，我搶先一步說："不要以為我會邀請你上去坐坐，我們房東很可怕，不准我們帶朋友回家。"

莫亦辰無力地笑了笑，說："知道了，我不上去。"

他沒有和我舌戰，倒讓我有些意外。

停了幾秒鐘，我決定還是表現出應有的教養，向他道謝後，轉身跑回公寓。

"噢！可愛的小屋，我竟然還能安全地回到你的懷抱。"回到屋內，我忍不住吶喊，心中感慨萬千。

此時，我忽然想知道莫亦辰離開了沒？於是走向窗口往下一探，發現那人還站在原地。他看到我，很高興地揮舞雙手，像個天真無邪的小孩，我也對他擺了擺手，報以微笑。

"莫亦辰其實是個好人。"我心想。

第八章／毛奶奶說～

"奶奶，您今天想看哪本書？"

可可銅鈴般的聲音在我耳邊響起。

"幫我查查皇后鎮。"

"是新西蘭南島的那一個嗎？"

"是的。"

我聽到可可拿起電腦開始打字的聲音，答答答……答答答……

"奶奶，您爲什麼對這個地方感興趣？您去過那裏嗎？"她邊打字邊問。

啊！我去過那裏嗎？那是我魂牽夢縈，記憶中最美的地方。

～

"曉蘭，我兒子就麻煩妳了，他第一次出國，人又閉塞，英語也不行，他到妳那兒，各方面就請妳多照顧。"

"美鳳姐，瞧妳說的，妳兒子就是我兒子，哪有不照顧的道理？"

美鳳姐是我的髮小，在那個吃不飽的年代裏，母親塞給她的一個窩頭，她會掰成兩半分我吃，那樣的情誼是天打不動，牢牢實實的。

爲什麼離開中國？噢! 我是八零年初和柏豪還有十歲的景然來到人生地不熟的新西蘭，我們算是改革開放後最早一批到這裏的中國移民。

剛開始我們租住在一個經過改裝的車庫裏，白天柏豪出去打工，景然英語不行，降了一級，被塞進公立小學讀四年級，我呢？從一個私人的中國家庭工廠批了幾件半成品的衣裳，一件件給縫上鈕扣，一件五毛錢，動作麻利點，一天我可掙個七、八塊錢，然後到中國城的肉店買一塊肥溜溜的五花肉，晚上燉紅燒肉給他們父子倆吃。

柏豪是個精明的售貨員，很快便被提拔爲經理，然而他的豪情壯志豈僅此而已？很快他便獨當一面開起自己的家電公司，然後一步步地開了分店，我們也從車庫搬出來，住上人人稱羨的花園洋房。

所以當美鳳姐打越洋電話將她的兒子托付給我時，我是百分百的樂意，不說我們的經濟許可，景然也大學畢業，在一家律師事務所當見習生，我有大把的時間消費。

印象中她的兒子小凱比景然大上五、六歲，今年也應該三十左右。美鳳姐一再叮嚀我，她的兒子太內向，到現在還沒有女朋友，如果新西蘭有合適的中國女孩，不妨替他介紹介紹。

我嘴巴答應但心裏卻想著："現在的孩子，婚事哪能由著你？"

當我在奧克蘭機場第一次見到小凱時，他和我印象中那個青少年有些出入，個兒抽高了不說，臉上的痘痘也沒了，相同的是，他依然是個贏弱、沒有自信的憂鬱男孩。

“妳是……蘭姨？”

“是的。”我對他微笑。

他的肩上背了個沈甸甸的大帆布袋，手上拿著一架看似專業又所費不貲的照相機。我想起美鳳姐說的，此行他是替一家旅遊雜誌拍照片，同時試著寫專欄。

我將他安置在樓下的客房裏，爲他置了新的寢具。

原以爲小凱的到來能讓我平淡的日子增加一些光彩，可惜他出奇的沈默，除了用餐時間打過照面外，其餘不是出外攝影便是待在他的房間裏足不出戶，十足的宅男。

有一天中飯我吃多了，便在花園裏跳起新學到的佛朗明哥舞，藉以消化我日漸突起的肚腩。當我恣意徜徉在舞步當中時，忽然聽到輕微的咔嚓聲。

我望向聲音出處，客房落地窗後的小凱正放下相機深深地看著我，嘴角有了笑意。

這是隔了十幾年之後，我第一次見他笑。

從那以後，他待在餐桌上的時間明顯拉長。因爲知道他喜歡吃華夫餅，所以時不時我會做給他吃，我們的談話通常從當天的華夫餅說起，在他眼中，我的華夫餅每天都有不一樣的滋味。

我應該替他的改變感到高興，這孩子不僅話多了，人也有了精神，但他眼中流露的異樣光芒還是讓我有些許不安，尤其當我發現他的目光經常逗留在我身上，不論我在屋內的哪個角落……

一個陽光午後，小凱興沖沖推門進來：“蘭姨，今天我去海邊攝影，看到這個漂亮的鑼貝，妳看！”

他像個孩子似地炫耀手中的寶貝。

這是一個雪白無瑕的大貝殼，在海水的衝擊下竟然還能如此完好，讓人不禁讚歎大自然的神奇。

“嗯!的確很漂亮!”我由衷讚美。

“送給妳!”

“送給我？爲什麼？”

“因爲……因爲蘭姨做華夫餅給我吃。”

我笑說做華夫餅有什麼難的？這個禮物實在太貴重，我承受不起。

他拿著貝殼愣在那兒，完全不知所措，我的拒絕顯然潑了他冷水。

“那麼謝謝你了，”我伸手接住他的貝殼,“生平沒接受過這麼貴重的禮物，啧啧啧！真是太豪華了。”

他擡起頭開心地笑了，啊！他還是個大孩子。

日子如果能這樣平淡無奇地過下去，那就不是人生了。

當小凱提出要我陪他去南島的皇后鎮攝影時，我的第一個念頭是拒絕。他接著說他英語不好，寸步難行，我機會教育他一番後，又覺得有負美鳳姐的囑托，轉而陪他南下。

我訂了兩間單人房，在這方面我還是有顧忌的。

頭 兩 天 我 陪 他 到 處 攝 影 ， 他 也 幫 我 在 秀 麗 山 水 間留下倩影。

第三天的晚上，他在一家臨湖的西餐廳訂了位，叫什麼來著？噢！“La Bella”。他說他請客，我覺得他太慎重其事也太浪費了，所以當我們步出餐廳，來到湖畔的紅旗下時，我決定說說他，教他節約的大道理，冷不防他從口袋裏掏出一根紅色蠟燭，點了火，唱著：祝妳生日快樂，祝妳生日快樂……

今天是我的生日？我自個兒都忘了，真是太驚喜了。

雖然沒有蛋糕，但我吹熄了燭火。

"小粉蝶兒，生日快樂！"他很真誠地說，然後在我的額頭上輕輕一吻。

事情如果到這裏結束，我會說這是個 happy ending，但始料未及的是，他接著吻了我的眼，我的鼻，然後小心翼翼地吻了我的唇。他的動作是那樣輕柔，彷彿怕弄壞一件易碎品，等到他的舌悄悄地伸入我的唇齒之間時，我瞬間被融化，柔弱地似乎要癱了下來。

"每年的這個時候，我會在這個地方給妳同樣的吻。"他抱著我深情款款地說。

戳破了那層窗戶紙，我才意識到現實的可怕。首先，他和我相差15歲，說是母子戀也不為過；再說柏豪，他雖然不是個有情趣的男人，但絕對稱得上是盡責的好丈夫；還有景然，他會怎麼看待我這個母親？他一向視我如天如地；而最最重要的是，小凱是不是認真的？他會不會只是在我身上尋找一個母親的影子？

所以皇后鎮之行後，我刻意避開他炙熱的眼光，開始和他玩起躲貓貓。我知道他的內心正痛苦地煎熬著，尤其他是那樣內向且敏感的孩子，但我又何嘗不受折磨？

事情後來的發展已經超出設想，當我聽到美鳳姐在電話中罵我賤貨，誘拐她的寶貝兒子，並且馬上要飛來新西蘭押他回國時，我才發現小凱這個傻孩子把他的情愫全給招供了。

没兩天，美鳳姐便帶著殺氣把小凱帶走，我知道從此我和她四十多年的情誼已徹底玩完，不復存在了。

"別忘了我們的皇后鎮之約。"他神情哀傷地告別我，然後被他母親粗魯地塞進出租車內。

從此我背負著不仁不義的蕩婦之名，没有人相信我和小凱之間只有一吻。伯豪到死也没有原諒我的出軌，而我在景然眼中慈母的形象也瞬間瓦解，他依然尊敬我，但我和他之間的鴻溝再也無法癒合。

"奶奶怎麼睡著了？"可可壓低聲音問。

"上了年紀的人都這樣，動不動就睡著，咱們別吵醒她，我去拿個毛毯過來。"王媽小聲地回答。

啊！我竟然睡著了？最近總是這樣，我已經分不清哪個是夢境，哪個是現實，會不會有一天我睡著睡著就再也醒不過來了？

醒不過來也好，我這輩子也活夠了，只是在死之前，我還想再見小凱一面。二十多年過去了，他應該也有五十好幾了吧？當年的承諾，他會不會還信守著？

起風了，風拂過我佈滿皺紋的臉龐，我把思念灑在風中，請它一定，一定捎給遠方的憂鬱小愛人……

第九章/愛的守候

我没有想到毛奶奶這麼快就睡著了。

“老太太這一睡，一時半會兒是不會醒的，可可妳可以先回去。”王媽說。

“可是......“

“妳放心，毛家是大戶人家，不會斤斤計較，妳的薪水照發。”

我趕緊表示自己不是這個意思，而是没跟奶奶道別就走，這樣很不禮貌。

“呵呵！老太太醒來，我會告訴她，可可說：‘奶奶，我走了。’”王媽故意學我的南方腔，模仿得維妙維肖，真笑壞我了。

走出毛宅，我來到公交站牌下，平常總要等上半小時以上的公車，没想到一下子就來到，我不禁爲自己的好運氣而沾沾自喜。

公車快速行駛在寬闊的馬路上，沿途不是花園洋房就是綠草如茵，黑白相間的乳牛與白色綿羊點綴其間，果真處處有美景啊！

一個轉彎，車子上了 Crestwood Drive , 那裏有很多 Motel 且家家各有特色。當我還在比較哪家最現代、哪家最古典時，一輛阿斯頓·馬丁從一棟原木建築的汽車旅館開了出來，我看到駕駛座上坐著毛太太，副駕駛座上是個蓄著大鬍子的高大洋人。

會不會是我看錯了？畢竟整個新西蘭開阿斯頓·馬丁的不只有毛太太。

公車很快駛過汽車旅館，我不得不把頭伸出窗外看個究竟，車牌號"NZ6666"證實我第一眼的準確性。

懷著不解與不安，我下了公車走進學校南門。就那麼湊巧，毛先生的"NZ8888"就停在停車場。

這一天是怎麼了？平常踫不著面的人全到齊了。

我走向文學院的走廊，盡頭望過去就是籃球場，幾個大男生正爲了個球，你爭我奪、氣喘吁吁。

剛想彎進辦公室，我忽然注意到籃球場左側樹陰下兩個熟悉的身影。

"是毛先生和湯老師，他們怎麼會認識？"我迷惑了。

噢！讓我解釋一下，湯老師不姓湯，他叫Tony，Tony 就是古龍水先生，因爲音似，所以我喊他湯老師，他也不以爲忤，反而說挺有意思的。

毛先生和湯老師談話大概有一會兒了，只見毛先生伸出右手和湯老師握了一握，然後將他拉向自己，接著以左手捶打他的後背，湯老師拼命掙扎後也報以老拳，兩個大人好像孩子般嬉戲著。末了，毛先生走向停車場，還頻頻揮手 Say Goodbye，湯老師則站在原地直到看不到蘭博基尼才依依不捨地走回文學院。

“可可，妳來了。”他跳上階梯，笑容滿面，“這麼快就來幫我的忙，真是謝謝！”

湯老師正在寫博士論文，需要人幫忙，這當然不是說我厲害到可以指導博士生寫作，而是湯老師以前學的是繁體字，偏不巧現在世界各國的中文，除了少部份地區外，都以簡體字教學，所以湯老師現在是邊教課邊自學簡體字。臨到博士論文這麼重要的課題，他必須確認自己的簡體字萬無一失，所以功課一向馬虎的我便自告奮勇地擔當起這項重責大任，畢竟我的簡體字還是上得了枱面的。

“好呀！現在就開始。”我愉悅地應答著。

其實我來文學院不是爲了幫湯老師，而是Miss O'Brian 說我的報告缺乏組織性，內容又太貧乏，必須重寫。眼看後天就是截止日，我是来求她寬限兩天，没想到在這裏遇到湯老師。

～

“妳坐下來，這就是我的論文。”湯老師把FILE調出來，密密麻麻的中文字，讓我好生親切感。

然而接下來的校對卻很不順利，湯老師就站在我身後，左手搭在我的椅背上，身子往前傾，眼光注視著電腦屏幕。我又聞到他身上的古龍水味道還有那極具誘惑的呼吸聲，讓人一時意亂情迷。

我用力眨了一下眼睛，想摒除這些干擾好趕緊投入工作。

“噢！原來是這個叶，不是草字頭的葉，可是爲什麼是這個叶呢？完全猜不出是植物。”

“嗯……”

“噢! 對不起，我不是問妳，要問也應該問當初的造字者。”他趕緊澄清。

噓～還好不是問我，不然我還真答不出來。

等我把最後一個字也校對完畢時，太陽已西沈，天際冒出幾顆小星星。

"可可，辛苦妳了，没想到時間已經這麼晚，這樣吧！我請妳吃晚餐，Pizza愛吃嗎？"

我藉口上廁所，跑到裏面打手機給何麗，要她無論如何今晚幫我代班。

"媽的，現在才說，我有約會，不行！"她一口回絕。

"何麗妳行行好，上禮拜五是誰代妳的班？妳就權當投桃報李吧！"我幾乎要跪下去。

"我投桃報李？妳有沒有想過莫札特怎麼辦？他來了不就撲了個空？"

打從上回的驚魂事件之後，只要是我上班的日子，準午夜12點鐘，莫亦辰就像公主變回灰姑娘一樣地出現在酒吧內，點一杯7-up等我下班。

何麗跟我一起走時，他就在身後保持二十步的距離；當何麗公休或又見色忘友時，他就與我並肩而行。

"你不用每次都送我回家。"我提醒他。

"我哪是送妳回家？而是今晚喝太多咖啡睡不著，出來走走，回去好睡個好覺。"

這是比較正常的回答，大部份的時候，他會把中情局的故事又拿出來掰一掰，總之，他的意思是"護送"只是爲了達到另一個目的而不得不爲之的假像罷了。

"我不管，今晚妳不幫我代班，我就跟妳切！"在何麗咆哮前，我趕緊掛了手機。

開什麼玩笑？！我連 Miss O'Brian 都可以抛諸腦後，更何況是經常不正經的莫亦辰？

在廁所我攬鏡一照，把眼屎去除，塗上口紅，再把貓咪髮夾重新戴好。走出廁所，我要湯老師迎接的是一個美麗、容光煥發的張可可。

～

我不愛吃Pizza，但湯老師喜歡，他大口大口地咬著意大利蔥油餅，我忽然覺得Pizza的滋味也挺好的，奇怪，以前怎麼沒發覺？

他喝了一大口可樂，也是，吃了那麼多餅，不喝口飲料豈不難受死了？

可樂喝光，我爲他再斟一杯，喝完第二杯，我又爲他斟上第三杯。

"我怎麼覺得自己身在居酒屋，旁邊坐著一位日本藝伎？"他露出詭異的笑容。

"說什麼嘛你，誰是藝伎？"我漲紅了臉。

"對不起，失言了，我的意思是妳怎麼不吃，光是招呼我？"

我答我吃了呀！只是吃的不多。

"難怪妳這麼瘦，妳要趕緊胖起來，不然風一吹就飛了，到時誰幫我校對簡體字？"

聽湯老師這麼一說，我趕緊多塞了兩張餅，把自己的胃給吃撐了。

走出比薩屋，湯老師說他還有事得先走，問我可以自己回家嗎？

"没問題，我是女漢子！"我自信滿滿地說。

没想到他的前腳剛走，我的武裝後腳就卸了下來，開始感到害怕。

“這是哪裏啊？！”我路癡的本領又顯現出來。

剛撥了何麗手機號的前三個號碼，我停住了，何麗不是幫我代班嗎？現在打給她，她不氣瘋了才怪！

我捶打一下自己的笨腦袋，正因爲這一捶，腦中閃過一個人。

~

“我以爲妳今晚有班。”莫亦辰問。

“是……有啊！我請何麗幫我代班。”

“何麗還不錯，”他停了一會兒，“今晚妳去One Tree Hill 了？”

“……嗯！”

他問我是一個人去的嗎？我答跟朋友一起。

“誰？”他又問。

我大冒肝火，直言他若不願意前來救駕，大可明說，不要問東問西，像調查戶口似的！

莫亦辰停下腳步，正色地說：“可可，爲什麼妳總是曲解我的好意？没錯，這是妳的私事，妳愛跟誰出去就跟誰出去，但這麼晚了，那個人毫不猶豫地把妳丟在那兒不聞不問，妳認爲他值得妳把他當朋友嗎？”

“他問過我要不要他送？我答不用。”我像母雞護衛小雞那樣地保護著我的古龍水先生。

“但妳後來還是找我當救兵。”

說得我啞口無言。

“那算了，我自己回家！”說不贏莫亦辰，我只好用遁逃這一招。

“妳往哪兒去？”他拖住我，將我往另一邊推去，“是這邊。”

哎！誰讓我是個大路癡？無奈之下，我跟著他走過一條又一條的小巷。

到了公寓門口，莫亦辰說：" 笑一笑。"

我給了他一個比哭還難看的笑臉。

"晚安，祝妳有個好夢！"他柔聲地說。

此時我的手機音樂響起，來電顯示是"古龍水先生"，我來不及和莫亦辰道別便匆匆進屋。

" 到家了嗎 ？"天籟之音響起。

" 嗯 ！"

" 很抱歉，我應該送妳回家的 。"

聽他這麼一說，我立刻原諒他了。

"没事，我很快就到家。"我答。

" 那……晚安，祝妳有個好夢。"

那一晚我睡得特別香甜，因爲我和我的古龍水先生手牽著手一同入夢。

以後當我被愛生生撕裂時，總想起這一幕，當時的我有多麼痴心及義無反顧……

第十章/求婚舞步

酒吧內 Heavy Metal 的音樂震耳欲聾，加上偶爾傳出的爆笑聲，兩者早把我炸得昏頭轉向，更別提香煙與雪茄的氣味了，簡直刺鼻到令人作嘔。何麗說錯了，酒吧的工作和餐廳或機艙裏的活兒是不一樣的，在酒吧工作，人的壽命會少十年。

"莫札特帶著妳的情敵來了。"何麗有些幸災樂禍起來。

我擡頭看了一眼時鐘，才十點，他怎麼來了？

目光掃射了一下，我看見莫亦辰不在他慣坐的吧台位子，反而坐在角落的二人卡座上，他不是一個人，有個金髮碧眼的芭比陪他。

我走了過去，發現莫亦辰沒有點他慣喝的7-up, 反而要了啤酒，和那洋妞的口味一模一樣，這個墮落的酒鬼！

我站在那兒三秒鐘，等著莫亦辰介紹。

莫亦辰看看我又看看洋妞，再看看我，終於大夢初醒。

"Oh！This is Co Co. This is Angela."

拜托，你反應也太慢了。

" Hi, nice to meet you."洋妞先開口。

" Nice to meet you."我回敬。

" 她是我女朋友。"莫亦辰揚起眉梢對我說，樣子頗爲得意

這小子平常講話虛虛實實，讓人分不清真假，此時的我注視著他的雙眸，想看出個端倪。

" 是真的，不信妳問她。"莫亦辰的下巴指指洋妞，那個芭比頗感趣味地聽我們說普通話。

" Congratulations！"我轉向洋妞。

" What？"洋妞一副丈二摸不著邊的模樣。

我没解釋，她轉向莫亦辰尋求解答，後者聳聳肩，然後伸出食指在太陽穴上畫圈圈，意思是我瘋了，這讓我大爲光火。

" Sorry, I take it back. "我看了一眼她的男伴，" He is a bad boy. Be careful."

洋妞這下子氣急敗壞，她知道我們肯定講了一些她不知道的事。

我無暇顧及她的感受，逕自離開。

酒吧的工作還是和平日一樣繁重，我必須以小跑步的速度才能應付此起彼落的吆喝聲。突然，一個工人模樣的肥仔吹了一聲長長的暧昧口哨，這意味著有一個性感尤物走了進來，我轉頭望過去，竟然是毛太太和……大鬍子。

大鬍子也不是省油的燈，左右手齊發問候肥仔的媽，肥仔快快然閉上嘴。

毛太太是我見過最美的女人之一，如果用花來比喻，大概也只有牡丹能匹配她的美。這樣的美人，很少有男人能鎮得住，偏偏毛先生就是那萬中擇一，他們兩人站在一起簡直是

天造地設的一對璧人，這個大鬍子給毛先生提鞋還嫌粗糙呢！

我有些害怕毛太太會認出我來，但事實證明我多慮了，酒吧的燈光本來就昏暗不明，加上毛太太是帶著幾分醉意前來，根本無視我的存在，這倒有利我的觀察。

一眼望去，毛太太簡直就是來放縱的，與大鬍子大聲談笑、舉止親暱不說，竟然還把手擱在男人大腿內側靠襠部的地方來回撫摸。

"這是女人對男人索愛的前戲，那個部位是男人的死穴，會讓他們無法自拔。"這是性愛大師何麗的經驗談。

也許何麗是對的，沒多久大鬍子便起身，一手扶著毛太太，另一手拿著毛太太的隨身物，兩人跌跌撞撞地離開。

"何麗，我出去一下。"我把堆滿酒杯的托盤一股腦地塞進她懷裏。

"去哪兒？正忙著呢！"

"馬上回來！"我大聲回應。

衝出酒吧，我很快發現那兩個你儂我儂的身影。

"不會在下個路口轉彎吧？！那裏有家酒店。"我心想。

這下子我可真的成了007了。

我意氣消沈地回到酒吧，原以爲毛先生和毛太太是幸福的一對，毛先生那麼成功，毛宅又那麼漂亮，毛太太還有什麼不滿意的？

當我還在兀自神傷時，忽然憶起莫亦辰，眼光一掃，卡座上已換上兩個阿飛。

"準12點他會回來吧？"我自問但無法自答。

～

我和何麗走在寂靜的回家之路，身後少了熟悉的足音，憑良心講，還真不習慣呢！

"怎麼樣，失落了吧？"何麗壞壞地笑。

"說什麼啊妳！"彷彿被別人偷窺了祕密，我狡辯起來。

我失落了嗎？也許有吧！我以爲只要我一回眸，莫亦辰永遠會在燈火闌珊處等我......

～

我盤腿坐在床上，爲今晚的怪異感覺感到不安，沒想到我的古龍水先生適時來解惑。

" HELLO."

" 我。"

" 嗯！"

" 在幹嘛？"

" 在思考。"

手機那頭傳來大笑聲，我問他笑什麼？

"沒什麼，我覺得妳太有趣了。"

有嗎？我是個有趣的人？

" 就想問妳明天下午能不能再幫我校對另外一份報告？"他說。

我答沒問題！

"嗯！真乖。"

我問他乖小孩有禮物嗎？

"有，注意聽著......啵、啵、啵。"

天哪！我的古龍水先生竟然在手機那端給了我三個吻。

"夠了嗎？"他問。

"嗯！"我傻傻地回應著。

"那明天見了。"

掛上手機，我高興地在床上打滾。

這是我的初吻，我的初吻哪！莫亦辰你就好好地跟你女朋友過二人世界去，我不需要思考了，因爲我有我的古龍水先生。

我迫不及待地在床上舞起韓國勁舞團的求婚舞步，舞姿曼妙，一如MJ......

第十一章/生日禮物

那封白色郵件就擱在案上，像團火球般炙熱著我的雙眼。這已是我第三次參加雅思考試，前兩次都差臨門一腳，這一次若再没達標，注定新的學期我又得重回語言班一年。

我捧起猶如巨石般沈重的信封，顫抖地撕開它。

密密麻麻的英文字母和數字頓時排山倒海而來，我用力眨一下眼，藉以摒除這些干擾，等睜眼再瞧，终於找到total的位置，上面寫著：score 6.5。

按捺住心中的雀躍，我立馬再看明細：聽力6分，閱讀6.5分，寫作6.5分，口語6分，總分6.5分，真是太感謝雅思的四捨五入，讓我勉強達到A大的標準。

"哪～過了！過了！"我高興地手舞足蹈，腦門一熱，找來手機撥打家裏的電話。

"......喂！"母親含糊不清地應著，也難怪，現在是中國的深夜。

"媽，是我，小可，我的雅思過了，過了！"我興奮地說。

母親還在半夢半醒間，問我什麼過了？

“雅思，就是英語能力測試，我過了，剛剛拿到的成績。”

“雅思過了，雅思過了，”母親喃喃自語，“那麼⋯⋯意思是妳正式成爲A大的學生，是嗎？”

我答是，明年二月我就是A大一年級的新生了。（注：新西蘭的學校開學日爲每年二月份。）

“喂！起來了老頭子，小可雅思通過了，她要讀大學，是大學生了，我們家終於也出了個大學生，嗚嗚嗚⋯⋯”母親竟然在電話那頭哭了起來，我也觸景唏噓不已。

從小我就是個頭腦不太靈光的孩子，爲了我的學業，母親竟然孟母三遷，硬把我塞進重點學校裏，可惜我的表現依舊平平，沒能讓父母臉上添光。一路走來，可說是跌跌撞撞，如今這個一無是處的我，終於也要讀大學了，怎不令人激奮？

“小可，趕緊看看成績單上的名字是不是妳的？會不會寄錯了？”父親把話筒搶過去，緊張兮兮地問。

聽老爸這麼一說，心裏的警報器哇哇作響，我趕忙翻看成績單。

“⋯⋯没錯，是張可可，是張可可。”我放下心來。

“老太婆，是可可没錯，是可可，嗚嗚嗚⋯⋯”現在換成父親老淚縱橫。

我這才明白過去的我讓他們操了多大的心，以致於這小小的成功都能讓他們感動淚流，噢！我真是太不孝了。

我們仨就這麼又哭又笑地折騰半天，直到母親發現這長途電話費得多少錢？我才慌忙掛斷。

掛上電話，我的內心仍激動不已，很想找人分享喜悅，第一個想到的是⋯⋯

我撥打古龍水先生的手機號，可惜對方關機了。

"也許他正在上課吧？！"我猜想。

但怎麼辦？我是如此想快點兒見到他，告訴他這個天大的好消息。

~

站在湯老師的辦公室外，透過門上的玻璃，我看見裏面空無一人。

學校老師的辦公室都是每人獨立一間，約五、六平米大小，而且向來不鎖門，真是信任人哪！

我轉了一下門把，走進湯老師的小天地。

空氣有些悶熱，我開了窗，發現窗台上有一抹灰塵，再回首環顧屋內，雖然大致各就各位，但仔細一瞧還是有些凌亂。

"湯老師怎麼可以在這麼糟糕的環境下工作？"我兩手叉腰，兀自埋怨起來。

在走廊的盡頭，我很快發現打掃工具，借用了這些工具，我掃了地，抹了桌子、椅子，撢了四處的灰塵，再把大大小小的書本歸類排好。桌上的《希區考克小說選》被湯老師翻看到一半，我拿了張小黃貼貼在第86頁上，這樣他回來後可以很快找到那一頁。

好不容易打掃完畢，當我直起身子審視自己的勞動成果時，心中不禁湧起一絲甜蜜，湯老師看到後肯定會非常高興。

我微笑著，眼光往下一掃看到他的抽屜。

"裏面會不會很亂？"我心想。

"不行，妳不可以翻看別人的抽屜。"天使說。

"學校老師的辦公室向來不鎖，這表示裏面不會有貴重物品，看看無妨。"魔鬼反擊。

"不管貴不貴重，翻看別人的抽屜都是不禮貌的，別打開！"天使又說。

最後魔鬼戰勝天使，我打開了左邊的抽屜，裏面不外文具之類的東西。閣上左邊的抽屜，我又打開右邊的抽屜，除了幾本筆記本散落其間外，角落還有一個墨綠色的鐵盒子。我掀開蓋子，裏面躺著一個相框，和毛先生書桌上的一模一樣。

奇怪，湯老師怎麼也會有同樣的照片？

凝視著照片好一會兒，我突然靈光乍現，那半張臉的男子就是湯老師，難怪有些面熟。

我又看了照片許久，仍然看不出個所以然，直到聽到快速而有力的腳步聲，我才趕緊把照片放回原處。

"是哪個小天使把我的辦公室打掃得這麼乾淨？我都快認不出來了。"湯老師幾乎是在走進辦公室的第一時間內嚷嚷起來。

我漲紅了臉，心裏喜滋滋的。

隨後，他把上課用的書本往桌上一扔，氣喘吁吁地從背包裏掏出一瓶可樂，大口大口地喝起來。

"真熱，渴死我了，學校也不安個冷氣。"他說。

我看見湯老師的額頭冒出斗大的汗珠，真是的，老師上課多辛苦，學校真不體諒人！

"抱歉，不知道妳會來，所以只買了一瓶，要不，我現在到 Tuck Shop 給妳買。"

"不，不用了，我不渴。"我趕緊拒絕。

"今天怎麼來了？"他又喝了一口可樂問。

哎！我怎麼把這麼重要的事給忘了？

"今天收到成績單，我的雅思考了6.5分，意即我將成爲A大正式的學生了。"我宣佈。

" Congratulations! 這真是個大大的好消息，我可以抱妳一下嗎？"他問。

在我還沒來得及反應前，他匆匆擁抱了我三秒鐘，而這三秒鐘卻長得足夠讓我用一輩子去記住它。

"有沒有想過讀哪方面專業？"擁抱過後，他問。

"我想讀園藝，因爲從小就喜歡花花草草。"我心不在焉地答，因爲注意到今天的湯老師穿著一雙英倫風味的黃褐色皮鞋。

他說這是個好選擇，他也喜歡花草，最喜歡的是紫丁香。

"我也是，"我興奮地附和，"有人說紫丁香太香，但我就喜歡它濃郁的味道。"

"我記住了，可可喜歡紫丁香，下次有機會我一定買來送給她。"他承諾著。

"謝謝。"我又看了一眼他的新鞋，"你的皮鞋很適合你。"

湯老師抖動一下腳上的鞋，說是朋友送的生日禮物。

"是……是很好看。"我說。

還好，差點兒問他是誰送的，雖然我挺想知道的。

"噢! 謝謝。"他不太在意地答。

會送湯老師皮鞋的人有以下特點：

一、知道他的生日日期。

二、知道他的腳大小。

三、 知道他的品味。

綜合以上三項，這個人肯定和湯老師的關係不一般，我不禁有了微微的醋意。

不行，我不能被比下去，我也得送湯老師生日禮物，但送什麼好呢？我想起那股特別的香氣。

第十二章/再會吧！可可

Pharmacy的售貨員讓我聞了好幾款的古龍水，但都不是那熟悉的味道。

" Sorry . Those are not what I am looking for."我歉然地表示這些香水都不是我在找的。

"Wait."那個女售貨員要我稍等，然後到收銀台拿鑰匙打開展示櫥窗，裏面有大大小小的瓶瓶罐罐。

她拿出那瓶佔據最明顯位置的亮黑色瓶子，將瓶口噴頭對準一張小紙片噴了噴，再遞上來讓我聞。

嗯！就是它，我的臉上有了笑意。

" How much is it? "

" It's 600 dollars ."

我很快心算一下，折合人民幣三千多元，是我一個月的生活費。

我揣著包裝精美的禮品袋離開PHARMACY，一路上天人交戰，一會兒責罵自己豬腦袋，花那麼多錢買了一小瓶古龍水，接下來的一個月注定得餐餐就方便面；一會兒又覺得自己好運氣，買到一份絕佳的禮物，湯老師收到後肯定會開心地飛上九重天⋯⋯

就這麼在理性與感性間遊走，直到聽到冰淇淋車發出叮叮噹噹的音樂聲，我才平靜下來，正想走過去瞧瞧是否有我喜歡的藍莓口味時，毫無預警的，我看到莫亦辰了⋯⋯

" Hi, 好久不見。"那個瘦了很多，滿臉鬍渣的人緩緩地對我說。

是真的好久不見，自從他交了女朋友後便不管我死活，加上我們修的課不盡相同，即使必修的英語課，他也經常姍姍來遲，而老師一說下課，他馬上拔腿就跑，我們已經許久許久沒有像這樣面對面說話了。

"嗯！的確好久不見。"我回應著。

" 53天，我們有53天沒說過話了。"他答。

有那麼久嗎？我迷糊了。

看他一副失魂落魄的樣子，我忍不住問原由。

" 我失戀了。"他苦笑。

我安慰他洋妞不靠譜，他找錯對象了。

"她不是我的女朋友，她是我的英語口語老師。"

我心裏犯嘀咕，莫亦辰啊莫亦辰，你無病呻吟個啥？

誰知他黯淡的眼神突然有了光彩：" 可可，我不在的日子裏，妳⋯⋯想念我嗎？"

"想，"這是真話，"像想念朋友一樣地想念你。"

他說他要的不只是朋友。

“是……不只是朋友，是……好朋友。”我顯得慌亂。

他上前一步：“可可，我……”

我趕緊後退，揚了揚手中的禮品袋，假裝興奮地說：“莫亦辰，這是我買來送給我男朋友的生日禮物，花了我600元哪！”

我等著他揶揄我，然而他没有。

“是不是Tony？”他問。

我囁囁答是，彷彿考試作弊被抓包了。

“我……很高興有人照顧妳了，甩掉妳這個大包袱可真不容易，現在……現在終於有人接手了，以後……以後如果妳又迷路，還是可以打給我，我一樣會飛來救駕。”他低頭看了眼腕錶，故作驚訝,“糟糕！我得出任務了，再見，可可。”

他真的跑了起來，邊跑邊頻頻回首：“可可，再見……再見，可可……再見……再見……”

第十三章／心痛

我走上毛宅的車道，王媽正提著菜籃子出門。

"可可，老太太在家庭房等妳。"她說。

新西蘭的房屋設計，講究點兒的住宅會有兩個平日活動或社交的房間，一個是客廳，另一個則是家庭房。前者長期維持乾淨整齊，方便朋友的忽然到訪；後者是全家歡樂聚集的場所，通常備有電視、卡拉Ok或遊戲機等，所以相對凌亂些。

"王媽，妳買菜去了？"我問。

"嗯！今天晚了，不知還有沒有好東西？"她嘀咕著。

我知道路口有一家韓國人開的雜貨店，賣一些生鮮水果和涼漬小菜，王媽待會兒肯定上那兒去了。

"那我進去囉！"

告別王媽，我一腳跳上門廊。

在入口處，我脫下腳上的帆布鞋換上客用拖鞋，意外發現鞋櫃內躺著一雙細根高跟鞋。

“毛太太在家嗎？”我心想。

關好身後的門，樓上突然傳出嘔吐聲，我擡頭向上望，正思忖該不該上樓查看一下，又一長串排山倒海的嘔吐聲傳來，彷彿要把腸胃裏的東西都一傾而出，我決定還是上樓瞧瞧。

踩著羊毛地毯，這是第二次我上到毛家二樓，左右巡視一番後，我很快發現聲音出處，毫不猶豫地走向那扇半掩的門。

推開房門，我看到毛太太正披頭散髮地坐在廁所的地磚上，馬桶裏一堆穢物。我走過去按下沖水閥，然後蹲下身關心地問：“毛太太，妳還好嗎？”

她攏攏額前的髮，露出一張不施胭脂的秀麗臉龐，答：“没什麼，喝多了。”

“妳需要什麼？我幫妳去拿。”

她頗爲自棄地說再給她酒，隨便哪個，就在地下室的酒窖裏。

“毛太太，妳不能再喝了，酒很傷身體的。”我整理一下她的亂髮。

“跟心比起來算什麼？只有喝醉了，我才能忘記心痛的感覺。”

“妳有什麼好心痛的？該心痛的是毛先生。”一說完我就後悔。

毛太太擡起頭來深深地看著我。

“我……我在‘Blue Cat’工作。”我囁囁地解釋。

“既然這樣，妳大概什麼都看到了吧？！”

我無奈稱是，並且表示她現在收手還來得及，趁毛先生還沒發現……

“我收什麼手？！是他先外遇的！”她頗爲生氣，卻把我驚到不行。

"呃……也許，也許他跟他女朋友不是認真的。"一時真找不到安慰的話。

"女朋友？呵呵呵! 對，女朋友，他跟他女朋友出雙入對、甜甜蜜蜜，把我一個人晾在這兒，妳知道什麼是行屍走肉嗎？我就是行屍走肉，沒有明天，沒有未來……"說著說著，她抽抽答答地哭起來。

好不容易我才幫一身狼狽的毛太太換上乾淨的衣物，然後扶她上床，她倒挺合作的，不一會兒的功夫便沈沈入睡。

望着她憔悴的面容，我的眼光往下一掃，發現毛太太左側脖子上有個明顯的吻痕。

" 這個大鬍子也太狠了，毛先生回來後看到了怎麼辦？"我心想。

聽說男人能允許自己尋花問柳，卻要求太太必須忠貞不二。

我把毛太太的睡衣領了拉高，剛好蓋住脖子上的草莓，此時樓下的大座鐘沈重地敲了幾下，我才注意到夜幕已低垂。

"晚安，毛太太，也許在夢裏，那個風姿綽約的妳將不再孤獨。"我如是想著。

第十四章/小粉蝶兒

當我走進家庭房，毛奶奶正躺在她慣坐的貴妃椅上，胸口擱著好大一個本子，她的雙眼緊閉，彷彿睡著了。

"奶奶～"我輕聲喚她。

"噢！可可妳來了。"老太太坐直了身子。

我緊挨著她坐下，問她胸口上的東西是什麼？

"這個啊！是相簿，自從眼睛不行以後，我再也不能看了，妳來了正好，幫我看看相片。"

"好啊！"我愉快地應著。

接過相簿，我發現這是一本老舊到可以進博物館的東西，四個角落都已經磨損不堪，但本子卻亮得發光，老太太應該經常撫摸它。

打開第一頁，赫然是奶奶年輕時的照片，黑白的。

"奶奶，這是您？好美呀！"我誇讚著。

"人家都說我長得像胡蝶，噢！不，不是會飛的蝴蝶，而是三十年代著名的電影演員，妳大概没印象。"

啊！我當然没印象，那時我還没出生呢！

"毛爺爺也很帥。"我看了右手邊那一張。

"是啊！不僅帥還很聰明，村子裏就出了他這麼一個大學生，那時候大學生可稀奇了！"

聽得我臉上訕訕的，話說現在的大學生一抓一大把，饒是這樣，還費了我好一番功夫才擠進去呢！

我翻頁，是毛奶奶和毛爺爺的合影，兩人都穿著軍裝，脖子上繫了紅領巾，手持毛語錄，當我知道這是結婚照時，還真嚇了一大跳！

"當時的結婚照都這麼拍的。"老太太解釋道。

然後是一張男嬰光著屁股的照片。

"呵呵！這是毛先生，真可愛！"

"嗯！誰看到景然都說他可愛，胖嘟嘟、圓乎乎的，讓人恨不得咬上一口。"毛奶奶的臉上佈滿笑意，"他出生就有十斤，我生他時没少受罪。"

啊！天下的母親提到自己的孩子都是驕傲的，即使當時痛得死去活來。

接下來是毛先生的個人成長史，從蹣跚學步到叛逆少年，再到翩翩美男，然後是睿智而世故的中年大律師；背景也從落後鄉村到繁華小鎮，再到首都京城，然後是優美勝地新西蘭。

我一頁一頁地翻，一張一張地講，大部份的時間毛奶奶只是聽著，偶爾插上幾句糾正我的描述。

"這是哪裏啊？好美！簡直就是天堂！"我驚嘆。

瞧！遠山披上了白皚皚的雪衣，像給抹茶蛋糕淋上厚厚的奶油，浩瀚無垠的天空此時也藍得透亮，而近處綠絨絨的草地就更不用說了，柔軟得讓人忍不住想在上面打個滾。毛奶奶，噢！不，是個風韻猶存的少婦，她身著粉色長裙，就在這片綠毯上擺了一個飛揚跋扈的舞姿……

我把照片內容描述給毛奶奶聽，她著急地把相簿接了過去，峋嶙的手指試著在上頭找尋，我把她的手移到那張美麗的相片上。

我從來不知道人的手會有那麼多的感情，她一遍又一遍地撫摸，像呵護一隻柔弱的貓，怕一用力就會把它弄疼了似。

我不想打擾奶奶的回憶，只是靜靜地等著。

"小凱幫我拍的照片。"她說。

小凱？誰是小凱？

"那天我們到了皇后鎮，他說想拍幾張新西蘭人滑雪的照片，我們開了一個多小時的路程還是沒找到他說的滑雪場，於是下車，想稍作休息再上路。"毛奶奶停了一會兒，似乎還在記憶中搜尋，"下了車，他說這地方真美，拍張照留念吧！我站著讓他拍，他非要我擺一個佛朗明哥舞中的經典動作不可，還說看我跳舞就像看到一隻粉色蝴蝶翩翩起舞。"

"原來這裏就是皇后鎮，難怪有人說那是新西蘭最美的地方。"我喃喃說道，"對了，小凱是誰？"

我沒頭沒腦的一句問話讓老太太又陷入沈思。

"小凱是……"

她帶我重返二十多年前，那個與憂鬱少年初見的時刻。

～

"奶奶，後來您再也沒見過他，是嗎？"我問。

老太太搖搖頭答沒有，那個年代的人還很保守，精神出軌已是相當大的罪惡，她不能再傷害伯豪和景然，而且小凱也有自己的路要走，應當開始新生活。

"但您一直没忘記過他。"我下了結論。

"是的，他走了，把我的心也帶走，從此我不再跳舞，少了小凱這個知音，我再也不需要別人的掌聲。"

我和奶奶都沈默了下來⋯⋯

大概過於冷場，老太太突然指示我到她房裏拿一樣重要的東西，並且千叮嚀萬囑咐要小心拿著，因爲它很易碎。

"好的，奶奶您放心。"

走進奶奶的房間，我很輕易就找到五斗櫃以及櫃子內古色古香的木盒。

"奶奶，是這個吧？！"

我一坐下，老太太便迫不及待地伸手去接，可見這是多麼寶貝的東西。

她接過木盒後，撫摸了一下盒面才打開，原來裏面有個用白色手絹包裹的雪白貝殼。

"真漂亮！"我由衷讚美。

"是很漂亮，小凱送我的。"老太太很驕傲，"他說他走了一天的沙灘，從幾千幾萬個貝殼中挑出這個精品。"

說來真令人感慨，毛家身家少說也上億，而這個有錢的老太太最鍾意的竟是一文不值的貝殼⋯⋯

"奶奶，我們把它收好放回去，免得磕壞了。"我伸手過去。

"不，我要拿著。"她像個倔強的孩子,"可可，今天唸書的時間已經到了，妳先回去吧！"

我擡頭看了一眼時鐘，時間的確已經到了，老太太真精明。

"那⋯⋯奶奶，我走了。"

她擺了擺手，算是聽到了。

我走到玄關處回頭一望，老太太把貝殼擱在胸口，仰天冥思。

啊！她在想念小凱。

我又想起照片中跳著佛朗明哥舞的女郎，歲月荏苒，那個憂鬱小王子是否還記得當年的小粉蝶兒？

答案啊答案，在無止盡的思念裏……

第十五章／兩個亞當

剛下公車我便一路狂奔，儘管使出吃奶的力氣，我還是被冰雹打了好幾個響頭。

今天的還算小，大概只有核桃般大，據說新西蘭曾下過最大的冰雹有整個哈密瓜那麼大，這擱誰頭上絕對是個災難，難怪去年有個學長被打得頭破血流，想必不是空穴來風吧？！

這一天，老太太說想看《紅樓夢》，屋外的冰雹就在書中女眷的竊竊私語裏彈盡；等到劉姥姥詼諧一出場，天空終於露出一道曙光；不料這廂黛玉剛葬了花，可怕的烏雲忽地又籠罩回大地⋯⋯

我的心情也隨著屋外的陰晴不定而忐忑不安，畢竟誰也不願在大雨中踽踽而行，尤其還伴隨著大小不一的冰雹。

"怕是快下大雨了，今天就唸到這兒吧！妳趕緊回去。"

老太太雖然眼睛不好，但空氣中大雨欲來的氣息，她還是聞得出。

"那⋯⋯奶奶我走了。"我有些不好意思。

"快走，快走，如果不是司機老劉生病了，我會讓他送妳一程，哎！邵萱又蹺巧回國探親，景然也不知回家了沒，要不，我喊他一聲？"

想到要和毛先生坐在同一輛車裏，我寧願被雨打濕。

"奶奶，真的不用了，公車一下子就來，別麻煩了。"

"那……好吧! 路上小心。"老太太揮揮手。

"知道了，奶奶再見！"

我拿好東西走到玄關，剛脫下拖鞋準備放回鞋櫃時，我看到那裏除了平常常見的鞋外，還多了一雙黃褐色皮鞋，英倫風味的。

是他嗎？

我站直了身子，深吸一口氣，没錯，是他，我聞到古龍水的味道了。

像被下了降頭般，我躡手躡腳地走向二樓，空氣中開始彌漫著不尋常的氣味，除了古龍水之外，還有別的什麼，是種極不舒服的組合。

上到二樓，整層一片死寂，我開始懷疑自己是否過度敏感？然而我沒遲疑太久，因爲古龍水的香氣像鬼魅般引領我繼續前進。

" Tony , could you give me some water? "

是毛先生的聲音。

" Yes, sure."

門咿呀地被打開，我看到古龍水先生穿著睡衣站在門口，上衣敞開著，露出腹肌。

我的視線越過他的肩膀，看到毛先生正背對著門趴在床上，白色床單蓋住臀部，他的上身赤裸著。

視線重新回到湯老師身上，我多麼希望他能解釋解釋，然而他驚慌失措的表情徹底摧毀最後一根救命稻草。

我衝下樓去，赤足跑在泥濘的水泥地上，狂洩的大雨像足我此刻的心情，我早已分不清臉上是雨還是淚。

我聽見嘩啦啦的雨聲、車子的喇叭聲、嘩啦啦的雨聲、車子的喇叭聲、嘩啦啦的雨聲⋯⋯然後是刺耳的緊急刹車聲，有人將我攔腰一抱。

“Fuck you ！”

我聽到司機的咒罵聲。

湯老師將我用力塞進路旁的紅色電話亭裏，將大雨擋在亭外。

我一邊無聲地流淚，一邊怒視著眼前的男人。

“可可～”他握住我的肩膀。

“啪！”我一甩手，給他一個耳括子。

他捂住臉龐，神情哀傷地猶如失怙的小孩，我驟然心軟，我怎麼捨得打他？

“湯尼～”我伸出手輕輕撫摸他被打的臉龐，“對不起，我愛你勝過我自己。”

我湊上唇輕吻他的臉，像無數次夢裏的情景一樣，然後是他性感的雙唇，它像想像中一樣柔軟，緊接著抱住他強壯的身軀，那是我生命中的大樹⋯⋯

“可可⋯⋯可可，Stop ！”他捧住我的臉，制止我的侵略。

我像被迫中止獻花的粉絲，無助地看著他。

“可可，我愛David.”他說。

這句話無疑是顆炸彈，將我炸得粉碎。

"不，不是的，那不是真愛，如果是，人類早就滅亡了。"我呐喊著。

他沈默地看著我，像看一隻掉進河裏的狗。

我再次投入他懷裏："湯尼，我愛你，我愛你很久很久了，打從圖書館的第一次相遇，我就無可救藥地愛上你。"

他似乎被嚇到了，但我管不了那麼多，繼續表白："相信我，我會給你幸福，我會讓你快樂，今天的事情我們把它忘掉，重新來過。"

我把頭深深埋入他的胸膛，想聽聽他的心跳頻率是否和我一樣？

然而他再次推開我，要我冷靜，同時表明我們之間只有師生情誼，再無其他，請不要混淆了……

"不，不是的，"我用力搖頭，"你愛我……就像我愛你一樣……"

我忍不住哽咽起來。

"很抱歉讓妳誤會了。"我的古龍水先生一副無可奈何的模樣。

完了，完了，我就要敗北了。

"不是誤會，"我一副壯士斷腕的決絕，伸手用力扯開自己的前襟，然後粗魯地去解他的褲頭，"你要的，我也可以給你！"

"啪！"

我從來不知道被打的滋味是如此苦澀，我摀住火辣辣的臉頰，傷心而羞愧地望著他。

"妳真賤！"我的古龍水先生說。

這突來的一句話簡直是萬箭穿心。

看他推開電話亭門，在大雨中疾行而去，我嘶吼著要他回來，然而那背影卻漸行漸遠，直至完全看不見。

雨依舊淅瀝瀝地下著，我全身無力地跌坐在地上，形如槁木、心如死灰……

第十六章／小偷

何麗刷的一聲把窗簾拉開，瞬間的光亮讓我不由自主地以手遮擋。

"今天吃滑雞飯，叉燒飯賣完了。"何麗打開飯盒盒蓋，叉上叉子遞給我。

我有一搭沒一搭地撥弄飯盒裏的食物。

"告訴妳，那條愛爾蘭豬有夠噁心的，給我們換新制服，妳猜怎麼著？是條連身圍裙喔！前面看還算正常，後面……乖乖，他就讓我們穿一條露出半個屁股的短褲，媽的，這還是正常的營業場所嗎？我怎麼覺得自己成了AV女優了？"何麗邊動手整理我的房間，嘴巴也沒閒著，嘰嘰喳喳地說個不停。

"還有啊！下個月有校際運動會，我參加一百米賽跑，開什麼玩笑，我從小就是體育尖子生，這種學校運動會，實在是 a piece of cake."

"再告訴妳……"

我望向窗外，何麗的說話聲越來越模糊……

天還是一樣藍，太陽還是一樣燦爛，而我的心卻已不再是一個多月前那顆圓潤飽滿的心，它已經碎成無數個小碎片，想把它黏回從前的樣子，根本是不可能的事。

時間回到那個大雨滂沱的夜晚，我也不知是怎麼回的家，一進門，何麗就被我的鬼樣子給嚇著，以為我被哪個大野狼給啃了。

我失魂落魄地躺回床上，當夜便發燒近四十度，口中念念有詞，緊急被何麗送進醫院，住了一個多禮拜的病房才獲准回家休養。

毛宅早托了個藉口不去，酒吧的工作也被老闆緊急叫停，學校當然也請了病假，現在的我哪還有什麼心情上課？

"妳怎麼不吃？"何麗甩了掃把，雙手叉腰怒視我，"妳已經瘦成皮包骨，就算餓死了，那個男同志也不會多看妳一眼！"

聽何麗這麼一說，我的眼淚像斷了線的珍珠，滴滴答答地落下來。

"瞧妳這副沒出息的樣子！"她把椅子拉過來反著坐，"妳知道妳的毛病出在哪兒？"

何麗直視我，我低下頭不想回答。

"妳的毛病出在沒和男人上過床，所以把他們過度美化了。其實啊！關了燈，所有的男人都一樣，只有技術好和技術不好的差別。"

見我依舊不吱聲，何麗另起爐灶。

"本來不想講的，看妳這副死樣，就給妳報個猛料。"她把我的滑雞飯接了過去，塞上一口，含糊不清地接著說，"Jack妳知道吧？嗯……也許妳不知道，但這不是重點，重點是他和湯尼是同學，一直到博士班喔！他說湯尼的家境一般，雖然拿獎學金，但不是全額，所以得打工才能支付開銷。"

我還是悶不吭聲。

她突地轉頭，嘴巴瞄準垃圾桶，咻的一聲，雞骨頭跟蹌進桶。

"哪～"她高舉右手，彷彿自己是神射手，"說到哪兒？噢！打工。妳猜怎麼著？大二下半年他突然富貴起來，穿的、用的都是名牌，宿舍也不住了，住進酒店公寓裏......現在知道了吧？"

我望著何麗，許久說不出話來。

"這也不懂？他被包養了。"她換了一個坐姿，"妳想呀！他一個博士生，就算偶爾教教課，能有多少銀兩？擦得起六百元一瓶的古龍水？"

"他被毛先生包養了？"我重複這句話。

"没錯，妳的白馬王子没妳想的那樣完美！"何麗把最後一口飯塞進嘴裏，摸摸肚子，"討厭，都是妳啦！今天本來是節食日，被妳害慘了......算了，下一餐再減吧！"

她起身，撿起地上的掃把胡亂掃一下，算是交差了。

"噢！差點兒忘了，"何麗拉開背包拉鏈，從裏面取出三本筆記本，踫的一聲扔到床上，"這是昨天上課的筆記，莫亦辰要我轉交給妳。憑良心講，這男人待妳不錯，他自己物理系的課不上，巴巴地去上園藝課，妳啊！別不知足了。"

說完，她頭也不回地走了，像風一樣，一掃而過。

沈默了許久，我拿起床上的筆記本，一翻頁，莫亦辰娟秀的字躍然紙上，他把重點都分門別類記錄下來，讓人一目了然，比我自己寫的還要好。

就這麼翻呀翻的，我翻到最後一頁，看到那裏有一幅四格漫畫，一個小男孩伸出手臂向上天抗議："祢天天哭，什麼時候才能把太陽還給我們？"

上天答："這不是我的錯，太陽被可可偷走了。"

最後一格是個懸賞告示：**通緝犯可可偷走太陽，有知情者速與莫亦辰聯繫，賞金一百萬韓元。**

看完後我不禁莞爾，一百萬韓元不過是五千多元人民幣，真是典型的莫氏幽默啊！

放下筆記，我望向窗外，外面的世界是一片光明，我多麼希望自己是那個偷走太陽的小偷，那麼我就不用在黑暗中舔噬傷口，因爲它……很痛，很痛。

第十七章／我是妳的債主

一個早上，我彷彿是被聚光燈聚焦的明星般，不僅同學們對我噓寒問暖，連老師也好奇爲什麼我會消失一個半月？我一一感謝他們的關心，也耐心地回答他們所提的問題，還好沒人問我：「下那麼大的雨，妳怎麼就巴巴地淋雨回家？」

我的同學和老師們都還算是有教養地保持應有的距離。

走出教室，太陽溫柔地灑在我身上。啊！久違了的太陽，我終於把你還給了大地，莫亦辰再也不用通緝我了。

「可可～」

聽到熟悉的聲音，我轉過頭去，莫亦辰正大踏步向我走來。

「Hi.」我弱弱地與他打招呼。

「很高興妳回來上課了，再不回來，恐怕我得轉系了。曠課太久，我的老師和同學都以爲我回中國了呢！」他露出潔白的牙齒，給我溫暖的笑容。

「對不起……謝謝。」我說。

莫亦辰笑問我這是說對不起還是說謝謝？

"都有，最多的是感謝。"

"快別這麼說，大家都是同學，又是好朋友，不說別的，就憑都是中國人，中國人幫中國人，天經地義，哪來那麼多繁文縟節？"

我答不是每個中國人都會幫我抄筆記還有代墊高昂的醫藥費，而且聽說他連我這兩個月的房租也繳了，我實在欠他太多……

"瞧妳說的，出外靠朋友，朋友這時候不利用一下，什麼時候利用？"

"錢我會還你的。"我囁嚅地答。

"當然得還，不還我就全球通緝妳！"他又打哈哈起來。

爲了表明還錢的決心，我趕緊聲明自己已經在中國城找到端盤子的工作，今晚開始上班。

"妳的身體還沒有完全好，等恢復後再上班也不遲。"

"不，我要趕緊忙碌起來，這樣就沒時間想東想西了。"

他深看我一眼後，說："那好，不過……在妳忙碌起來之前，是不是該對妳眼前的這位債主表示感謝？"

感謝？我一時不明白。

"當然得感謝了，"他擡手看了一眼腕錶，"現在是吃午飯時間，請我吃個飯不過份吧？"

～

坐在茶餐廳裏，莫亦辰點了一桌子的菜，連服務員都睜大眼睛問是不是待會兒還有朋友要來？簡直羞死人了。

"嚐嚐這個。"他把一勺百花羹舀到我碗裏。

我還没喝，他緊接著又夾了一根燒鵝腿到我盤裏，說這個也不錯。

"椰汁怎麼還沒來？"他嘀咕著。

無奈正是餐廳最忙活的時刻，無人理睬他。

他舉起右手，等待被招呼，同時不忘提醒我別喝軟飲，光是糖水，没什麼營養；茶也別喝，有咖啡因，對我這種大病初癒的人很不合適。

"Yes."服務員終於走過來。

莫亦辰交待一番後，那人點頭走了。

我抱怨今天這一餐又得多花兩個工作日才能還清債務，他答没辦法，誰讓我虎落平陽......

"糟糕！我好像把自己比喻成狗了。"他呵呵呵地笑了起來。

我說没關係，我還滿喜歡狗的。

"真的？"

"真的。"

不知爲什麼莫亦辰聽了喜形於色，看他這麼開心，我也高興了。

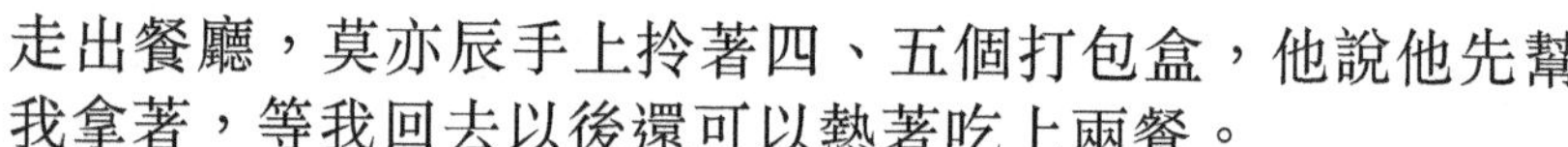

走出餐廳，莫亦辰手上拎著四、五個打包盒，他說他先幫我拿著，等我回去以後還可以熱著吃上兩餐。

"我以爲富二代都很浪費。"我有感而發。

"也不知道是誰幫我安上這個頭銜，如果說富二代都很浪費，那我肯定不是富二代，因爲我父母絕不允許浪費的事在我家發生，但是該花的，他們一點兒也不吝嗇。"

"真好，賺得多又不浪費，財富積累就更快了。"

莫亦辰說財富多只是更容易得到想要的東西，但不是你想要就一定能得到，譬如你不能拿著錢強迫一個人"真心"愛你……

我想起何麗說過湯尼被毛先生包養一事，如果我拿錢包養我的古龍水先生，他會答應嗎？我搖搖頭，心情一下子跌到谷底。

"想什麼？表情怪怪的。"他問。

"没什麼，"我看見家就在前方，"你就送到這兒吧！"

"好的，這個妳拿著。"他把中午的打包盒交給我，"別把塑料盒也放進微波爐裏，有毒。"

我答知道了，正想轉身走人，誰知他又有話要說。

"可可，錢妳晚點兒還没關係，如果妳又病倒了，我還得再付醫藥費、房租，然後代妳上課，所以妳好好的，就是對我最大的回報。"

我無力地笑了笑，對他擺擺手，轉身進屋。

"別─忘─了─我─是─妳─的─債─主─"莫亦辰把雙手圍成話筒狀，對我喊了起來。

啊！我欠他太多，而他要的恐怕我又給不起。

青春的轉輪呀! 你到底要把我帶向何方？我迷茫了……

第十八章/生龍活虎

我很高興生活又回到尋常的軌道，不同的是，我刻意過起苦行僧的生活，不僅物質生活降到最低（往往一條法棍就打發一整天），而且每天的行程就是三點一線，家—》學校—》打工餐廳—》家，然後隔天一睜開眼睛又重複昨天的生活。

没錯，我想通過身體上的磨難來忘卻心裏上的疼痛，現在我才明白爲什麼有人會自殘，因爲心痛到麻木，唯有讓身體感到疼痛，才能證明自己還活著。

當老師說我的成績有明顯進步時，我一點兒感覺也沒有，真的，什麼興奮、失望、驚訝、忿怒……通通都沒有，彷彿他說的是別人，不是我-張可可。

“可可，妳很不快樂。”莫亦辰說，同時將一盆栀子花交給我。

“快樂跟不快樂要怎麼定義呢？我覺得自己還好，你怎麼就覺得我不快樂了呢？”我反問，然後將盆栽一一擺好。

A大明天有個義賣會，所得捐助非洲落後地區兒童，各系都提供了可供義賣的東西，譬如二手書、二手衣、愛心蛋糕、棉花糖、炒飯、炒麵……等等。

我們園藝系也提供了近五十盆盆栽響應，這本來是上課的課題，既然適逢盛會，就拿出來愛心捐獻了。

“可可，妳……”

“什麼都別說了，讓我靜一靜。”

我站起身想接住他遞過來的另一盆盆栽，眼前的一幕卻讓我驚呆了。莫亦辰也被我的怪異神情給震住，一轉頭，追隨我的目光。

那個既熟悉又陌生的久違的男人，就這麼大喇喇地走進會場，他的身旁圍繞著五、六個女學生，各種膚色都有，正和他開心地說笑。啊，吸引著四面八方撲面而來的飛蛾，連我的魂兒也被他勾了過去。

等我定下神來，趕緊背對他蹲下，把排好的盆栽又重新排一次，手忙腳亂中，弄翻了好幾盆。

“可可，妳過來。”莫亦辰粗魯地將我拉起。

儘管我一再試著掙脫，還是抵不住一個大男孩的力氣。他拉我走向湯尼，就在那人回首的前一刻，適時放開我的手。

湯尼看到我，眼神中有一絲驚訝，但很快控制住，表現出為人師表的氣場。

“你們來了，真是太好了，義賣會就是越多人參與越好，所謂眾志成城。”他說。

“蛇門斯中知成稱？”一顆黑珍珠操著怪腔怪調的普通話，好學不倦地問她的老師。

湯尼正要解惑，被莫亦辰搶了個先：“讓我來解釋，眾志成城就是……”

他順勢將女孩們帶開，留下我和湯老師。

“妳好嗎？好久不見。”是湯尼先開的口。

“很好，好得不得了，吃得飽、睡得香，你好嗎？湯尼。”我逞強著。

“我也很好……聽說妳生病一段長時間了。”他問。

我笑著說人又不是鋼鐵，當然會生病。這次的確是比較嚴重一點兒，但我年輕，很快就恢復了，瞧！沒事的。

“聽到妳沒事，我就放心了。”他答。

該說的場面話都說完，我和古龍水先生陷入無話可說的窘境。

“那……我去忙了，工作還沒做完呢！”

就在我即將轉身前，他突然蹦出一句：“可可，我很抱歉說了那句話……”

“哪句話？”我故意擺出非常無知的表情，“啊！真糟糕，生了一場病，記憶力差很多，現在都想不起來了。既然你說抱歉，肯定不是什麼好話，還是趁早忘了吧！”

“那好，忘了吧！”他猶豫了一會兒，“如果妳願意，我還是需要妳幫我校對文件。”

聽他開口邀請，我差點兒要滿心歡喜地接受這份差事。

“不了，學校的功課滿重的，而且我還在外面打工，沒那麼多時間。再說我也不是唯一的人選，A大有很多中國來的學生，你一定很容易找到適合的人。”我很艱難地拒絕他。

“那好，不勉強，”他彷彿鬆了口氣，“看到妳又生龍活虎，我很高興……真的很高興。”

我給了我的古龍水先生他想要的笑臉，但一轉身，天真可愛的表情便被打回原形，比哭還難看。

“我生龍活虎？哈！要不要告訴你，我已經死過多少回？”我在心中吶喊，眼淚也不爭氣地掉落下來。

第十九章／聖誕無眠夜

莫亦辰問我聖誕假期回不回去？他打算這學期一結束就搭機回國。

我無奈地搖搖頭。

新西蘭的聖誕假期從十二月中旬放到隔年一月底，足足有一個半月，時間長得足夠買張機票回中國轉轉。

天知道我多麼想念遠方那個小而溫暖的家，想念父母和家裏的小狗，想念小鎮上美味的家鄉菜，想念……但一想到回去一趟，光飛機票就得七、八千塊人民幣（這夠我兩個月的開銷），只好安慰自己沒回去也沒關係，反正可以在 Skype 上見到親人，不致於太糟糕。

何麗也不回去，理由不是沒錢，而是她又踏上她的真命天子，她打算趁這一、兩個月集中火力將他拿下，所以這個假期至少還有個人陪我（如果何麗沒把她的王子拿下的話）。

我打工的地方在中國城，但城裏可不只賣中國的東西，舉

凡東南亞、日韓、中東、印度、南美……等國的美食雜貨都可以在這裏找到，可以說是南北大雜匯。

下午五點，我推開おいしい餐廳的大門，店主kumiko開心地和我打招呼。

這是一家日式炸物料理店，我姑且翻譯成"美味餐廳"，主要賣日本油炸食品和日式火鍋，當然也賣日本清酒，不過酒精含量不高，這可以從客人離店時的清醒程度判斷出來。

我換上日本和服，繫上腰帶，穿上白短襪，然後夾著木屐，磕磕叩叩地忙碌起來。

你若問我爲什麼選擇在日式餐廳工作，我可以給你兩個理由，一是工作環境乾淨，二是工作人員有禮。

來日本餐廳消費，一般都不便宜，但物超所值，炸物用的油絕不隔夜使用，不僅廚房井然有序，桌椅更是一塵不染，廁所就更不用說了，只要有那麼一點兒骯髒，我們的老闆娘就會輕聲細語地請我們服務員馬上、立即、毫不遲疑地去清理乾淨。

都說日本男人好色，但我覺得他們是骨子裏色，外表還是彬彬有禮，所以只要我和他們保持一定的距離，基本上可以排除被性騷擾的可能性。

"いらっしゃいませ"當今天的第一位客人進入餐廳，我們全體員工，包括站在料理台後的料理長，一律高聲齊呼。

我端上熱呼呼的綠茶和熱毛巾，這是待客的第一步，然後恭恭敬敬地遞上精美的菜單，這上面有圖片和中、日、英三種文字介紹，所以基本不會出差錯。

偶爾有熱情的日本客人會嘰嘰喳喳地用日語和我交談，我也不擔心，因爲料理長或老闆娘會親自過來接待。

我在日本餐廳工作還算愉快，每天十一點鐘打佯，時間上不至於太晚，不像酒吧，回到家都近兩點了，隔天還要上課，那真不是人過的日子。

今晚是聖誕夜，Kumiko 宣佈提早打佯。

下班途中，當我看到五彩繽紛的燈飾時，心中尚沒有太大的感傷，等到走過尋常百姓家的窗口，一家人團聚的溫馨畫面才大大地刺激到我，我忽然感覺特別的寂寞與空虛，還好彎進巷口，我便驚喜地發現一個熟悉的人影，她就在前方不遠處。

" Ok? You are Ok. I am not Ok. "何麗扯著嗓子對手機那頭嘶吼起來。

接著對方不知講了什麼，惹得她在掛機前補上一句髒話。

"幹嘛火氣這麼大？"我拍拍她的肩膀。

"這小子不上道，他說跟前女友還沒斷乾淨，所以我得排在 waiting list 上，而名單上的我，前面還排了兩個。媽的，他以爲他是帝王選妃，我哪來那麼多美國時間和他耗？"何麗忿忿不平地說。

我建議她找自己 waiting list 上第二號人物補上得了。

"嘻嘻！生我者父母，知我者可可也，妳怎麼知道我就是這樣想的？"

"噢！我怎麼知道？這不是想當然爾的事嗎？"

"少氣我了，"她推我一把，"看來今晚我們又成了獨守空閨的可憐人！"

開了門，我們看到室友Tracy和她哲學系的小男友正坐在客廳裏。

"Merry Christmas ！"何麗開心地大聲祝福眼前的兩位。

只見男生還勉強地回了一句：" Merry Christmas ！"，而我們那個不苟言笑，香港來的女研究生卻連虛應一下也不屑，逕自拉著小男友進屋。

" 喂! 妳有病是不是？還是怕我吃了妳男友？"何麗變臉，甚至還想敲Tracy的房門理論一番，被我給拉住。

" 看到没？"何麗指著門，" 她那是什麼嘴臉？好像我們欠她好幾百萬不還似的。"

好不容易我才把生氣的人給安撫住。

我梳洗完畢躺在床上，何麗躡手躡腳地溜進來，然後一頭鑽進我被裏。

" 聖誕夜讓我們也好好溫存一下。"

她抱著我做睡前談話，東拉西扯的，好不容易才走入夢鄉。

看著睡在身旁的何麗，我忽然想起我的古龍水先生，今晚的他是不是也抱著毛先生入眠？想到這兒，我的心彷彿被無數個小蟲子啃噬著。

啊！聖誕夜，又一個無眠夜......

第二十章/走了一位室友

我閉上眼睛，任澎湃的思緒在腦海裏馳騁……

聖誕老公公背著裝滿禮物的大包包，順著煙囪溜進公寓，呃！不對，哪來的煙囪？重來～

聖誕老公公背著裝滿禮物的大包包，挨家挨戶地按門鈴，叮咚！我跳起來應門。

"哪位？"我問。

"快遞。"他操著芬蘭口音。

我打開門。

"妳是張可可嗎？"一位穿紅衣的矮胖老人和藹地問著。

"是。"

"在過去的一年裏，妳表現良好，所以聖誕老人協會決定頒發一樣禮物給妳。"說完，他從大袋子裏掏啊掏，掏出一個金色小盒遞給我。

懷著好奇心，我小心翼翼地打開盒蓋，盒中突然冒出一縷白煙，待煙散去，眼前佇立著我那魂牽夢縈的人兒。

"可可，從今以後我是妳的僕人，聽候妳的差遣。"湯尼頷首彎腰，態度謙卑。

我歡呼一聲，跑過去擁抱我的古龍水先生......

～

"我吾跟妳供啦，妳系稀線！"忿怒的男聲劃過寂靜的夜空。

"我稀線？你逼嘅！"失控的女聲操著高八度的廣東話回敬。

"分手啦！"

這句話無疑是顆重磅炸彈，因爲緊接著便傳來乒乒乓乓的什物落地聲，夾雜一位歇斯底里女人的咒罵。

"蹬—"有人甩門出去，一切又回歸寧靜。

這麼大的爭吵聲，何麗只含糊不清地嘟囔兩句，翻身又沈沈入睡。

古龍水先生這廂早已嚇得煙消雲散。

我瞪大雙眼想搞清楚事情的來龍去脈，同時豎起耳朵聆聽後續發展。

等了好一會兒，連老鼠走過的足音也沒有。

"警報解除了。"我兀自下了結論，然後再次陷入半夢半醒間。

～

古龍水先生這次穿著全白的燕尾服，手持一朵紅玫瑰，聚光燈打在他身上，他張開雙手歡迎我。我毫不遲疑地飛奔過去，抱住他結實的胸膛，再把頭埋入他的心窩，呃！不對，這不是古龍水先生，他的身上沒有迷人的古龍水味道，反倒有刺鼻的臭味。

我擡起頭來，那可人兒竟變成穿著長斗篷的死神，把我從睡夢中驚醒。

等我拭去額頭上的冷汗，好不容易能够再度思考時，瞬間又嚇得魂飛魄散。

是瓦斯！

我跟蹌滾下地，跌跌撞撞地衝向廚房。

黑暗中，我手忙腳亂地關了瓦斯、開了窗戶，等我半爬著來到大門口，剛扳下門把，人也順勢倒了下去……

~

不知哪兒來的消毒水味道？我睜開雙眼轉頭查看。

我的右手邊，何麗手上插著兩條管線，臉色蒼白；我的左手邊，Tracy 戴著氧氣罩，胸脯正有規律地一上一下起伏。

這是怎麼回事？

我的眼光重新回到白花花的天花板，氣虛地無法言語，人也再次失去知覺。

~

"妳想赴黃泉，幹嘛拖著我們陪妳送死？！"何麗雙手叉腰，怒氣沖沖地質問。

"我就是看不慣妳倆怎麼了？一個花癡，一個作，早死早除害！"

"妳……妳，好一副蛇蠍心腸，我花癡怎麼了？不像妳是個悶騷貨，表面上道貌岸然，骨子裏真他媽的賤，做愛時老喊著：我要，我要，給我，給我。呸！噁心死了，難怪妳男友要跟妳拜。”

說得Tracy臉上青一陣紫一陣的。

我要何麗別說了，

沒想到那個女研究生不嫌事大，此時還有臉提條件，說她想要回全部的押金。

“妳還想要押金？差點兒被妳害死知道不？”何麗氣到不行。

最後還是由我從中斡旋,Tracy拿走一半的押金走人。

“下次不租給這種好學生模樣的人，書讀多就讀傻了，他們……”何麗指著腦袋，“這裏多少有問題。”

“嘻嘻! 那我倆肯定腦袋沒問題，因爲我們都不是老師眼中的好學生。”

“說得好，我們都是EQ超過IQ，打不死的蟑螂，哈哈！”何麗勾著我的肩膀，開心地自嘲著。

表面上我可以裝作無事，跟著何麗瞎起哄，但心底不免擔心起來，走了一位室友，代表今後得多平攤房租，這對經濟狀況不寬裕的我來說無疑雪上加霜。

趕緊把房間出租出去是目前刻不容緩的事，但誰會是下一個有緣人？我茫然了。

第二十一章/小蘿莉江彩雲

今天真是百年難得一遇的好日子，我有以下幾點可茲證明：首先，這是個星期天，我没課；其次，外面正是個陽光燦爛的大晴天，不會冷得讓人打哆嗦，也不用擔心被雨打濕；其三，今天輪到我公休，下午不必巴巴地趕去打工。而最最難得的是何麗今天也公休，同時她的waiting list上剛好又處於青黄不接的時候，意即上個男友剛走，下個男友還未補上，所以我和她同時都有一整天好揮霍。

坐在麥當勞裏，何麗點了早餐全餐和煎餅，外加大杯草莓奶昔，我點了最便宜的豬柳麥滿分。

何麗在炒蛋上擠上四、五包蕃茄醬，頓時紅色壓過黄色，再把楓糖淋在煎餅上，一盒不夠又淋上第二盒。

"Help！淹死了……"我替蛋和煎餅求情。

"嘻嘻！這樣吃才夠本。"她塞了一大口紅紅的炒蛋，再吸上一口粉紅色奶昔，讓我想起滿口血腥的大怪獸。

"辰哥哥，給我點開心樂園餐嘛！"

在異國聽到熟悉的鄉音，本該是件快樂的事，但是……

我和何麗同時轉頭，想看看是哪個幼稚的女生正丟臉地以普通話撒嬌。

"服務員說現在是早餐時間，只能點早餐，不能點開心樂園餐。"那個男孩背對我們，好有耐心地說。

"這樣啊！那好吧！你隨便幫我點，不要忘了我還要Hello kitty限量版。"

我和何麗把頭轉回來互看一眼，室友當久了總有默契，雖然我們都沒說話，但知道彼此心裏在想什麼。

"辰哥哥，快，坐這裏，剛好有空位。"那個小女生興奮地說。

這兩位剛在我們對面一坐下，我和何麗同時張大了嘴，那個可憐的男人竟然是莫亦辰。

莫亦辰也在同一時間看到我倆，相較於我和何麗的驚訝，他倒是鎮定許多。

"你們怎麼也在這裏？"他把托盤往我們的桌上挪，然後一屁股坐下。

那個蘿莉只好抱著Hello Kitty不情不願地跟過來。

"我和何麗今天都公休，所以出來轉轉。"我解釋道。

"這樣啊……對了，這是可可，這是何麗……嗯！這是江彩雲。"莫亦辰忙著介紹三方人馬。

"妳就是可可……姐啊！"江彩雲的眼神有些異樣。

"是的，妳好。"我對她一笑。

她看了莫亦辰一眼後，轉頭對我說："我是辰哥哥的未婚妻。"

語罷，何麗啵的一聲噴出奶昔，還好射程不遠，沒有央及無辜人士。

反觀莫亦辰就没這麼幸運了，他剛塞進一口薯餅，估計這下子卡住了，不上不下。

江彩雲無視那兩位的醜態，加以補充：“是真的，我們從小就訂下娃娃親，雙方父母都認可了。”

“不，不是這樣的，”莫亦辰一搞定那口餅便急忙忙地澄清，“是說著玩的。”

“什麼說著玩的？我們是青梅竹馬一塊兒長大的，小時候玩娶親遊戲就已經拜過堂了。”江彩雲提出人證、物證、事證。

男主角這下子百口莫辯，乾咳了兩聲，好像又有東西哽在喉嚨。

“那恭喜了。”我說。

“謝謝！”她喜滋滋地接受我的祝福。

走出麥當勞，莫亦辰問我們上哪兒？我答隨便逛逛，何麗則意有所指地補上一句：“我們需要新鮮空氣，不然無法呼吸。”

“那拜了，我和辰哥哥要去參觀農產品展銷會。”江彩雲驕傲地宣佈，同時把手勾住莫亦辰的臂膀。

“一起來吧！反正妳們也没事。”莫亦辰很有誠意地邀請我們。

我正要說不，被江彩雲搶了個先：“辰哥哥，她們不是要去呼吸新鮮空氣嗎？那就讓她們去啊！再說了，我們的車子小，擠不下這麼多閒雜人等。”

何麗喊道誰是閒雜人等？

“我和辰哥哥以外的人都是閒雜人等。”江彩雲毫無畏懼地答。

我趕緊握住何麗的手制止她的反擊，然而她不買單，甩開我的手後，馬上叫囂：“我偏要去，那個牢什子展銷會在哪裏？”

~

坐在莫亦辰四人座的TOYOTA裏，我和何麗正觀賞前排上映的免費電影。

“辰哥哥，把音樂調大聲一點，這首歌我最喜歡了。”江彩雲坐在副駕駛座上嬌聲嬌氣地說著。

莫亦辰隨即把音量調高。

“來，喝一口果汁。”小蘿莉把插了吸管的果汁往莫亦辰的嘴裏送。

“不了，妳自己喝。”

“人家不渴嘛！這是給你喝的，辰哥哥好辛苦開車，雲雲只能做這點兒小事幫你。”

聽得何麗不時唉聲嘆氣，要不就捶胸頓足地喊著：“殺了我吧！”

~

“農產品展銷會”顧名思議就是賣農產品，譬如牛奶、生鮮水果、花卉、自製香腸等，也有人把手工藝品搬來出售。當然，為了吸引小朋友，小型的動物園是免不了的，花個兩塊錢，你可以買包飼料進場餵餵小牛、小羊等。

江彩雲一蹦一跳地跟著她的辰哥哥，這邊逛逛，那邊瞧瞧，彷彿劉姥姥逛大觀園般處處新鮮。

何麗看此情景，從牙縫裏低吼一句：" 好個小賤貨！"

害我一口可樂差點兒噴出來。

" 不是嗎？看她一副吃定莫亦辰的樣子，我們的莫札特這下子有苦頭吃了。"她下結論。

莫亦辰終於把最後一大包血拼成果放入後車廂內。

" 辰哥哥快點嘛！我媽等著和我 Skype."坐在車內的小妮子催促著。

莫亦辰重重地蓋上後車蓋，轉頭對我和何麗說：" 確定不要我送妳們一程？"

" 不了，再繼續下去，早餐吃的都要吐出來了。"

我拉拉何麗的衣袖，阻止她發牢騷。

莫亦辰看著我們好一會兒，很無奈地說：" 她還是個小孩子。"

" 還小呢！都十九了，不是嗎？"何麗嗆聲。

" 沒事的，你快走吧！"我催促他。

莫亦辰走到車門口又回過頭來看我，我對他擺擺手，他這才上車揚長而去。

" 好一副十八相送的畫面啊！"

" 說什麼啊妳！"我很煩何麗。

夕陽西下，倦鳥也得歸巢，莫亦辰的小車子就這麼搖搖晃晃地隱沒在地平線的另一端……

第二十二章／愛的救贖

我不知道別的民族的傳播速度是不是也這麼快，反正在中國留學生的圈子裏，謠言正以每小時200公里的跑車速度向外擴散......

"江彩雲，南京人，19歲，長城實業鋼鐵公司唯一繼承人，與富二代莫亦辰是舊識，小時候兩人曾訂娃娃親，雙方家長樂見下一代結爲連理。江彩雲曾在新加坡讀過一年大學預科，去年聖誕假期回國，巧遇莫亦辰，忽改變主意，今年二月跟隨她的辰哥哥來到新西蘭，目前是A大護理系一年級的學生。至於爲什麼選護理系而非金融方面足以幫助家族企業的專業？這裏有兩個版本，一是江爸爸打算開一家綜合醫院，需要這方面的人才當院長；二是千金大小姐脾氣難以捉摸，想幹啥就幹啥，學護理只是一時興起。還有還有，她的父母在A大附近斥資一百萬紐元買了個高端的酒店公寓當她臨時的住所......"何麗毫不猶豫地接下傳播的棒子。

我噢了一聲。

"什麼噢？情敵來了，妳一點兒也不著急？"她説，順便把我盤子裏的咕咾肉挖走一大半。

“關我什麼事？”

“別作了，我就不信妳對莫亦辰完全没感覺。”何麗吸了一口珍珠奶茶，珍珠像子彈般一一射入她嘴裏。

我反問什麼是有感覺？我也對她有感覺，難道我就愛上她了？

“嘻嘻！我不介意妳愛上我……雙性戀我還没試過，要不，我把我的第一次給妳，嗯？”

“稿線！”

“怎麼，妳也學會用廣東話罵人啦？”何麗舉起筷子對我指指點點。

我無言地低下頭扒飯。

我抱著剛剛上完課的課本踽踽走在校園裏，一轉彎就看到前方那個熟悉的人影。

“爲什麼他的背影還是這麼孤獨？”我心想，然後看著我的古龍水先生消失在操場的另一端。

這一天我的心神老是不寧，總想著那個遠去的背影，爲了這件事我還特地上網查看，結果是：同性戀分爲兩種，一種是天生的，是上帝開的玩笑，巴巴地給弄混了；另一種是後天的，也就是天生性向没問題，而是後來被引導了，譬如某人感情受挫，此時一個同性人的關懷，很容易讓這個可憐人混淆，以爲這就是愛情。

一定是這樣的，湯尼没錢，毛先生資助他、關懷他，讓涉世未深的他以爲那就是愛情，所以……

我忽然心疼起我的古龍水先生，他是那樣單純，毛先生怎麼狠得了心、下得了手？

不行，我得保護我的古龍水先生。

當我表明想繼續當義工時，湯尼開心地笑了。

"別說當義工，這樣吧! 以後我付妳工資，一個小時十二元怎麼樣？"他毫無芥蒂地說。

我本想拒絕那份薪水，但又怕他因此也拒絕我，所以可有可無地接受了。

"我最最親愛的古龍水先生，你等著，讓我來拯救你！"我握緊拳頭，信誓旦旦地承諾著，嘴角揚起勝利的笑容。

第二十三章/SORRY. SORRY.

"什麼？！"我瞪大眼睛注視著莫亦辰。

"求妳了，幫幫忙吧！"

莫亦辰的眼睛佈滿血絲，黑眼圈非常嚴重，的確很像好幾天沒睡好覺。

話說那個小蘿莉，已經接連好幾天給莫亦辰"索命連環Call"，每次都是十萬火急，等到莫亦辰跌跌撞撞地趕到，發現不外一些芝麻小事（譬如她買了兩條花裙子，一條紅的，一條粉的，問他明天該穿哪一條？），讓好脾氣的莫亦辰幾度想開口罵人。

這類的事多了，好比《狼來了》的故事般，會讓人失去警覺心。

就有那麼一晚，江彩雲又打電話給她的辰哥哥，繪聲繪影地說有個怪叔叔正站在她家陽台上，隔著落地窗和她對望……

由於江彩雲在電話中並不顯慌亂，莫亦辰以爲又是烏龍事件，便不急不徐地開車過去瞧瞧。

一進江彩雲的屋子，裏面一片漆黑。

"怎麼了？怪叔叔走了嗎？"莫亦辰輕鬆地問。

"没。"

話說完，小妮子指向正對著的陽台，一個赤裸裸的中年男子正趴在落地窗上，張大眼睛注視屋內……

莫亦辰嚇得手機都拿不穩，慌忙撥打ＩＩＩ後，没多久警察便上門把這個精神錯亂的男子帶走。

雖然酒店公寓經理隨後登門致歉，並且保證會加強安保工作，但小蘿莉可不買單，堅決不願再住下去。

"讓江彩雲和你們一塊兒住吧！"

我没想到這就是莫亦辰想出來的辦法。

"妳也知道我住學校的男生宿舍，總不能讓她搬過來和我住吧？再說，學校的女生宿舍一向一床難求，現在是學期中就更没戲了。"他補上一句。

我當然知道女生宿舍很難排得上，否則我也不會在校外租房。

"彩雲公主恐怕不會願意和我們住……"我說。

"她願意，"莫亦辰忙不疊點頭，"本來她不願意，後來又願意了，我也不知道是怎麼回事。不管如何，她若能和你們一起住，我就放心了，你們多少能有個照應。"

我躊躇起來，與磁場不合的人住在一起只會增加麻煩，但想起莫亦辰之前對我種種的好，我不忍潑他冷水。

"讓我問問何麗。"我說。

～

"什麼？！"何麗瞪大眼睛注視著我。

"求妳了，幫幫忙吧！"

"別想，她來了豈不是天下大亂？再說了，我不習慣當別人的nanny,妳讓莫亦辰趁早死了這條心。"

我答我也不願意她當我們的室友，但那間房已經空出來很久了，也就是說我和她每天都在多付房租錢，這樣下去可不是個辦法……

見何麗作沈思狀，我打鐵趁熱："江彩雲是有些幼稚，但幼稚和世故妳選哪一個？當然選前者呀！也許明天她就不幼稚了。"

"是呀！也許明天會下紅雨，也許明天美國和俄羅斯會相親相愛，也許明天火星會撞地球……"

"哎呀！何麗姐姐妳最好了，不會看一個孤苦伶仃的小女孩流落街頭。"我趕緊給何麗戴高帽子。

"她還孤苦伶仃呢！她要是孤苦伶仃，我就是非洲難民，而且妳講話怎麼這麼像那個蘿莉？媽呀！這該不會是種傳染病吧？！"

我忿而敲打何麗的頭，她哀叫一聲，跳下沙發和我對打，只見她一個反手便抓住我手腕，正色地對我說："人是妳帶進來的，別怪我沒提醒妳，江彩雲可不像妳想的那樣天真。"

我撫摸著被抓疼的手腕，思索著何麗的話中話，但她似乎不覺得有異，反而唱起韓國Super Junior 的《Sorry . Sorry》，讓我迷惑不已。

Sorry 什麼呢？何麗邊唱歌邊衝著我笑："Sorry. Sorry……Sorry. Sorry……"

第二十四章／羅生門

我和何麗兩手叉腰堵在客廳，看著搬家工人一進一出。

"小心點兒，別磕壞了！"江彩雲嘟囔著。

"他們又聽不懂中國話。"何麗提醒她。

"妳知道什麼是情境對話嗎？主人現在會說什麼，他們猜也猜得到，還需要講英語嗎？"

何麗調侃她該不會連這點兒英語也不會說吧？！

"Shit. Be careful. It is very easy to break ."江彩雲像是爲了證明什麼，對著工人嚷嚷起來。

莫亦辰把一沓鈔票給了工人，外加小費，工人稱謝走人。

"辰哥哥趕緊坐下，辛苦哥哥了，雲雲給你倒水。"蘿莉拉著莫亦辰坐下，左右巡視一番，不知向誰問話，"水呢？"

"還會在哪裏？用膝蓋想也知道。"何麗答。

江彩雲翻了翻白眼，逕自往廚房走去。

"我跟你挑明了說，"何麗一屁股坐在莫亦辰對面，怒氣沖沖地，"如果不是看在你的面子上，這個寶貝兒我和可可打死也不會收！"

莫亦辰打圓場，他說江彩雲是孩子氣了點，但心不壞，處久了我們就知道。

"我在酒吧混久了，看人很準的，她的萌......"何麗看了一眼廚房，壓低聲音，"是裝的。"

"呵呵！我和她一塊兒長大的，她小時候就是這個樣兒，不是裝的。"

"那就更可怕了，原來這隻狐狸道行這麼高！"

莫亦辰笑說何麗武俠片看太多，江彩雲没那麼複雜。

"哐～"什麼東西的落地聲。

"辰哥哥快來啊！我受傷了。"江彩雲呼救。

莫亦辰馬上衝進廚房。

何麗把腳擱上沙發扶手上，伸個懶腰，閒閒地對我說："妳等著瞧好了，這個屋子就要不太平囉！"

江彩雲在我們的小小公寓裏已住上一個禮拜，除了與何麗拌過幾次嘴外，倒也相安無事。

這天傍晚，我剛放下上完課的書包，便聽到"叮咚"一聲，對講機裏出現一位快遞人員，我按下樓下大門開關。

" Are you Miss......Ji......Zhang ？"快遞員也覺得拗口，吃吃地笑了起來。

"Miss Zhang？"我不確定地一問。

他又看了一眼收貨人，點點頭答：" Yes."

於是我簽了名，然後抱著好大一個包裹進房。

"誰會寄東西給我？"我邊想邊掀開白色包裝紙，一個粉紅色，看起來非常高檔的包直入眼簾。

這肯定不是給我的，我非常確定，於是察看收貨人信息，原來是Miss Jiang，那個快遞員看走眼了。

我把包重新放回箱子裏，然後抱著它去敲室友的門。

等了好幾秒鐘，江彩雲才慢吞吞地開門。

"喏！妳的東西，我以爲是我的，所以簽了名也開了箱，不過我已經把它完好地放回去了。"

"噢！"她抱過箱子，轉身用腳勾住門板，蹴的一聲，我被摒棄在門外。

無端蹴了一鼻子灰，我心情怏怏地趕去打工。

拖著疲憊的身軀回公寓，一進門，坐在客廳裏的莫亦辰便轉過頭來看我，而一旁的江彩雲正一把鼻涕一把淚。

"怎麼了？"

"還問怎麼了，看妳幹的好事！"江彩雲又嗚嗚嗚地哭了好幾聲。

我幹了什麼好事？真是一頭霧水。

"沒事，沒事，誤會，誤會。"莫亦辰充當和事佬。

"什麼誤會？辰哥哥就會幫外人，不幫雲雲，雲雲……雲雲不想活了。"她又嗚咽起來。

"到底怎麼回事？"我看看江彩雲，又看看莫亦辰，最後眼光對準莫亦辰，"你說。"

莫亦辰正想答，江彩雲搶先一步：「妳弄壞了我的包，妳得賠！」

「我弄壞了妳的包？」我重複她說過的話，然後轉頭看莫亦辰，想確認自己沒聽錯。

莫亦辰雙手一攤，無語。

「對！」江彩雲把那個粉紅色包拿出來，「妳看！」

我接過她的包，左看右看，好好的，看不出哪裏壞了。

「拉開拉鏈。」她提醒我。

我嘶的一聲拉開那條金色拉鏈，裏面竟然有一處明顯刀痕，我驚訝到說不出話來。

「我不管啦！這是媽媽給我訂做的愛馬仕包，純手工做的，我等了三個月，嗚嗚……」

「等等，這肯定不是我做的，會不會……會不會是廠家的問題？」

「怎麼可能是廠家的問題，愛馬仕可不是什麼路邊小店。」她憤憤不平。

我想了想，非常理性地建議她應該聯繫廠家或快遞公司。

「呵！說到快遞，不是妳的東西為什麼簽收？還開封！」她抓到我的小辮子。

我一時語塞。

「好了，好了，沒多少錢，別壞了室友的感情。」莫亦辰試著澆熄怒火。

「沒多少錢？雖然只是區區人民幣十萬元不到，但也是錢啊！我不管，妳得賠！」

人民幣十萬元，就這麼個包？

「不要說十萬元，就是十元我也不賠，因為我沒弄壞妳的包！"我正氣凜然。

"辰哥哥你看，"江彩雲手指著我，一副委屈的模樣，"她好無恥，弄壞我的包還不承認！"

我想跟她理論，但被莫亦辰拉到一旁，他說我也累了，先進去，這裏由他來處理。

"我没弄壞她的包。"我再次聲明。

"我知道。"莫亦辰對我點個頭，然後把我往房間的方向一送。

不知道莫亦辰要如何解決這個"羅生門"？我躺在床上，許久無法入眠。

"她的萌......是裝的。"

我想起何麗說過的話，一股寒意自腳底竄起，我不禁擁緊了棉被......

第二十五章／佛曰：不可說

我很高興和古龍水先生的關係進入了一個新的里程碑，不僅成爲他的得力助手，還成了他的小老師，此話從何說起？

古龍水先生在台灣受小學教育，學的是繁體字，初中時舉家移民新西蘭，在新西蘭期間繼續和台灣來的教師學習中文，所以他的"台灣化"非常嚴重，舉凡現今國內常見的俗語，譬如貓膩，牛逼，拼爹……等等，他不見得都懂。這時我會不厭其煩地解釋給他聽，感謝之餘，他總說要拜我爲師，我當然知道他是開玩笑的，所以嬌羞地拒絕了。

我曾看過五十年代貓王埃爾維斯演唱會的錄像帶，當這位搖滾樂歌王在台上熱歌勁舞時，常惹得台下女歌迷尖叫聲連連，個個像加了彈簧的小老鼠。

那些非理性的瘋狂，我完全能理解，因爲我的古龍水先生和貓王有同樣的魔力，他讓我這個仰望他已久的人夜夜癡狂，只是如同何麗所說，我很作，所以即使內心波濤洶湧，外表上我還是有辦法做到靜如止水。

工作中，我和湯尼會做短暫交談，談談最近遇到的人或事，談談最近看的一場電影或一本書，有時也會談到比較深入的話題，譬如宗教、音樂、人生等，就是不提兩件事，一是同性戀，二是那個大雨滂沱的夜晚……

拯救古龍水先生的計劃還是如火如荼地進行著，我要他脫離毛先生的魔爪，回到他原有的性向上，然後……重新愛上我。

我的拯救計劃第一步是"知己知彼"，要徹底了解湯尼,當然得從了解他的作息開始，他的學校生活，我已大致了解，那麼學校以外……

我不得不說這是件羞恥的事，我竟像個私家偵探般跟蹤起古龍水先生。

這天下完課，湯尼先在7-11買了瓶水，又在一家墨西哥餐廳外帶了Tacos,他邊走邊吃。真奇怪，如果看到有人邊走邊吃，我肯定認爲不登大雅之堂，但是換成古龍水先生，卻成了瀟灑的代名詞。

他邁開腳步過馬路，然後急匆匆地走向一座銀灰色的大樓，一個箭步便上了階梯，我擡頭一看，"The Grand"斗大的招牌就在那裏掛著呢！

" 原來他住在 'The Grand' 呀！這個酒店式公寓不便宜。"我心想。

買來外帶壽司和一瓶水後，我站在容易觀察酒店公寓大門的角落用起餐來，邊吃邊眼觀八方，沒多久，一輛蘭博基尼NZ8888呼嘯而過，開進"The Grand"大門西側的地下停車場。我把最後一個壽司囫圇吞下肚，然後喝了一口水，眼睛死盯著停車場的出入口。半晌，我才發現自己是個大傻子，情人幽會總得個把鐘頭，難道毛先生會馬上離開"The Grand"？

我好像抓到老公出軌證據的妻子般，醋意大發，把裝水的塑料瓶壓得稀巴爛，然後咻的一聲丟入垃圾桶。

連續兩天我都没去湯尼的辦公室，說不上爲什麼，就是生氣，連何麗也被央及。

“怎麼了？大姨媽來了？”何麗被我的流彈射中，唉聲嘆氣起來。

“大姨媽没來，瘟神來了。”我没好氣地答。

“啧啧啧！這瘟神是誰？讓我們的小貓咪變成母老虎了。”

“誰是母老虎？”我哇嗚一聲，張牙舞爪地嚇唬何麗。

“等等，先讓我拍個照，保證莫亦辰看了嚇得連夜滾回中國，呵呵！”她真的拿出手機。

我頓時洩了氣，說不關莫亦辰的事。

“不關莫亦辰的事，那就是湯尼的事，”何麗收好手機，然後把我桌上的CD翻了個遍，“我勸妳別白忙活了，同性戀人的愛很猛烈，妳別把自己也搭進去當祭品。”

我答他們的愛不是真愛，湯尼是被迷惑的。

何麗停下翻動的手指，問：“湯尼跟妳說他被毛先生迷惑了？”

“也不是……”我欲言又止。

“當然不是囉！如果是，妳就不會在這裏發脾氣了。”

她的未卜先知讓我恨得牙癢癢的。

“噢！忘了告訴妳，江彩雲說以後妳的房租她付了。”何麗終於不再翻看我的CD，圓翹的屁股倚著桌沿。

“爲什麼？”

“這我哪兒知道？千金大小姐一向不按理出牌。”

我想起那個愛馬仕包，問她這其中是否有鬼？

"佛曰：不可說。阿彌陀佛，善哉善哉。"她竟學起僧人，打躬做揖起来。

我拿起桌上的橡皮往她頭上扔去，没扔中，她給我一個鬼臉，轉身逃之夭夭。

第二十六章／天使誕生

"可可姐，可可姐……"

我抱著一個大紙箱，裏面裝著瓶瓶罐罐，正打算到實驗室做實驗，一串銅鈴般的呼喊聲在耳邊響起，我吃力地左看右瞧。

"這邊，這邊，三點鐘的方向。"

我的頭往右擺出九十度直角，赫然看到一張笑咪咪的臉。

"可可姐，妳去哪兒？"江彩雲撇下她的同學，小跑步向我奔來。

"噢！去實驗室做實驗。"我把眼光收回來，繼續往前走。

"這是啥？"她跟過來。

我答實驗器具。

"可可姐真厲害，好像科學家。"

這……這小妮子轉變得也太快了，簡直讓人跟不上她的節奏。

“没什麼，瞎實驗的。”

“可可姐太謙虛了，雲雲最羨慕理工科的學生，好比妳和辰哥哥，兩個人的頭腦都是一級棒，將來肯定是中國之光！”

呃……這是啥跟啥？我第一次被人稱讚聰明，而且是以一種榮獲諾貝爾獎的勝利之姿。

“這没什麼，和你們醫學院的學生比起來差多了。”我趕忙把強加在頭上的光環摘下來還給她。

“No.No.No.可可姐人好、心好，還一點兒也不自大，真是雲雲的偶像，我就是再努力個三年五載，也及不上姐的十分之一。”

咚的一聲，光環又重新回到我頭上，外加好幾個天使圍繞著我唱聖歌。

“那好，謝謝！我得趕緊走，快上課了。”

“可可姐，等我，”江彩雲也跟緊我的腳步，“快！東西我幫妳拿。”

我想都不想，直接拒絕。

“一定要！”她竟然像個搶匪似地過來搶箱子。

我怕拉扯中會弄壞器具，没怎麼爭奪就讓她搶了過去。

江彩雲搶到戰利品卻不怎麼開心的樣子，也許她没料到箱子會這般沈重，只好咬咬牙，吃力地一步步走向實驗大樓……

我忍不住擡起頭看看太陽升起的方向，没錯，還是東邊，可這小蘿莉是咋回事？

頂著一頭霧水，我神情恍惚地跟在江彩雲身後。

做完實驗，走出實驗大樓……

"可可姐，可可姐。"

我又聽到那熟悉的聲音。

"妳怎麼還在這兒？"我有些不耐煩。

"我没課了，所以在這裏等妳一塊兒回家。"

我問她等了多久？

"打從妳進去到現在。"

"兩堂課？"我睜大眼睛。

"嗯！"

乖乖，這演的是哪一齣？

我懶得理她，趕緊撤。

"可可姐，妳家幾個孩子？"江彩雲還是跟了過來。

我答就我一個。

"我也是，如果妳能當我的親姐姐就好了，"她自然而然地勾住我的臂膀，"這樣我就不孤獨了。"

"妳經常感到孤獨？"

"是啊！爸爸媽媽一直忙著賺錢，我是家裏的保姆帶大的，小時候只有辰哥哥對我好，當別的男生欺負我時，他會挺身而出保護我，可說是我的守護神。"

"難怪妳這麼粘他。"我喃喃說道。

"辰哥哥就像我的親哥哥，我不粘他粘誰？"她稚氣地答。

我忽然同情起江彩雲，她不過是個寂寞的孩子。

"妳真幸運，在這個世界上，至少還有個人保護妳。"我說。

"我已經有一個愛我的哥哥，如果再加上一個愛我的姐姐，那麼雲雲就是天底下最幸福的人！"她的眼神充滿期待。

“呃……我……”

“好不好，好不好嘛！”她竟扯起我的衣袖，毫不客氣地撒嬌起來。

“那……好吧！只是我没做過別人的姐姐，不知道該怎麼做。”

她答我什麼都不用做，只要接受她對我的好就行了，譬如……讓她代付房租。

我趕緊推辭，這豈不是佔人便宜？不行！

江彩雲答有什麼不可以？有句話“愛人比被愛幸福”，就讓她幸福一回吧！

~

躺在床上，我瞪著天花板出神。

“我是不是把她想得太壞了？”

“她才十九歲，不可能邪惡到哪裏去。”

“那個包也許本身真的有問題，花了這麼多錢買到有瑕疵的包，任誰都會不高興。”

“我也真是的，應該先確認是誰的包裹再簽收，現在包出現問題，人家質疑我也正常。”

……

我就這麼一問一答地替她脫罪、洗白，然後一個嶄新、純潔、無一絲邪念的江彩雲從蓮花池裏悄然升起，笑盈盈地迎向上帝灑下的七彩榮光，天使……誕生了。

第二十七章/代筆

沒想到江彩雲真的像塊橡皮糖似地粘上我，而且搖首擺尾像個小哈巴狗似的，讓人連拒絕都顯得寒磣。

這天我巴巴地趕著學校報告，江彩雲就趴在我床上翻看一本時裝雜誌，兩條光腿凌空交叉，不時抖動一下，閒逸得不得了。

"可可姐，妳看這件連卡佛的衣服適不適合我？"江彩雲把雜誌端起來反著拿，好讓我看清楚。

"太老氣了。"我匆匆看了一眼，丟下一句，忙不疊又寫了好幾行英文句。

"那這件呢？"她翻了頁。

這次是件雪紡紗連衣裙，不難看，但套在小妮子嬌小的身軀上，像是小女孩偷穿大人的衣服，不倫不類的。

"妳應該穿短裙，顯得個兒高。"我又沙沙沙地繼續書寫。

江彩雲蹾的一聲跳下床，嗲聲嗲氣地說："哎呀！好姐姐，妳怎麼不理雲雲呀？！"

她扯著我衣袖，一副不依的模樣，害我接連錯寫了好幾個字。

我邊拿起修正液修正邊說：“我趕寫報告呢！妳没看見？”

“報告有什麼重要的？”她嘟著嘴。

我答報告很重要，這攸關我是不是能升級。

“然後呢？”

“然後是能不能畢業。”

“再然後呢？”

“再然後就是能不能找到好工作。”我簡直快失去耐心了。

“那我們直接跳到最後一個環節，妳現在不用寫報告，也不用想會不會畢業的問題，只要陪我說說話、哄我開心，待會兒我打電話給我老爸，請他給妳預留一份工作，月薪……月薪五萬元人民幣，妳看怎樣？”

我放下修正液，不可思議地看著這位富家千金，有錢人的思維果真和我們平民百姓多所不同啊！

〜

“呵呵！月薪人民幣五萬元，那還等什麼？馬上打包回國，這個牢什子大學畢業證書通通丟給狗吃！”在Music Shop裏，何麗邊試聽音樂邊笑對我說。

“我現在終於知道，我們巴巴的每個月辛苦賺那麼一點兒錢，根本不入人家有錢人的法眼。”我唉聲嘆氣起來。

“知道就好。”她跟著耳機裏的音樂搖頭晃腦地打著節拍。

我倚著音樂CD架子，抱胸思索著人生的不公平，忽瞧見前方古典音樂區晃動著兩個熟悉的後腦勺，趕緊躲到何麗身後。

"這是幹嘛？"她問。

"別動。"我低喝。

我看見毛先生把手擱在湯尼的腰際上，手裏拿著一片CD，似乎在徵求他的意見。湯尼不知說了什麼，毛先生把CD放回去，換上右邊的另一片CD，這次兩人達成共識，一起往收銀台的方向走去。

"湯尼不像是被迷惑的，他倆看起來很相愛。"何麗說。

"這妳又知道了？他們告訴妳相愛來著？"我不服氣。

"相不相愛還需要說嗎？看就知道了！"

"就妳眼睛厲害，別人都是瞎子。"

" 我看就只有妳是瞎子，看－不－出－來－"何麗走到Hard&Rock區，懶得理我。

不會吧？！不可能，一定不是，一個男人怎麼會愛上另一個男人？尤其湯尼完全沒有女氣，是個鐵錚錚的男子漢呢！

～

江彩雲把一沓粉紅色帶香水味的信紙扔我桌上，我問她這是幹嘛？

"幫我寫信。"

"寫信？"

"對，"她拉過來另一把椅子坐下，壓低聲音，"可可姐，告訴妳一個秘密，我，愛上一個男孩子了。"

"什麼？"我喊。

發現自己太大聲了，我趕忙捂住嘴巴，小聲地問是誰？

她答是他們護理系的一個男生，上海來的，人很內向。

這裏我得說明一下，男護士在國外很普遍，甚至比女護士受歡迎，因爲他們力氣大，搬擡醫療器具或病人更能得心應手，照顧男患者也很適宜。

"噢！我以爲妳喜歡莫亦辰。"我吶吶地說。

" 辰哥哥是哥哥，早告訴過妳。" 她翻了翻白眼，嬌嗔地說道。

" 這個……"我手指信紙。

" 他叫趙大同。"她答。

我問這個叫趙大同的知道她喜歡他嗎？

" 還不知道，所以我要寫信給他，表達我的愛意。"

" 既然這樣，妳自己寫得了，幹嘛要我寫？"我推開信紙。

" 我字醜，姐姐字漂亮，姐姐幫我寫。"她把信紙又推回來。

我轉而建議她發E-Mail，她答E-Mail 哪有寫信來得有誠意？

說的也是。

於是在江彩雲的軟磨硬泡下，我寫下生平第一封情書。

" 就知道可可姐寫得好，下次還請妳幫忙寫。"江彩雲讀完之後，滿意地點點頭。

當她把信放進信封內，正要密封時，我忽然想起一件大事："等等，還沒署名呢！"

她伸出舌頭把封口處沾濕，雙手一壓，慢悠悠地說："幹嘛署名？追男孩子要保持神秘感，讓他心裏猜是哪個寶貝喜歡他，等到謎底揭曉時，嘻嘻！那才有意思。"

呃……我怎麼覺得自己和江彩雲是兩個不同年代的人？她的異想天開，我永遠也趕不上。

" 好了，不吵妳了，我趕著寄信呢！"她一溜煙跑了。

看著遠去的蘿莉，我不禁想著：“我才不管妳喜歡誰呢！只要不是莫亦辰就好。”

過了不到二分之一秒的時間，我馬上被自己這奇怪的想法給嚇了一大跳。

“我是怎麼了？這關莫亦辰什麼事？”我猛敲自己的頭，“肯定是昨晚没睡好，現在精神錯亂了，一定是這樣！”

於是我站起來伸了個懶腰，然後往後跌進軟綿綿的被褥裏，打算睡一個長長的、甜甜的、無人打擾的午覺。

第二十八章/臉上有胎記的那個男孩

江彩雲邀我喝咖啡，被我拒絕了，可她就是有那份"磨"力，除非我棄械投降，否則她會不屈不撓地繼續折磨我。

我和她坐在二樓的室外露天咖啡座裏，往下一探便是Queen Street繁忙的街道，從這個位置可以看到樓下行色匆匆的過往行人，還有路上正指揮交通的帥氣交警。

江彩雲一反常態地坐立不安，不時探頭往下瞧，沒多久，她焦急的眼神有了光彩。

"Hi, 趙大同，Here, Here......"她站起身趴在欄桿上，對著樓下一個瘦高的小伙子大力揮手。

"妳怎麼在那裏？"小伙子擡頭喊了起來。

"喝咖啡哪！快上來。"

那人左顧右盼，最後求助地問怎麼上去？

"從Watsons旁邊那個樓梯上來。"

"噢！"他終於看到入口了。

"真笨！"江彩雲坐下來，嘴裏罵上一句。

過了約莫十分鐘，趙大同才找到我們，手裏拿著一杯咖啡。

"我以爲妳一個人喝咖啡。"他坐了下來，顯然注意到我。

"我才不一個人喝咖啡呢！那多没情調。"江彩雲一副嫌惡的表情。

"這位是……"他還是問起我。

"噢！忘了介紹，這是可可，這是趙大同。"

趙大同很快收回目光，專心攪拌起他的咖啡，足足有三十多秒。因爲他是我第一封情書的男主角，所以我特別多看了他兩眼。

那人有著典型上海男人的瘦高體型，皮膚白皙，好像很少運動的樣子，戴著一副黑框眼鏡，頗有書卷氣，只是……

我不得不說那個青色胎記破壞了整體的美感，幾乎涵蓋他整個左眼部位，看起來像隻單眼熊貓。

他爲何不做激光去除？我很納悶。

靈光一閃，突然想到那是個敏感部位，也許做激光會傷害眼球，所以……

當我還在臆想的天地中漫遊，趙大同卻已停下攪動咖啡的動作，一擡頭，剛好迎上我的目光。我因爲想著人家不美麗的胎記，此時彷彿成了做壞事的現行犯，趕緊羞愧地低下頭去。

"妳是園藝系二年級的學生？"他問我。

"是的。"

"我是護理系一年級的學生。"

"我知道。"

糟糕！我怎麼可以知道？可別讓趙大同懷疑信是我寫的啊！

“噢！江彩雲告訴我的。”還好急中生智。

然後他問我是不是二十歲？我答是。

“那麼我比妳小一歲。”他喃喃說道。

江彩雲忽然插上一句：“這年頭姐弟戀很正常。”

等等，誰姐弟戀？我的腦筋快速轉動，江彩雲二月生，如果趙大同晚於二月出生，的確算得上姐弟戀。

瞧我，差點兒對號入座，多可笑啊！

沒想到寒暄過後，江彩雲把話語權搶了去，讓我和趙大同成了啞巴。

“不跟你們說了，我得去銀行辦事，你們接著聊。”江彩雲舌戰十多分鐘後，终於喊停。

“我也得走了，”我跟著起身，不忘轉頭對趙大同解釋，“我回家趕寫報告。”

江彩雲猛地把我按回座位上：“妳的報告昨天就交了，陪學弟聊聊天怎麼了？妳這個學姐當得不合格。”

我被她說得啞口無言。

那個“始作俑者”還不忘提醒趙大同送我回家，看她笑得像朵綻放的花兒，我卻笑不出來，真的，再也沒有比接下來的場面更讓人尷尬的了，眼前就坐著我寫了三、四十封情書的男主角，而他並不知道信是我寫的……

我突然覺得自己很卑鄙，欺騙了一個大男孩的純真感情，即使我的出發點不帶惡意。

“我叫趙大同，英文名Simon, 上海人。”他有著柔細的聲音。

“我叫張可可，英文名CoCo, 浙江人。”我說。

“可可，很高興認識妳，妳可以叫我大同，也可以叫我Simon.”

“好的，大同，Simon.”

我爲自己的笨拙回答，無奈地笑出聲來。

“没關係，可可，CoCo.”

這次我倆同時大笑起來。

回家的路上，我們聊了許多，越聊越覺得這個男孩子單純得可愛，江彩雲會喜歡他（尤其臉上還有個明顯的缺陷），倒讓我感到詫異，原來小蘿莉不是外貌協會，她懂得欣賞內在美，真讓人刮目相看啊！

到了家門口，趙大同突然對我說他有艾薇兒演唱會的門票，就在這週末，問我願不願意和他一起去？

說這句話時，他有些結巴，臉也紅了起來。

“你應該邀江彩雲跟你一起去。”我提醒他。

“可是我只有兩張票。”他抓抓頭，一副懊惱的模樣。

我答那正好，他和江彩雲一起去。

没想到下一秒他把票從背包裏拿出來，說：“這樣吧！票給妳和江彩雲，下次有機會，我和妳一起去。”

我正要推辭，他已經轉身離開，留下我一人，望著票大惑不解起來……

第二十九章/誤會

當我把艾薇兒音樂會的票交給江彩雲，並且提醒她和趙大同一起去時，她歡呼一聲，說老早就想看艾薇兒的現場演唱會，只是票難買，沒想到運氣好，票主動送上門。

我以爲她應該高興的是終於可以跟心上人約會，沒想到票的魔力大於人，真是不可思議。

等我發現江彩雲竟在那個週末拉著辰哥哥去看演唱會時，簡直氣炸了，她給我的解釋是莫亦辰也想聽艾薇兒唱歌，總不能讓莫亦辰和趙大同兩個男生一起去吧？！他倆又不認識……

這是什麼跟什麼呀?!

所以當趙大同第N次邀請我去看電影，基於憤怒，也爲了一探江彩雲的態度，我答只要江彩雲同意，我就去。

"爲什麼妳跟我看電影還需要江彩雲同意？"他很不解。

呃……這還真不好解釋。

見我欲言又止，趙大同趕緊幫我解圍："一定是你們室友情深，她怕妳被壞人騙了。”

“對，對，對……”我點頭如搗蒜。

“那……如果江彩雲沒意見，我們看這個星期六下午的《悲慘世界》好嗎？安妮.海瑟薇主演的，因爲只有這部是文藝片，其他的都是打打殺殺，女孩子可能不愛看。”

“我沒意見。”我給了他一個篤定的笑臉，心想他的提議到了江彩雲那兒肯定被打回票。

等趙大同一身光鮮地來到公寓接我去看電影時，我簡直嚇傻了。

“記得把可可學姐安全地送回來喔！”江彩雲笑咪咪地說。

“一定的。”他一副不負所托的豪氣。

面對我的難看表情，江彩雲聳聳肩：“沒辦法，我得趕報告，報告很重要的。”

我只能無奈赴約，就在我們臨出門的前一刻，江彩雲問起看的是幾點的電影？

“三點那一場，在IMAX電影院，我們先去吃午飯。”趙大同如實回答。

～

憑良心講，電影拍得很不錯，演員都演得很到位，尤其是安妮.海瑟薇，她把妓女芳汀的角色刻畫得入骨三分，聽說爲了演好劇中人物，原本瘦削的她還刻意減肥了十斤，真是敬業啊！

回到現實，當我們走出電影院，我的心就如同電影所詮釋的一樣～悲慘。

趙大同是個好主人，他買了爆米花和可樂，並且早早選定中間一排的正中，好讓我得到最佳的觀賞視野，可惜全場我緊閉雙唇，鬱悶得不得了。

~

電影散場後，人群都擠在出口處，趙大同怕我跟丟了，張開雙臂好讓我躲在他的保護傘下，就在這時候~

"可可姐……可可姐……"江彩雲排開衆多退場人群，一路狂喊。

我停下腳步，正要質問她不是在家趕寫報告嗎？怎麼巴巴地也來看電影？話還沒說出口，目光剛好和小蘿莉身後的莫亦辰對上了。

"我就說是妳，辰哥哥還不信！"江彩雲捂著胸口，氣喘吁吁。

莫亦辰看看我又看看趙大同，非常迷惑的樣子。

"噢！讓我介紹不認識的兩個大男生，這是莫亦辰，我哥，"江彩雲把莫亦辰拉向自己，然後手指著趙大同，"他是趙大同，可可姐的男朋友。"

聽罷，我氣得冒煙。

"江彩雲，妳過來一下，我有話跟妳說。"我得非常努力才能壓住內心高漲的怒火。

"不了，可可姐，我和辰哥哥還得去書店買書，不跟妳聊了，回頭見。"

她滿臉笑意地和趙大同說Bye, 然後拉著神情恍惚的莫亦辰走了，眼光不敢在我身上停留。

看著遠去的兩人，我五味雜陳，趙大同卻完全沒察覺，他溫柔地對我說："我們去公園坐坐，好嗎？"

~

趙大同用紙巾把公園的石椅擦乾淨後才請我坐下。

正是黃昏時分，新西蘭人也作興在這個時候全家出來散散步。我看到嬰兒車裏的小人正睜著圓滾滾的藍色大眼睛看我，換作平常，我肯定遞上可愛的鬼臉，可惜今天心情不對，完全失去童心。

"渴不渴？我去買瓶冷飲。"他體貼地問。

我看見前方有個賣飲料的機器。

"不了。"我搖搖頭。

於是趙大同一屁股坐在我身旁，我們有短暫的沈默。

當我還在思忖該如何將事情原原本本地道出且不傷害他時，沒想到趙大同先開口了。

"我父親是一生清貧的中學教師，他教會我忠孝仁義，並且有世界大同的遠大夢想，所以爲我取名'大同'，但我的同學們都叫我趙不同，原因是……"他指著左眼上的胎記，"中學時，我喜歡上隔壁班的女生，她有一雙大眼睛和可愛的笑容。鼓足勇氣，我把塗塗改改很多遍的情書交給她，沒想到她非但沒有驚喜，反而當著我的面把信給撕了，氣沖沖地丟下一句'癩蛤蟆想吃天鵝肉！'，讓我很受傷。"

我很想安慰他，但又不知從何安慰起，再想到自己也在做傷害他的事，就更心虛了，只能保持沈默。

"當我收到妳的情書時，心中真是百感交集，我沒想到有人……有人會喜歡我，所以我告訴自己，即使對方的外表有多不堪，我也不會取笑她。"他低下頭去，喃喃地說，"我沒想到妳是如此美麗，就像神雕俠侶裏面的小龍女一樣，簡直是個女神。"

我趕緊戳破他的幻想，說自己有一大堆的缺點，沒他想的那麼好，但他似乎聽不進去我的"言外之意"，依舊在自己的世界裏神遊。

"妳放心，我會一輩子對妳好，我這個專業很快就能找到工作，等存够首付，我們貸款買棟洋房小樓，到時候把妳爸媽還有我爸媽接來……"

完了，完了，他已經把未來都規劃好了。

"這太快了，我還没……"

"是講得遠了，不過我是個有計劃的人，一向如此。當然，我們先處處看，我會給妳足夠的時間觀察我。"他給了我一個"請放心"的笑臉。

望著漸漸暗淡的天際，我的心也跟著下沈。

黑夜，就要來臨……

第三十章/誠實爲上策

我非常無禮地直接開門走進江彩雲的房內，懷裏揣著十公斤的炸藥，準備把這個小賤貨給炸得開花。

相對於我的怒氣沖沖，她卻是一副氣定神閒的樣子，正細心地給每一個腳指頭都塗上粉紅色指甲油。

"這是怎麼回事？"蹦的一聲，我投下第一枚炸彈。

"什麼怎麼回事？"她頭擡也不擡，繼續手中的動作。

"趙－大－同－"我雙手叉腰，眼中燃起熊熊烈火。

"趙大同怎麼了？"她伸長腿，審視一下指甲油是否塗均勻了。

好啊！竟然跟我玩失憶。

我一把將她從床上掄起，對著她那張狐狸臉嘶吼起來："趙大同爲什麼變成我的男朋友？他還以爲信是我寫的，爲什麼？爲什麼？爲什麼？妳倒是說呀！"

"好姐姐，"她涎著臉，一根一根地扳開我緊抓的手指，然後一蹦一跳地搬來一張椅子到我身後，用力將我按入座椅內，

接著左顧右盼，＂飲料呢？奇怪，這屋子怎麼要什麼沒什麼？算了，待會兒再買。＂

江彩雲莫名其妙地自問自答，然後没事似地回到床上。

＂我教妳哈！塗指甲油之前要先修甲及塗營養油，方式又分爲乾塗和濕塗，乾塗……＂

＂妳他媽的快給我回答！＂我的眼中發射出第二枚炸彈。

＂好啦！著什麼急？＂她翻了翻白眼，＂趙大同他……Simon他……哎！反正剛開始我是喜歡他的，後來又不喜歡，妳若問爲什麼，我也答不上來，好比我的包頂多用上一、兩個月就不用了，這不是什麼大問題，没新鮮感了唄！＂

乖乖，人跟包可以相提並論嗎？

我質問她既然後來不喜歡人家了，爲什麼還要我繼續寫情書？而且一寫寫了三、四十封？

＂因爲……因爲趙大同好像很喜歡收到妳的情書，雲雲……雲雲不想讓他失望嘛！＂她又嬌聲嬌氣起來。

＂好啦！現在趙大同誤會我喜歡他，妳說該怎麼辦？＂說得我又來氣。

＂就讓他喜歡唄！反正妳也没男朋友。＂她答。

這是多麼可恥的回答呀！我要她立刻、馬上給我解決！

＂解決就解決，我還以爲是什麼大事呢！＂她嘟著嘴。

江彩雲這麼干脆，倒叫我好奇她要如何解決。

＂直接告訴他，可可姐不喜歡他得了。＂她說得理直氣壯。

＂哎呀！怎能這樣說話？很傷人的。＂

＂那要怎麼說？妳教我。＂

我一時語塞，這得怎麼說呀？！

我的眼睛死盯著電腦屏幕，連湯尼進來都渾然不知。

"怎麼了？發呆。"他把書本放下，一臉好奇地看著我。

我搖搖頭答沒什麼，然後按下鼠標開始工作。

"功課上沒問題吧？！還是交朋友的問題？"湯尼呡了一口保溫杯裏的茶水，研究起我來。

"都沒問題。"

他不相信，問我說的可是事實？

我擡起頭來，剛好迎向古龍水先生那雙深窪的大眼睛，它是那麼的溫暖與善解人意。

"我……"躊躇當中，我又看了一眼他的眼睛，"湯尼，如果……如果有人誤會你喜歡他，你會怎麼說才不致於傷到對方？"

他雙手抱胸直視我，我大夢初醒，趕緊澄清："噢！我不是指你和我……"

"當然不是妳和我。"他笑了，停頓一會兒後，"西方有句俗語'誠實爲上策'，我認爲快刀斬亂麻才是最好的方式。"

"可是他很內向，我怕他接受不了。"我弱弱地答。

"這跟內向、外向無關，每個人都有承受被拒絕的能力。"湯尼放下保溫杯，動手去拿書架上的《漢語口語練習》，"我上課去了，妳校對完畢記得存檔。"

望著他遠去的背影，我不禁想著："我最最親愛的古龍水先生，請你永遠不要拒絕我，我還無法承受被拒絕……"

走過理學院大樓，我看到池塘左前方的座椅上坐著莫亦辰。

我悄悄走近他，他的左手掌裏有無數個小石子，正一顆顆被他投入水中。

"Hi."我打了聲招呼，然後坐在他身旁。

他沈默了幾秒鐘，突然將手中的小石子全扔進水裏。

"你怎麼了？"我問。

"什麼怎麼了？"

"算了，我走。"

無端踫了一鼻子灰，真倒霉！正要起身時……

"聽說妳巴巴地給人家寫了三、四十封情書。"他轉頭看我，"剛走了一個，又來一個，而且還是妳死皮賴臉訛上的。"

"我怎麼死皮賴臉來著？"我漲紅了臉。

"不是妳死皮賴臉，難不成情書會自己寫字？"

我氣極了，開始口不擇言，承認是自己死皮賴臉求趙大同當我的男朋友，這下子他該滿意了吧？！

莫亦辰低下頭，賭氣地說："我就知道！"

"你知道個什麼？你什麼都不知道！"

我轉身跑開，心想："莫亦辰，連你也誤會我，看我還理不理你！"

第三十一章/你不是癩蛤蟆

我說過，在留學生的圈子裏，謠言會以每小時200公里的跑車速度向外擴散，當我和趙大同踽踽走在校園內時，就深深地體會到這一點。

趙大同認識的朋友、同學們會向他比出thumbs up的手勢，或者直接吹出一長聲的曖昧口哨，表達傾羨之意。

反觀我的朋友、同學們就不那麼友善了，他們多半會在我們身後竊竊私語；臉皮薄的，甚至會流露出一絲的同情，然後快步走開，而這些……趙大同似乎感受不到。

"我們去哪裏吃飯？"他溫柔地問我。

"隨便……到視聽教室吧！我有話對你說。"

趙大同有些狐疑地看著我，但我假裝沒看見，他也就默默跟過來。

正午時分，視聽教室裏空空蕩蕩的，大概一、兩個小時都不會有人進來，可說是最好的談話場所。

我找了個位子坐下，趙大同也挨著我坐下。

“咳、咳、”我刻意咳嗽兩聲，好調整適當的音量，“Simon……趙大同……嗯……”

“什麼？”

“我想……也許……”

“有什麼話就直說吧！”他有些緊張。

“你知道有些父母不贊成自己的孩子姐弟戀。”

糟糕！我還是開不了口，竟然先旁敲側擊起來。

他聽完鬆了一口氣，答：“這個妳放心，我的父母很開明，只要我喜歡，他們不會阻撓。”

見此路不通，我趕緊找下一個出口，硬拗我的父母可能不會喜歡他這個專業，相對來說，金融或理工科比較吃香，畢業後找的工作也比較體面……

“妳也是這麼想的嗎？”他問。

“也不是……”我低下頭，囁囁地答。

“那就好，工作不分貴賤，而且國外醫護人員很缺，我們護理系畢業的，可說是百分百全就業，薪水也不差。老人家總是這樣，擔心這、擔心那，害怕自己的孩子吃虧，但我會證明給他們看，妳不用操心。”

聽罷，我一時無語，趙大同啊趙大同，我多麼希望你能世故一點兒，難道聽不出我的委婉拒絕之意嗎？

此時古龍水先生的話在我耳邊響起：**誠實為上策，快刀斬亂麻。**

我深呼吸一口氣，猛的一個起身，向他鞠了個九十度的大禮：“趙大同，對不起！”

他趕忙起身，慌張地問我這是怎麼回事？

我把事情的始末全交待了，並盡量把江彩雲描述得不那麼可憎。

話說完，他直視我良久，我也膽怯地不敢再置一語。

"妳的意思是情書是妳代江彩雲寫的？"

我點頭。

"而江彩雲後來改變主意，結果張冠李戴？"

我又點了個頭。

"原來是這樣啊！"他似乎在思索什麼，最終下了決定，"我很高興妳對我坦白，我不會怪妳的。"

"真的？"我按耐心中的喜悅。

"嗯！"他給了我一個微笑。

天啊！那微笑就像蒙娜麗莎般的珍貴，我，終於解脫了！

孰料他接著說："我感謝因爲這次誤會，我們才有機會認識，這是上帝的安排，我們可以從頭開始。"

什麼？！我有没有聽錯？No.No.No. 這不是我要的。

"趙大同，我……"

"從這幾天的相處中，我相信妳對我已有一些認識，如果不討厭我，我們還是可以繼續交往，妳討厭我嗎？"他問。

"不……不討厭。"我答。

他的臉上有欣慰的笑容。

"但……但我們還是做普通朋友比較合適。"

他的笑臉僵了，問我這是什麼意思？

"就是……普通朋友……的意思啊！"說得我心虛死了。

“是不是……”他走上前，我自然而然地後退，“是不是我臉上的胎記讓妳不舒服？”

我答不是。

“看清楚再說。”他大喝一聲。

我哆嗦地張眼一瞧，那個胎記像一隻青色的變形蟲，整個糊在他的左眼上，看著的確有些恐怖。

“不是，不是……”我閉緊雙眼，頭也像撥浪鼓一樣左右搖擺。

他看著我的窘態，突然噗嗤一笑：“呵呵……呵呵……原來繞了一大圈，我還是那隻醜陋的癩蛤蟆，呵呵……呵呵……”

“趙大同，你別這樣……”我上前想安慰他，被他制止了。

“我不需要同情，妳走！”

我待在原地不知所措，他用力推我一下，我只好一步一回頭地走出教室。

古龍水先生說過每個人都有承受被拒絕的能力，想必趙大同現在正承受著，然而爲什麼我也同樣痛苦呢？

對不起，趙大同，我不是天鵝肉，所以你……當然也不是癩蛤蟆。

第三十二章/捨不得的是……

剛走進校門，一輛阿斯頓‧馬丁"NZ6666"便咻地從我身旁疾駛而過，直喇喇地開入學校停車場。

"毛太太怎麼來A大了？"我心想。

帶著困惑，我先到實驗室轉了一下，把培養皿加上營養液，重新放回觀察櫃裏。

離開實驗室後，我本來想直接去上《Botany》，突然憶起教授上個禮拜就調了今天的課，好和老婆一起去上兩性關係課程，藉以挽救瀕臨破碎的婚姻。也就是說，我有整整兩堂課空出來。這可怎麼辦？我不想回家喝口水，再匆匆趕回學校上別的課，所以……

走進古龍水先生的辦公室，我把文件調出來，剛校對了幾行就聽到屋外有成群男孩子的歡呼聲。

"肯定進球了。"我心想。

新西蘭人很迷橄欖球運動，這是一項非常野蠻的體育活動，沒有壯實的身軀，恐怕無法承受那幾百牛頓的撞擊力。

我站起來想把窗戶關上，好杜絕噪音，手一觸及窗把，那兩個人影便不偏不倚地落在我的視線範圍內。

身著寶藍色套裝的毛太太和湯尼就站在南洋杉下交談，兩人都站得筆直，雙手抱胸，一副山雨欲來之勢。

"完了，他們正在攤牌。"我擔心起古龍水先生。

如果這時候毛太太賞給他一巴掌，我想他也只能默默承受，畢竟自己有錯在先，然而素質高的人處理事情就是不一般，毛太太非但沒有武力相向，反而從乳黃色機車包裏拿出一個牛皮紙袋交給湯尼。湯尼打開紙袋看過後，將它塞進背包裏，從容離開。

我趕緊回位，不到五分鐘，古龍水先生進入辦公室。

"Hi."他匆忙和我打招呼，剛把背包放下，手機鈴聲便響起。

看湯尼拿起手機往外走去，我也躡手躡腳地尾隨其後，只見他站在走廊盡頭，正抑揚頓挫地與人侃侃而談。

我默默回到辦公室，眼睛死盯著桌上的背包，它就像宇宙黑洞般把我整個人給吸了進去……

等我再有意識時，那個黃褐色紙袋已然在手，此時古龍水先生的談話聲仍持續著，於是我打開紙袋一探究竟，赫然發現裏面有好幾沓粉色百元大鈔。

這……這是咋回事？難不成毛太太也包養古龍水先生？不，不，不，這想法也太齷齪了，我的古龍水先生簡直成了男女通吃的男公關。

" Ok, bye! "

聽到湯尼與人道別，我趕緊把紙袋塞回去，然後若無其事地繼續未完成的工作。

～

"可可，可可……"

老遠我就聽到他的呼喊聲，但故意裝作没聽見，並且加快腳步。

"可可，妳走得好快啊！"莫亦辰終於趕上我。

我要他別跟死皮賴臉的人說話。

"可可，是我死皮賴臉好嗎？oo7的情報也會出差錯，妳就原諒我吧！再說了，線人現在已經被我浸豬籠了！"

"你是說江彩雲被你浸豬籠了？"我邊走邊問。

"江彩雲哪算線人？她頂多是始作俑者，早被我大卸八塊餵狗吃了。"

我噗嗤一笑，停下腳步問他可捨得？

"有什麼捨不得？我真正捨不得的是可……"

我趕緊把眼光收回，假裝欣賞周邊美景。

"我捨不得的是可……樂冰淇淋，現在就請妳吃，走！"

可樂冰淇淋是盛夏的消暑飲品，我思索著去還是不去，但莫亦辰不給我考慮的機會，逕自拉起我的手往麥當勞奔去……

第三十三章/奄奄一息

我們的小小公寓不允許養寵物，偏偏江彩雲先斬後奏，抱養了一隻超可愛的白色金吉拉貓。

"怎麼辦？妳說。"何麗一臉嚴肅地責問她。

"能怎麼辦？養唄！總不能把牠扔到大街上當流浪貓，若是這樣，我們可麗餅就太可憐了，是不是啊？"江彩雲對著一張無辜的貓臉說起稚氣的傻話。

"可麗餅？妳怎麼給貓取一個日本捲餅的名字？牠要是知道了，肯定恨死妳！"何麗突然搞不清楚狀況地站到貓陣營那一邊去。

"才不會呢！牠若知道牠的名字是來自雲雲最愛的兩個大姐姐-可可和何麗，肯定高興死了。"江彩雲答。

乖乖，虧她想得出來，可可+何麗=可麗，加勺麵粉打個蛋，就成可麗餅了。

"不行，不管可麗餅還是蔥油餅，這個家不能養寵物，要是給房東或公寓管理員知道了，我們都會被轟出去的。"何麗斬釘截鐵地說不。

"哎呀！何麗姐姐妳行行好，別讓雲雲和可麗餅母子分離嘛！妳狠得下心把這個可愛的小東西驅逐出境嗎？"她大打親情牌。

此時的可麗餅也喵嗚喵嗚地諂媚起來。

何麗問我怎麼想？

" No comment."我給了個模棱兩可的答案。

我們的二房東思考片刻後，最終做了決定："聽著，大房東或其他人若問起，我和可可一律回答不知道，這是妳的個人行為，後果自負！"

"這麼說，可麗餅可以待在這個家囉？"小蘿莉明知故問。

何麗裝作一臉茫然的樣子，轉頭問我："妳知道她在說什麼嗎？誰是可麗餅？"

江彩雲無視何麗的出位演出，跑過來擁抱我倆，尖叫的聲音響徹雲霄。

我躺在何麗的床上，她把面膜撕開，說："妳乖乖躺著別動，這是一款最新型的面膜，用蠶絲膠原蛋白製成，能達到保濕痠痘的功能，妳最近臉上常長痘痘，用這款就對了。"

她小心翼翼地把面膜貼在我臉上，冰冰涼涼的感覺瞬間沁入心脾。

我不排斥偶爾美容一下，但要這麼直挺挺地躺20分鐘，還真無聊！還好何麗永遠不會給人無聊的機會（尤其此時的我無法說話，剛好給她充分的話語權）。只見她毫不客氣地大談特談，從校內談到校外，從語言班談到博士班，事件無分大小，時空無分界線，何麗一張嘴就像機關槍，嗒嗒嗒地掃射，什麼相聲，什麼脫口秀，通通靠邊站。

當我被她五雷轟頂，身上到處千瘡百孔時，她忽然偃旗息鼓，話鋒一轉炒起冷飯來了。

"對了，妳給人家寫了三、四十封情書，爲什麼我不是第一個知道？"她虎起眼來。

"江彩雲說這是我和她之間的小秘密，不能讓外人知道。"臉上還敷著面膜，我只能小幅度挪動嘴巴，很是吃力。

"我是外人嗎？"她很不滿，"原來在妳眼裏，我還不如那個公主病，哼！"

"別這樣啦！"我說著好話。

何麗挪動一下身子，很忸怩地說："那人家也不告訴妳趙大同的事，因爲這也是個小秘密。"

我暈！何麗學江彩雲說話很不到位，只能以"噁心"來形容。

"愛說不說。"我丟下一句。

其實我並不熱衷聽到那個人的消息。

沈默了幾秒鐘，還是何麗沈不住氣，她說："算了，還是告訴妳吧！就當我是日行一善的童子軍。趙大同，妳那個情書男主角，現在正躺在醫院裏奄奄一息呢！"

"什麼？！"我一把撕下面膜，人也坐立起來。

"就在皇后醫院。"她作了補充。

我愣了一下，慌忙跳下床，把腳塞進麵包鞋後，奪門而出……

第三十四章/同情之罪

當我氣喘吁吁地趕到皇后醫院時，正好迎向一群剛探完病的學弟學妹們，我迅速躲到醫院的大柱子後面。

沒多久，那條粉紅色泡泡裙像個特寫般刺激著我的視神經，我趕緊呼喊她的名字，江彩雲因此左顧右盼……

"Here.Here. 八點鐘方向。"

小蘿莉繞了個圈，終於看到我了。

等她一靠近，我立即拉她到角落訊問。

"這是怎麼回事？"我問。

"什麼怎麼回事？"

"趙－大－同－"

"噢！就那麼回事，人有旦夕禍福，花無百日紅，人無千日好……"

"這麼說是真的。"一陣悲哀湧上心頭。

雖然和趙大同接觸的時間不長，但他是那樣單純、內向而敏感，符合一個"弟弟"的形象，只是那種想保護他的情感不好拿捏，太冷漠似是瞧不起他；太熱情反而被他誤會爲愛情或同情，以致進退兩難。

"什麼真的假的？"江彩雲一臉茫然。

"何麗說他已經奄奄一息了。"

江彩雲聽完非但没有一絲哀傷，反而哈哈大笑起來，她說何麗真會加油添醋，趙大同不過是二度燙傷，雖然不能算小傷，但也没嚴重到見閻羅王的程度。

"原來這樣啊！"我鬆了一口氣，轉問他是怎麼燙傷的？

"聽他的室友說，一個月前趙大同好像很缺錢的樣子，一個人打三份工，除了在學校圖書館當助理管理員外，又當油漆工及火鍋店服務員，這次燙傷就是因爲身體過度勞累，在火鍋店收拾餐桌時，迷迷糊糊捧起還熱著的鍋子，以致於......"

"他爲什麼需要打三份工？真的那麼缺錢嗎？"

江彩雲答她不清楚，要我親自去問，現在還是會客時間，快去！

～

走進Ａ102房，裏面有六張床位，彼此用簾布隔開。由於現在是會客時間，大部份的簾子都被打開，我很快發現穿著藍色病號服的趙大同，他正望著窗外出神。

"Hi."我微笑著和他打招呼。

"......Hi."他没料到我會來，打完招呼，一副手足無措的樣子。

"你好嗎？我聽說你......病了。"

"嗯......坐吧！"

他想下床幫我拿把椅子，突然意識到自己的雙手正被白色繃帶纏繞著，可說是力不從心。我趕緊拉把椅子坐下，免得他尷尬。

"你的手還好吧？"我問。

"嗯！沒那麼疼了。"

"那就好。"

"妳的功課忙嗎？"他問。

"一般。這裏的伙食怎麼樣？"

"還可以。"

"要不，下次我帶點兒水果給你。"

"不用了，這裏提供水果。"

該問的問，該答的答，很快我們就陷入無話可說的窘境。

"可可……"沈默了一會兒，趙大同開口了。

"什麼？"

"沒事。"

"沒關係，你說，我聽著。"

"如果……我是說如果，如果我臉上的胎記沒了，妳是不是……是不是願意給我一次機會？"

原來這就是他打三份工的原因，我的心揪了起來。

雖然一個人的外表很重要，但沒重要到以命相抵，何況……何況胎記不是我拒絕他的唯一理由。

我保持沈默，希望我的"冷漠"能讓他了然於心，可是……

"以前我總以爲人的外貌不那麼重要，只要讀好書，找份好工作，尋找另一半不是問題，但現在我發現外貌還是挺重要的，尤其我喜歡的對象是個美女，彼此的落差就更不能太大，否則人言可畏，女孩子會受不了的。"

趙大同竟然以爲我在乎別人的眼光，所以拒絕他，我不得不滅了他的希望，表示自己已經有喜歡的人了。

"妳喜歡的人也同樣喜歡妳嗎？"他的眼中閃過一絲痛苦。

這真是個難以回答的問題。

"我相信他也喜歡我，只是他自己還不知道。"我如實回答。

"那麼在他知道之前，妳可以給自己一個機會去知道喜不喜歡我。"

我聽了很爲難。

"只要三個月，三個月後如果妳還是無法喜歡我，我會默默走開。"

我搖搖頭說行不通，他很好，可惜不是我的菜。

"我知道了，即使我再怎麼努力，妳也看不上我……好吧！就這樣，不會比這個更糟了。"

看他一副失魂落魄的樣子，讓我很內疚，此時此刻還是"走爲上策"。

"很抱歉我得走了，有空再來看你。"

我一起身，趙大同突然用嘴巴去撕咬手上的繃帶……

"你幹什麼？"我驚叫一聲。

"不用妳管！"

他試了幾次，依然咬不開繃帶，遂舉起受傷的手捶打身後的牆壁，那可是錐心的疼啊！

我求他別再自殘了，他反問我有過心痛的感覺嗎？現在的他心痛到麻木，只有透過身體上的疼痛，才能感覺到自己還活著……

啊！這不是我曾有過的感受嗎？看著趙大同，我憶起那個曾經心痛欲絕的我。

哎！他要的不過是一個機會，給他三個月的時間不過份吧？！"我想。

軟弱的我再一次在同情面前低頭......

第三十五章/自由的嚮往

坐在"Blue Cat"的吧台，我叫了最烈的苦艾酒。這種酒呈綠色，由於酒精濃度太高，調酒師往往會加入冰塊，加了冰塊的苦艾酒呈乳白色，口感清新而略帶苦味，正適合我現在的心情。

穿著粉紅色兔女郎服的何麗覷了個空，偷偷跑過來陪我聊天。

"妳就這麼答應趙大同給他三個月的時間？"何麗問。

我用力點一下頭。

"真是愛心人士，應該頒個獎牌給妳。"

"呵呵......嗚嗚嗚......呵呵呵......"我一會兒哭，一會兒笑，像個瘋子似的。

"妳這是怎麼了？巴巴地跟人簽了三個月的賣身契，現在又巴巴地後悔了。"何麗拿起我的苦艾酒小啜一口，馬上伸了伸舌頭，"真苦！"

"哈！沒錯，是苦，吃得苦中苦，方爲人上人，Attention，何麗現在是人上人了⋯⋯"我對著滿屋子的外國人用普通話嘶吼起來。

"別發酒瘋了⋯⋯真丟人現眼⋯⋯"

何麗的聲音漸漸遠去，四周圍的影像也越來越模糊⋯⋯

剛一起身，頭疼得緊，我捂住太陽穴。

"醒啦？趕緊收拾一下吧！今早有課嗎？"何麗捧著一鍋東西進來，"也不知道管不管用，看韓劇裏醉酒的人都喝豆芽湯解酒，妳喝點吧！頭疼很難受，我知道。"

她舀了一碗湯給我，接過碗，我問昨晚是不是她帶我回家的？

"怎麼會是我？我還得上班呢！"何麗也就著鍋子喝了一口，"好像太淡了，應該多滾一下。"

見我還在等答案，她答是莫札特啦！除了他，還有誰會24小時爲我待命？

"妳沒跟他說什麼吧？"我突然緊張起來。

"能說什麼？他知道妳跟人家簽了三個月的賣身契，心碎了一地⋯⋯"

"哎！妳怎麼⋯⋯"

"這種事還是先挑明了說，免得又誤會了，再說，妳只是當趙大同三個月的女朋友，又不是嫁給他，莫札特還是有希望的。"何麗答。

我突然覺得心酸，心理上，我依賴著莫亦辰，希望他是我的影子，如影隨行，但真正能左右我喜怒哀樂的卻是古龍水先生。我是如此自私，既要湯尼的吻，又要莫亦辰扶持的手，這對莫亦辰既不公平也不厚道⋯⋯

“要我說，妳就別再想湯尼了，湯尼是毛先生的，莫亦辰才是妳的真命天子，至於趙大同……我倒覺得是顆隱形炸彈，妳想啊！他現在會用自殘的方式留住妳，三個月後，指不定會用更極端的方式對付妳。”

我要她別嚇唬我。

“誰嚇唬妳？我這是理性分析，也怪妳，一副軟心腸的模樣，趙大同就吃定妳不會拒絕他，換成是我，他肯定不敢如此放肆！”

我忽然羨慕起何麗，她總是拿得起放得下，永遠知道自己要什麼，別人無法把條條框框強加在她身上。

見我不言語，她話鋒一轉站到中立的角度：“其實也難說啦！搞不好三個月相處下來，妳突然發現自己愛上趙大同，非他不嫁，什麼古龍水先生，什麼莫亦辰，通通成了過眼雲煙。”

“何麗，妳少氣我了！”

“好吧！就當我癡人說夢吧！不過萬事皆有可能，不要太篤定了。”她站起身來，“湯妳慢慢喝，我上課去了。”

她走了，我也起床準備迎接新的一天。

没錯，萬事皆有可能，三個月一過，我會真正解脫，像隻鳥，自由自在地在空中翱翔……

第三十六章／讀心術

何麗說既然我是被迫接受協議，那就別怕玩陰的，她教我一個不太厚道的法子-玩失蹤。

我和趙大同的契約從六月中旬開始到九月中旬結束，她建議我在這段時間內"人間蒸發"，盡量拖到最後期限，然後等著大方跟他拜。

他若想繼續糾纏，還有個好的時間點，那就是九月底到十月初是學期末考試，大家都會很忙（想必他也是）。等到考試一結束，他回頭找我時又恰逢十月假期，在這二十多天裏，我可以躲到新西蘭的其他城市去，直到十月底才回學校，這時趙大同肯定等得不耐煩，老早將我從記憶中消除。

方案一敲定，我整個人又生龍活虎起來，彷彿一切又有了盼頭。

我躲了趙大同三個禮拜，但人算不如天算，這一天還是被他堵在校門口。

"Hi."他從聖誕紅粗大的樹幹後現身，著實嚇了我一跳。

我非常不自然地和他打招呼。

"好不容易終於見上面了。"他說。

怎麼覺得話中帶刺呢？我沈默以對。

"有沒有覺得我哪裏不一樣？"他微笑問我，態度好多了。

隔了三個禮拜再見趙大同，他雙手的白繃帶已卸下，身材還是瘦高的，皮膚還是白皙的，眼鏡還是從前那一副，沒變，就是說不上哪裏不一樣。

等接觸到他眼鏡後的一雙眼睛時，我才明白，原來他做了激光手術，胎記明顯消失了（如果不細看的話）。

"你做了激光手術了？效果不錯。"

"是的，一位老鄉借我手術費用，我也覺得做得挺好的，手術很成功。"

"恭喜你了。"

"謝謝，這是爲妳做的。"

本來我還爲一個學弟容貌上的改變而欣喜，没想到他的一番話又無情地把我打入深不見底的地獄中。

"我已經信守諾言把那個醜陋的標記給去除掉，所以妳也應該信守妳的諾言。"他接著說。

"我的諾言？"

"是的，妳應該還記得妳是我的女朋友，我們應當多花時間在一起，不是嗎？"

我還想做最後的努力，說服他放棄這個念頭，但他很快看了一眼腕錶，搶著說："妳大概得趕著去中國城打工，我送妳過去，嗯？"

～

趙大同送我去打工，順便就待在日式餐廳裏，而且一反他內向的個性，主動和我的同事打招呼、攀交情，等到離店時，他已然成了我名副其實的"男朋友"了。

～

回家的路上，一路無語。

已經是冬天，冷風吹來不禁讓人打了個寒顫。趙大同把他的大衣脫下披在我身上，我沒有推辭，因爲推辭也沒用，他的愛帶有強制性，容不得你說不，這讓我已經冰冷的心又突地降下好幾度C.

"明天我們一起吃午飯？"他說。

表面上這是個問句，本質上已經成了命令句。

"……嗯！"我已經沒有選擇的餘地。

"我去白樓311室接妳，妳上生物化學。"他又說。

我停下腳步，狐疑地看著他。

"噢！我把妳上課的課程表都背下來，這樣就不怕到時找不到人，我們已經沒剩多少時間了。"

我以爲感情的培養是日積月累，而不是像趕集一樣馬不停蹄。

見我臉上有不豫的表情，他趕緊說明："我也不想這樣，但一開始我的雙手不方便，找妳又找不著，接著我跟整型醫生約了時間，等到手術完成，三個禮拜轉眼就過去，現在只剩下兩個月多一點兒的時間，如果妳又像之前一樣玩失蹤，我如何讓妳更了解我呢？"

說得合情合理，但聽得我臉上訕訕的，這下子我可真的成了失去自由的人犯。

"要不……"

"要不怎樣？"聽他這一說，我的內心又燃起希望。

"要不我們把約定的時間延長，這樣就不會太趕。"

Oh no！千萬使不得。

"不……不需要，兩個月的時間足夠讓我了解你。"我趕緊給他吃定心丸。

"那麼妳不反對在這段時間裏，我們多花時間在一起？"

"不反對。"我答得非常干脆。

趙大同非常滿意我的回答。

我心想："只要不延長約定時間，什麼都好辦。"

到了公寓門口，我恨不得趕緊跟趙大同說 Bye，但他開口了。

"可可，我很抱歉之前留給妳一個壞印象，做了一些很任性的蠢事，那是……那是因爲我太在乎妳的緣故。妳就像個光源，我就是飛蛾，妳不能責怪飛蛾撲火，那是飛蛾的天性也是宿命。"

我很訝異趙大同會做如此的表白，不像在醫院時玩自殘的幼稚男孩，現在反倒像個成熟男人。

他往前一步靠近我，柔聲地說："可可，妳是個没主見又過於軟弱的人，很容易受傷害，妳等著，讓我來拯救妳！"

我想拯救古龍水先生的誓言還言猶在耳，現在反倒要被別人拯救？

"相信我，我會給妳幸福，我會讓妳快樂，以前的事情我們把它忘記，重新來過。"

當他把這句話也說出來時，我瞬間回到那個大雨滂沱的夜晚，自己也曾經這麼跟古龍水先生說過。

"趙大同……"

"嗯？"

"爲什麼你說的話我是如此熟悉？"

"因爲……因爲我有讀心術，能把妳心裏想的都摸了個透。"
他給我一張狡黠的笑臉。

我當然不相信他真的有讀心術，但不得不重新審視眼前的這個大男孩，他和我一樣有股癡情的傻勁。

何麗說得對，萬事皆有可能，我突然覺得心與他靠近許多，那個醜陋的胎記不見了，癩蛤蟆也不再是癩蛤蟆……

第三十七章／我會毒死牠

可麗餅已經毫不客氣地把我們的小小公寓當成自己的家，而且活動範圍也從江彩雲的房間擴大到客廳、廚房、浴室、洗衣房甚至何麗和我的房間，所以當我打開衣櫃看見牠把我的長大衣拉扯下來當牠的溫暖被窩時，真是既好氣又好笑。

“可麗餅，你給我出來！”我兩手叉腰，故意擺出一副主人的架勢。

然而那個可惡的傢伙只是將身子挪動一下，又繼續好眠，連眼睛都沒張開呢！

因爲趕著出門上課，外面又寒風凜冽，我需要長大衣暖身，遂伸手去取，哪知那個平常可愛乖巧的貓因我搶走牠的被窩，尖叫一聲後，以迅雷不及掩耳的速度在我的右手虎口處結結實實地咬上一口，頓時鮮血直流。

我捂住痛徹心扉的傷口，有那麽幾秒鐘完全不知所措。

闖下大禍的可麗餅卻絲毫不感愧疚，牠拉長身子，伸了個懶腰，然後仰頭踩著優雅的步伐離去。

還好我沒有迷糊太久，身上的緊急機制及時啓動：“這隻貓剛抱養不到兩個月，也沒聽說小蘿莉帶牠上醫院打過預防針，所以很可能牠是多種病菌的攜帶者……這麼說，那些亂七八糟的髒東西此時正在我的身體裏到處流竄著。"

想至此，我害怕極了，撿起長大衣，匆匆往學校醫務室奔去。

醫務室裏的年輕醫務員在得知我被貓咬後，先用生理鹽水反覆沖洗傷口，然後塗上碘酒。

他問我家裏的貓是否打過狂犬疫苗？我答不知道，他給了我一個快暈倒的表情，我抿抿嘴，委屈至極。

這時候趙大同和他的一位女同學剛好走進醫務室，手中抱著幾本日誌。他一看到坐在病床上的我，趕緊放下手中物飛奔過來。

"怎麼了？"他關心地問。

"被貓咬了。"

"嚴不嚴重？"他把我的右手小心托起，張大眼睛觀察，"咬得滿深的，打針了沒？"

我搖頭答不知道。

"妳自己有沒有打針怎麼會不知道？"他很迷惑。

"噢！我以為你問貓打過針了沒？"我的眼光投向那個醫務員，"他只幫我沖洗傷口及塗碘酒。"

"這不行。"

趙大同走過去和醫務員耳語一番，我聽見後者說免疫球蛋白沒了，現在只有血清，而血清並不適用所有人，有人會過敏，於是趙大同建議先做微量測試。

噢！不，我從小就怕打針，看醫務員拿著那管可怕的東西走上前來，好比把我推向斷頭台般的恐怖。

趙大同見狀，握緊我的手，不時在耳邊低語：“不痛，不痛，忍一下就過去了。”

没想到打完針不到五分鐘，我的脖子便開始發癢，越撓越癢，等趙大同發現不對勁時，我的脖子已經紅腫得像煮熟的蝦子。

“妳對血清過敏。”他下結論，然後起身。

我問他去哪兒？

“去拿免疫球蛋白。”他頭也不回地走了。

從醫務員的口中得知，趙大同得從奧克蘭中區風塵僕僕地趕到東區的某家醫院去取。我很好奇他是怎麼去的，等他氣喘吁吁地趕回來時，我終於知道了。

“外面很冷吧？”我突然覺得心酸。

“還好。”

“一定很冷。”

趙大同的臉頰被風吹得紅僕僕的，只有雙眼因戴上眼鏡擋住了風，所以還呈自然的膚色，但這樣反而顯得怪異，像個小丑似的。

“你騎摩托車去的，對吧？”我問。

“嗯！臨時借不到私家車。”

我真誠地向他道謝。

“不用謝，因爲......妳是我的。”

他笑了，我卻開心不起來。

回到家，剛好看到可麗餅正躺在窗戶下曬太陽。

我一股氣上來，就因爲牠，我無端受罪，牠倒好，悠栽悠栽的。

"臭小子，被你害慘了！"我將牠凌空拎起，然後對著那張邪惡的貓臉謾罵起來。

"怎麼了，怎麼了，幹嘛罵我的可麗餅？！"江彩雲從房內衝出，一把將貓救下，可憐兮兮地說，"心疼，心疼死媽咪了，可可阿姨欺負我們可麗餅，她壞死了！咱們別理她。"

我的室友邊撫摸貓邊指責我，完全一副不明事理兼寵壞小孩的模樣。

"看看這是什麼？"我把右手掌伸過去來個物證，"妳的貓咬了我一個大口子。"

江彩雲撇開臉，嫌惡地說可麗餅才不會亂咬人，一定是我先惹毛牠的。

"什麼？！妳的貓跑到我的衣櫃裏築巢，我趕牠走不對嗎？"我氣急敗壞地質問。

"就是不對！妳的房租是我付的，所以妳的房就是我的房，我兒子在媽咪的房裏怎麼了？還輪不到妳下逐客令！"

聽得我火冒三丈，當初是她硬要幫我付房租，現在我反倒成了寄人籬下？

哎！也怪我，抵擋不住小蘿莉的甜言蜜語，塞還給她的房租被退回來幾次後，我也不那麼堅持了，反而把多出來的錢拿去買新電腦，現在人家毫不留情地說我住的房是她的，我也無話可說。

"江彩雲，話跟妳挑明了說，下個月開始，我的房租不勞妳費心，以前代付的部份，我會陸續還妳！"

"隨妳！"

她的不受教讓我更加光火，我警告她以後別讓可麗餅進我的房間，否則……

"否則怎樣？"她往前一步，"妳敢？！"

"否則我會毒—死—牠—"我憤恨地說。

江彩雲聽了害怕地抱緊她的可麗餅。

我無視她的造作，大踏步走回房內，將門一甩，懶得理房外那對面目可憎的"母子"。

第三十八章/雙重人格

聽說莫亦辰的父母即將從中國飛過來探視他，等學校十月份的假期一到，全家便要在新西蘭做二十多天的環島旅行，屆時江彩雲也會做陪，剛好能擠進莫亦辰那輛四人座的TOYOTA裏。

我好羨慕莫亦辰，我想我的爸媽是不可能有機會來新西蘭，不說機票、酒店錢對我家是個不小的負擔，環島旅行就更別提了，爸媽去過最遠的地方也不過是到上海溜了個彎，而且匆匆只待了兩晚，因爲得趕回去替一對新人拍婚紗照，就是鄉下那種土土的，笑起來特假的24吋樣版式照片。

爸媽的照像館在浙江的小城鎮上，已經風雨無阻地屹立二十多載。

∽

因爲簽了"賣身契"，我好像和莫亦辰陌生了許多，好幾次我和趙大同走在一起踫巧遇到他，他不是低頭匆匆走過，就是打老遠就繞道而行。

哎！能怎麼辦？與人訂下口頭約定，我已非自由身，現在說什麼都枉然，還不如不說。

回過頭來看趙大同，雖然相處過後我不再那麼排斥他，但也沒像何麗所說的，萬事皆有可能地愛上他。

我每天都在細數還有幾天就自由了，在自由來臨的那一天，我要坦然地站在莫亦辰面前告訴他—我想念他。

由於再過一個禮拜契約就期滿，我對趙大同格外的友善，簡直到了有求必應的程度。他說吃西餐，我不敢說茶餐廳比較對味；他說一起到圖書館唸書，我不會找理由說家裏的髒衣服等著我洗；他說碧綠的顏色適合我，我不會說那是軍服的顏色，我穿起來像個鐵甲武士……

"妳怎麼了？"

"什麼怎麼了？"

"妳越來越遷就我了。"

"有嗎？"我裝傻,心想還剩七天，遷就你也無妨。

他緊接著問我爲什麼笑？

"我笑了嗎？"我捂住臉頰反問。

"妳笑了，很開心的樣子。"他皺起眉頭。

我答可能今天天氣好的緣故。

"不是，是別的原因。"

"你就別問了，我們還有一個禮拜的時間，你想去哪裏？我陪你。"

趙大同停下腳步，表情嚴肅地説："原來這就是妳開心的原因，妳每天都在細數還剩下幾天好能離開我。"

被他瞧見心裏的秘密，我很尷尬。

"妳到底有沒有良心？我對妳還不夠好嗎？"他憤恨地說。

"不是的，"我拼命搖頭，"你對我很好。"

"但是妳沒有愛上我？"他痛苦地問。

我咬咬牙答沒有，他瞬間像隻洩了氣的皮球。

"我們還是可以成爲很好的朋友。"我趕緊表明心跡。

他撇撇嘴："妳的男的朋友還不夠多嗎？莫亦辰、湯尼、還有……還有誰？妳這個婊子！"

"趙—大—同—, 你說的什麼話？"我氣得發抖。

"人話，好歹我還是個人，懂得投桃報李，不像妳，把人的感情當個屁！玩弄於股掌間。"

我的心突地跳到喉嚨，眼前的趙大同不再是說著"飛蛾撲火"故事的癡情男人，也不再是那個著急趕去拿免疫球蛋白，以致雙頰紅得像小丑似的傻小子，現在的他反倒像極了待在醫院時玩自殘的任性小孩，我感到莫名的恐懼。

"……他現在會用自殘的方式留住妳，三個月後，指不定會用更激烈的方式對付妳。"何麗的話言猶在耳，給我敲了一記警鐘。

"妳走吧！我不想再見到妳！"他撇開臉，嫌惡地下逐客令。

契約提前被解約，我應該感到高興，但隱隱約約總覺得有哪裏不對勁，就這麼結束了？似是不太真實。

"他有雙重人格。"何麗聽了我的描述後下結論，"這是一種嚴重的心理障礙，具體指一個人有兩個或兩個以上相對獨立的人格。"

見我還是一副似懂非懂的表情，她接著舉例說明：“譬如一個人人稱讚的好人，很可能也是殺人不眨眼的惡魔，他們共用一個軀體，彼此獨立也彼此不相識，你不知道他什麼時候是好人，什麼時候又變成惡魔……嗯！這樣說也不對，這兩種人格其中一個是顯性，另一個是隱性，當無大事發生時，隱性的那個便會躲起來，只有當誘因出現時才會取代顯性示人。”

“怎麼辦？何麗，我感到害怕。”我憂心忡忡。

“怎麼拌？涼拌！”見我對她的笑話沒反應，她收起輕浮的態度，“我認爲妳還是離他遠點兒好，越遠越好，他不是說不想再見到妳，妳就遂了他的心意，或許……或許他的雙重人格没那麼嚴重，所以……所以妳自由了！”

我還是一臉憂鬱，她拍拍我的肩膀，說：“嘿！自由了，該開心地大笑三聲。”

看何麗興致盎然，我不忍潑她冷水，便淒慘地呵呵呵笑了起來。

“這哪裡是笑？比哭還難看，來，讓我幫妳一把！”她跳到身後給我撓癢癢。

我試著掙脫，卻也忍不住笑出聲來，慌亂中，兩人一起滾進她的床。

當我們並肩躺在床上大喘氣時，何麗有意轉移話題，開始談起最近新認識的意大利八百磅種馬，在床上威力十足，一觸即發……

她談得興起，口沫橫飛，而我卻還在那副黑框眼鏡後的小眼睛裡，不住地抖著……抖著……

第三十九章/喪子之痛

每隔幾個月，我們的小小公寓總會有那麼幾天非常安靜，一向三分鐘熱度的我，坐在書桌前手不釋卷；一向男朋友不斷的何麗，坐在書桌前手不釋卷；一向熱衷採購的江彩雲，坐在書桌前手不釋卷……没錯，期末考試到了，我們都陷入磨刀霍霍的緊張氣氛中，誓在"不亮也光"。

考試進行一個多禮拜後，何麗和江彩雲也陸續結束煎熬，開始做放假前的慶祝活動，不是在夜店裏玩個通宵，就是毫無節制地瘋狂血拼，可憐的我還剩下最後一科才能逃離水深火熱之中，真是命苦啊！

"叮咚！"

我還在《Pest Control Science》裏和那些蟲子難分難捨，突來的鈴聲讓人好不心煩，我決定來個耳不聽爲淨，但那鈴聲卻誓不甘休，非常有毅力地一聲接著一聲。

奇怪，怎麼何麗和江彩雲都成了聾子？

我忽然憶起昨晚何麗又帶回來一匹馬，在床上馳騁了個把鐘頭，吵得我精神快崩潰，到了凌晨兩點才施恩般地讓人耳根清淨，現在應該還在補眠當中吧？！至於江彩雲……這幾天她一直處於亢奮當中，因爲莫亦辰的爸媽已經來到新西蘭，就住在市區的SOFITEL五星級大酒店裏，小蘿莉想當然爾會發揮粘人的功夫，想來這會兒應該是與她未來的公婆如影隨行吧？！

既然那兩人無動於衷，不討好的工作當然又落在我頭上。我把筆往桌上一扔，急匆匆跑去應門。

" Are you Miss Zhang? "快遞人員手裏拿著一個小包裹，問我是不是張小姐？

因爲曾經收錯包裹，到現在還心有餘悸，我不放心地反問是張小姐還是江小姐？

他低頭確認後，答：" Miss Zhang."

接過包裹，我很快又看了一眼收貨人，果然是我，於是大筆一揮，簽收了。

拿著包裹進房，雖然考試在即，但還是抵不住好奇心的驅使，我動作麻利地撕開塑料袋，裏面躺著一個深褐色的盒子，盒面上有燙金英文字母DL。

任誰看到盒子都會有一探究竟的慾望，我因此看到八條條狀巧克力，上面有DELAFEE的印記。我想起來了，電視的美食頻道曾經介紹過這款瑞士最著名的高檔巧克力，每磅售價五百多美元，是用食用黃金和黃金酒製成，絕對稱得上是甜品界的愛馬仕。

"誰會送我這麼昂貴的巧克力？"我邊想邊拆開隨附的卡片。

" 我最親愛的光源：妳寫了34封情書給我，我一封都没回，現在我也寫情書給妳……愛妳的飛蛾敬上。"

一讀到擡頭，我便已猜出是趙大同，欣喜馬上轉變成煩躁。

他在信中重申愛我的心意不變，並且誠心地對上次的口不擇言致歉，還說本想提早表達歉意，但臨近考試，他不願佔用我的寶貴時間，所以遲至今日才道歉。如果我原諒他了，考完試請在學校大門口的聖誕紅樹下等他，他會給我驚喜……

驚喜也好，驚嚇也罷，我再也承受不住！

我毫不猶豫地把卡片扔進字紙簍裏，轉頭看到昂貴的巧克力，這次我猶豫了一下，最後還是咬咬牙，全扔了。

走出考場，我下意識往左拐，當看到那棵頭頂著紅葉的聖誕紅時，心差點兒跳出來，趕緊往回走，這下子我得多花20分鐘才能到家。

"可可，可可……"

還好不是趙大同的聲音，我停下腳步。

"妳怎麼走後門？走大門比較快。"莫亦辰趕上我。

"噢……我想吃印度咖喱。"

學校後門有家印度咖喱店，提供經過改良，物美價廉的咖喱雞肉、咖喱豬肉、咖喱蝦等，配上熱騰騰的香米飯，真是人間一大美味，可惜就是沒有咖喱牛肉，因爲店主信奉印度教，牛被視爲"如意牛"，是聖獸，不得宰殺。

"我也想吃印度咖喱，我們一起去。"他說。

和莫亦辰走在一起就是不一樣，天特別藍，空氣特別清新，我不用僞裝，也沒有壓力，就是一種……一種平凡的幸福感。

"莫亦辰……"

"什麼？"

"我……想念你。"我終於把那句話說出來，感覺耳根發燙。

"我也是。"

我轉頭看他，他也看著我，我們相視而笑。

我一進門就看見江彩雲，她坐在客廳裏，桌上有一堆大大小小的購物袋。

"可可姐妳回來了，快來看我的禮物，婆婆買給我的。"她動手撕開一個包裝袋，"明天我們就要度假去了，婆婆說多買幾件路上穿。"

我走過去看了一眼新衣服，果真是小蘿莉的品味，糖果色、蕾絲、珍珠扣……這類衣服打死我也不會穿。

"很不錯，挺適合妳的。"我把話說得盡量符合原意又不傷人。

剛要進房，何麗也開鎖進屋，這是怎麼回事？才下午三點，三個室友全到齊了。

"何麗姐姐妳也回來了，快來看我的新衣服！"

何麗無視江彩雲的炫耀，一臉緊張地對我說："瞧見没？趙大同就在樓下。"

"什麼？！"

這一驚非同小可，我趕忙奔向陽台往下一探，那個陰魂不散的人果然在那兒，似乎想覷個機會溜上來，這如何是好？

"Hi, 趙大同, 你怎麼不上來？"小蘿莉對著樓下嚷嚷起來。

我和何麗慌忙將她拉下，拖著離開陽台。

"怎麼了？這是。"江彩雲一站穩便一臉不高興地質問。

我推了她一把，問她幹嘛大呼小叫的？

"人家跟趙大同打招呼怎麼了？"

"妳不可以跟趙大同打招呼，"何麗搶著說，"可可現在躲他都來不及。"

"爲什麼呀？"

我正要制止她發問，没想到趙大同此時按了樓下對講機，把我給嚇得……

"怎麼辦？何麗。"我發出求救信號。

何麗思考了一下，答："鬧空城計吧！別應門，假裝無人在家。"

門鈴聲持續一分多鐘後終於停歇，警報暫時解除。

"江彩雲小姐，可可現在在躲趙大同，請妳看在室友的情誼上，別給她添亂，好嗎？"何麗很有耐心地說。

"我什麼時候給妳們添亂了？都是妳們給我添亂。"她嘟起嘴，轉身離開。

我神情恍惚地進入房間，和衣躺在床上。

"趙大同什麼時候才會放過我？"

"他在樓下會待多久？"

"我總不能不出門吧？！"……

就這麼東想西想，我竟睡著了，醒來已近黃昏。

"哎呀！打工時間到了，我也該準備準備。"我趕緊起床。

打開衣櫃，我發現可麗餅又把我的長大衣拉扯下來當牠的被窩，頓時勃然大怒。

"可麗餅,你給我出來。"我雙手叉腰怒視牠,牠照樣對我不理不睬。

本來想一腳把牠踹出去,但一想到牠發起威來的凶猛樣,我可不想連腳也被牠咬上一口。

"對了,把牠的媽咪叫來,看江彩雲還有什麼話好說。"我有了主意。

江彩雲在睡夢中被我半推半拉地來到我房間,已經憋了一肚子的氣。

"可麗餅,來媽咪這裏,我們回房睡覺覺……"她半眯著眼睛說話。

没想到可麗餅連牠的媽咪也不理睬。

江彩雲無奈蹲下身,手一踫觸可麗餅,突然像觸電似地彈開。

我問她怎麼了?她不理會我,上前將可麗餅翻轉身來,似乎想確認什麼。

過了幾秒鐘,她慢慢起身,眼光帶著殺氣。

"可—麗—餅—死—了—"她一個字一個字地吐出來,彷彿一把又一把的飛刀向我射來。

"怎麼會?"迷迷糊糊中我問了一個傻問題。

這似乎更惹怒她,只見她握緊拳頭向我走來,似要一解喪子之痛……

第四十章/待宰的羔羊

"妳說過如果可麗餅再進妳的房間，妳就要毒死牠。"江彩雲一步步向我逼近，而我不由自主地往後退。

"那……那是氣話。"我辯解。

江彩雲答那不是氣話，因爲可麗餅真的死了，是被我害死的。

"不，不是，我什麼都不知道。"我拼命搖頭。

"就是妳，妳這個凶手，我要妳償命！"

她很快抓住我的長髮，往下用力一扯，我忍不住哀嚎一聲，她非但沒有停止，反而舉起腳往我的腰際猛踹下去。

疼痛加上氣憤，我徹底被激怒了，劈頭抓了她一臉。

"好呀！妳還有臉反抗？看我不打死妳才怪！"她說。

接著所有狗血劇裏的混亂場面，我們都經歷個遍，從床上打到床下，從房間打到客廳，她是拳拳不留情面，我則出手就往死裏打，連趕來勸架的何麗也無端遭殃，不得不動手反打我倆，直到我們都動彈不得爲止。

“這是怎麼回事？好端端地幹嘛打起架來？”她問。

“那個賤貨把可麗餅搞死了……劊子手、殺人魔王！”江彩雲歇斯底里地嘶吼著。

我除了否認，別無他法。

“在哪裏？”何麗的意思是屍體在哪裏？

“在我衣櫃裏。”我答。

何麗衝向第一現場，我和江彩雲也緊隨其後。

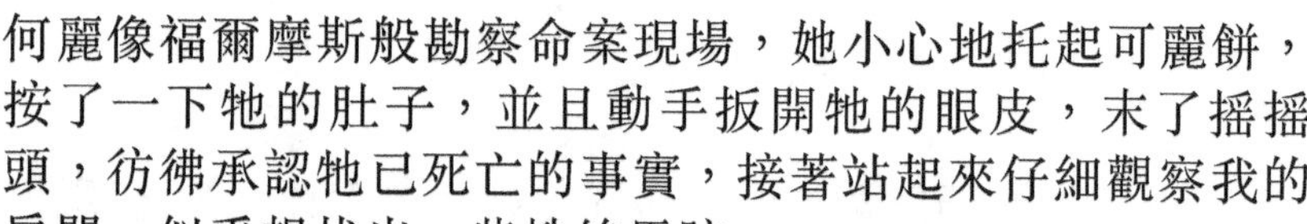

何麗像福爾摩斯般勘察命案現場，她小心地托起可麗餅，按了一下牠的肚子，並且動手扳開牠的眼皮，末了搖搖頭，彷彿承認牠已死亡的事實，接著站起來仔細觀察我的房間，似乎想找出一些蛛絲馬跡。

不一會兒，她的眼睛發亮，蹲下身撿起一小片金色包裝紙，聞過後，問這是誰的巧克力？

“我的……也不是我的，今天早上快遞送過來的……趙大同的……他送的……”我語無倫次地答。

何麗又撿起更多張包裝紙，我心裏納悶，怎麼只有包裝紙？巧克力哪裏去了？

她終於在字紙簍裏發現了那個深褐色禮盒，上下翻看一下後，開始閱讀起盒底的英文說明。

“Delafee巧克力含食用黃金和黃金起泡葡萄酒，也就是說除了一般巧克力會有的可可鹼和咖啡因外，又多了食用黃金和酒，嗯……”她作沈思狀，“我對寵物不是很了解，但高中時有個同學家裏養寵物，她告訴我不能給貓狗餵食巧克力，因爲裏面的成份會讓牠們中毒。”

“我没餵可麗餅吃巧克力。”我趕緊聲明。

何麗忽然想起什麼，開始研究起地板。

"妳們瞧，地上還有些許嘔吐物，一直延伸到衣櫃，"她的頭往衣櫃內伸去，"可可的長大衣上還有白色泡沫，也就是說可麗餅對巧克力和酒都分別做出反應，嘔吐是因爲中毒，口吐白沫是因爲身體無法過濾或排洩酒精，可憐，雙重作用下，這隻貓必死無疑。"

何麗讀的是食品營養系，她的這番理性分析兼專家口吻本應得到表揚，不料卻將我往無盡的深淵推去。

"妳是故意的，"江彩雲憤恨地對我說，"妳知道可麗餅會進入妳的房間，所以故意把巧克力放在牠拘得著的地方，牠又貪吃，所以……所以妳成功毒死牠了，嗚嗚嗚……"

江彩雲編派一些莫須有的罪名指控我，而且信手拈來毫不費功夫，我趕緊又否認。

"怎麼不是？虧妳還捨得用這麼昂貴的毒品，又是黃金又是酒，不把可麗餅毒死誓不甘休。"

何麗打圓場，說我不是這種人，這件事純屬意外。

"不是妳的貓，妳當然don't care，而且妳老早就不同意我養貓，這下子遂了妳的心意了吧？！"沒想到江彩雲將矛頭一轉，開始炮轟無辜人士。

何麗意外沒有反擊。

"我不管，可可得走，而且馬上！"

"爲什麼呀？"我和何麗同時大喊起來。

"還問爲什麼？這是我的房，我付的房租，現在我不高興收留一個殺人犯，所以可可得走。"

江彩雲竟然把可麗餅視爲"人"！

"怎麼會是妳的房？房租雖然是妳付的，但當初可沒人強迫妳，一個願打，一個願挨，怨不得人。"何麗持平地說。

我真愛死何麗了，她是正義的化身。

"好，不走是吧？！"江彩雲一個轉身，跑回房間。

不到十秒鐘她出現了，手裏拿著手機，邊走邊按，說："我報警，就不信……"

何麗趕忙一個箭步奪下，但111的號碼已發出，我聽到手機那端傳來"Hello"的回應聲。

還好何麗反應快，匆忙掛斷，我正慶幸她的動作及時，她卻一臉憂鬱："糟了，出大事了。"

從何麗口中得知，新西蘭的報警系統非常先進，即使報警人沒有說出詳細地址，警方還是可以通過衛星網絡定位，查出手機發出訊號的位置，雖然不能具體到某一層某一室，但要查出哪一棟易如反掌。

"我們還有十多分鐘。"何麗說。

本來我還想如此一來，正好還我清白，其實不然。

"前幾年有個新西蘭人開車故意撞死一隻羊，照中國人的邏輯，只要賠償羊主人的損失，這件事就算了結，但法院認爲這個人'主觀意識'想置羊於死地，所以除了金錢上的賠償外，還鋃鐺入獄好幾天。"何麗說。

我聽了不禁膽顫心驚。

"可可，妳不想入獄吧？！妳不想一輩子背負罪犯的罪名吧？！"何麗問。

我把頭搖得像撥浪鼓。

"妳想想新西蘭人連一隻羊的羊權都這麼重視，就更別提集千萬人寵愛於一身的貓狗了。"

我點頭如搗蒜。

"還有，妳～"這次何麗轉向江彩雲，"這棟公寓不能養寵物妳是知道的，鬧開了，妳會被轟出去。"

江彩雲冷哼一聲。

"妳想定可可的罪也行，法律流程繁瑣又費時，既燒錢又鬧心，幾個月後也許能把可可送進牢裏，但捫心自問，妳覺得值不值？"何麗接著說。

"妳的意思是讓可麗餅白死？"她忿忿不平地問。

此時哇嗚哇嗚的警車聲由遠而近傳來，好死不死就停在我們這棟樓的樓下，媽呀！這效率也太高了吧？

"快，我們没有多少時間了，妳們得下決定。"何麗一臉緊張地看著我和江彩雲。

當警察逐戶盤查到我們這屋前，我們及時達成協議：**我一個小時內搬家，江彩雲不再追究可麗餅的死因。**

是何麗應的門，儘管她一再強調屋內正常，警察仍堅持入屋檢查。

那個高的、瘦的白人男警往廚房走去；那個矮的、胖的黑人女警在客廳稍做停留後，往我的房間走去……

我忽然想到還没埋屍呢！這下子豈不是當場抓包？

"完了，完了，毀了，毀了……"我的心開始打起鼓來。

何麗適時抓住我的手，我才冷靜下來，我們一同進入"命案現場"。

黑女警對一屋子的凌亂頗爲反感，一路"嘖嘖嘖"個不停，但似乎没起什麼疑心，也許看慣了年輕人的邋遢。

她掀開棉被，再把書架上的書瀏覽一遍，然後往半開的衣櫃走去。

我的衣服本來就不多，而且清一色是素色的，她用手指無意識地翻了翻，没多大興趣的樣子，等到低下頭看到那團白色的東西……

“ A-ha! ”她驚呼一聲，“ Chad, could you come here? ”

“ Coming.”男警高聲應答。

在等待當中，那位女警問起這是誰的房間？

“ Emm......Mine. ”我慢慢舉起手來。

男警一踏入我房內便掃向舉著手的我，而女警正倚著衣櫃皮笑肉不笑，彷彿我是隻待宰的羔羊，正要被送進可怕的屠宰場......

第四十一章／掃地出門

" This young lady has a cat just like your daughter's."女警說我的貓就像男警女兒的貓一樣。

" Really? "男警饒富趣味地看著我，然後走向衣櫃，" Oh, what a cute littlc kitty！"

當男警正要伸手去摸貓時，何麗大叫" Don't touch"，那人頓時像被點了穴道似的，全身動彈不得。她緊接著把可麗餅形容成世界上最兇猛的貓，而這隻"面善心惡"的貓最恨有人擾了牠的美夢。

" Look! "何麗把我的左手手掌托起，以茲證明被咬後的下場。

她忘了我被咬的是右手，而且傷勢復原到幾乎看不出曾經被咬過，但兩位警察似乎對真實性不做過多懷疑。

" Ha.Ha. let's leave this little thing alone."男警趕緊找台階下。

兩位警察又上何麗和江彩雲的房間踩踏一下，最後說笑著走了。

關上大門，我們仨不約而同地跌入沙發內，半天說不出話來。

"那隻貓怎麼辦？"何麗問。

"葬到寵物墓園吧！"江彩雲很傷心地答。

"那得出示死亡證明，由獸醫開出。"

"那就開唄！"

何麗坐直了身子，很不可思議地看著小蘿莉，問她是真不知還是裝傻？可麗餅能上獸醫那兒去嗎？這是非正常死亡，最低也要追究主人照顧不周，間接殺貓的責任。

"那妳說該怎麼辦？"江彩雲皺起眉頭。

何麗答就地掩埋。

小蘿莉反應激烈，說什麼也不願她的"兒子"當孤魂野鬼。

"妳真好笑，埋在墓園就得道升天了？"見狗主人不高興，何麗改口，"好啦！妳可以選一個美美的地方把妳兒子埋進去，如果願意，還可以豎起墓碑，每個月去膜拜。"

說完，何麗拍了一下大腿，站起身來："趕緊開工吧！我可不想聞屍臭。"

江彩雲也起身尾隨，走到我的房間入口時，她突然想起什麼，轉身對我說："妳怎麼還杵在這兒？別忘了妳還有一個小時。"

說完，不忘給我一個甜甜的笑臉。

"笑笑笑，不懷好意，笑裏藏刀，最毒婦人心……"

可悲的是，再多的謾罵也改變不了我被掃地出門的命運。

～

何麗現在已經顧不上我了，她拿著大號黑色垃圾袋和江彩雲討論埋屍計劃，完全無視我的存在。

當我拖著行李箱走向大門的那一刹那，我最親愛的室友仍然沒有給予一句安慰的話，也沒有送上一個溫暖的擁抱，我，徹底被遺忘了。

～

天色已暗，人海茫茫，叫我何去何從？

坐在附近人家的花台上，我把下巴抵在行李桿上，思考起未來。

銀行卡裏只剩下一千多紐元，也就是五千多元人民幣，本來不止這個數，但是打工餐廳遲發了我兩個月的薪水，因爲Kumiko說餐廳的租金漲啦！還有這個、那個的理由，所以請員工共體時艱，下個月她就會把三個月的工資給一併結了。

我不知道該不該相信她，本來打算如果下個月她沒信守承諾，我就換個餐廳幹，可是這會兒怎麼辦？一千多紐元叫我怎麼活？

住酒店大概頂多支持十幾天，租個公寓我連押金都不夠，爸媽的錢即使滙過來，至少也要一個禮拜才會到，而我真的不想再增加他們的負擔……

什麼？！跟何麗借錢？No.No.No.中國人說"朋友有通財之義"，但受過國外文化洗禮的留學生們，普遍都在錢的方面斤斤計較，再好的鐵哥們一提起錢，照樣六親不認。

莫亦辰呢？

一有這個念頭，我馬上搖頭放棄。

莫亦辰明天就要度假去了，我不能拿這件事煩他，壞了他度假的興致......

當我還在推敲各種的可能性時，一個細長的身影擋在我面前，我擡起頭來，發現竟是那個我避之唯恐不及的趙大同。

"妳怎麼了？"他問。

本來我應該拖起行李箱趕快逃離，但不知爲什麼，我非但没跑，反而在他面前示弱，眼淚滴滴答答地流下來，邊哭邊把事情始末全盤托出，越說越覺得自己可憐，連隻貓都不如。

"現在怎麼辦？很晚了，妳住哪兒？"

"真是個好問題，我就要露宿街頭啦！"

"來吧！"他拖起我的行李箱，"我幫妳找家酒店住下，明天......明天再幫妳找別的住處，因爲我的錢也不多了。"

我當然知道他也是窮學生（尤其剛買了那個貴死人的巧克力），搞不好身上的錢還没有我多呢！

"酒店錢我自己付。"想起江彩雲的代付房租事件，到現在我還耿耿於懷。

"隨妳。"他答。

本來我只打算付五十元以下的酒店錢，但趙大同說那樣的酒店不安全，不是酒徒就是妓女出入，還是多花點兒錢安心。最後兜兜轉轉，付了八十元換來一個没有窗戶的小房間，還好這是家連鎖酒店，安全性至少有保障。

"謝謝！"趙大同把行李放下後便要走人，我趕緊跟他道謝。

"不用謝，我現在回去幫妳找住的地方，明天中午再來接妳，嗯？"

他走了之後，我隨便梳洗一下便上床。

啊！明天，明天會不會是個晴天？還是我最不喜歡的陰雨天？

我翻了個身擁緊被褥，眼淚又不由自主地滾落下來……

我翻了個身擁緊被褥，眼淚又不由自主地滾落下來……

第四十二章/凶宅

本來以爲我會一夜無眠，没想到頭一沾枕就進入夢鄉，而且一覺到天亮。

醒來後，我下樓到7-11買了塊麵包，回到酒店就著房間內免費提供的即溶咖啡當早餐。

"從現在起我得更加小心用錢，對了，得上何麗那兒把押金拿回來，這樣又可以多上好幾百元。"我心想。

然而没興奮多久，我便開始懊惱："不對，我還欠江彩雲房租呢！"

從這次事件讓我學到"天下没有白吃的午餐"，也不可能會有餡餅咚的一聲掉在頭上，所以人得自立自強，否則就等著隨時讓人掃地出門。

趙大同臨近中午才來敲我房門，他拖著我的行李箱，我們一起下樓。

站在酒店大門口，眼前是熙熙攘攘的往來車輛，真奇怪，在如此高分貝之下，昨晚的我竟然還能入眠？

"是個小套間，離這兒有點兒遠。"趙大同很抱歉地說。

"没關係，有的住就行。"

說真格的，我現在哪有資格挑？只要不露宿街頭就該偷笑了。

"可可……"趙大同低著頭喊我的名。

"什麼？"

他攙頭看了我好一會兒後答没事。

肯定有事，我正打算打破砂鍋問到底……

"Hi. 趙大同, 可可……Here.Here."江彩雲把頭伸出車窗外拼命和我們招手。

我看見莫亦辰的TOYOTA就停在車陣裏，等待前方綠燈好通行。

"妳去哪兒？"趙大同好像他鄉遇故知般興奮地喊起話來。

江彩雲快速解開安全帶，把半個身子都伸出窗外，雙手圈成話筒狀，大聲喊著："去—度—假—"

老實說，我很佩服江彩雲，昨天她才和我上演全武行，並且將我這個不共戴天的殺子仇人成功踢出門外，今天卻能心無芥蒂地和我打招呼，彷彿什麼事都没發生似的，而且看不出有丁點兒悲傷情緒。

我正思忖該不該跟眼前即將度假的人兒高喊"一路順風"，江彩雲卻先我一步向世界宣佈喜訊："趙大同, 可可, 你們昨晚在酒店過夜，好幸福呀！"

聽完，我嚇出一身冷汗，猛一攙頭，原來我們就站在某某酒店的大招牌底下，旁邊還擱著我的行李箱。

"不……"我話還没說完，緊繃著一張臉的莫亦辰便腳踩油門急駛而去。

後座的莫爸爸還好，把頭轉向一旁，莫媽媽就不那麼友善了，好像我的行李箱裏裝滿已經被啃得亂七八糟的蘋果（禁果）。

望著遠去的車影，我既無奈又惱火，偏偏趙大同一臉欣喜。

"你笑什麼？"我推他一把。

"江彩雲挺……挺有趣的。"他答。

有趣？無端被人貼上"奸夫淫婦"的標籤叫有趣？簡直氣死我了！

趙大同說的没錯，我未來的家真的滿遠的，坐公交車也得花近一個小時的時間，而且越遠離市區，感覺有色人種越多，建築物也明顯破舊許多。還好趙大同領我進入的這棟還不壞，至少粉刷過，觸目所及也乾乾淨淨、整整齊齊的。

我瞧見公寓入口處有個長得像伍迪艾倫的管理員在那兒坐著，趙大同走過去和他交涉，並且晃動一下手上的門卡，308室。

那人從小窗口伸出頭來打量我。

"他該不會以為我和趙大同是來開房的吧？！"我心裡犯起嘀咕。

觀察完畢，伍迪艾倫對趙大同揮揮手，意思是可以走了。

我提著半吊的心經過窗口，那人竟莫名其妙地送上一句："Good Luck！"

插入房卡後，我終於見到我的新家。

這是一個約有國內三星級酒店水平的房間，左手邊是浴室，浴室很小但夠用；右手邊是衣櫃，衣櫃也很小，但我的衣服本來就不多，所以不成問題。往前走，正前方有個小窗戶，緊挨著窗戶有一張Queen Size的床，坐在床上可以跟一張梳妝台打照面。我左瞧右瞧，房間內再無第二張桌子，看來今後我得把梳妝台當書桌及餐桌使。

"咦！怎麼沒有廚房？"我忽然想到民生問題。

趙大同神秘地打開另一個衣櫃造型的門，原來廚房正躲在那兒呢！裏面共隔了三層，最上層擺了個微波爐，中層有洗手槽和電磁爐，最下層是個小冰箱，可說是"麻雀雖小，五臟俱全"。

這一切的一切，滿足一個小女生對獨立生活的所有夢想，但興奮歸興奮，我還是理性地想到房租問題。

"房租怎麼算？"我問。

"沒多少。"他又對著地板說話。

"沒多少是多少？"我鍥而不捨。

他還是選擇沈默。

"那算了，這地方我租不起。"我拖起行李箱往外走，被趙大同攔住。

"包水電和寬帶，一個星期五十元，免押金。"他終於回答。

這根本不可能！

"聽著，我很感激你辛苦幫我找房子，但你我之間不需要隱瞞，這房的房租不止這個數你是知道的。"

"的確不是這個數，"他又看了我一眼，然後深呼吸一口氣，"這是我朋友的朋友租的房，本來是男女朋友共築的愛巢，誰知道女的發現男孩子劈腿，大吵一架後，吃……吃安眠藥自殺了。"

“你是說……這是……這是凶宅？”我睜大眼睛問。

看到趙大同點頭，我頹然地坐在床上，完了～

沒過幾秒鐘，我忽然意識到那個女的就死在我正坐著的床上，趕緊跳起，並在下一秒奪門而出，被趙大同攔下。

“我知道住這裏委屈妳了，但是我找不到更便宜的房，除非妳想住紅燈區。”他停了一會兒，“不說現在市內鬧房荒，即使有房，付完押金，妳身上的錢大概只夠付餐廳小費或坐幾趟公交車。”

真他媽的對極了，除了沈默我還能怎樣？

見我不語，趙大同又說了，這位“博愛”人士已經預付大半年的房租，因無法退款，自己又怕觸景傷情，所以才會以二五折的低價出讓，而且只要我保證不損壞房內所有物，他不收我押金。

這條件真……真的太好了，但從小我就怕鬼，現在要我住鬼屋，不嚇死我才怪！

趙大同安慰我新西蘭的鬼屋才搶手，房租比同區的貴，因為大家都想看鬼長什麼樣？

“饒了我吧！我真的不想知道鬼長什麼樣，我膽子小。”

“要不……”

“要不什麼？”我帶著希望問。

“要不……要不我和妳一起住，這樣……這樣妳就不用怕……怕鬼了。”趙大同吞吞吐吐地答，臉紅得像關公。

呃！這是什麼邏輯？

“不……不用了，我現在不怕了，一個人也沒問題，呵呵～噢！我累了，你先回去吧！”

趙大同還想囉嗦，被我大手一推關到房外。

直到聽到門外的足音遠去，我才靜下心與這屋獨處。即使是大白天，屋內也靜悄悄的，看著有些嚇人。

"上帝耶和華，釋迦牟尼佛，真主阿拉，達賴喇嘛……"

我把想得到的救世主都呼救一遍，依舊不管用，因爲我聽到浴室水龍頭傳來滴滴答答的聲音，而且一聲大過一聲……

第四十三章/ROSE

站在這個陌生的房間裏有一種異樣的感覺，好像我是入侵者，而屋主正躺在床上呼呼大睡……

"滴-滴-答-答……"

水龍頭的滴答聲持續著，我望著那張空空蕩蕩的床，想像那個爲愛殉情的女子模樣。她應該有著一頭長髮和高佻的身材，性格裏有偏執狂，所以才會對不忠的男友採取激烈手段……

當我還在臆想的世界裏漫遊，那張床竟無端發出"磕"的一聲，彷彿抗議我的猜想，嚇得我什麼都沒拿就往外衝。

"What's wrong?"我以跑百米的速度飛過一樓入口處窗口，伍迪艾倫把頭伸出來問我怎麼了？

"Nothing."我頭也不回地答。

等推開大門，一股凜冽的寒風撲上身，冷得讓人打哆嗦，我才驚覺還是待在溫暖的公寓內比較明智，於是退了回去。

此時伍迪艾倫的頭還掛在窗口上，正莫名其妙地看著我。我灰頭土臉地往回走，他的眼光一直跟隨著我，讓人如坐針氈。

我尷尷尬尬地走到電梯口，忽然強烈地想知道308室是不是鬧鬼？結果又從電梯口踅回来，伍迪艾倫的頭依然掛在窗口上。

“ er......Excuse me......”

“ Yes? “伍迪艾倫一副研究古化石的模樣。

完了，如果這時問“怪力亂神”之事，這老頭兒八成認爲我有毛病，於是問鬼的大事到嘴巴自動變成“水龍頭故障”的芝麻小事。

“ Wait a moment.”伍迪艾倫要我等一下，然後把頭縮回去。

消失幾分鐘後，他從小房間裏走出來，手裏提著工具箱。

～

站在308室外，我才發現剛才急匆匆出門忘了帶上房卡，這可怎麼辦？

肢體語言真是全球通用，老頭子馬上知道我的窘境，又讓我“wait a moment”。

不到五分鐘，他弄來一張卡，嗶嗶兩聲刷開308室，我的心喀噔了一下，這人怎麼會有我的房卡？這下子我的房豈不是門戶洞開？

懷著七上八下不解的心情，我和伍迪艾倫一同進屋。

我告訴他是浴室的水龍頭故障，他把水閘關了之後，很快拿出工具修理起來。

新西蘭人都愛說話，尤其是老爺爺、老奶奶們，大概生活中孤獨慣了，一找到傾聽者便天南地北攀談起來。

伍迪艾倫也不例外，一邊工作，嘴巴也不停歇，到後來我發

187

現說話竟然成了主，工作反成輔，因為他特意放緩工作速度，一個螺絲被他拆了裝，裝了拆，來來回回無數次……

" That poor girl ……"老頭兒停下手中的動作，轉頭看我，" Do you know her? "

我點了點頭，想想不對，又搖搖頭。

伍迪艾倫一副"早知如此"的表情，眼光重新回到螺絲上，繼續手中的拆、裝，裝、拆，嘴巴也開始八卦起來。

原來那女孩叫Rose, 東歐人，是個超市收銀員，他的男友是個藝術家，亞洲臉孔……Rose很安靜，是個乖女孩，舉止行為像修女（當然除開和男友同居這件事）……像Rose這樣的女孩就不應該找藝術家當男友，注定要傷心流淚，為什麼？因為藝術家需要很多新鮮事物的刺激才有靈感創作，Rose太溫吞了，像白開水，雖然喝了對身體有益，但非不得已，你不會想喝它……

伍迪艾倫終於搞定那個螺絲，他站起身來，打開水閘，再扳動水龍頭測試一下，果真不再滴水。

" Thank you."我向他道謝。

他好像沒聽見，繼續說Rose.

是他報的警，因為同層住戶抱怨308室發出惡臭。他一上樓就知道壞事了，馬上聯繫租客，但對方的手機一直處於關機狀態。等警方趕到，知道管理員聯繫不上租屋人，房東又不巧在國外，他們不得不臨時向法院申請搜查令交給鎖匠，才得以複製他手中這張卡，順利進屋。

" But……"

我正想問房卡的事，他主動交待由於當時一團亂，警察忘了收回，所以房卡還擱在他那兒。現在既然我住進來，他當然會把卡交給警察銷毀，我大可放心。

噓～我心裏的大石頭終於可以落地。

" Don't trust anyone except......me."老頭兒要我別相信任何人，除了他之外。

" Ha.Ha."我乾笑兩聲，回應他的幽默。

~

一進"美味餐廳"，老闆娘Kumiko便向我飛奔過來，既對我行九十度大禮又致歉，搞得我一頭霧水。

她重申這個月就能結清我的所得，讓一切回歸正常。

太好了，就等這筆救命錢，可是......爲什麼......

Kumiko話鋒一轉，強調老闆和員工是一家人，既然是一家人，就得互相體諒，如果一不高興就罷工抗議，讓老闆臨時找不到人接班，這是很令人頭疼也是極其不禮貌之事......

"すみません"這次換我向Kumiko行九十度大禮，爲突發狀況得另覓住處，導致無法上工而致歉。

我的老闆立刻原諒我了（至少表面上是），同時對我今日的辛勤工作再次表示感激。

"はい"我又對她鞠了個躬，然後轉身上更衣室換上工作服。

~

自從伍迪艾倫說自殺的Rose是個安靜的女孩，而且舉止行爲像修女，我忽然同情起她來。

一個安靜而保守的女孩，千里迢迢從東歐來到新西蘭，就想在這個新世界賺足了錢，好把貧窮的家人接過來，偏不巧遇上花心大蘿蔔，一番花言巧語就把單純的她騙上手，糊里糊塗與人同居起來，最後還弄巧成拙，讓自己上了天堂......

" 她現在應該很後悔當時的衝動。"我對自己的臆想下了結論，同時把那個劈腿男人恨得牙癢癢的。

想來真是不可思議，就因爲伍迪艾倫說Rose像修女，而我印象中的修女都是充滿愛心且樂於助人的形象，所以什麼凶宅，什麼鬼屋都瞬間消失。我甚至相信即使有壞人或妖魔鬼怪入侵，Rose也會像超人一樣，責無旁貸地飛來解救我。

我買來新床單，再把屋子上下徹底打掃一遍。看著亮麗的新家，我對未來又充滿了熱情與期待......

第四十四章/她想要的，我也想要

不出幾天的功夫，我就把新家附近的一切全摸透，迅速在腦海裏繪製地圖：公寓對面有一家印度人開的小型超市，臨時缺個衛生紙或鹽巴，可以上他家買；公寓左側兩百米處有個家庭式咖啡店，muffin做得不錯；公寓右側五百米處有家fish & chips外賣店，你想在店內用餐也行，不過新西蘭人要嘛把這類食物帶回家，要嘛在附近找個美美的地方坐下來野餐，很少有人會在店內吃。

繞到公寓後頭，那裏有ANZ銀行和郵局，還有個中式外賣店（炒麵還行，就是別點辣子雞丁、麻婆豆腐、擔擔麵等辣食，只要是帶辣的，他家一律以蕃茄醬替代，因爲新西蘭人吃不慣中國的辣）。

你大概已經發覺我基本住在"荒郊野外"，但一件事有兩個面，在我看來，這種荒涼倒把人的情感給拉近了，走在路上總有陌生人跟我道早問好，大概他們也覺得能遇到"人"是多麼幸運和幸福的一件事。

這一天經過樓下窗口，伍迪艾倫照舊問我上哪兒？我答隨便逛逛，然後他告訴我門口o24路公交車可到中央公園，今天是星期天，露天廣場會有街頭藝人表演。

我知道中央公園，它是奧克蘭最古老的公園，佔地75公頃，有巨大草坪、溫室花園、精美雕塑、博物館和露天廣場等。我對街頭藝人的興趣不大，倒是想看看綠色草坪、聞聞花香，而且公園臨近Queen Street（靠近我以前的舊居），我想給何麗來個突襲，問她爲何那麼快就把我給忘了，而且不聞不問若干天。

謝過伍迪艾倫後，我正要往公交站牌走去，他突然問我趙大同若來了，該怎麼辦？（他把"趙大同"說成"糟透透"，即使我一再表明那個瘦高個兒有個Simon的英文名，伍迪艾倫仍堅持喊他"糟透透"，大概覺得這個中文名挺有意思的。）

" Tell him I went out and I won't be back until late tonight."我要他轉告趙大同，今晚我會很晚回家。

沒想到伍迪艾倫說他會告訴"糟透透"我去相親了。

" No.No.No."我趕緊擺手否認。

見他哈哈大笑，我頓時幡然覺醒，原來我又太serious, 以致無法分辨新西蘭式的幽默。

公車走了四十多分鐘後，終於來到中央公園，園內已有不少遊客，大多扶老攜幼地享受家人團聚的時刻。

我在路邊的食物亭買了份熱狗加可樂套餐，然後找一張石椅坐下來野餐。

伍迪艾倫說得沒錯，今天公園內的確有不少街頭藝人表演，魔術、口技、腹語甚至扮靜物，這些都不足爲奇；吞火、騎單輪腳踏車、模仿秀、蒙眼識字也在想像範圍內，不敢相信的是，表演過後的藝人們個個都賺得滿盆滿缽，真後悔出國前沒學個一招半式江湖雜耍，若有，現在也不用辛苦打工了。

我把最後一口熱狗塞進嘴裏，肚子飽了，耳朵也跟著靈敏起來。我聽到遠方的小提琴手正拉著威爾第的《四季》，也許之前他已經把春、夏、秋季都拉過一遍，反正現在曲子已經進入天寒地凍的冬季了。

噢！忘了告訴你，小時候我也學過小提琴，但因家境一般，負擔不起一對一的高昂學費，母親只好把我送進團體班。在班上我學得還不錯，大概有六級水平，老師一直游說母親讓我上單獨課，那樣進步會快些。可惜一方面家裏沒錢，另一方面我九歲才開始學琴，起步太晚，如想以音樂爲專業，根本拼不過那些早慧的音樂神童，所以藉著中考的名義，母親讓我徹底和音樂說拜，但心底的音樂苗子已種下，到現在我還是喜歡聽古典音樂並且懂得分辨好壞。

聽！這個小提琴手就拉得不錯，噢！不，應該是棒極了，他把寒風呼嘯而過的聲音處理得恰到好處，並把大風雪過後對未來的希望也成功表達出來，但我依舊懷疑他不是音樂專科出身，因爲他的手法很特別，非常的……不規範（譬如拍子的長度過長或過短，休息也時有時無），然而整首曲子卻表現出怪異的協調，這實在是挺奇怪的事。

他 的 《冬季》 拉 完 了 ， 我 的 最 後 一 口 可 樂 也 喝完，剛好走人。

當我行經小提琴手身旁時，他正撿起聽衆丟在他琴盒裏的紙幣和銅板。也許他以爲我走過去是爲了打賞他，所以停下手中的動作，望著我微笑。

天知道我現在是德瑞莎修女口中的"偉大的窮人"，所以趕緊低頭，打算繞道而行，沒想到身後傳來《梁祝》的小提琴聲，那個長髮及肩的亞洲男孩正對著我恣意徜徉在音樂裏。

這實在令人尷尬，我走也不是，不走也不是，只好一直等到梁山伯與祝英台都變成蝴蝶爲止。

琴聲甫歇，如雷的掌聲便響起，他誇張地撫胸謝禮（彷彿才在維也納的金色大廳裏完成不朽的演奏），轉身又收獲滿盒子的打賞……

很顯然，他爲我拉了一首家鄉名曲，再怎麼著也不能無視，於是我掏出口袋裏的零錢，寒酸地給他兩塊錢。

“都是中國人，不用了。”他說，絲毫不介意的樣子。

“你也是中國人？”我太訝異了。

“當然，不像嗎？”

“嗯！有點兒像韓國人。”

的確是這樣，他的臉呈國字臉，寬寬大大的，配上及肩的亂髮，很有傳統韓國男人的樣子，不像時下流行的花樣美男，不男不女的。

“妳是說我長得像李敏鎬還是金秀賢？”他問，典型的勾女式幽默。

“是鳥叔。”我反擊。

語罷，他哈哈大笑，拿起小提琴拉起《江南style》，並跳起那名聞遐邇的經典舞步。

他的出位表演果然又引來大批觀衆，大家圍著他鼓掌、唱和，我想待會兒他的賞金肯定更多了，還是趕緊抽身爲宜。

〜

“說，爲什麼不理我？”我躺在何麗的床上審問她。

“我沒有不理妳，是妳不理我。”她耍起賴來。

我不理她？這從何說起？

她答那天我離開公寓沒喊她一聲，走後連電話也沒來一個，到現在她還不知道我住哪兒，連跟趙大同走得那麼近，都一起開房了，還有勞別人告訴她……

這個"別人"除了江彩雲還會有誰？再想到莫亦辰離去時的難看臉孔，我把"造謠者"恨得牙癢癢的。

"說到江彩雲，真不知她心裏是怎麼想的，吵了老半天，最後居然將貓葬在樓下垃圾場旁邊，她說即使有屍臭也聞不出來。"

"這就奇怪了，可麗餅不是她兒子嗎？有誰會把兒子葬在垃圾場旁邊？"我問。

"就是說嘛！還有還有，趁著夜黑風高，我和江彩雲像做賊似地挖了個洞，當我把裝在黑色垃圾袋裏的可麗餅交給她，以爲她會做最後的擁抱，甚至滴下幾滴傷心淚，没想到她竟把可麗餅當球使，咚的一聲直接進洞，嚇得我……"

不會吧？我說這也太令人心寒了。

何麗答更嚇人的還在後頭，當夜她睡到一半起床找水喝，瞥見江彩雲就躺在我的床上呈大字型，眼睛盯著天花板，正陰陰地笑……

"妳編的吧？"我仍心存懷疑。

"愛信不信！"她翻了個大白眼，"不跟妳說了，待會兒我有約會，是個天主教徒喔！他想把我改造成天使，我要看他怎麼改造，因爲本姑娘當魔鬼已經很久很久了。"

"知道就好。"

何麗打開衣櫃，刻意選了一件"比較保守"的衣服，她說第一次約會不能把乖寶寶給嚇到了。

當她把那件黑色緊身裙搭在身上問我的意見時，我答胸口太低了，加件外套好些。

"不知道今天會不會脫外套？如果脫了外套，估計這裙子也得脫……"何麗竟莫名其妙地自問自答。

～

洗完澡的何麗裹著浴巾出來，曼妙的身材盡顯無遺。

她拉了把椅子坐下，然後毫無顧忌地把腳擡高，開始給一雙毛腿塗上脫毛膏。

"好啦！大功告成，五分鐘後我就會有一雙光潔白皙的性感美腿。"

這五分鐘該幹什麼呢？答案是繼續"貓死亡事件"。

"妳搬走後，我一直覺得整件事怪怪的。我問妳，妳把巧克力留在盒裏一起扔掉，還是把它們零散擱在字紙簍裏？"

我很篤定地答前者。

"這就奇怪了，當我想把盒子撿起時，發現它卡在字紙簍裏，那麼貓要如何把它叼起，打開，吃了裏面的巧克力，再把盒子閣上，放回字紙簍裏呢？"

"妳是說......"我開始毛骨悚然。

"我什麼都沒說，這是嚴重的控訴，我只做理性分析。"她左顧右盼，最後指向床頭櫃，"快，給我面紙。"

我把整盒面紙丟給她，她抽了幾張，開始擦拭白色膏狀物，動作像推雪機在推雪，推過的地方一片平坦，毛髮不生。

推完雪，何麗脫下浴巾往腿上一抹，算是清洗了，絲毫不介意在我面前光裸著身子。

我憂心忡忡地問她，如果江彩雲連自己的貓都能狠下心來，還有什麼做不出來的？

"別想了，想多了頭疼，還好妳現在搬走了，算是遠離魔鬼。現在該擔心的是我，不過我也是魔鬼，鬼對鬼，看誰更屬害，哈哈！"

何麗竟然還笑得出來，我感到極度不開心。

"放心，我太了解這種人了，"何麗手上拿著兩個包在落地鏡前擺首弄姿，最後選了血紅色的那一個，"妳想想她有什麼東西是妳想要，而她不願給，只要妳不跟她搶，她不覺得受威脅，妳自然就安全了。”

“ 她有什麼東西是我想要的……”我重複何麗說過的話。

老實說，她的東西我都不想要，除了……

我想起腳踩油門急駛而去的莫亦辰，打從那天起，他没有給我一通電話，哪怕只是報個平安。

第四十五章/鴨子

"這就是凶宅啊！"何麗閒閒地原地打轉，算是把整個房間都納入眼裏。

鑑於她的"求知"精神，我把Rose和劈腿男的故事先八卦一遍，省得她發問。

"她就死在這裏嗎？"何麗邊撫摸床墊邊問。

這是什麼跟什麼？我試圖淡忘這個恐怖事件，她卻一直想還原死亡現場。

"是的，妳還想挖出更多內幕嗎？福爾摩斯。"

何麗聽出我的話中話，非常干脆地另起爐灶："妳真的跟趙大同開房了？"

"真的……才怪！"

我把那天被掃地出門後發生的事，一五一十給交待了。

"這下子妳完了，莫亦辰的父母肯定把妳想成人盡可夫的潘金蓮，現在妳想進莫家大門，門兒都沒有！"

"誰想進莫家大門？我才不稀罕！"

"妳就繼續作吧！"何麗左顧右盼，"妳這兒有没有吃的？肚子好餓哪！"

"有方便麵，妳要康師傅還是今麥郎 ？"

她睜大眼睛，一副難以置信的表情。

～

我們叫了兩條炸魚和一份薯條，薯條很大一份，兩個人分著吃，夠了。

老闆把高熱量食物用白報紙包好交給我們，順便問我們要蕃茄醬還是cream?

就因爲何麗說要十包蕃茄醬，結賬時我們多付了五元，可以買一大瓶蕃茄醬了。

"早知道就從家裏拿蕃茄醬出來，這是明著搶錢，人家麥當勞的蕃茄醬就不額外收費。"我唉聲嘆氣。

"那妳去麥當勞點炸魚和薯條好了，就幾塊錢的事，怎麽像個摳門兒的老奶奶似的 ？"她睨了我一眼。

～

這是由兩條馬路夾出來的三角形綠地，實在不是野餐的好地點，但何麗說肚子太餓了，管不了那麼多，何況綠地上有幾張長條椅，比坐在店裏吃有情調，所以我們不假思索地跨過馬路往那兒奔去。

"哇！好香，光聞味道就有食慾。"何麗打開白報紙，油炸食品的香氣迎面撲來，她迫不及待地把粗如手指的熱騰騰薯條往嘴裏送，同時不忘嘮嗑，"Ben,噢！就是那個天主教徒，他吃飯前得禱告，我問禱告啥？他說感謝上帝賜給他食物。我告訴他食物是我們掙來的，不是上帝給的，他竟然說這世界的萬萬物物都是上帝創造的，所有的榮耀都歸於上帝，媽的，那還努力個啥？”

“趕緊撤了吧！別把教徒帶壞，害他上不了天堂。”

何麗拿起一根薯條往我頭上扔：“張可可，妳說的是人話嗎？我雖然是魔鬼，但這是暫時的，最後我會上天堂。”

我問是誰說的？

“Ben說的，還會有誰？”她給了我一個大白眼，“他說人人都能上天堂，只要心中有主。”

我損她那麼快就受洗了，真令人刮目相看。

“誰受洗了？我只是對教徒感興趣罷了，妳能想像一個大男人每天拿著念珠唸玫瑰經的模樣嗎？而且不管刮大風還是下大雪，每週都堅持上教會，因爲Ben說了，教會是通往天堂的入口，自己在家裏信教是上不了天堂的。”

我心想爲什麼上不上天堂這麼重要？而且這件事是無法驗證的，没有一個死去的教徒復活回來說他上了天堂；也没有一個非教徒從墳墓裏爬出來說他入了地獄，這到底是……

我還在做理性批判，何麗的一段話差點兒讓我哽住。

“他是我交往過的男孩子中第一個不急著脫我內褲的，這真是非常……非常奇怪的事，妳想他是同性戀還是性無能？”

“妳……難道不知道天主教徒不能有婚前性行爲？”

“不會吧？！這麼違反人性？哎！問妳也没用，妳是聖女貞德，肯定和他是一國的，”她伸了個懶腰，“媽的，遇上Ben害我一個多禮拜没愛愛，姐正饑渴著……”

雖然何麗說的是普通話，但我還是下意識地左看右瞧。

不看不知道，一看嚇一跳，有個綁馬尾的壯實男人正坐在角落的一張木椅上往我們這邊兒瞧，迎上我的目光，他給了我一個意味深長的微笑。

我趕緊跟何麗咬耳朵：" 小聲點兒，有人，八點鐘方向。"

" Hi. 想和我做愛嗎？歐巴～"她非但没收斂，反而發神經向韓國哥哥喊話。

我捂住臉，感覺丟臉死了。

" 怕什麼？他又聽不懂。"何麗把油膩的手指往牛仔褲上一擦，算是洗過了，然後站起身來，"我得走了，有約會。"

" 跟誰？"

" 還 會 有 誰 ？聖 徒 Ben 唄！他 說 要 帶 我 上 教 會 認 識兄弟姐妹。"

" 我以爲……"

" 我也是好奇，難得有機會讓上帝認識認識我這個魔鬼，何樂而不爲？"

她真的就這麼走了，很好意思地留下垃圾讓我處理。望著狼藉一片，我忽然犯懶，打算先休息一下再勞動，遂望著眼前的來往車輛發起呆來。

" Hi."那個韓國棒子不請自來，坐在何麗坐熱且還没降溫的位子上。

糟糕！第一次遇到登徒子，這可怎麼辦？

" 很高興又遇見妳。"一口普通話字正腔圓。

又？我問他我們認識嗎？

他坐直了身子，雙手做起拉弓動作，同時哼著《梁祝》。

" 噢！你是……"

" 是的，中央公園。"他很高興我想起來了。

今天的他綁了馬尾，臉龐顯得更大，難怪我認不出來。

" 剛剛那個是妳朋友？"他問。

我無奈承認，真想挖個地洞鑽進去。

"我叫鴨子，唐老鴨的鴨，北京烤鴨的鴨，妳叫......"

我馬上報上名，並且問他爲什麼叫"鴨子"？

" 因爲 ...... 如果妳把妳朋友的手機號給我，我就告訴妳原因。"

什麼？我有没有聽錯？

" 那算了，我不會出賣朋友與你交易！"我表情嚴肅地把白報紙一包，很快站起身不告而別。

越過馬路，我將垃圾丟進垃圾桶內，轉身看了那個小提琴手一眼，他還坐在原位上，像個雕像似的。

"這是什麼人啊？！亂七八糟的。"我兀自埋怨起來。

第四十六章/不願見到的人

這個十月假期真像洗三溫暖，一會兒熱，一會兒冷。

到洗浴中心洗三溫暖還有自主性，你可以選擇什麼時候熱，什麼時候冷，但現實中的三溫暖可由不得你。

這不就是，我本以爲會和何麗相守四年，結果被"分派邊疆"；當我意興闌珊地認定"山窮水盡疑無路"時，Kumiko卻毫無預警地把三個月的薪水一併打入賬戶內，讓我一下子成了"小富人"，心中真是百感交集。

現在終於可以搬離凶宅回到市區，但我要嗎？

我搖搖頭。

説真的，這個遠離塵囂的住所，除了上課、打工不方便外，其實還滿適合我的。我喜歡安靜，它不浮躁；我喜歡單一，它不複雜；我喜歡什麼事都不做地躺在床上發呆，它也很配合地不發一語（當然也有例外的時候，那就是當不知名的鳥兒跳上窗台，爲我唱起婉轉的歌兒時）。

趙大同來過幾回都被伍迪艾倫擋在樓下，他氣急敗壞地撥打手機給我，我非常配合地來個耳不聽爲淨，久了他就漸漸不上這兒來了，畢竟算上等公交車的時間，來回也要三個小時，我相信這三個小時對他而言，肯定有更重要的事要做。

没錯，"拉開我和趙大同之間的距離"也是我決定留下來的原因之一，我没理由讓自己又"身陷囹圄"，不是嗎？

隔了二十多天再看到古龍水先生，我的小小心湖還是起了漣漪，他永遠那麼陽光、那麼精神奕奕、那麼CHARMING.

"假期去哪兒玩？"他拿起這學期的課程表研究起來。

我有些遺憾地表示自己搬家了，哪兒也没去。

"搬家好，換換環境挺好的，我也想搬家。"他隨口一說。

"The Grand這麼好一棟樓，你還搬？"

一說完我就後悔，因爲古龍水先生正狐疑地看著我。

"我……不小心發現的。"我弱弱地答。

"是不小心還是故意的？"他放下課程表，眼光直視著我。

"是……"

"別說了，即使是故意的，我也會原諒妳，因爲我年輕的時候也跟蹤過心儀的老師。"

呃！真想問問他心儀的是女老師還是……男老師？

"湯尼……"我有些遲疑。

"What?"

"你……什麼時候發現……發現你喜歡的是男生？"

聽完我的問話，古龍水先生將身子往椅背上一靠，仰天長嘆起來。

完了，踩到地雷，他就要發火了……

還好沈默一會兒後，他語氣平和地娓娓道來，像在說別人的故事。

"大概十一、二歲時，我們一群小男生約著一起游泳，後來來了一群小女生，我的朋友們突然講話特別大聲，並且爭著表現不凡的泳技好吸引女生的注意，我卻完全不感興趣，直到一個跟我比較要好的男生走過去和其中一位女生講話，回來後還談起那個女生種種的好，我越聽越不是滋味，好像自己的玩具被搶了似，一連數天不和他說話。"

"但這不代表……"

"可可，是的，我是gay, 即使妳現在脫光衣服站在我面前，我也不會有任何反應。"

我驚訝到無法言語的程度。

"噢！對不起，把妳拿來比喻很不恰當，但……這就是我要說的。"

古龍水先生簡單的幾句話，徹底摧毀了我苦心堆砌的夢幻堡壘。

～

我默默離開辦公室，腦袋裏漿糊一片，不知該何去何從？

"辰哥哥，待會兒我們吃肯德基好不好？"小蘿莉甜膩的聲音傳來。

"嗯！"莫亦辰這個大好人完全沒意見。

我站在原地，等待那兩個連成一體的青梅竹馬走過來。

"可可姐，這麼巧遇見妳，我和辰哥哥正要去吃飯。"江彩雲勾著莫亦辰的臂膀，很高興地邊走邊宣佈。

我無視她的興高彩烈，心情跌到谷底，因爲莫亦辰只看了我一眼，像不認識似的，繼續前行，連江彩雲都感到意外，不得不小跑步跟上。

一天之內失去兩個重要的男人，張可可啊張可可，妳造的什麼孽？

我抿了抿嘴，懊惱地踽踽而行，直到那個瘦高影子擋在我面前……

"可可，好久不見。"他細高的聲音飄散開來，空氣瞬間被冰凍住。

我想逃，但雙腿不聽使喚，只能讓那股令人窒息的壓迫感毫不猶豫地襲來，狠狠地將我擊個粉碎……

第四十七章／人面獸心

"好……好久不見。"我打著哆嗦。

"妳還好吧？！冷嗎？"趙大同關心地問。

"不冷，"我搖搖頭，想想不對，該怎麼解釋發抖的聲音？趕緊又更正，"冷。"

"既然冷，我們找個溫暖的地方坐坐，好久沒和妳聊天了。"

我答不行，我有課，待會兒上……老天！上什麼？

"上《Soil and Fertilizer Science》。"他答。

"在……"

"在紅樓404教室。"

我看了他一眼，灰頭土臉地道謝，正要走人，趙大同說他搬家了，搬到313室，我的斜對面。

這真是本世紀所聽到的最恐怖新聞，把我嚇出一身冷汗。

他默默走到我面前，很掏心掏肺地："可可，我想過，只有把妳留在我身邊，我才不會有痛苦的感覺，與其被妳一直擋在門外，我只好爭取與妳一同待在門內。爲了和妳在一起，我現在打三份工，才能負擔得起那個小套間。"

他停了半晌，好像等待我的反應，而我卻像個木頭似的，依舊沒從那個震撼性的消息中走出來。

"妳聽了有没有一絲絲感動？"他提示我。

當某個人拿著蘋果告訴你，他是多麼努力才得到這個蘋果，我不知道你是不是還咬得下去？

"你想住哪裏是你的選擇，請不要把我牽扯進去。"我板起臉孔。

趙大同顯然還在自己的世界裏一意孤行，根本聽不進去任何建言。

"妳的眼睛告訴我，妳不是個無情的人，就算妳無情，有一天也會被我融化。"他說。

"小說看太多了，我……我只是把你當作普通朋友，同校學弟罷了，你要融化誰我不管，別來融化我。"

我輕輕推開他，往紅樓走去。

23:15，我用力刷開樓下大門，經過伍迪艾倫的窗口，下意識往裏瞧，現在是下班時間，當然看不到管理員，我心想："如果他知道'糟透透'搬進來了，不知作何感想？"

上到三楼，我不由自主地放輕腳步，並且躡手躡腳地打開自己的房門，深怕趙大同知道我回來了。

我洗了個安靜的澡，然後安靜地上床。

躺在床上没多久，手機響了，是趙大同打來的，我任它響個一千一百回也不接，最後他無奈放棄，改發短信給我："可可寶貝晚安，愛妳的同。"

我把手機用力往床頭櫃上一摜，也不管現在已是午夜時分，抱頭尖叫，再抽出身後的枕頭，對它擊打無數下，直到認爲那個陰魂不散的影子已被我打得血肉模糊、奄奄一息爲止。

好不容易睡著，直到有個細微的聲音輕輕地撓我耳朵。

我是個很容易被聲音干擾的人，這也是我喜歡這棟公寓的原因，因爲它安靜，能確保我有好的睡眠品質，但是這聲音是咋回事？

我仔細分辨聲音出處，沒錯，它来自我的房門口，遂下床查看。可怕的是，我竟然聽到嗶嗶聲響起，被大大地驚嚇到。

誰？誰會有我的房卡？

還好我有反鎖房門的習慣，那個試圖入侵者推不開，只好怏怏離去。

等足音遠了，我才感到後怕，趕緊把重物都搬過來堵在門口，雖然明知於事無補，但多少得到一些心理上的慰藉。

待心情恢復，我靜下心来仔细分析：

" 誰會有我的房卡？"

" 伍迪艾倫？"

" 不對不對，他說會把房卡交還給警察。"

" 他說妳就信？妳親眼看見他還了？"

" 是没有，但從這幾天的相處中，我認爲他就是個熱心腸的老人，不會有什麼壞心眼。"

" 小心知人知面不知心。"

“也……也許還有別人會有這張卡。”

“誰？”

我腦中閃過那個住在313室的趙大同，很可能他帶我來這棟公寓前就已複製好308室的房卡……

想到此，我憤恨難消，趙大同，你這個忝不知恥的東西，看我明天饒不饒你！

我盼著東方快點兒現出魚肚白，好讓我當面賞給這個人面獸心幾個耳括子。

第四十八章/疑人偷斧

天一亮，我就想去敲趙大同的門，但一想到同層的鄰居們大多是起早貪黑的上班族，爲了不打擾他們的睡眠以達到敦親睦鄰的目的，我不得不按耐下這口氣。

"先放過你，咱們待會兒學校見！"我心中怒吼著。

～

我不像趙大同了解我的課程表一樣地了解他的課程表，所以發了條短信約他下午兩點在體育館右側入口處見，他很快回覆"没問題"，並在末尾打上好幾個X。

本來我不清楚在署名後打X是什麼意思，後來問了同班的洋同學才知道一個X代表一個Kiss, 兩個X代表兩個Kisses, 三個X代表......我數了一下，趙大同一連給了我九個X, 親得我滿臉口水。

我準時抵達約定地點，趙大同卻遲到了，這我能理解，大部份的教授都會按時下課，但難保不會突然留住某個學生，好討論上星期的某份報告，所以我很有耐心地等著。

211

"Hi,可可。"有個人向我招手。

這個世界說大很大，很多人你一輩子也遇不上；這個世界說小也很小，很多人你不想見卻一再遇見。

"嗯！"我冷淡回應。

"我叫'鴨子'，記得嗎？"

"你叫'食蟻獸'還是'臭鼬鼠'，對我來說都一樣，不過是個陌生人而已。"

他哈哈大笑，說我太Serious,就因爲他向我要朋友的手機號而生氣，至於嗎？搞不好我的朋友正迫不及待地等著他來電……

"那你何不親自跟她要？她在'Blue Cat'打工。"

一說完，我馬上吐了吐舌頭，張可可，妳這個大傻瓜！

"原來妳朋友在'Blue Cat'打工，我記住了，謝啦！"

他提著琴盒走了，留下我一人扯著衣角不停地後悔著。

～

"可可，對不起，做實驗晚了。"趙大同像跑八百米長跑似的大汗淋漓、氣喘吁吁。

我的胸口埋著五座活火山，加上一座眠火山剛被鴨子喚醒，所以一共六座活火山正蓄勢待發，等著被引爆。

看著我的可怕表情，趙大同嚇得臉色發青。

"可可，妳是不是等很久了？妳說兩點，現在……"他看了一眼腕錶，"現在兩點二十分，我只遲到二十分鐘。"

趙大同還以爲我生氣是因爲他遲到。

"說！昨晚幹什麼去了？"我努力壓抑心中怒火。

“昨晚幹什麼去了？”他很認真地想了想，“昨晚給妳發完短信就睡了。”

“真的？没有半夜夢遊做了奇怪的事？”

“奇怪的事？什麼事啊？”他一副摸不著邊的樣子。

我開始厭惡這種無意義的猜謎遊戲，擦地一點火，隨即引爆火山，頓時煙硝四起，遍地哀嚎……

“可可，可可，妳冷靜，冷靜一下。”他慌了手腳。

“冷靜？我爲什麼要冷靜？你想幹什麼？說！你這個人面獸心、不知羞恥、狼心狗肺的……”

“可可！”趙大同突然大喝一聲，震得天摇地動，我也嚇得接不下話。

趁我無語的當口，他趕緊聲明昨晚的意圖入侵者不是他，而是另有其人。

因爲他的表情特別天辜，聲音特別真誠，所以我的“想當然爾”也開始動摇。

“這麼說是伍迪艾倫了……”我喃喃自語。

“誰是伍迪艾倫？”他一頭霧水。

於是我又得“話說從前”了。

“我就知道那個糟老頭有問題，前陣子我去找妳，被他擋在樓下，原來是別有用心！”他憤恨地說。

我本來還想替管理員申冤，被趙大同搶了個先：“不行，把妳的房卡給我。”

“幹嘛？”我下意識地擁緊背包。

“我得跟Dirk要租房合同，然後上防盜商店要求更新，妳的舊卡必須銷毀才能拿新卡。”

聽起来很像那麼回事，我無奈交出房卡。

"妳打工回來上313室，我會把新房卡給妳。"

我憂心忡忡地看著他手上的房卡一眼。

"放心，我不會多複製一張自己留著。"他無力地說。

被他窺見自己的擔憂，我羞愧地低下頭去。

中國有一則成語故事《疑人偷斧》，大意是有個人懷疑鄰居家的小孩偷了他的斧頭，所以細細觀察這孩子的一舉一動，結果發現不管走路姿態、看人神色、乃至說話表情，都像偷斧頭的人⋯⋯

我現在就有這種感覺，伍迪艾倫的熱絡招呼變成欲蓋彌彰的心虛表現；他的和藹神情不過是掩飾面容猙獰的一時變臉；連他的彎腰駝背在我看來也如同鐘樓怪人般的可憎。

我開始有意識地與他保持距離，到了"羊看見老虎就想逃"的程度，直到⋯⋯

雖然明知換了新房卡，但每晚睡覺前我一定再三確認房門已反鎖，並把重物堆在入口處。沒辦法，我早已被制約成強迫症，總擔心有人會破門而入。

這一晚，當細微的聲音又來撓我耳朵，我摸索著下床，然後訓練有素地直奔房門。

當可怕的嗶嗶聲再次響起，我心中吶喊著："趙大同，你為什麼要騙我？"

奇怪，我並不害怕，反而沈浸在生氣和受騙當中，這味道含在嘴裏真不是滋味。

明天，明天我該如何面對他？

我沒有答案⋯⋯

第四十九章/九十九隻羊和一隻羊

《疑人偷斧》的後半段故事是，當這個人上山發現了自己遺失的斧頭，回到山下後再看到那個鄰居的孩子，他覺得這孩子不論是走路姿態、看人神色或說話表情，都不像偷斧頭的人。

伍迪艾倫終於又變回和藹可親的老爺爺。

相反的，趙大同卻徹底被我拉進黑名單，來電不接、短信不回，連見面也不搭理。

"妳怎麼了？可可。"趙大同擋住我的去路。

看著他那雙邪惡的小眼睛，我真想把它們挖出來餵狗吃。

"滾！"我不假辭色地推開他。

～

我很少在校園內蹓到何麗，說不上爲什麼，可能是機率問題吧？！所以這一天當我訝異地發現她獨自一人坐在池塘邊的大石頭上時，有種異樣的興奮感。

"興奮"是因爲在校園內能夠踫上她；"異樣"是因爲她一向是個大大咧咧的女孩，大口吃飯，大聲談笑，既能出口成"髒"，又能談"性"說"愛"，與眼前這個安靜而略帶憂鬱的女孩完全不搭嘎。

"何麗，妳怎麼一個人坐在這裏？"我在她身旁的另一塊大石頭上坐下。

"噢！想事情。"

我問她想什麼？她反問我難道從來不思考？

"思考什麼？"

"譬如人生，人怎麼來又去了哪裏，這世界這麼多萬萬物物，難道都是忽然之間蹦了出來？"

我看著她，一時無語。

何麗不知道Ben的宗教力量已經感染了她，我正想藉力使力，把她往天堂的道路上推進，誰知道……

"我和鴨子上床了。"她毫無預警地來上一句。

原來何麗還是"那個"何麗。

"妳告訴他我在'Blue Cat'打工，當天我們就上床了。"

我趕緊澄清自己不是故意告訴他的。

"我知道，我没怪妳。"

"那妳爲什麼一副不高興的樣子？難道……他的技術不好？"我囁囁地問。

"技術很好，我們在酒吧的廁所裏來了一次，在他床上來了兩次，隔天醒過來，我說上課要遲到了，結果還是被他死纏著又來了一次。"

我說那不是很好嗎？

"不好。我和Ben交朋友一個多月，連嘴都沒親過，我以爲久旱逢甘霖會特別爽，沒想到糟糕透了。"她把手上的長樹葉揉了又揉，"當鴨子趴在我身上時，我老想著Ben說過的話，什麼聖潔，什麼恩慈，什麼寬恕，什麼亂七八糟的事情，害我完全不能進入狀況，在床上他媽的就像條死魚似的。"

"那是因爲妳開始認真了……我是說對Ben。"

"我也不知道對他是不是認真的，只是覺得他拿著念珠唸玫瑰經的模樣好虔誠、好感人，我忽然覺得嚴謹的生活也没什麼不好。"

的確没什麼不好，我點頭表示同意。

"今天早上我遇到Ben，不知道爲什麼，反正我把事全説了。"

"説了什麼？"我緊張起來。

"所有，包括時間、地點、次數。"

完了，我已經嚇得說不出話來。

何麗卻很淡定，她說Ben聽完後告訴她《路加福音》裏九十九隻羊和一隻羊的故事，她就是那隻迷失在山谷裏的羊，現在被牧羊人找到了，心中只有歡喜，然後他們就在這個池塘邊一起向上帝懺悔和禱告。

"就在這裏？"我指了指當下。

"嗯！"

"那他人呢？"我左顧右盼。

"上課去了。"

我倆陷入短暫的沈默。

"可可，妳說我是不是該離開他？"何麗問。

"離開誰？鴨子還是Ben?"

"Ben，認識他之後，我變得越來越不像自己了。"

"是越來越不像自己，還是越來越像自己？"

何麗看著我，眼中突然亮出奇異的光彩，一副感動得要死的模樣。

"謝謝妳，可可，說出這麼有哲理的話。"她從大石頭上彈跳起來，拿起地上的包就要走人。

"去哪兒？"我大喊。

"去找Ben。"

她來不及和我道別，細長的身影很快消失在路的盡頭……

第五十章/又一個誤會

這個世界說大很大，我想和莫亦辰來個不期而遇總不能如願；這個世界說小也很小，當我走進文具店，他正在收銀台結賬。

我站在原地，不知該進還是出？

他拿好零錢和發票，提起一袋簿本轉身，不出意外，與我踫個正著。

“ Excuse me.”他說。

我抿了抿嘴，側身讓他通過。

他走了，把我身上的什麼東西也帶走了。思考過後，我轉身衝出店外。

“ 莫亦辰。”我喊著。

他正把銅板塞進路邊停車收費器內，肯定是超時了。

“ Yes? “他轉身看我，猶如看著路人甲。

“ 我有話跟你說。”

他很絕情地反問我們認識嗎？

我心如刀割，但仍試著解釋：“那天你看到的不是那麼一回事，我被趕出來了，所以不得不住在酒店裏，趙大同不過是接我到新的住處。”

“然後你們就同居了，住在 Golden Castle，不是嗎？”

這下子他真的成了oo7了。

“不是，”我趕緊否認，再一想，“是，但我們不住在一起，他住在313室，我住在308室。”

“呵呵！這叫‘欲蓋彌彰’，走兩步路就到，需要住在一起嗎？”

真是欲加之罪，何患無辭啊！

我徹底絕望，既然他把我想得這麼齷齪，我也沒必要再自取其辱，是時候走人……

“妳從來不把我當一回事，我只是妳的備胎，臨時的避風港，阿貓阿狗來了，妳又跟著走。”他對著我的背影喊。

我轉過身，問他怎會這麼想？我把他視爲重要的人。

“重要的人？照妳說的好了，妳是被趕出來的，但是第一時間妳聯繫的是誰？是趙大同，而不是我這個重要的人。”

我解釋自己沒有主動聯繫趙大同，是不小心踫上的，我也想過聯繫他，但他隔天就要度假去了，我怕壞了他的心情……

“這是什麼話？度假和這件事孰輕孰重，妳分辨不出來嗎？”他指責我，但明顯已不再劍拔弩張。

“我想要你有個快樂假期……”

“傻瓜……大傻瓜……”他看著我，喃喃地說。

我知道他已經“原諒”我了，因爲他微愠的面具已取下，緊皺的眉頭也舒坦了。

沈默半晌後……

"可可～"莫亦辰柔弱的聲音響起，但被另一個強而有力的聲音掩蓋住。

"可可，"那個長髮披肩的不羈男人，小跑步穿過馬路向我奔來，"終於遇上妳了。"

我還搞不清楚狀況，他氣喘吁吁地從背包裏拿出一個黑色塑料袋交給我。

"這是什麼？"我邊問邊拿出裏面的東西，竟然是一件紅色胸罩，趕緊又塞回袋內。

"在我床底下發現的，好幾天了，再不還會有味道。"他解釋。

我擡頭看了一眼莫亦辰，他的怒氣，噢！不，是被玩弄後的屈辱感迅速爬上他的臉。

"莫亦辰……"我弱弱地喊著。

他不理會我，拿出車子搖控器，嗶的一聲開了鎖，然後以迅雷不及掩耳的速度跳上車，腳踩油門急駛而去。

"他怎麼了？好像很生氣的樣子。"鴨子很無辜地問著。

看著眼前的鴨子，我真想把他烤來吃。

"原來這樣啊！他肯定誤會了。"鴨子喃喃道，"沒關係，我跟他解釋去。"

我要他別去，免得越描越黑。

"那怎麼辦？"

"涼拌囉！"我也只能自嘲。

坐在露天咖啡座，溫暖的陽光灑落下來，已是春末，轉眼夏天就要來臨，可是我的心還是像冬天一樣冰冷，偏偏坐在對面的那個人，嘴巴講的是火辣辣的話題。

"我以爲何麗會熱情如火，但她卻像冰塊似的没多大反應，這下子我反倒覺得自己是收費的男公關了。"

"也許你不是她的菜，她不喜歡你唄！"我說。

"我没要求她喜歡我，性就是那麼一回事，兩個人一起做享受的事罷了！"

我左顧右盼，還好客人不多，而且清一色是洋人面孔。

"鴨子，你可不可以克制一下？我是女生哪！你不覺得講這些黄色料對我很不尊重？"

"哈哈……哈哈……"他笑得喘不過氣來。

我問他怎麼了？他反問我看過Discovery的動物頻道没？動物不管喜不喜歡對方，牠們只聽從身體的聲音，身體需要了，啪的一聲一拍即合，幸運的話能夠産下後代，繼續綿延生命，公的既可以拍拍屁股另找其他伴侶；母的也没要求對方一定負責到底。

"那是動物。"我提醒他。

"人也是動物。"

"你錯了，人雖然也是動物，但卻是高等動物，高等動物如果不知禮義廉恥，那跟低等禽獸有何差別？"

他問我爲什麼享受身體的快樂就是不知禮義廉恥的低等禽獸？

"因爲……"

他搶了個先："因爲妳還没嚐過性愛的快樂，所以道貌岸然地說一些連自己也不清楚的言論，妳知道什麼是欲仙欲死？什麼是高潮嗎？"

簡直太糟糕了，這人竟公然性騷擾我？

"不跟你討論這些，免得降低我的格調。"我憤而起身。

"我住在那家Fish & Chips店的後面，514房，有空找我。"他往我身後丟下一句。

瘋了！新西蘭怎麼這麼多瘋子？！

我用力推開咖啡廳的小柵門，頭也不回地走進午後陽光裏……

第五十一章/世紀賤男

"喏! 拿去。"我把黑色塑料袋往何麗桌上一扔，然後一屁股坐在她床上。

"這是什麼？"她取出袋中物，"妳怎麼會有我的胸罩？"

"我偷的，"我往後一仰，看著天花板，"真被妳和鴨子害慘囉！現在莫亦辰誤會我和鴨子的關係不一般。"

應何麗要求，我把昨天的事倒帶一遍。

"他怎麼不直接交給我？"

"問他啊！這種貼身衣物怎麼好意思請人代還呢？"

何麗想了想，說："我知道了，因爲我離開'Blue Cat'，他又沒我的手機號，所以……"

真的？何麗真的離開"Blue Cat"？太令人吃驚了，我忙問為什麼？

"因爲……因爲我想過喜樂的生活。"

我說她被Ben影響了，她答也是，也不是，就是有點兒厭倦燈紅酒綠，每天面對床上生張熟魏的日子，是不是很可笑？

"不會，"我搖頭，"我很高興妳回到正常的生活。"

"是嗎？以前我過著不正常的生活？"她問。

"也不能說不正常，只能說太放任自己的性子，沒了規範。"

何麗没說話，像在思考什麼。

我細細觀察我的前室友，她端坐在書桌前，長髮隨意紮起，不施胭脂，身上搭了件白襯衫和洗舊了的牛仔褲，但我覺得她好美，好美。

"何麗，妳變美了。"

"穤線！"

她笑著把黑色塑料袋往我身上扔，在袋子落下前，我凌空一抓，喊道："好球！"

我倆同時大笑。

何麗說我以前的房間已經變成江彩雲的衣帽間，還特意打開房門讓我往裏面瞧。乖乖，真是琳瑯滿目，以前讓它們擠在一個小衣櫃裏，真是受委屈了。

"江彩雲的確需要我的房間，我的出走也算是做了件好事。"我說。

顯然我被何麗感染了，開始懂得寬恕與體貼，所以當趙大同又擋住我的去路，問我爲什麼生氣時，我不再垮著一張臉，反而像母親看著調皮小孩一樣，非常有耐心地解釋："以前的事不計較了，以後別再半夜插我房門，沒用的，你試了幾次，難道不知道我有反鎖房門的習慣？"

"妳是說又有人意圖入侵？"

"不是有人，分明就是你，没有人有新房卡，包括伍迪艾倫……"

"等等，"他舉起手制止我發言，"難道……妳等著，我很快會給妳答案。"

他轉身離去，不理會我的呼喊。

剛洗完澡，頭髮還是濕的，听見敲門聲，我裹上頭巾走向房門，透過門上的貓眼，我看見我的鄰居。

"趙大同，很晚了，有事明天談。"

"妳開門，我拿樣東西就走，幾秒鐘的事。"

我答我房內沒有他的東西。

"沒有我的東西，但有Dirk的東西，妳不希望今晚又有人想破門而入吧？"

我快速打開房門，問他什麼意思？

趙大同沒回答我的問題，一進門便熟門熟路地走向梳妝台，把手往鏡子後一摸，拿出一個白色信封。

"這是什麼？"我湊上前去。

"Dirk和他劈腿女友的裸照，Rose臨死前把它們藏在梳妝台後面，大概知道死後警察會搜查，不想讓那些骯髒照片曝光，所以發了郵件給Dirk，讓他去取。"

"Rose臨死還維護Dirk, 真是癡情啊！"我感傷地說。

"什麼啊！是Rose雇人偷拍的，沒那些證據，他們也不致於吵到要死要活。"

我答即便如此，她大可讓Dirk名譽掃地，但她沒這麼做，可見還是顧念他。

"愛怎麼說，隨妳。"他沒多大意願爭辯。

我忽然想到事情都過去那麼久了，Dirk怎麼直到現在才想起要拿回那些照片？

"Rose死後他心情不好，一直沒上網，妳搬進來以後，有天他上網才發現裸照還沒被銷毀。"

"他也會心情不好，算有良心。"我站在Rose這一邊。

"那我走了，"他轉身踏出一步又踅回，"喏！妳的房卡。"

看著手上的複製品，我大惑不解。

"我跟Dirk要租房合同換新卡，他說他是名義上的租房人，理應有一張，以防有事發生。"

"真是居心叵測呀！"我沒好氣地說。

"時候不早，我走了。"

我擋住他的去路不讓他走，說自己有話要問。

"一、爲什麼Dirk不光明正大地要回照片？"

"這是家醜，他不想張揚。"

好，情有可原。

"二、爲什麼他白天不來，半夜來？"

"妳忘了，白天有糟老頭在樓下擋著，尤其知道妳搬進來了，怎肯讓他上樓？"

Ok,可以接受。

"三、……三、……"

糟糕！想不出來了。

"三、我幫妳問，爲什麼有人半夜意圖入侵，妳不作他人想就直接定我罪呢？因爲在妳心中，我永遠達不到妳的標準，不論知識、能力或人品。”

我當然否認。

“是也好，不是也罷，反正……反正妳跑不掉。”他任性地說。

～

趙大同一走，我馬上反鎖房門。

想到從此不會再有人入侵，我心情大好，正想著該把手中的第二張房卡擱哪裏好，猛一低頭瞧，灰色房卡上好像有鉛筆的痕跡，就著梳妝台上新購的枱燈，我分辨出有人用鉛筆在上面繪圖，繪什麼呢？……是……是小提琴，翻到背面，那裏還有一組號碼，像是手機號。

我望著房卡，腦海中的影像猶如走馬燈似地旋轉起來：小提琴……小提琴……藝術家……藝術家……動物不管喜不喜歡對方，牠們只聽從身體的聲音……公的可以拍拍屁股另找其他伴侶……**Rose**注定要傷心流淚，因爲藝術家需要很多新鮮事物的刺激……

原來，原來那個劈腿男人就是鴨子，Rose屍骨未寒，而我還住在她住過的房裏，他還好意思留手機號給我？這真是，真是個世紀賤男啊！

我把房卡往梳妝台一扔，頹然地坐在床上……

第五十二章／曾參殺人

世紀賤男＝鴨子，這是我的猜測，我有百分之九十九點九的把握，但不知爲什麼，那個百分之零點一的不確定性卻一直困擾著我。

我把手機拿起又放下，放下又拿起，撥了前三個號碼，按掉，想想不甘心，又撥，又按，又撥，又按……最後鼓足勇氣終於撥通那個手機號。

"Hello."是個洋女人的聲音。

我趕緊掛了。

"原來不是鴨子。"我信心全無地想著，"那麼Dirk是誰？爲什麼留一個女生的手機號在房卡上？"

我沒有迷惑很久，因爲很快有人打給我，來電顯示是剛撥的手機號。

"Hello."我說。

"想我了？"是鴨子的聲音。

"臭美，我只想知道是誰那麼無聊，在房卡上留下手機號。"

"無聊的人留手機號給妳，妳就打，到底是誰更無聊？"

真是搬石頭砸自己的腳！

"好，我承認我無聊，但至少確認了一件事，那個背叛Rose的男人就是你。"

"妳不認識Rose，怎麼知道不是Rose先背叛我，然後羞愧自殺呢？"

呃！這倒把我給問住了。

"哈哈！騙妳的，的確是我先劈腿，但我没背叛她，與其說是Rose羞愧自殺倒不如說是買賣不成，她轉而賭氣自殺。"

"這是怎麼回事？"我太好奇了。

"Hold on."

我聽見鴨子捂住手機和旁人竊竊私語。

"好了，我的一夜情女友被我打發走了，現在輪到妳。"他說。

"瘋了，該吃藥了。"

我正要掛斷，手機那端傳來急促的聲音要我別掛。

"幹嘛？"我問。

"明天中午一起吃飯，我把Rose的故事告訴妳。"

我答没興趣。

"明天中午十二點半，在你們學校後門的印度咖喱店見。"說完，他隨即掛機。

"禿線！"我對著無人接聽的手機嗔罵起來。

～

鴨子說上次的咖啡錢是他付的，所以這次的午餐換我請，但如果我願意到他家坐坐，他不介意把午餐錢給付了。

我"當然"給錢，女人的貞操可比20元貴多了。

他拿著錢走到櫃台點了兩份咖喱雞套餐，又爲自己要了一瓶可樂，店員說22元，他竟毫無愧色地走到我面前伸手要走兩元。

"你一向都那麼斤斤計較嗎？我是說在錢的方面。"我還在攪拌我的咖喱，他已經連吞好幾口。

"當然囉！因爲我是窮人。"他振振有詞地答。

鴨子是我認識的男人中最不會掩飾的，不管是生理還是心理，物質還是非物質，他一向直接索取，不行還可以交換。

"你的小提琴是誰教的？"我問。

雖說想聽的是 Rose 的故事，但是了解相關人物背景也很重要。

"我爸，他是個不如意的小提琴家，所以把他的音樂夢強加在我身上，希望我能光宗耀族、揚眉吐氣，可惜他太激進，把我僅有的一點兒音樂興趣也給嚇跑了，所以十五歲那一年我毅然決然地離家出走，靠著以前學過的音樂底子混口飯吃。"

"後來你一直沒回去過？"

"沒，如果我爸知道我到現在還一事無成，肯定會氣得腦溢血，爲了不鬧出人命，我只好繼續流浪。"

我問"鴨子"這個名是不是他爸給取的？

"不是。幾年前有個機會讓我來到新西蘭，那時我的英語很不好，所以請一個同爲街頭藝人的巴西人幫我取個響亮的英文名。原來巴西人的英語也不靈光，把Dirk發成Duck,我就這樣莫名其妙地當了'鴨子'好多年，後來雖然發現了真相，但覺得這個名也還不錯，夠創意，所以就沿用下來了。"

“那Rose……”

我還想繼續發問，但被鴨子制止了，他說我付的咖喱雞錢就只夠聽這麼多，他現在想吃Cold Stone。

啥？够不客氣的。

我點了藍莓口味的，鴨子要了巧克力味，另外還加了M&M、彩虹糖、果仁以及各種餅乾，他的冰淇淋是我的兩倍大。

“我很少點這麼多配料，因爲是妳請客，不吃白不吃。”

鴨子真貪心，而且大言不慚地直接承認佔了我便宜。

“Rose她……”

還好這次他主動說起Rose，而且巨細靡遺，否則我會誤以爲連晚餐也要我一併請了。

與傳統的浪漫邂逅不同，鴨子和Rose是在酒吧內認識的，當時Rose被男友甩了，很自棄的樣子，所以鴨子把她帶回家安慰一番，沒想到Rose從此粘上他。

同居之前兩人說好了，一旦一方有喜歡的人，另一方無條件放手，但契約是一回事，女人的忌妒心又是另一回事。當鴨子告訴Rose對兩人的關係感到厭倦時，她哭哭啼啼地挽留，迫於無奈，鴨子又勉爲其難地多待兩個月，到最後實在不行了，只好跑到外面偷吃，沒想到被拍下不雅照片。

Rose以裸照爲要挾，逼鴨子在一個月內與她結婚，否則讓他身敗名裂。鴨子聳聳肩表示無所謂，反正自己也不是隻好鳥，不差這件破事……

等他在外縱慾三、五天後，突然被告知Rose沒了，爲此他還在308室拉了一首Rose最喜歡的Meditation以茲哀悼。

我問他怎能如此淡定？一個大活人就這麼没了，他卻是一副"也無風雨也無晴"的灑脱。

"我知道你們都認爲Rose是因我而死，但我不這麼認爲，説白了，她是被自己的一意孤行和偏執狂所害死，連警察都没定我的罪，可見我不需要爲這件事負責。"

"中國有句話：我不殺伯仁，伯仁因我而死。"

"中國還有句話：別對號入座。就算Rose這次没死，下次她還是會爲了甲、乙、丙、丁自殺，因爲她把所有的一切都壓在眼前的這個男人身上，他得替她的快樂和不快樂負責，誰有那麼大的能量？即使上帝來了，也無法滿足她的件件要求。"

我說他好無情。

"錯，就是因爲自己太多情才惹來一身麻煩。"

見我一臉茫然，他做了補充說明："Rose長得非常……非常抱歉，又矮又土，體重大概有200磅重。我聽說她被前男友甩了，一副可憐兮兮的模樣，所以把她帶回家，又應她的要求跟她上床。妳要相信，當時安慰的成份大過我身體的需求，没想到就因一時的仁慈換來無窮無盡的忌妒、騷擾、跟踪和威脅。"

走出COLD STONE,鴨子說："上我家坐坐？"

"如果我没數錯，加上這一次，你已經邀請了四次，你認爲我還會上你家嗎？"

"聽過《曾參殺人》這個故事吧？看過'洗腦'這個名詞不？再不濟，總知道什麼是'廣告效益'吧？某件事只要說久了、聽多了，無形中就接受了。"

"放心，我肯定不會上你家。"

"那真可惜，妳錯過了人生中最棒的性愛體驗。"他說。

在我的錯愕表情下，鴨子雙手叉入口袋，吹著《Lemon Tree》的歡快口哨，缓缓踱步而去……

第五十三章/莫媽媽登場

自從鴨子說我錯過了最棒的性愛體驗，我突然覺得身體無端地燥熱起來。

古人十幾歲就成婚，羅密歐和茱麗葉殉情時據說也才14歲，我，一個二十歲的成熟女人，會有性需求和性幻想不也正常？

是的，古龍水先生曾經是我的性幻想對象，但自從他說即使我脫光衣服站在他面前，他也不會有任何反應之類的話後，我的幻想便僅止於和他抱抱或親親小嘴罷了。

然而那個長得像傳統韓國男子的壯實男人，此刻竟在我的粉色浮想聯翩中佔據重要位置，只見他正赤裸著身體向我走來……

半夜被驚醒，我捂住加速的心跳，臉也跟著潮紅。

"該死的鴨子！"我咒罵著，心情久久無法平復。

～

我正等電梯，趙大同忽然從背後出現，問我昨晚睡得好嗎？

"什……什麼？"彷彿被人瞧見了秘密，我的臉刷地紅了起來。

還好此時電梯來了，我低著頭進入。

"昨晚不知爲什麼，老睡不好，因爲我夢見妳被Dingo叼走了。"他說。

"Dingo？"

他解釋Dingo是一種澳洲野狗，生性凶猛，有把人類嬰兒偷走，生吃活吞的例子。

"這麼可怕？"我滿不在乎地答，"放心，我不是嬰兒，所以不會被Dingo叼走。"

步出電梯，我跟正在掃地的伍迪艾倫打招呼，緊跟在後的趙大同卻對他視若無睹。

"可可，妳慢點兒走……"

聽趙大同這麼喊，我更加緊步伐好甩掉他，直到……

"那隻Dingo不是一般的野狗，牠有一張鴨子臉。"

他拋給我一個震撼性的消息，我不得不佇足等他解釋。

"我看到妳和Dirk在印度咖喱店用餐，然後又到Cold Stone吃冰淇淋。"他毫無愧色地說。

"你竟然跟蹤我？"我一股氣上來。

他解釋那是由於擔心我的緣故，說到底是爲我好。

"但你還是跟蹤我，爲什麼你要陰魂不散地跟著我？"

"可可，妳不了解鴨子，他……他很亂七八糟，妳別被他迷惑了。"

“我没被他迷惑，而是被你禁錮了，別再跟著我，我……受夠了。”

本來我應該到公交站牌下等公車，可是卻往相反的方向跑去。

“可可，妳八點有課，那個方向没有往學校的公車，妳會遲到……”他大喊。

我不理他，繼續往前跑。趙大同追了我一陣子，大概知道他越追，我跑得越遠，所以最終放棄了。

等到確定趙大同没跟上來，我才放慢腳步，然後找個路邊花台坐下。

冷靜過後，越想越不值，這是什麼跟什麼？我好像是電影《楚門世界》裏的主人公一樣，被人以關愛之名二十四小時監視著。

“妳怎麼在這裏？”鴨子突然現身。

“你又怎麼在這裏？”我反問，然後把即將溢出的眼淚給逼回去。

“這是我住的地方，我怎麼不能在這裏？”他有些莫名其妙。

我擡頭看了一眼背後建築物，有個木頭製的招牌“Country View”在那裏掛著。

“噢！原來你住這裏。”

“別假了，妳是來找我的，對吧？”他又不忘往自己的臉上貼金。

“不對，我是迷路了，因爲……因爲……”我竟然哽咽了。

鴨子問我到底怎麼了？

“没什麼。”我拭去眼淚，站起身，“我走了。”

“去哪兒？我送妳。”

我答不用了，然後往我認爲是學校的方向走去，如果運氣好的話，也許能找到公交站牌。

～

"叭叭……叭叭……"一輛車在我身後緩行，並且猛按喇叭。

我轉頭一望，這真是我看過最破爛的車，漆掉了一大半不說，上面還寫了幾個髒字。

"上來吧！"鴨子按下車窗說。

"真不用了。"

"上課來得及嗎？"他問。

我低頭看錶，糟糕！真的快來不及了。

鴨子適時把副駕駛座上的車門打開。

～

在校園內看到江彩雲著實嚇了我一跳，她的頭髮亂糟糟，衣服皺巴巴，還頂著兩個黑眼圈，真不像平時愛美的她。

看見我，她没像往常一樣高喊"可可姐"，反而有氣無力地道了聲："Hi."

"妳怎麼了？很憔悴的樣子。"我問。

"没什麼。"

我問起莫亦辰。

"他……很好啊！"

江彩雲似乎不想多談，很快轉身離去。

～

我打工的餐廳是屬於比較昂貴的那一種，但很多國內來的學生並不缺銀子，會來此處消費也正常。

莫亦辰出車禍的消息就是從"美味餐廳"的客人閒聊中聽來的。

"物理系的莫亦辰開車撞向安全島柵欄，整個人飛出去，**TOYOTA**也報銷了，還好人沒死，真是命大。"

"是啊！他怎麼沒繫安全帶？聽說是超速駕駛。"

"還好沒撞上人，不然就麻煩了。"……

我放下茶壺衝到小包間，神色緊張地問："你們說的是哪個莫亦辰？"

料理長飛車載我去皇后醫院，因爲我跟他說我表哥出車禍了。

他在入口處放我下車，還沒來得及熄火便趕著回去，因爲"美味餐廳"的廚房不能沒有他。

謝過料理長，我趕緊飛奔到詢問處，在工作人員的指示下，我知道莫亦辰在五層VIP病房內。

上到五樓，等了好幾分鐘，我才獲准進入。

"別講太多話，他現在還很虛弱。"江彩雲提醒我。

"知道了。"

我戰戰兢兢地走進帶有小客廳的病房，一眼就看到躺在床上的他。

“莫亦辰……”我喊著。

他轉過頭來，臉上有些許擦傷，右眼角烏青，左臂打上石膏，兩腳的腳掌也綁上白繃帶。

“你好嗎？”我走向前。

“還沒死。”他自嘲，“坐吧！”

我在床邊的椅子上坐下。

“爲什麼不綁安全帶？還超速！”

這真不是責備的好時機，但我不知道該如何打破談話僵局。

“沒辦法，被氣得來不及想這麼多。”

“多……多久前的事？”

“五天前。”

我想起了紅色胸罩，就因爲那件小事，我問他至於嗎？

“對妳來說可能是小事，對我來說卻是大事，我把妳視如珍珠般純潔，可能我錯了，呵呵！一定是錯了，錯得離譜。”他又開始自嘲。

事到如今，我不得不揭了何麗的隱私，告訴他紅色胸罩不是我的……

“這麼說我躺在這兒是白受罪的？”

我答知道就好，誰讓他不等我解釋清楚就開車走了，活該！

他沒回嘴，大概是默認了。

“亦辰，媽給你燉了點兒雞湯，你現在喝還是……”

莫媽媽提了一鍋東西進來，看見我，愣了一下。

“媽，這是可可。可可，這是我媽。”莫亦辰趕緊介紹。

“莫媽媽好。”我站起身問好。

"好，我們見過，在一家酒店前面。"莫媽媽邊打量我邊回答。

哎！這真令人尷尬，沒想到莫媽媽的記憶力這麼好。

"其實……"

我想解釋，但莫媽媽要我趕緊走，因爲會客時間已經結束了。

"好，那我走了，莫亦辰、莫媽媽再見。"我對兩人說。

莫亦辰要我路上小心，莫媽媽卻轉過身去，彷彿沒聽見似的……

第五十四章/姜還是老的辣

除了上課、打工外，我盡量抽空探望莫亦辰，但總無法盡如人願，好不容易搶對時間，待在病房內卻如坐針氈。

不知道是不是我過度敏感，在場的莫媽媽雖然手頭上也有事要做（譬如看本書或做個針線活），但我總覺得那不過是做做樣子，真正目的是豎起耳朵聽我們都講了些什麼。

我和莫亦辰不得不挑安全的話題談（譬如天氣、學校新聞或剛出來的一部電影），實在無話可說，我們就互相對望，但此時卻是無聲勝有聲，因爲我們用眼睛說了不少平常說不出口的話。

"咳、咳……"莫媽媽假裝咳嗽幾聲，大概對可怕的寂靜感到不安。

我們的眼睛對話也只好戛然而止。

這是莫媽媽在場的時候，換成江彩雲在場可就是另外一幅景象了。通常她會不請自來地加入我們的談話，而且很快成爲主導，霸佔著辰哥哥不放，很少有讓我插嘴的餘地。

奇怪的是，不論我在哪個會客時間來，房內從未有莫亦辰一人落單的時候，似乎刻意不讓我們獨處。

所謂"上有政策，下有對策"，莫亦辰知道我下午一點到兩點很少排課，而莫媽媽通常在招呼完寶貝兒子用餐後，自己會出外吃點兒什麼或買點兒什麼，然後趕著三點回來監視我的忽然到訪，所以莫亦辰向VIP的洋護士事先打了聲招呼，讓我能在非會客時間內進入。

我依著莫亦辰的安排前來，没了莫媽媽和江彩雲這兩個監視者，我和他的談話果然自在許多。

"慢點兒，"我小心翼翼地扶起莫亦辰，然後把背後的枕頭放直，"這樣可以嗎？"

"嗯！"

安置好莫亦辰，我在病床旁的椅子上坐下，正想著該談什麼話題，他突然開口要我一起坐在床上。

"不要。"我羞紅了臉。

"要。"他也任性起來。

"不要。"

"要。Come on . Quickly."

我還在猶豫，他忽然右手護腹，一副疼痛的模樣。

"怎麼了？"我站起身來。

誰知莫亦辰没受傷的右手這麼孔武有力，他將我攬腰夾住，一個重心不穩，我倒向他，此時的我應該馬上跳下床，正因爲那幾秒鐘的遲疑，讓我的矜持失去了充分的理由。

"這不挺好的？"他説。

和男生在床上促膝長談是我以前没有過的經驗，但我一點兒也没往歪處想，因爲莫亦辰的身體正被左綁右捆著，我完全不擔心他會意圖不軌。

當然，有時候，我是說有時候，當天時、地利加上人和，我以爲……以爲他會吻我，但他的唇到了我的臉頰不足零點零一毫米的地方停下，沒有逾雷池一步……

～

姜果然還是老的辣，莫媽媽瞧我好久沒在會客時間內探病，聞出了不尋常的味道，決定來個突襲。

當她推門進來時，我正和莫亦辰如常地坐在床上，雖然我們的衣衫整齊，但看在莫媽媽眼裏，我和風騷的潘金蓮無異，這當然不能說她的兒子是西門慶，因爲莫亦辰早已被她馬賽克成爲路人甲。

我趕緊跳下床，拉拉自己的衣裳，順便遮掩羞愧的神情。

"噢！我怎麼不知道會客時間改了？"莫媽媽不知在問誰。

"媽，是我要可可在這個時間過來看我。"莫亦辰把責任一把攬在身上。

莫媽媽好像聽不見，她轉頭對我說："可可，妳的頭髮亂了，到洗手間整理一下。"

我非常確定我的頭髮沒亂到要整理的地步，但還是順從地走入VIP房內的私人洗手間內，並且待在裏面直到那對母子停止爭論，才快快地走出來。

"莫亦辰，我下午還有課，先走了，拜!"

我不敢看莫媽媽，也不敢和她說話，這時候還是悄悄走人比較明智。

走出醫院大門，半吊著的心終於可以放下，我思忖著該回家還是去學校圖書館唸書，此時背後傳來莫媽媽的聲音："可可，借一步說話。"

"好……好啊！"我打著哆嗦應著，心想，"妳完了，張可可。"

第五十五章/孤寡相

皇后醫院位於Western Springs Park東側，所以我和莫媽媽沒走幾步路，便走進花木扶疏、百鳥爭鳴的花園內。

午後的陽光溫暖地灑落下來，坐在花棚下的石椅上，莫媽媽娓娓敍述著莫家的發跡史及莫亦辰的成長路。

原來莫爸爸和莫媽媽都是F大外語系的學生，原本一個是高中老師，另一個是公務員，覷著大時代的轉變，兩人狠心一咬牙，雙雙辭職置辦了一家進出口貿易公司，在餐風露宿、胼手胝足下，逐漸成了氣候。

然而成功是必須付出代價的，兩夫妻整日忙得昏天黑地的，莫亦辰只好丟給爺爺奶奶照顧，直到小學五年級才接回，轉由保姆照料。

"對兒子，我和愛人是有愧疚的，不是我誇耀，亦辰做人做事一向有分寸，没個差池。"莫媽媽說。

我點頭表示同意。

她轉而問起我的家庭狀況，相較於莫家的書香門第和後來的顯赫家境，我家真是羞澀地拿不出手。

當我把父母的初中學歷和寒磣的鄉下小照相館道出時，沒想到莫媽媽一點兒也不輕視，反而說著"辛苦了"之類的話，讓我心生感激，然而好時光並沒有持續很久，因爲……

"可可，我不是老古板，希望妳明白，接下來的談話是出於一個母親愛護兒子的心情。"

"嗯！"我有了不祥的預感。

"去年聖誕節亦辰回國，我知道有事發生，他的眼睛閃著光芒，人有時異樣得興奮，有時又沈默得出奇，我知道他不一樣了，肯定談了戀愛。問他，他不說，我看在眼裏，內心是歡喜的，因爲我的兒子長大了。"

她話鋒一轉提到十月份的假期，原本他們是快樂出行，卻因出發前瞅見我和一個男孩的私情，一路上莫亦辰沈默不語，假期變得慘淡，這是始料未及的。

"對不起，我和趙大同不是……"我趕緊澄清，但莫媽媽不給我這個機會。

"妳愛跟誰上床我不管，再說了，現在的孩子私生活亂七八糟，我們做大人的能說什麼？妳能把單純的莫亦辰玩得團團轉，那是妳的本事，但做母親的我不能放著深陷泥沼的兒子不管，妳說呢？"

"那是誤會，我可以解釋……"

莫媽媽再一次截斷我的發言："這次亦辰出車禍，如果我猜得沒錯，是因妳而起的，對吧？"

我無奈承認。

"偷偷摸摸與我兒子在非會客時間內見面，還毫無愧色地坐在床上，是的，兩人貌似只是談天，但談著談著難保不出事。不管是誰的提議，這只是再次證明妳是個行事欠考慮又缺乏原則的女孩。"莫媽媽非常不客氣地指責我。

"我承認在這件事上做錯了，對不起，下次我會更小心謹慎，不再犯錯。"

"問題是没有下一次了。"

我顫抖著問爲什麼？

莫媽媽答她的兒子需要的是能幹的王熙鳳，不是柔弱的林黛玉，希望我離開莫亦辰，讓各自安好……

"我不是林黛玉，我也没那麼柔弱，相信我，我會幫助莫亦辰，重要的是，我會讓他快樂。"我著急地一連丟出好幾個"我"。

"妳不會，妳只會讓他流淚，然後帶給他無窮無盡的災難。"

"您怎能這樣說？"我很不平。

莫媽媽解釋："我承認妳很美，有一股我見猶憐的魅力，難怪我那個傻兒子會被妳迷得神魂顛倒，但……我懂一點兒面相，知道擁有某種面相的人更容易造成某事的發生，不由得你不信。"

面相？這也太怪力亂神了吧？！

我問我是何種面相，讓她如此反對我和莫亦辰在一起？

"好吧！既然妳問起，我就不客氣地說了，好讓妳死心。"她仔細端詳我片刻，然後像大師般地點評，"妳的身材乾瘦，皮膚很好但膚色慘白不明亮，眉毛稀疏，帶點兒八字眉，眼睛是帶勾的鳳眼，眼神呈死魚狀，鼻子尖挺，嘴巴很薄，嘴唇顏色暗沈，下巴尖細內收，這是……孤寡相。"

"孤寡相？"

"我講淺顯一點兒，就是'剋夫'。"

我一股氣上來："莫媽媽，我不願冒犯您，但您堂堂一個大學生，說這些江湖術士用語，不覺得可笑嗎？"

莫媽媽聽了搖頭，她說我還太小，等我到了她這個年紀就知道，很多事冥冥之中早已注定好。

我依然較真，堅稱這是迷信。

" 不論是不是迷信，但凡有一丁點兒的可能性，我也要我的兒子遠離災難。"

" 呵呵！我知道了，江彩雲一定是大富大貴之相，莫亦辰娶了她就能逢凶化吉、萬事OK了。"我竟然有心情點起鴛鴦譜。

没想到莫媽媽否認，她說江彩雲只是她從小看到大，朋友的孩子罷了，不是亦辰的結婚對象......

" 爲什麼？他們不是訂過娃娃親嗎？"我問，因爲私底下江彩雲一直喊她"婆婆"。

莫媽媽答本來是有這個打算，江彩雲的父母也的確幫過他們不少忙，但......反正這件事與我無關，她只是來表明立場，希望我主動分手。

" 不可能，我絕不會放手，除非莫亦辰先放。"

" 那麼妳是明著和我作對？即使知道會給亦辰帶來厄運，妳還是義無反顧地要和他在一起，這是愛他嗎？還有，麻雀變鳳凰的故事不是没有，但多數以悲劇收場，妳的家世背景和我家差太多，妳確定能適應？古代傳承的門當戶對有一定的道理，相信我，妳不會高興在一個截然不同、相距太大的家庭裏生活！"

原來莫媽媽一開始的"不勢利"只是做做樣子，骨子裏還是有很深的門第觀念。

見我不言語，她接著說：" 從我們的談話中，我大概了解妳的家庭狀況，這樣吧！我願意贊助妳接下來的大學費用，只要妳......不讓我失望。"

莫媽媽竟然採取"利誘"。

"這倒不必，我既然能熬到現在，没理由熬不過接下來的兩、三年。"

"很好，有骨氣，我相信妳也會很有骨氣地不入擺明不接受妳的莫家。"她站起身來，"爲了不讓亦辰和他的母親反目成仇，妳不會告訴他，我們今天的談話內容吧？"

我機械式地搖搖頭。

"那好，我走了，希望以後不再見。"她非常絕情地說。

莫媽媽走了，留下一個"孤寡相"給我。

"哈！孤寡相？我竟然有孤寡相，哈哈……哈哈……"

我像個傻子似地笑出聲，笑著笑著，突然又像瘋子般地哭了起來，嗚嗚嗚……嗚嗚嗚……

第五十六章/閒雜人等

莫亦辰打了三十多通電話，發了近一百條短信給我，我既不接也不回，直到一個陌生的手機號響起。

一個洋女人在電話中問我是不是CoCo Zhang? 我答是，然後她要我等一下……

"可可，是我，"是莫亦辰的聲音，"別掛，千萬別掛，我好不容易才打通。"

"莫亦辰……"我低喚他的名。

"爲什麼不來看我？還有，爲什麼不接我電話也不回我短信？"

我一時無語。

"是不是我媽跟妳說了什麼？"他接著問。

我趕緊否認。

"那麼妳來看我，好嗎？我……我想念妳。"

莫亦辰，我也想念你，但是我不能……

"最近……最近學校功課很忙，快期末考了，我不想考個爛成績。"我答。

"原來這樣啊……我了解，最近我也在看書，學校允許我在病房裏筆試，實驗部份可以等回到學校後再補考。那麼，考完試妳來看我，好嗎？"

我答到時候再說吧！也許我會回家一趟。

"回中國？"

"嗯！"

"那好吧！到時再聯繫。答應我，別再不接聽我電話、不回我短信，好嗎？"

我嘴巴應允，心卻猶如刀割。

掛上手機後，我馬上把SIM卡取下，並且在隔天換上新的手機號。

坐在何麗的書桌前，我盯著她的化妝鏡，把帶勾的鳳眼眼角往下拉，再把尖挺的鼻子使勁壓扁，下巴的確尖細，但什麼是死魚狀的眼神呢？

"妳在幹嘛？"何麗問。

"我在照鏡子，莫亦辰的媽媽說我有孤寡相，會剋她的寶貝兒子。"

何麗噗嗤一笑，說："我以爲莫札特的父母是知識份子。"

我答沒人規定知識份子不能迷信，然後把和莫媽媽的對話內容，一五一十地道出。

"現在怎麼辦？"她問。

"不知道，走一步算一步囉！誰叫我有孤寡相。"我自棄地說。

"可可，妳千萬不能這樣想，來，跟我一起禱告，向神射出求助之箭，祂會應允妳，給妳解決的力量。"

在何麗的堅持下，我們一起雙手合十禱告，都是她在說，非常虔誠的樣子。

"……以上所求是奉主耶穌聖名，願按主聖意成就，請聖母媽媽爲我代禱，阿門。"

見我半天沒反應，何麗用手肘踫了我一下，我才大夢初醒地喊了聲："阿門。"

我不知道這樣的禱告是否有用，反正已經射出求助之箭，現在就等上帝回覆了。

我很難得在沒有課的午後留在家裏溫習功課，因爲通常上完課，我會待在學校圖書館裏唸書，直到不得不上工爲止。

《Inorganic Chemistry》很令人頭疼，我永遠搞不懂那些元素性質和方程式，所以打算先從它入手，這樣才會有"倒吃甘蔗"的感覺。

我打開課本，還沒讀完一頁，窗口就傳來小提琴悠揚的琴聲，而且聽著竟然有一份熟悉的親切感，原來拉的是王菲的《我願意》。

離開課本，我往窗外探去，果然是鴨子，他就站在"Golden Castle"的室外停車場上，正深情款款地拉著那首經典情歌。

一曲終了，他雙手敞開，彷彿正享受著千萬人的喝彩，然後開始俯首謝禮，三百六十度都謝過一遍後，他這次單獨謝我。

如果不是認識這個人在先，我可能會因爲他的琴藝和天賦而愛上他，可惜他做人太失敗，愛上他非但不可能，連認識也成了一種恥辱。

他謝了半天的禮沒得到回應，竟然把打開的琴盒頂在頭上，原來他在索取賞金，真是死性不改！

我回房從錢包裏拿出一個銅板，正要舉手往外扔……

「別扔，地這麼大，我會找不著，」他大喊，「妳下來拿給我。」

討厭! 我的婦人之仁又給自己添麻煩了。

「喏！拿去。」我說。

「怎麼只有二十分？」他看著手中的Kiwi鳥問。

「因爲我也是窮人。」我附合他的窮人論。

「好吧！不要白不要，虧我還拉得這麼好。」他把銅板放入口袋。

想著《Inorganic Chemistry》還在等我，我說我上樓去了。

「Wait，妳是不是換手機號了？害我老打不通。」

我答是換了，爲了杜絕閒雜人等的騷擾。

他一副高興的樣子，說還好自己不是閒雜人等。

「很抱歉，你就是閒雜人等。」我潑他冷水。

「我以爲我是妳的二房東。」

一句話把我給問住了，他的確是我的二房東，趁我無言之際……

「到我家坐坐吧！」他說。

「不去，這是你第五次問我了。」

“其實潛意識裏妳很想去，否則不會細數我問了妳幾次。”

我正想反駁，他答他有預感，當問到第十次時，我會答應上他家。

真不知鴨子的信心從何而來，我猜這是一種心理暗示，讓他的家成了我想一窺究竟的聖地。

“不管你問幾次，我都不會上你家，所以別再問了。”我說。

“嘖嘖嘖！妳把自己束縛得太緊，妳的身體需要解放。”他又開啓性騷擾模式。

“謝謝你的關心，我的身體還不打算對你解放，再見！”

我才跨出一步，背後就傳來一句：“我喜歡妳的憂鬱氣質及不明朗的笑容。”

媽的，這整的是哪一齣？

“快別這麼說，我這叫做‘孤寡相’。”我轉身自嘲。

“我不知道什麼是孤寡相，只知道這是第一次……第一次我覺得……覺得可以爲了一個人收起浪子的心。”

我看著他，一時不知該做何反應，他卻忽然大笑起来：“哈哈！笑死我了，看看妳的表情，好像天要塌下來了。”

“無聊！”我面斥他，然後轉身拂袖而去。

坐在《Inorganic Chemistry》前，我飛快地記下質量守恒、定比、倍比定律，同時爲剛剛浪費掉的時間感到深深的後悔與不值……

第五十七章/聖誕晚餐

莫亦辰在病床上動用他所有的資源，不僅狂發郵件給我，還通過我們共同認識的朋友傳口信，但我一律不加理會，默默把原來的電子郵箱取消，另外注册了一個。

"妳好狠心啊！"何麗說。

我狠心嗎？拒絕莫亦辰是如此困難，我的每一步狠心都在考驗著自己的承受力和忍耐力，我以爲時間會讓我忘記他，但取代的卻是無止盡的思念與哀愁……

何麗邀請我去參加聖誕節前夕天主教的望彌撒活動，我很想去，但"美味餐廳"12月24日還在營業，24號過後才會連續放十天的假，一直到隔年一月五日。

"那麼妳25號來參加Ben的家庭聚會吧！一起吃聖誕晚餐，如何？"她說。

我沒吃過聖誕晚餐，也沒參加過別人的家庭聚會，所以沒多做考慮就答應了。

～

走過琳瑯滿目的商店，那些可愛玩偶、實用器具和漂亮首飾一直刺激著我的購買慾，但也同時不斷地提醒我，自己的囊中有多羞澀。

聖誕節的重點戲是交換禮物，如果只是買一個，對我的錢包還不致於構成威脅，但何麗說Ben有一個大家庭，這可麻煩了，我要怎麼讓這個月的開銷不透支，同時又買到拿得出手的禮物呢？

“妳在想什麼？”當我望著商店櫥窗出神時，趙大同冷不防從背後出現。

“噢！我在想買什麼聖誕禮物給八個人。”我艱難地答。

“妳的預算是多少？”

真是窮人的孩子早當家，換成還在向家裏伸手要錢的紈綺子弟，大概不會問這麼煞風景的話。

“這就是問題所在，我沒多少錢了。”

“這樣啊……”趙大同作沈思狀，沒多久他靈光乍現，“妳何不自己動手做？新西蘭到處都是鮮花，妳可以把它們採下來，乾燥壓平後做成書籤，一定比買現成品有意義得多。”

這倒是個好主意，我剛好又是園藝系的學生，沒有人比我更了解花草了。

主意一打定，說做就做，我很快在接下來的幾天裏投入書籤的製作當中。

～

雖然當初的構想是送給Ben和他的家人，但後來卻欲罷不能，我一連做了好幾十個分送老師、同學和朋友，感激他們過去一年的照顧。沒料到我做的書簽不僅大受歡迎，還收獲很多回禮，真是達到聖誕節分享與感恩的目的。

我也把書簽送給古龍水先生，用的是他最喜歡的紫丁香，他很開心地表示這是他收到的最好禮物。奇怪，去年我花六百元，買了昂貴的香水當生日禮物送給他，他都沒這麼高興，果真送禮送的是誠意而不在於價格。

除了Ben家的聖誕禮物我尚未送出，還有一個我特別用心製作的書簽也同樣擱在梳妝台上，那是給莫亦辰的，我不知道自己會不會送出去，可能，很可能，他永遠也收不到……

這是一棟四居的花園洋房，我的到來受到誠摯的歡迎，大家都跑過來擁抱我，包括小小的Emily, 她是Ben的侄女。

Ben和想像中一樣，是個書生型的男人，只是書卷氣下又多了一份淡定，彷彿永遠不會擔心什麼。這種從容不僅Ben有，他的家人也全都有，包括何麗，她像個女主人似地招呼我。

用過豐盛的火雞大餐，我羞澀地把書簽拿出來分送大家，毫無意外地收到大大的讚美和歡迎。

"Ben說他們全家也有禮物送妳。"何麗說，並且要我端坐在客廳的沙發上。

我有些緊張，因為他們全家站成合唱團的架勢，何麗也在其中。

輕輕聽，我要輕輕聽，

我要側耳聽我主聲音，

我的牧人認得我聲音，

你是大牧主，生命的主宰，

我的一生只聽隨主聲音。

……

輕輕聽，我要輕輕聽。

唱完，Emily搖曳著小小的身軀向我走來。

“ Auntie, Merry Christmas.”她交給我一個包裝精美的紙盒。

“ Merry Christmas.”我答禮，然後當著大家的面打開禮物，原來是一條粉色絲巾。

我道謝，眼眶發熱。

“ 可可，我們希望妳早日回到主的懷抱，因爲祂是道路、真理、生命。”何麗說。

走出花園洋房，Ben全家站在門口向我揮手（何麗說要留下來洗碗及做晚課，所以也站在其中）。

我已經分辨不出誰是主人，誰是客人，因爲何麗顯然已經成了Ben的家人。

遠方的教堂響起了鐘聲，那麼靜謐、安祥與平和。我在寂靜空蕩的街頭上，擁著聖誕禮物，踽踽步行回家……

第五十八章/到我家坐坐

聖誕節過後，新的一年很快就來到，不論英文報或華文報，這幾天連續刊登著一則廣告，我因此知道跨年晚會將在Judges Bay舉行，由著名的真人秀主持人Phil Keoghan主持，節目將包括歌舞、雜技、魔術表演、樂團演奏……等。重頭戲是當跨過今年尾巴的那一刻，天空將會發放七彩煙花，除舊佈新地迎接新年的來到。

講到Judges Bay，它是新西蘭著名的旅遊勝地，位於富人區Parnell。這裏綠樹成蔭、草茵遍野，白色的海灘綿延亙長，湛藍的海水更是清澈見底。

我一早與何麗約了在那兒見面。

到了這一天，海灘上架起了舞台，我看到燈光師傅在打光，音響也在測試，工人們忙進忙出，自有一份過節的熱絡景象。

何麗要我找一個既能看表演又能看煙花的地兒，我繞了一大圈，終於在常青樹下找到一塊風水寶地。

我把帶來的野餐墊鋪在地上，等著何麗和Ben的到來。

～

當鴨子提著琴盒經過常青樹下時，我正跟兩個金髮碧眼的可愛小孩玩HIDE & Seek。綁著麻花辮的Tina一下子就被我找到，但哥哥Robert在哪裏呢？我左顧右盼。

"咳、咳、牡丹花下死，做鬼也風流。"鴨子無端蹦出一句。

" A-ha, I catch you."我一把抓住Robert，他正在紫蘭心後面的大石頭下躲著。

玩了一會兒，Tina 說想Pee，Robert也跟著說要，我趕緊把兩個小孩送還給他們的父母，俺可不想當把屎把尿的保姆。

"好可愛的小孩啊！"鴨子讚美著。

"是啊! 我還在想是不是該和蕃，然後生出像這樣可愛的娃娃。"我做起夢來。

"別，可別便宜了老外，現在吹中國風，懂不懂？"

"不懂。"我直接潑他冷水，"對了，鴨子先生，你懂不懂牡丹花和紫蘭心的差距不止一點點兒，你怎麼會搞錯呢？"

" 所有的花對我來說都一樣，華而不實的東西罷了，不值得一記。"

彼此沈默了一會兒後，我問他怎麼會在這裏？

"待會兒有演出，"他擡手看了一眼時間，"糟糕！我得去排練了，妳會一直待在這兒嗎？"

我答會（其實不太確定）。

聽完我的回答，他很滿意地離開，我心血來潮大喊："祝你演出成功！"

他背對我揮了揮手。

～

何麗和Ben在節目演出十多分鐘後才趕到。

"死可可，說什麼常青樹，這海灘光常青樹就好幾十棵，害我們找死了。"何麗一屁股坐在野餐墊上大喘氣。

"我還說了在舞台的右邊……"

"呵呵！提示得真好。"她揶揄我。

"別說可可了，她也等我們很久了。"

Ben邊當和事佬邊把在家做好的三明治和水果沙拉從籃子裏拿出來放在墊上。

哇！餓死我了，當我拿起三明治正想大咬一口時……

"天主，求祢降福我們，給我們所食用的食物及一切恩惠，因我們的主，阿們。"何麗和Ben雙手合十作餐前禱告。

我把手中的三明治放下，趕緊補上一句："阿們。"

表演很緊湊也很熱鬧，Phil Keoghan如機關槍般的主持風格也很適合這種歡快的場合，可惜音響效果還是差了點，加上人聲鼎沸，真正看節目的人不多，以致於鴨子什麼時候上場，拉了什麼曲目，我完全不知道，倒是我們三人說了不少話，算是擺了場龍門陣。

等到四周圍開始有些許騷動時，我們才意識到今晚的重頭戲就要登場。

" Ten,Nine,Eight……"在場的男女老少跟著主持人倒數，" ……Three,Two,One."

蹭的一聲，空中射出一朵禮花彈。

" Yay～Happy New Year."衆人歡呼起來並互祝新年快樂。

我還在爲應接不暇的美麗煙花驚歎不已，何麗跑過來擁抱我：" Happy New Year! "。

然後是Ben, 他也蜻蜓點水式地吻了我雙頰。

" Happy New Year ！"我對他倆說。

顯然我的回禮太微不足道，只見Ben深情款款地對何麗說：" Happy New Year! "，然後俯身給她一個熱情的吻，嘴對嘴……

何麗也擁緊了Ben, 忘情的回吻。

這是多麼感人的一幕，縱使周圍吵雜，何麗和Ben的眼中只有彼此。

我的眼光重新回到空中，橙色的噴花很炫麗，紫色的旋轉花很奪目，而火箭煙花也的確懾人……

" 可可～"有人大聲喊我的名，因爲煙花的爆炸聲太響亮了。

我轉過頭去，是鴨子，他跑得上氣不接下氣。

"你怎麼……"

他走上前來：" 可可，Happy New Year ！"

在我還沒來得及反應前，他給了我一個熊抱，接著行貼面禮，當我以爲就這樣結束時，他的唇湊了上來……

除了感覺柔軟，我還嚐到他口腔裏薄荷味的漱口水味道，而他男人特有的荷爾蒙體味也像攻無不克的坦克般，直接強敵壓境。

" 幹什麼你！"我使勁吃奶的力氣推開他，因爲他把舌頭也伸進來了。

" 我在祝妳新年快樂。"他壞壞地笑。

" 有這種祝福法嗎？"

" 有啊！那邊、那邊、那邊，還有樹底下那一對。"

我隨著他手指的方向望過去，果然一對對的情侶正上演著接吻大賽，而何麗和Ben這一對卻不知上哪兒去了。

"不理你，我走了。"我垮著臉邁開腳步。

"別走，可可。"他抓住我的臂膀，"到我家坐坐。"

我依舊回絕。

"這是第十次邀請，我有預感妳會在第十次邀約時到我家坐坐。"他說。

"很抱歉，你的預感失靈了，大師。"

"沒失靈。"他從口袋裏拿出一張長形紙片交給我。

我一瞧，是ANZ銀行的支票。

"你以爲付錢給我，我就會上你家坐坐？這也太貶低我了。"我說。

"看清楚。"他的嘴角有一絲笑意。

我的目光重新落在支票上，收款人寫著Dirk Fan, 金額五千元，原來跨年晚會付給他這麼多銀子。

"恭喜你，沒想到拉個曲子能賺這麼多，早知道我就學音樂去了。"我有微微的醋意。

"再看仔細點兒。"他的笑意不改。

收款人看了，金額看了，還有什麼沒看呢？……等等，那個龍飛鳳舞的簽名是誰的？竟然是……江……彩……雲……

我迅速擡起頭來，鴨子對我說："到我家坐坐。"

第五十九章/戒癮學院

雖然鴨子一再保證他會很"紳士"，但以他一貫不按理出牌的行徑，我還是跟他約在大白天。

誰會想到新年的第一天，我竟然要到一個"有點兒熟又不太熟"的男人家裏？但爲了一解謎團，我大有"不入虎穴焉得虎子"的氣概。

"Country View"的風格有點兒類似西部牛仔，裏面大部份是原木裝潢，不僅空氣中彌漫著皮革的氣味，服務台後面的牆上甚至還掛著一個馴鹿頭。

大廳也有管理員，但不是伍迪艾倫那種老頭子，而是一個二十歲出頭的洋小子。如果你付他幾塊錢，他會從身後酒櫃上取下你要的酒，斟上一小杯遞給你。沒錯，他還身兼酒吧服務員，這真是個不倫不類的公寓啊！

與我想像的混亂不同，鴨子的房間不僅整齊，而且很有藝術氣息。牆上貼了幾張電影海報，其中有一張竟然是小提

琴大師帕爾曼的，右下角還簽了名，我湊上前去想分辨個真僞。

"是真的，五年前我在美國卡內基音樂廳聽完他的演奏，跑到後台請他簽的。"

我問他幾歲？在美國待了多久？

"都說女人的年齡是秘密，問是不禮貌的，男人的年齡好像就不是秘密，可以毫無顧忌地問。"他抱怨。

"你不想答也行。"

"虛歲28。"他還是答了。

不管實歲、虛歲，鴨子整整大我七、八歲。

"你背起書包上小學時，我才剛出生哪！"我說。

"千萬別把我歸類爲老男人，我的心永遠和妳一樣，20歲。"他嘻皮笑臉起來。

我無可無不可地接受他的瘋言瘋語，無聊地原地打轉，他大概也意識到有點兒冷場，招呼我坐下後，動手泡起咖啡。

"你去過美國？"當他把熱騰騰的咖啡遞給我時，我舊話重提。

"嗯！街頭藝人就是這樣，到處走動。"

我後來知道除了美國，他還去過巴西、泰國、新加坡，然後是現在的新西蘭。

大概在外面流浪久了，有一段時間鴨子很自棄，瘋狂地和不同的女人做愛及大量酗酒，但自從一個美國籍男子酗酒後在新加坡街頭塗鴉被捕，最後被施以鞭刑，鴨子這才幡然醒悟，覺得再這麼墮落下去難保下一個被行刑者不是自己，於是走進"戒癮學院"。

這是由新加坡生理衛生機構所置辦的學院，爲藥物、酒精、賭博、上網、瘋狂購物……的癮君子們提供完善治療，不僅免費，還提供食宿。

"可惜學院没有針對那些對女人上癮者提供治療方案，否則我現在活脫脫就是個柳下惠了。"鴨子說。

我對學院不感興趣，正思忖該怎麼把話題拉回來，重新問起鴨子、江彩雲和支票三者間的關係時，鴨子突然開口："我和江彩雲的第一次踫面是在新加坡。"

什麼？！那麼久以前的事，我還以爲他倆是新近認識的。

"你們是在大學裏認識的嗎？"我想起何麗曾經說過江彩雲在新加坡讀過一年大學預科。

鴨子否認。

"那麼是在戒癮學院，因爲……因爲她瘋狂購物成癮？"我猜測。

"也不是，她那時很……很糟糕。"

"很糟糕？"

"別說這個了，給妳看樣東西。"

鴨子從正對著床頭的電視櫃上取下一個米老鼠造型的鬧鐘。

"好可愛啊！"我說。

"一點兒也不可愛。"他把鬧鐘翻到背面，打開開關，從裏面取出一個鈕扣大小的黑色物。

我問那是什麼東西？他答無線針孔攝像機。

"爲什麼呀？"我細思恐極。

鴨子把玩一陣那個黑色小東西後，重新將它裝回米老鼠的肚子裏。

"江彩雲給我五千元，要我把妳拉上床，然後……"他說。

我頓時五雷轟頂，原来我正和"犯罪份子"同處一室。

" 別……別踫我，否則……否則我要大叫非禮。"我邊後退邊警告他。

没想到鴨子在毫無預警下，當著我的面把那張支票給撕了。

" 這是幹嘛？"我一頭霧水。

" 妳若要問爲什麼，我也不明白，這五千塊錢是預付金，事成後江彩雲會另外再付我五千，整整一萬塊，可以讓我舒舒服服地過上大半年，但……我不願意，不願看到妳不開心。呵呵！我一定是腦筋壞了，怎麼就決定當好人了呢？"

我突然覺得眼前的鴨子不像鴨子，反倒成了陌生人。

" 你知道江彩雲爲什麼要這麼做？"我放下戒備問。

" 我想是妳擋了她的路，據我所知，她是個很霸道的人。"

" 可是再怎麼霸道也不能……"

鴨子說林子大了什麼鳥都有，要我多留點兒心，因爲人間處處有"壞鳥"呀！

~

走出" Country View "，我的手裏多了一卷海報，帕爾曼的那一張。

雖然我一再推辭，但鴨子表示自己是個流浪藝人，手上的東西越少越好，也許過了今天就没有明天，把帕爾曼交給我，他很放心。

" 我喜歡妳的憂鬱氣質和不明朗的笑容，真的，我的初戀情人就有同樣的氣質與笑容。"他苦笑著説。

第六十章/消失的古龍水先生

開學了，我終於升大三了，這是我們華人圈子的說法，但在新西蘭人的眼中，我依然是Year 2。

這不得不提新西蘭的學制，它的大學是一年預科，三年本科，讀預科時，除英語是必修外，還同時選讀專業科目（當然，如果學了一段時間後，發現某科太吃力，打算改選其他科目，那也沒問題，只要提出申請即可。也就是說，預科是先讓你試試水，免得淹死了還不自知）。

然而中國人還是習慣以國內學制介紹自己，畢竟不同的學制解釋起來很費力，而無端被人誤會留級一年也挺不自在的。

我拿著這學期的書目到學校書店買書，都說新書新氣象，我當然也希望用的是沒開封過的一手書，但是磨磨蹭蹭後，還是乖乖到角落去挑看起來還不太壞的二手書。

二手書價格只有新書的一半，這對經濟不寬裕的我來說，不啻是一大福音，因為省一塊錢就是賺一塊錢，何樂而不為？

買完書，我不忘把去年用過的書放在此處寄賣。過去的一年我很小心翼翼地讓它們保持本來的面貌，所以應該很快能得到買家的青睞。

没錯，以這種買賣方式，我幾乎没花什麼錢就拿到上課用書，再次證明"窮人的孩子早當家"。

走出書店，想不出該幹什麼，決定去跟古龍水先生打個招呼，一方面是久違敍舊，另一方面是我認爲他的簡體字已進步太多，不再需要我校對。

少了和他見面的機會當然很傷感，但是湯尼付費雇用我，如果我明知他不需要我而仍拿他薪水，這似乎不太厚道……

走進古龍水先生的辦公室，我意外發現裏面坐著一個女老師模樣的人。

" Sorry."我馬上退了出來。

擡頭望著這扇再熟悉不過的房門，門牌上卻寫著Miss Pan 。

我從走廊頭走到走廊尾，再也找不到那個深刻的名字。

" 没錯，這是古龍水先生的辦公室啊！"我心想，再次推開那扇門。

面對我的疑問，潘老師說她不清楚原來的老師去了哪裏，博士生畢業後另謀他就很常見。

原來在古龍水先生心裏，我一點兒也不重要，再怎麼說，走之前也該和我打聲招呼吧？！

我相當受挫，提著一大袋剛買的二手書，一時不知該何去何從，想著要不要先到何麗家歇歇？忽然看到莫亦辰從書店裏走出來，旁邊跟著江彩雲。

那個我朝思暮想的男人，身形比以前更瘦，神情也有些萎靡，他正拄著拐杖，一步一步吃力地往前走……

江彩雲提著一大袋子的書跟隨，勉強走幾步後，大概發覺兩人以龜速行走相當不智，和莫亦辰耳語一番後，逕自往男生宿舍的方向走去。

"真難爲小蘿莉了，她是那種站著不如坐著，坐著不如躺著的人，能爲一個人出賣勞力，這不是普通的犧牲啊！"感慨之餘，我不得不承認，她一定很愛他。

跟在莫亦辰身後，我一步一趨。他的左手石膏已取下，除了左腳看起來還不太利索外，右腳已大致能行，然而他似乎用不慣拐杖，笨拙得像個扯線娃娃。

就這麼保持五十米距離的尾行，我忽然看到他的左前方地上有個小小的窪洞......

"莫亦辰，小心哪！"我心中吶喊著。

說時遲哪時快，他的一支拐杖不偏不倚地插進那個洞，想拔出來時，身體卻失衡了，以致重重摔倒在地。

我把裝書的袋子往地上一扔，立馬衝上前去，但有兩個大男生動作比我還快，他們聯手將跌坐在地上的莫亦辰扶起，我遂停下腳步。

此時不知從哪兒冒出來的江彩雲不要命似地飛奔過去，關心地詢問他哪裏跌疼了？要不要緊？......

就在不經意的一回頭，她瞧見我了。

不過是幾秒鐘的事，她果斷把我變不見，而且非常擔心莫亦辰也會看見我似的，扶起他火速離開。

在中國城看見毛律師雖然有點兒意外，但也不到吃驚的地步，畢竟華人隔三岔五會來趟中國城喝喝早茶、會會朋友，然而真正看到毛律師的那一剎那，我還是吃了一驚，因爲他的身邊不是湯尼，而是美麗的毛太太。

他倆佇足在Michael Hill珠寶店的櫥窗前，毛太太似乎看中一件飾物，毛先生慫恿她進去看看，兩人依偎著走進店內。

"古龍水先生呢？"我很納悶。

想起幾個月前的一幕，毛太太交給湯尼一紙袋的百元大鈔……

難道這就是交易？幾萬塊錢打發古龍水先生，然後讓失去情人的毛先生回歸家庭？

雖然我不認爲事情會這麼簡單，但擺在眼前的是：古龍水先生不告而別，毛先生挽著毛太太卿卿我我……

正當我撇開亂如麻的思緒，想彎進小巷到"美味餐廳"打工時，突來的一幕嚇得我寒毛直立。

不知何時，那個粗曠的大鬍子正倚著道路指示牌，虎視眈眈地望著珠寶店的門口……

第六十一章/毛利節

新學期的第四週有個毛利節的活動，班上的毛利同學Joyce問我願不願意當義工？我沒多做考慮就答應了。

Joyce是百分百的毛利人，不是混的那一種，這可以從她的深棕色膚色和微胖體型看出。她總是笑咪咪的，在班上人緣很好，但成績不太理想，本來比我高一屆，留級一年後與我同班。

在一次閒聊中，我問Joyce有沒有男朋友？她噗嗤一笑說她兒子都五歲了，老公也是毛利人。

其實這也不是什麼新鮮事，原住民普遍都有早婚傾向，所以Joyce十四、五歲就當媽不稀奇，只是我很難想像大孩子帶小孩子的光景。

毛利人是新西蘭的原住民，屬於蒙古人種和澳大利亞人種的混合類型，目前佔新西蘭總人數的9%。

有4/5的毛利人居住在城市，但多數從事工資少的體力活，那是因爲他們所受的教育少的緣故，所以政府特別爲毛利人的教育大開方便之門，除了設立教育基金，讓他們能免費受高等教育外，每年還有一定的保障名額提供，與我們這群莘莘學子的挑燈夜戰、懸樑刺骨比，他們簡直就是乘著噴射機直接入讀大學的天之驕子。

可想而知，Joyce在她的族群裏應當屬於高級知識份子，但我不認爲她把學習這件事看得很重，因爲經常見她參加活動，今天合唱團、明天義務畫海報、後天籌款幫助弱勢團體……等。即使不參加活動，我也很少看到她拿起課本，大概天性樂觀的緣故，即便大考來臨，她也老神在在，毫不緊張。

有一次她問我chemistry怎麼拼？著實把我嚇一跳，一問才知道，原來毛利人有自己的語言和文字，既然英語非母語，那麼拼寫不比我好也就不足為奇了。

回到毛利節，學校歷史學院的大廳被選爲這次活動的會場，入口處不知從哪兒搬來了很多大型毛利木雕擺設，牆上也掛了很多有關毛利文化的介紹，包括食衣住行及歷史演變等。

通過這些照片，我訝異地發現就在兩百多年前，毛利人還是吃人族，想到被Joyce的祖先血盆大口地吞下肚，不禁毛骨悚然。

我很早就到會場佈置，把奧克蘭市長送的大盆栽放在顯眼處，再把飲用水和小點心放在角落的長條桌上。學校食堂搬來了兩桶熱飲，不用猜也知道是咖啡和紅茶，另外還附帶了牛奶，因爲新西蘭人對奶精敬謝不敏。

九點一到，活動正式展開，幾乎所有的學校行政人員都到場了，包括校長。身著傳統服飾的毛利學生（男生赤膊光足，女生繫著草裙，臉上都畫了臉譜）則在後台列隊，等待獻上迎賓舞。

迎賓舞是毛利文化中針對重要場合所跳的舞蹈，只見吆喝一聲後，爲首者首先上場，他手持長矛，邊舞動身體邊假裝向客人投射過去，並不時吐舌頭，跟隨的舞者也一一照做。

約莫十分鐘後，突然所有的動作停止，爲首者轉身至後台取出一把劍，用力摜在校長跟前，校長彎身拾起，恭敬地捧著，隨後毛利學生繼續跳舞直到舞畢，接著校長把劍奉還給爲首者，整個迎賓舞才算結束。

迎賓舞之後是自由參觀時間，學生義工們會帶領大家參觀圖片和投影片，一邊解說，一邊回答提問。我對自己的英語口語還是不具信心，所以志願當售貨員，負責銷售紀念品，所得作爲推廣毛利文化的基金。

在這些琳瑯滿目的紀念品中，我不得不提毛利人的木雕，不僅木材質地上乘而且工藝出衆，一直被視爲送禮佳品，其中製作精美的木雕小船最受青睞。

" 這綠石上雕的是什麼？"趙大同拿起一塊巴掌大的雕刻問我。

"提基神像。"我邊找錢給客人邊答。

"眼睛這麼大，嘴巴也這麼大，好像青蛙。"

我瞄了一眼四周，還好沒有毛利人，趕忙壓低聲音："趙大同，幫幫忙，這是毛利節，請尊重一下原住民的守護神，好嗎？"

"我沒不尊重他們，古代人有以蛇、魚、鳥、蜥蜴……等爲守護神的例子，那麼毛利人以青蛙爲守護神有什麼不可以？"

"拜托，提基是毛利人眼中宇宙的第一個男人，好比基督教裏的亞當，不是青蛙。"我耐心地解釋。

"這是男人？怎麼呲牙裂齒，好可怕啊！"

其實我也覺得這個宇宙的第一個男人不太可愛，但或許就像中國的門神一樣，這樣才能嚇退一些妖魔鬼怪，達到守護主人的目的。

"你可不可以一邊涼快去，沒看到我在忙？"我要回答客人的詢問，又要回答趙大同的"青蛙論"，簡直分身乏術，覷了個空，趕緊下逐客令。

"那好，中午帶午餐給妳。"他丟下一句。

大會已爲義工們準備了三明治，我正想回答不用了，他卻已經步出會場。

哎！白浪費錢了。

我又忙了一會兒，學長忽然說要幫我拍照，然後上傳到A大全球網頁上，替這項活動錦上添花……

這個提議多少讓我有些不自在，因爲我是個低調的人，不喜歡出風頭，但再一想，父母也可以藉此在網上看到我，何樂而不爲？於是就在這種複雜的心情下，我裝模作樣地完成任務。

"這綠石上雕的是什麼？"

當那個熟悉的聲音響起，我像武俠小說裏被點了穴道的人一樣，全身天法動彈。

哎！都怪我太專注拍照，以致於莫亦辰來到跟前也不自知。

"提……提基神像。"我回答。

"很像青蛙。"他帶笑說。

"嗯！有點兒像，但在毛利文化裏，他是守護神。"

"守護神？很好的寓意，我買一個，多少錢？"他問。

我答八十元。

"綠石旁的手工麻繩是搭配用的嗎？"他又問。

"是，你可以把它們串成項鏈。"

莫亦辰要我替他選一條，我挑了黑色的，配上深綠色的寶石，自有一股沈靜。

等我把麻繩穿進綠石背後的小孔，正要裝進印有提基神像的禮品袋時，莫亦辰把項鏈截下，將它戴在我的脖子上。

"挺好的，很適合妳。"他說。

“莫亦辰⋯⋯”

“什麼話都別說，再恢復朋友關係就行。”

我答我們本來就是朋友啊！

“被妳拉黑了算什麼朋友？”

我還想說什麼，被莫亦辰截足先登：“這裏不是談話的地方，活動結束後，我在會場外等妳，嗯？”

我同意了，該來的還是會來，講清楚也好，講清楚就不用躲躲藏藏了。

望著他的背影，我撫著胸口上的綠石項鏈，喃喃說道：“提基不是我的守護神，你才是。”

可惜莫亦辰已走遠，聽不見我的心聲。

“這綠石上雕的是什麼？”

“提⋯⋯提基神像。”我哆嗦著回答。

第六十二章／擁抱

"可可姐，妳怎麼一副看到鬼的樣子？"江彩雲的眼睛叭嗒叭嗒地眨著。

"没，没呀！"我答。

鴨子解釋他倆是在校園內偶遇，不是計劃中的事⋯⋯

"幹嘛說這個？"她睨了他一眼，然後轉向我，"可可姐，妳有没有看到辰哥哥？"

我答看到了，他剛離開。

"太好了，是我告訴辰哥哥妳在這裏的，辰哥哥可想死妳，看得雲雲好心疼。"

真不知她葫蘆裏賣的什麼藥,我等著她出招，果然⋯⋯

"我跟婆婆說了，她只有這麼一個寶貝兒子，可千萬別被蜘蛛精給纏住，纏住就糟糕了。"

我没好氣地問她誰是蜘蛛精？

“妳不是住在盤絲洞裏嗎？妳不知道誰是蜘蛛精？”她將我一軍。

我正想反擊，鴨子搶先一步：“我女朋友不住在盤絲洞裏，她住在……我心裏。”

“女朋友？！”我和江彩雲同時驚呼出聲。

“可可，”鴨子給了我一個寓意深遠的眼神，“這是早晚的事，江彩雲先知道也好，她會轉告莫亦辰，省去麻煩。”

“是真的嗎？可可姐。”小妮子直視著我，似乎要從我的表情中判斷出真偽。

“是……是真的。”我困難地答。

鴨子表示本來我們想低調處理這段感情，但爲了讓莫亦辰死心，還是由他來公佈吧！我們……我們已經愛得很深很深，不希望被別人打擾……

“原來……原來你們是一對，難怪……呵呵！抱歉我搞錯了。”江彩雲鬆了一口氣。

“沒事，我們結婚時一定會發喜帖給妳和妳的辰哥哥。”鴨子說得上崗上線。

小蘿莉也豪爽地表示到時會包一個大紅包祝賀，並且在這種大好心情下，出手闊綽地買了好幾個木雕和綠石。

“需不需要我幫忙送貨？”鴨子問。

“好呀！麻煩你了，可可知道我的住址，你問她得了，我先走一步。”

她風風火火地離開後，我問鴨子爲什麼要這麼做？

“這樣一來就不擋她的路，妳才能安全。”

“我是問，爲什麼你要幫我？”

“我說過妳讓我想起我的初戀情人。”

我問那人現在在哪兒？

“她在……”鴨子指指天上，“上帝的懷抱裏。”

看我一臉訝異，他乾笑一聲，痛苦地解釋：“父親不同意我們的戀情，認爲會阻礙我的小提琴事業，所以私下找她談話。爲顧全大局，她選擇退出，然後就死在手術台上，一屍二命，後來我才知道自己當了爸爸，她是去墮胎的。”

我很想說些安慰的話，但鴨子拒絕我的同情。

“都過去了，我不希望再看到不幸發生，妳懂嗎？”他說。

毛利節活動還未結束，那人就站在出口處，面色凝重。

我考慮了一下，還是走了出去。

“是真的嗎？妳和那個鴨子。”莫亦辰問。

我弱弱地承認。

“妳說慌，這不是真的。”

“是真的，是真的。”我有些歇斯底里。

“可可，我……愛妳，打從妳進校園的第一天，我就愛上妳了，告訴我，妳和鴨子的事不是真的。”

莫亦辰的眼中有太多的期待，我不忍心毀了它們。

“不是真的，對吧？”他再次柔聲問我。

我點了點頭。

“妳點頭是什麼意思？”他緊張起來。

我答我和鴨子沒那麼回事，然後將莫媽媽的“孤寡相”及江彩雲的“無線針孔攝像機”娓娓道來……

“傻可可，妳怎麼不早說？”

"對……對不起……"

莫亦辰伸手擁我入懷，我也抱緊他，雨過天晴的感覺……真棒！

"對……對不起……"

莫亦辰伸手擁我入懷，我也抱緊他，雨過天晴的感覺……真棒！

第六十三章/鴨子運毒

我没有想到戀愛的滋味如此美妙，不用僞裝，没有隔閡，那些躲躲藏藏、你追我跑的遊戲已戛然而止，取代的是相濡以沫、與子偕老的期盼。

彷彿想彌補過去的空缺似的，我和莫亦辰恨不得一天24小時都粘膩在一起，當然這只能想想，身爲學生的我們還是得以學習爲重，斷不會做捨本逐末的傻事。

由於彼此修的課無交集，加上他住學校宿舍，而我住在離學校近一個小時的偏遠地方，所以一天裏的午餐時間是我們最期待且最有可能相聚的時刻。

我們通常會選擇學校附近的餐廳用餐（那是因爲莫亦辰的腳傷還未完全好的緣故），邊吃邊聊，彷彿有説不完的話。

即使不説話，有莫亦辰在我身旁，我的心便是快活的。

原來，原來愛一個人是如此的幸福，我再也不會取笑那些戀人間會做的愚蠢傻事，因爲人不癡狂枉少年，人不戀愛枉……枉爲人，呵呵！

莫亦辰說等復活節假期一到，他的腳傷應該復原得差不多，他打算開車載我到離奧克蘭三個小時車程遠的陶波湖遊玩。

陶波湖是新西蘭最大的湖泊，它形成於一次巨大的火山爆發，湖水現在還覆蓋著好幾個火山口。那些火山不是死活山，也不是眠火山，事實上，它們和美國黃石國家公園的火山一樣，是個隨時會爆發的超級火山。

"去年十月我和家人曾到那兒旅遊，那個湖真美，當時我就想，如果妳也在那兒該有多好。"莫亦辰牽著我的手說。

"你度假的那幾天，我每天都在猜想你到了哪裏？做了什麼？我甚至幻想自己縮小成姆指姑娘的大小，跳進你的口袋裏，這樣就能跟著你一起旅行了。"

莫亦辰聽完停下腳步，將兩手上下打開，剛好觸及我的頭頂和腳底，接著用力擠壓成一個姆指的大小，咚的一聲塞進他的襯衫口袋裏。

"從現在起，妳已經被我裝進口袋，跑不掉了。"他對我揚揚眉梢，一副淘氣的樣子。

"討厭！"我嬌嗔著，扭頭就走。

"可可，別走這麼快，我趕不上妳。"

其實他不需要那麼趕，因爲我已停下腳步。

"可可姐，辰哥哥，你們好甜蜜啊！"一股酸味從江彩雲的嘴巴裏冒出。

"噢！是彩雲，妳沒課了嗎？"莫亦辰沒心沒肺地問些不著邊際的問題。

"有課，待會兒上《毒藥學》。"她答。

江彩雲講到"毒藥"二字，特別加強語氣，並且直挺挺地盯著我瞧。

"呵呵！真可怕，妳們護理系還學這個？"莫亦辰說。

"是啊！讓我科普一下，《毒藥學》就是通過各種途徑使人中毒或死亡的學問，又分急性和慢性，氯化鉀或氯化鈉屬於急性，只要服用0.1克就能讓心臟驟停，這種死法最快、最沒有痛苦；還有一種是慢性的，那就恐怖了，會很痛苦地死去……"江彩雲像背書似地朗朗上口。

她的這番談話讓我們感到渾身不自在，尤其是我，因爲她明顯是衝著我說。

見山雨欲來，莫亦辰趕緊催促她上課去，然而江彩雲根本不理會她的辰哥哥。

"妳爲什麼要聯合別人一起騙我？"她質問。

"鴨子這麼做是爲了保護我，妳懂的。"

"呵呵！他連自己都保護不了，還想保護妳？真是不自量力！"

我緊張起來，問她是什麼意思？

她怒視我好一會兒，直到眼中的敵意逐漸淡去。

"什麼什麼意思？雲雲怎麼聽不懂？"她又變回了小蘿莉，接著轉向她的辰哥哥，"雲雲晚上想吃蒙古烤肉，你帶我去。"

"好啊！"莫亦辰轉對我說，"可可，妳也一起去。"

"不了，晚上我要打工。"我還在剛剛的談話中打著哆嗦，心情很鬱悶。

"好可惜啊！如果可可姐也能一起來該有多熱鬧。"江彩雲一副惋惜的樣子。

我沒空探究她的言不由衷，心中暗暗擔心起鴨子。

雖然我把江彩雲的惡行告訴了莫亦辰，包括貓死亡事件及

無線針孔攝像機，但是莫亦辰並不買單，理由很簡單-缺乏證據。

我同意前者缺乏證據，但後者……

"妳不能證明那張支票是爲了骯髒交易而付的，我問過彩雲，她說她有把柄落在鴨子手中，那五千元是封口費。"莫亦辰說。

"什麼？你把這件事告訴江彩雲了？！"我驚訝不已。

"對啊！怎麼了？"

我把我的擔憂告訴他，他思索片刻後，很沈重地表示一件事有很多面，如果鴨子只是爲了掩飾自己的罪行而故意栽贓給江彩雲，那江彩雲不是更值得同情？

"不是的，"我搖頭，"你不了解她。"

"我看是妳不了解鴨子，街頭藝人多背景複雜，他們什麼都來，吸毒、酗酒、玩女人……妳怎麼那麼容易就相信一個陌生人？"

哎！這真不好解釋，我喜歡一個人或不喜歡一個人往往憑直覺，無脈絡可尋。

～

在"美味餐廳"裏，我正收拾客人離開後的凌亂杯盤，桌上的報紙皺巴巴地攤在醬油瓶下，我把瓶子拿開，發現報紙已被染了一大塊的醬油印子。

"真髒！"我抱怨著。

放下待收的碗盤，我拿起報紙就往廚房的大垃圾桶走去，就在往下一摜的前一刻，我瞄到醬油印子上的男人照片，很少有人有那麼大的臉龐。

我停止往下丟的動作，眼睛湊上去瞧個仔細，很像……很像……這不是鴨子嗎？

跳開被醬油印子遮住的英文字母，我快速把內容瀏覽一遍。

"什麼？！鴨子運毒？這怎麼可能？"我太驚訝了。

雖然冰毒、搖頭丸、K粉等已被明定爲drug，但大麻卻界限模糊，它更像提神之物多一些（好比國內的紅牛飲料）。若說鴨子吸大麻，也許，但說他運毒，那可是重罪，我不認爲鴨子會挺而走險。

放下報紙，我思索了一下，靈光一閃，是她。

那個小蘿莉的身影跳了進來，正對著我吃吃地傻笑……

第六十四章/新加坡疑雲

莫亦辰要我別管鴨子的事，這件事只是再次證明他是個亂七八糟、不能信任的人。

我不同意莫亦辰說的，從頭至尾鴨子沒有勉強我做任何事，相反的，他一直在幫我，讓我遠離災難。為了這份義氣，我肯定要和他見上一面，問他需要什麼幫助。

通過洋同學的幫忙，我知道鴨子現在被羈押在Manukau法院，候審期排在兩個月以後。

由於鴨子表明自己無財力訴訟，法院為他提供了義務辯護人，而候審期長達兩個月的原因是為了給公訴人和辯護人足夠的時間去搜集證據，藉以定罪或無罪釋放。

我的洋同學載我到離市區一個小時遠的法院後，轉身就走，我不能自私地要求他等我，畢竟他不認識鴨子，能讓我搭順風車已經感激不盡了，只是待會兒要怎麼回去？我這個大路癡一點兒也沒譜。

走進法院，我表明要見Dirk Fan。

" Are you close？"警官問我們的關係親近嗎？

我反問差別在哪裏？對方沒作答。

想了想，我還是回答"親密朋友"，怕萬一答"一般朋友"不給見。

那個混血毛利警官緊接著問我是不是Dirk Fan的女朋友？

我無奈答是，然後那個大塊頭要我稍等一下。

不到一刻鐘，他從裏間走了出來，後面跟著一位金髮女警。

女警先用金屬探測器掃描我全身，接著上下其手，確定我沒攜帶任何違禁品後，對大塊頭點了點頭。

"Follow me."大塊頭對我說。

於是我跟隨他走進左右兩排都有小房間的長廊，最後停在盡頭左側的那一間。

打開房門，空蕩蕩的房間內只有一張桌子、兩把椅子，牆角還有第三把椅子。

大塊頭警官要我坐在南邊的椅子上，我乖乖坐好後，他轉身離去。

沒多久我聽到唏唏嗖嗖的腳步聲，一個亞裔臉孔的警官押著鴨子走進來，毫無疑問的，"犯人"被安排坐在北面的那張椅子上，而角落那把椅子原來是給警官坐的。

"我還以爲誰是我的女朋友，原來是妳。"鴨子帶著一絲苦笑說。

幾天沒見，他已經有流浪漢的落魄相。

"你好嗎？鴨子。"我問。

"沒有比現在更好的了，有吃有住，還有乾淨衣服穿，而且不用幹家務，簡直就像在度假。"

"那你怎麼......怎麼一副消沈的樣子？"

"無緣無故被栽贓，妳認爲我應該額手稱慶？"

果真如同我猜想的一樣，鴨子是被陷害的。

"到底怎麼回事？"我問。

鴨子没回答我的問題，反而上下左右觀察起這個房間。

"妳的背後右上角有個監視器。"他說。

我好奇一轉身，只看到一個音箱，没看到什麼監視器。

"Hi."鴨子向"監視器"揮了揮手，緊接著說，"那個黃皮膚警官聽得懂普通話，所以別說妳暗戀我很久了，因爲他也愛上我。"

黃皮膚警官因此大力咳嗽兩聲，似在警告他別胡言亂語。

我没想到鴨子此刻還有心情開玩笑，我都替他緊張死了，這是運毒哪！不是亂丢垃圾或製造噪音之類的小事。

"有人從中國給我寄来兩盒重約900克的感冒藥，引起了海關的注意。妳想，一般人需要900克的感冒藥嗎？就是天天感冒也能吃上好幾年，所以海關肯定認爲這個收貨人不是想販賣就是東西本身有問題。"

鴨子突然伸出右手食指敲擊桌面，這引起亞裔警官的重視，他看看鴨子又看看我，再看看音箱。

"不是什麼暗語，我敲著好玩。"鴨子敲了好一會兒後，轉頭對警官說。

"穚綫！"警官啋他一句，洩露他是廣東人或香港人。

惡作劇完畢，鴨子繼續說正事。

"我強烈懷疑寄東西給我的人，壓根兒就希望海關查，有誰會乖乖填寫內容物是感冒藥，價值22萬美元，而收貨人非藥店，這不是找死嗎？"他突然轉向亞裔警官以普通話問，"好想抽煙，可以來一根嗎？"

警官看他一眼，不予理會，鴨子摸摸鼻子，一副踢到鐵板的樣子。

"不過是感冒藥，有必要大張旗鼓嗎？"我問。

"妳錯了，海關把感冒藥拆封後，發現藥本身含有僞麻黃鹹，是製毒的主要原料。如果把它們全製成毒品，價值將高達上億元。哇噻！這輩子我還沒親眼見過這麼多錢，嘖嘖嘖……"

鴨子還在惋惜他錯失致富的機會，我卻爲這筆數額龐大的販毒交易擔心不已，這……這得判多少年啊？！

"22萬美元不是小數目，誰有這份財力？會不會寄錯了？"我問，心中暗自祈禱是烏龍事件。

鴨子答不會寄錯，名字對，地址也對。

"有財力又知道你的姓名和地址，那不就是……"

"没錯，就是江彩雲。"

"爲什麼？"

"因爲我擋了她的路，現在她對付我，下一個便是妳了。"

我望著鴨子，好半天說不出話來。

"鴨子，江彩雲到底在新加坡發生了什麼事？"我想從根源找答案。

"她……"

鴨子似乎就要掀開謎底了。

第六十五章/再見，我的愛

以下是鴨子的回憶錄~

當鴨子在新加坡的戒癮學院戒酒癮時，某天上完經驗分享課，一走出上課大樓便迫不及待地掏出口袋裏的香煙抽上一口，就在吞雲吐霧之際，他瞧見不遠處的花叢中躲著一個人。

"哈！不想上課就躲起來，真好玩。"他用力抽上最後一口煙，然後把還在冒著火星的煙頭朝那個黑色人頭扔去。

"哎呦！"一個女孩捂住後腦勺，痛苦地哀叫一聲。

怎麼是個女的？

鴨子趕緊跑過去道歉，問她哪裏弄疼了？

"嘻嘻！一點兒也不疼，你再扔一次，好好玩。"

"妳是新來的？"鴨子鬆了一口氣，索性也坐在花叢裏，"以前没見過妳。"

"新來的？……嗯！剛到。"

鴨子問她是什麼上癮？

"上癮？"

鴨子答這没什麼好害羞的，來這裏的人都是爲了尋求幫助，好比他就是來戒酒癮的……

"我没病，真的，大家都說我有病，給我戴手銬、腳銬，爲什麼？只有犯人才需要戴這些東西，不是嗎？所以我就吼啊！叫啊！還把醫護人員打傷，結果他們就強迫我穿上束身衣，熱得我長了一身的痱子。"

"怎麼會這樣？我不知道戒癮學院這麼對待學員。"

"我不是戒癮學院的，我是……"她指著東邊的方向。

"哪裏？"鴨子問。

"没事，"她站起身來，拍拍屁股上的灰塵，"我走了。"

那女人走後没多久，一群醫護人員就在戒癮學院大肆搜查起來，原來有個中國籍的精神病患逃跑了。這時鴨子才知道戒癮學院的東側是一家私立精神病院，以收費高昂著稱，說是高檔的療養院也不爲過。

從後來聽到的小道消息當中得知，那個逃跑的病人有幻想症，因在學校與室友不和而投毒，還好及時被制止，没釀成大禍。

事後，家人把她千里迢迢送來新加坡治療，就是希望得到好的療效，同時杜悠悠衆口，畢竟人言可畏……

"也就是說，江彩雲曾進過精神病院，後來又是怎麼來到新西蘭？她痊癒了嗎？"我有太多的問題要問。

"後續怎麼發展我就不清楚了，不過我很懷疑她已經痊癒，如果痊癒，我就不會待在這裏了。"鴨子答。

想到莫亦辰和一個有精神病病史的人走得那麼近，我太害怕了，著急地問該怎麼辦？

“我要是妳才不會有空擔心莫亦辰，他是獵物，江彩雲要鏟除的是和她一起搶奪獵物的人，譬如妳，除非……”鴨子竟然賣起關子。

“除非什麼？”

“除非她認爲搶奪無望，自己得不到，別人也休想得到，來個玉石俱焚。”

噢！不，莫亦辰不能有任何不測。

“還等什麼？快去救妳的心上人。”

我像被人點撥了似，趕緊跳起：“鴨子，謝謝你，我會再來看你。”

“看不看無所謂，賤命一條，妳趕緊走吧！”

我再次承諾會來看他。

“那好，我等妳。”

我看見鴨子的眼中閃過一絲哀戚，但很快又被他的吊兒郎當神情給掩蓋住。

“再見，鴨子。”我說。

“再見，我的愛。”他答。

第六十六章/圖書館風暴

走出Manukau法院，一時真不知該何去何從，沒有巴士站，沒有出租車，連行人也不多見。私家車倒是不少，但我總不能隨便攔下一輛搭順風車吧？！

我一方面心急如焚地等出租車，另一方面也不斷撥打莫亦辰的手機號，但對方一直處於關機狀態，下午三點多，他應該還在上課。

就在一籌莫展之際，一輛黃色出租車剛好駛來（乘客大概是來法院辦事的），我趕緊伸手攔下。

到了學校大門口，車費約等同一張粉色票子，真是大出血，同樣的價錢可以搭機從上海飛廈門了。

下了車，我一路疾走，怎麼辦？莫亦辰還是沒開機，諾大的校園要我從何找起？

我急得像熱鍋上的螞蟻。

"可可，妳怎麼了？慌慌張張的。"趙大同眼尖看到我。

"噢！没事，"我轉身想走，忽然想起重要的事，"等等，你看到江彩雲了嗎？"

"妳找她有什麼事？我們剛剛還一起上課，她說晚上和莫亦辰約了吃飯、看電影，一天都很開心的樣子。"他答。

我問現在她人呢？

"今天輪到她清洗實驗器具，估計快洗完了，聽她說待會兒會上圖書館。"

我心裏有底了。

江彩雲曾說過不喜歡一堆人坐下來唸書的感覺，讓她有很大的壓迫感，那麼她上圖書館的唯一理由就是莫亦辰也在那兒。

"謝了。"

"可可......"

我已經沒有時間理會趙大同，没看到莫亦辰，我的心永遠無法安定下來。

走進圖書館，我試圖在一個個座位上尋找那張熟悉的面孔，大的、小的、高的、矮的、胖的、瘦的、黑的、白的、黃的、棕的......通通都不是，莫亦辰你究竟在哪裏？我真想拿起擴音器大聲呼喚你的名。

學習區內沒有莫亦辰的影子，我轉向圖書區，快步穿梭在一排又一排的書架間......

"不是，不是，都不是......莫亦辰，我不喜歡玩躲貓貓，你快出來吧！"我默禱著。

大概上帝收到我發射出的求助之箭，我終於看見某排書架前正立著我朝思暮想的人，那種“失而復得”的喜悅真令人發狂。

我快步跑向莫亦辰，一把抱住他，他被我這突來的舉動給嚇傻了。

“可可，妳怎麼了？”

“別說話，我就要這麼抱著你。”我把頭深深埋入他的心窩，沒有古龍水的味道，我卻愛極了他身上獨有的體香。

那個欺負我的莫亦辰、護送我回家的莫亦辰、失戀的莫亦辰、幫我抄筆記的莫亦辰、嫉妒的莫亦辰、拄著拐杖的莫亦辰、和我牽手的莫亦辰……我的新西蘭之行一路有他作伴。他不是最引人注目的那一個，卻是我最想牽手到老的那一位，我不要，也不願任何人奪走他，他是我的，我一個人的……

“可可，妳不要緊吧？”莫亦辰關心地問。

“没事，”我擡起頭傻氣地說，“我想你了。”

“傻可可，我們不是天天見面嗎？”他也抱緊我。

就在你儂我儂之際……

“莫亦辰、張可可，你們要不要臉？光天化日之下竟行男女苟且之事！”江彩雲虎著眼河東獅吼起來。

我和莫亦辰嚇得彈開好幾米。

“這……這哪是苟且之事？別亂說！”莫亦辰顯得慌亂。

“不是苟且之事是什麼？難道非要脫光衣服被逮在床上才算是？”

江彩雲的言行簡直粗俗得像下里巴人。

“噓～”“噓～”“噓～”……

我聽到圖書館裏噓聲四起，真是的，這裏可不是菜市場，哪能潑婦罵街？

"走，有話到外面說。"莫亦辰只想轉移陣地。

"我偏不，就要讓大家看看搶人老公的小三有多不要臉。"

"別說了，"莫亦辰抓住江彩雲的臂膀，"出去說！"

誰知江彩雲啪的一聲甩開他的手，並以迅雷不及掩耳的速度抽出書架上的兩本書，劈頭便往我身上扔，第一本沒擊中，第二本打中我胸口。

"鬧夠了沒？！"莫亦辰大喝一聲。

江彩雲最終被莫亦辰及趕來的管理員架著走出去，圖書館又恢復了寧靜。

捂著被擊中的胸口，我站在原地一時沒了主意，半晌，還是決定走出圖書館看個究竟。

～

三三兩兩的學生正爬上階梯，氣喘吁吁地經過我身邊，我只好緊挨著圖書館門前的大樑柱站著，没想到這個角度剛好把前方的兩個人納入眼底。

江彩雲氣急敗壞地控訴著，莫亦辰涎著臉說好話，小妮子不依，跺腳表示抗議，莫亦辰大手一攬把她擁入懷裏，母老虎瞬間成了乖巧的小白兔，两人依偎著消失在路的盡頭。

"莫亦辰，在你心中到底誰更重要？"我呐喊著，紅了眼眶。

第六十七章/另一種版本

"中午想吃什麼？"莫亦辰問。

"隨便。"我答。

"吃韓國烤肉？"

"不要，吃完滿嘴大蒜味。"

"日式火鍋？"

"我打工的地方就有賣，我吃的還嫌少嗎？"

"炸雞？"

"這種速食最不健康了。"

"嗯......我知道了，我家可可最愛吃茶餐廳，我們去'永利'？"他滿懷希望地問。

"不去，人那麼多，每次都排很長的隊伍。"我繼續給他出難題。

莫亦辰停下腳步，問我怎麼了？

“没什麼。”

“大姨媽來了？”他問。

“去你的！”

我推他一把，反被莫亦辰抓住手臂：“可可，我們曾經約法三章，一、生氣不隔夜。二、有誤會馬上澄清。三、不隱瞞。妳說，犯了哪一條？”

我把被抓的手臂抽回來，繼續往前行，莫亦辰隨後跟上。

“說，昨晚你幹什麼去了？”我開始審問。

“江彩雲說想吃牛排，我請她吃，然後又看了場電影。”

我問爲什麼犯錯的人能得到獎勵？他答那不是獎勵，兩天前就約好了。

“但她拿書打我，你不也看見了？你怎麼可以和打我的人吃飯、看電影？”

“我……我已經嚴厲批評過她了。”

我停下腳步，毫不客氣地指責他撒謊，說他像隻哈巴狗似地搖首擺尾，我都看見了……

“妳看見什麼了？沒錯，我是沒有色厲，那是因爲江彩雲吃軟不吃硬，但等她心情平復後，我的確說了她，她也表示後悔，還說會找機會向妳道歉。”

“呵！向我道歉？不要背後捅我一刀就萬分感謝了。”

“可可，妳……妳太讓我失望了，原以爲只有江彩雲幼稚，沒想到妳也一樣幼稚。”

完了，我在莫亦辰眼中的女神形象已經淪落爲俗不可耐的厭物。

“既然這樣就別勉強，外面多的是成熟體貼的女孩，莫先生何必吊死在一棵樹上？”我很艱難地說著反話。

“可可，”他看著我良久，最後還是決定放低姿態，“算我說錯話，別忘了我們的約法三章。”

我想起我們是多麼不容易才走到一起，頓時心軟。

“說到約法三章，好，就讓我來履行第三條-不隱瞞。”

随後我告訴莫亦辰，昨天我去探視鴨子，他被羈押在法院裏等待審判，並把會面情形及談話內容都一五一十給交待了。

大概消息來得太突然，莫亦辰找了張石椅坐下，說：“給我五分鐘的時間思考。”

我給了他想要的五分鐘。

思考過後，莫亦辰問我那個亞裔警官是否聽得懂普通話？

“估計是⋯⋯我猜是，因爲他對我和鴨子的談話有反應，而且我聽到他用廣東話罵鴨子神經病。”

“所以他也聽到‘江彩雲’這個名字?”

我點頭。

“那就没錯了，”他鬆了一口氣，“可可，讓我告訴妳我是怎麼想的。”

以下是莫亦辰版的“毒品疑雲”~

鴨子多年來以街頭藝人的形象掩飾他大毒梟的身份，巧合之下他認識了江彩雲（同時抓到她的把柄）。鴨子要江彩雲幫他運毒，她不肯，爲了避免再次受騷擾，江彩雲給他五千元，以爲這樣就能擺脫麻煩，孰料鴨子根本不把五千元放在眼裏，當著可可的面把支票撕了，爲的就是拉攏可可，以後好利用她運毒。

這次鴨子運氣不好，運毒被逮著了，正想找個替死鬼，昨天可可去探視他，剛好給他這個絕佳的機會。他當著警官的面提到江彩雲，這下子警方會把注意力放在無辜的人身上，給他免於牢獄之災的可能……

"怎麼會這樣？和我想的截然不同。"我皺緊眉頭。

"當然不同，我告訴過妳一件事有很多面，妳不能只站在一個角度看事情。"

我忽然想到一個關鍵點，江彩雲住過精神病院，所以她說過的話不足採信。

莫亦辰答江彩雲的脾氣的確陰晴不定，這都是被四周圍的人給慣出來的，但她絕對沒進過精神病院，他有兩點證明：

一、江彩雲高中走讀，哪來的室友？

二、她的確在新加坡讀過一年大學預科，因爲是他幫忙申請A大，在她提供的資料裏，他看到大學開出的就學證明書。

我咬住下嘴唇，一時困惑不已，劇情急轉直下，對鴨子非常不利。

"傻可可，妳太單純了，被賣還幫著數錢，這樣的傻子非妳莫屬。"他調侃我。

"說什麼啊你，討厭！"我嬌嗔著。

"好啦！因爲別人的事，害我到現在還餓著肚子，妳說，該怎麼懲罰妳？"

我答請他吃"永利"，被他拒絕了，因爲懲罰太輕，我轉而問他想怎樣？

"我要妳答應不再和鴨子有往來。"

"不行，我已經答應他會再去看他，畢竟……畢竟他一直在幫我。"

"哎！妳真是太好騙了，難道就不曾有過懷疑，素昧平生的，人家爲什麼要幫妳？"

哎！我還是沒辦法做到全然的不隱瞞，鴨子幫我是因爲我長得像他的初戀情人，愛屋及烏，不願看到我有麻煩，但是告訴莫亦辰這個，恐怕他又有別的版本要說，而且我也不想讓他誤會我和鴨子之間有曖昧發生……

"怎麼了？妳的表情怪怪的。"莫亦辰笑問。

"都是你啦！我肚子餓了。"

"走吧！我的小公主，請妳吃‘永利’，嗯？"

莫亦辰牽起我的手，我們興沖沖地趕去祭五臟廟……

第六十八章/什麼也不是

拖著一身的疲憊走出電梯，我正往308室走去，一個學生模樣的女孩剛好從313室走出來，門没關，我看見趙大同坐在床沿，臉色有些蒼白。

他看見我從房外走過，趕緊衝了出來：" 可可，她是我學妹，妳不要誤會。"

"我没誤會啊！"我轉向學妹，"妳也是護理系？"

"不是，我是藥劑系。"

這裏我得解釋一下，在國內，醫學系相較於獸醫、護理、藥劑系等，算是天之驕子，錄取的門檻也高，但在新西蘭，以醫科領域而言，第一難進反倒是獸醫系（因爲醫治的對象數以萬計，每種動物的身體結構又都不同，可想而知，如果没有一個絕頂聰明的頭腦，的確無法駕馭），其次爲醫學系和藥劑系，兩者並駕齊驅，爲什麼呢？可別以爲藥劑系只是數藥丸的簡單工作，它還有個利好。

根據新西蘭的規定，醫師只負責開處方，不能賣藥，所以病患看完病得直奔藥房。藥房可不是你有錢就能開，首先得有藥劑師資格，這其中的利潤可想而知。

再說了，新西蘭的藥房可不只賣藥，它好比國內的屈臣氏，裏面賣的東西包羅萬象，而且爲了避免惡性競爭，藥房的開設是根据人口多少有一定的區域劃分，有效保障了藥房的利益。

在這個以錢爲掛帥的資本主義社會裏，開業醫師的收入已經不菲，而一個藥劑師的收入又往往高於開業醫師（如果還兼藥房老闆的話）。在此前提下，藥劑系無疑成了當紅炸子雞，每年吸引著成千上萬的莘莘學子就讀，入學門檻之高不難想象。

"藥劑系啊！妳一定很聰明。"我由衷羨慕著。

"没啦!"學妹羞紅了臉。

我立刻喜歡上這個清湯掛面、體型微胖的學妹。

"我叫張可可，園藝系三年級。"我先自我介紹。

"我叫羅靜宜，藥劑系一年級。"她答。

"羅靜宜，妳快回去吧！很晚了。"趙大同催促她。

我低頭看了腕錶，驚呼："都這個點了，妳住哪兒？現在怕没公交車了。"

她解釋自己就住在學校附近，不用擔心，她開車過來的。

"趕緊走吧！"趙大同又一次催促。

"好，那你自己保重身子，我帶來的藥記得吃。"她叮嚀著。

趙大同答知道了，樣子有些不耐煩。

羅靜宜走後，我問趙大同是否病了？

"嗯！重感冒，好多天了。"

"抱歉，我不知道，你現在好點了沒？"說得我心虛死了，住在同一層，我卻對他的狀況毫無所知。

"好很多了，妳還是快走吧！免得被我傳染了。"

"那我回去了，你多保重。"

走沒幾步，我被他叫住。

"可可，我和羅靜宜真的沒什麼，她送藥上門，如此而已。"

我說這是他倆之間的事，不需要跟我解釋。

"有些事還是說開來比較好，譬如……妳和莫亦辰之間的事。"他沙啞的聲音聽起來更像控訴多一些。

"我跟莫亦辰之間什麼事？"我微慍，"很抱歉，不管什麼事，這是我和他的私事，不需要向你滙報。"

"可可～"

我轉身走進308室，把趙大同的呼喊聲留在門外。

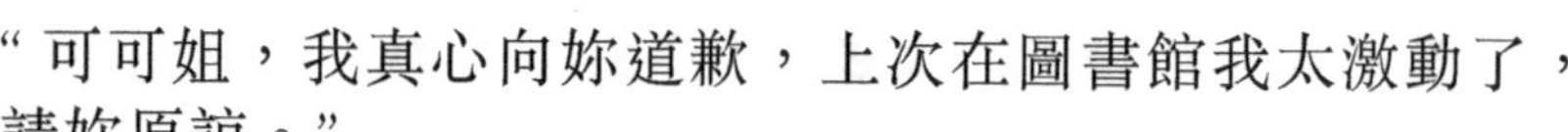

"可可姐，我真心向妳道歉，上次在圖書館我太激動了，請妳原諒。"

坐在咖啡廳裏，江彩雲很低聲下氣地跟我道歉，奇怪，她越謙卑，我就越狐疑，總覺得她好假。

"可可，彩雲跟妳道歉，妳是不是……"莫亦辰提醒我。

"噢！沒關係。"我趕緊表態。

"就知道可可姐心好，不會跟雲雲計較。"她看了一眼莫亦辰，很開心地繼續說，"辰哥哥和我約法三章，一、生氣不隔夜。二、有誤會馬上澄清。三、不隱瞞。所以那天辰哥哥跟我說好話，我馬上就不生氣了；他還說是妳主動抱他，所以這個誤會也澄清了；還有，我跟辰哥哥說鴨子的事跟我一點兒關係也沒有，所以也做到了不隱瞞。」

聽她這麼一說，我火冒三丈，心想：

一、莫亦辰，你怎麼可以和我約法三章，轉身又和小蘿莉約定同樣的事？到底還有幾個女孩子跟你"約法三章"？

二、没錯，是我先抱你，但這是我們兩人之間的事，你幹嘛巴巴地跟江彩雲說去？

三、我以爲你和我有共識，在事情不明朗前不會說三道四，鴨子的事尚屬搜證階段，一切都還撲朔迷離，你怎麼可以把訊息先洩露給"犯罪嫌疑人"？你這個大嘴巴！

見我的臉色難看到不行，莫亦辰趕緊滅火："不是這樣的，我說我和妳約法三章，江彩雲說她也要……"

我没好氣地答："她要你就給，你還真博愛。還有，如果你一定要把我們之間的談話內容告訴別人，請事先告知，本人無法管好你的嘴，但會先管好自己的嘴，Ok？

莫亦辰抓住我的手，要我聽他解釋，被我用力甩開。

"不用解釋，事情不是明擺著嗎？祝二位喝咖啡愉快！"

我這廂氣到爆炸，江彩雲那廂卻笑著和我揮手："拜拜！我們會很愉快的。"

好個火上加油！

我義無反顧地拂袖而去，背後傳來莫亦辰的呼喚聲："可可，別走！"

"哎呀！辰哥哥你把咖啡灑了，這是我最喜歡的一件衣服，怎麼辦哪！"

我聽見莫亦辰忙著向小妮子說好話，任由我遠去。

"哈！我算什麼？什麼也不是！"我自嘲，眼眶跟著熱了起來。

第六十九章/小太陽

一進"美味餐廳"，老闆娘Kumiko便忙不疊告訴我今晚要招待一個日本旅遊團，請我馬上到幾個 blocks遠的日本超市拿味霖、土豆、牛蒡、豆腐等。看她一副眉開眼笑的樣子，可以猜到這個旅遊團的人數應該不少。

我放下隨身物，趕緊往超市走去。

等我拎著大包小包跨進餐廳，所有的工作人員已經各就各位，迅速分好工忙碌起來。

四間大包廂已被打通三間，中間擺上一長溜的黑色矮几，再把素雅的坐墊一一鋪上。角落的大花瓶不知何時已被插上幾株君子蘭和朱頂紅，整個房間頓時香氣四溢，氣氛馬上變得不一樣，讓人不得不佩服日本人的細心。花本身不見得很貴重，但接待客人的心彌足珍貴，當然，我也不否認一個旅遊團的消費，值得Kumiko爲他們鞠躬盡瘁、死而後已。

六點不到，導遊便把大批人馬帶到，根據以往的經驗，客人絕對是VIP級別，不是某個株式會社的高管人員，就是日本政壇的重要級人物，不同的是前者有時會帶家屬隨行，後者……偶爾也會帶伴侶啦！但小三居多，這可以從衣著打扮和彼此的互動中看出。

我把客人帶進包廂，他們客氣地彼此謙讓一番，毫無疑問的，女士優先。等到男士也都上了榻榻米後，我負責把每個客人的鞋子通通收進鞋櫃內，而且鞋頭一律朝外，方便客人一伸腳就能穿上。

別看日本客人現在客客氣氣、人模人樣，那是因爲酒還未下肚。等到酒上了桌，一切都不一樣了，男客人會鬆開領帶，搖頭晃腦地載歌載舞；女客人則會拿起筷子，擊碗應合……

這樣的情景，一開始真讓人不能適應，有點兒像看到良家婦女突然成了站街女郎，不倫不類的。

我拉上包廂的拉門，裏面的聲浪還是一浪高過一浪，是誰說日本人彬彬有禮、輕聲細語來著？那麼裏面那一堆放浪形骸的又是哪國人？

捧著堆滿骯髒杯盤的托盤，正想一股腦兒地全送進廚房，同事小周剛好從唯一一間不被旅遊團佔領的包廂中退出，門還未拉上，我穿著木屐小碎步經過，那個大鬍子的身影就那麼不偏不倚地又和我打上照面。

有了大鬍子，當我再度看到毛太太就不那麼驚訝了，只是我不明白，毛先生不是回歸家庭了嗎？怎麼毛太太又和大鬍子在一起？這演的是哪一齣？

~

走出餐廳，我才發現天空飄起綿綿細雨，我没帶傘，正不知如何是好，忽然想起臨走前忘了打卡，所以又回到餐廳內補打，就兩分鐘的事，等我推開大門，細雨已經轉成中雨。我躊躇了幾秒鐘，害怕中雨又變成大雨，決定跳進雨中。

"叭叭……叭叭……"

一輛私家車在我身後猛按喇叭，搞什麼？我沒擋你的路啊！

"叭叭……叭叭……"

喇叭聲持續著，我不得不停下腳步看是哪個冒失鬼？

就這麼一轉頭，我看到坐在駕駛座上笑得一臉燦爛的莫亦辰。

"他的腳好了，能開車了。"我心想。

沒高興多久，我忽然想起他的"背叛"，決定來個不理不睬。

"可可，可可～"莫亦辰打開車窗對我喊起來。

我依舊當個聾子。

雨越下越大，莫亦辰的呼喊聲很快淹沒在淅瀝瀝的雨聲當中……

公交站牌就在不遠處，只要跑到那兒，就能不被雨打濕，這給了我繼續向前跑的勇氣和希望。

想必後方有個人也和我有同樣的想法，跑得比我還快，等他趕上我時，我才發現是莫亦辰。

"你……幹嘛下車？"我大喊，因為雨聲太大了。

"我來履行我們的約法三章第二條，走，到公交站牌下說。"他不由分說地抓起我的手往前跑。

公交站牌處有個簡易的遮雨棚（你也可以說是遮陽棚），藉著這小小的體貼，我和莫亦辰終於擺脫雨的糾纏。

"別踫我！"他想梳理一下我的亂髮，被我揮手一擋。

"可可，我知道妳在生氣，因為江彩雲說的那些話，但是如果妳也在現場，就會了解事情不像她所理解的那樣，很多時候是她一廂情願認定的，譬如我告訴她，妳是我深愛的女朋友，她好像聽不見，反而糾結在那個擁抱場面是誰先抱誰的問題上，然後認定是妳倒追我。天知道我是多麼不容易才追上妳，如果是妳倒追我就好了，我也不用像跑馬拉松似的，累得不成人形。"他對我大吐苦水。

"棄權好了，棄權就不用那麼累了。"我說。

他答能棄權就好了，但一切爲時已晚，我把他的心帶走，他只能跑到終點才有活下去的可能，問我讓不讓他活？

"說什麼傻話？"我既好氣又好笑，但明顯已不再生氣。

"原諒我好嗎？從現在起我倆好好的，不再吵架，嗯？"

他的頭髮上粘著一片樹葉，我選擇不告訴他，當作"背叛我"的懲罰。既然已經懲罰過了，我没有理由不原諒他。

"嗯！"我點頭。

莫亦辰像得到大赦般地過來擁抱我："別說話，我就要這麼抱著妳。"

北風吹來，帶來陣陣寒意，我卻不覺得寒冷，因爲兩個人的體溫剛剛好，像兩個小太陽似地溫暖彼此的心......

第七十章/歌劇魅影

每當看到電視劇或電影裏的女主角問男主角那第1001個腦殘問題：" 你愛我嗎？"，心中總有個疑問，這樣的對白已經老舊到掉牙，編劇難道不能換點兒有創意的新詞？但遇上莫亦辰後，我不得不承認，這老掉牙的問題恰好是我最想問的。

" 你……愛我嗎？"吃完午飯，我們在校園內溜達，我把一直想問的問題丟給他。

他答不愛我就不會等我兩年多；不愛我就不會受那麼多的磨難。

" 那……如果我和江彩雲同時掉進水裏，你會先救誰？"我問第1002個腦殘問題。

" 爲什麼妳要問假設性的問題？這很重要嗎？"

" 對我來說很重要。"我囁囁地答。

我們不約而同又來到池塘邊，夏蟬呲呲作響，花兒吐露著芬芳，碩大的蜻蜓像一架架的直升機在水面上盤旋，我總擔心水底下會突然伸出大舌頭把它們都一一吞噬進去。

“首先我得聲明自己的泳技不佳，救人恐怕有問題，但假設我泳技超群好了，下意識我當然想先救妳，然而倘使我游到江彩雲身邊，聽到她呼喊救命，我能不救她嗎？這是人道問題，也是個兩難問題。”

“我知道了，如果江彩雲呼救，你會先救她，然後不管我死活。”我嘟著嘴，非常不滿意他的回答。

“可可，別誤解我的意思，如果妳死了，我的心也跟著死，妳知道行屍走肉吧？我就會成爲那樣的人；但如果換成江彩雲死了，憑良心講，我也會心痛，因爲我和她打小一塊兒長大，是青梅竹馬，有很多共同的回憶……”

我撇撇嘴表示不認同。

“當然，她有許多不討人喜歡的缺點，但她是我妹妹，妳說有哪個哥哥會嫌棄妹妹？”他摸摸我的頭，“如果妳愛我，能否也能愛我周邊的人，不管他們是不是討人喜歡？”

哎！這真叫人爲難，要我去愛小蘿莉好比強迫自己去高空彈跳，偏偏我又有懼高症。

“能不能把妳自己擺在高處，向下俯首把她當作三歲小孩，包容她的任性與調皮，好嗎？”他問。

“好吧！我試試。”我勉爲其難地答應。

“就知道我的可可最善解人意。”他擁我入懷

“可可學姐，真巧，在這兒遇見妳。”

我剛下完課，正想上圖書館查點兒資料，就在籃球場邊遇到羅靜宜。

“嗯！是很巧，妳剛上完體育課？”我問。

羅靜宜身著體育服裝，臉上紅撲撲的，一副氣喘如

牛的樣子。

"不是上課，而是被同學抓來打了一場籃球賽。"她解釋。

"贏了？"

"沒有輸贏，人太少，只打半場，就當練練投籃，順便運動運動。"她看了一眼自己圓筒形的肚腩，"是該減肥了。"

我答她多慮了，有些外國人就喜歡肉肉的女孩子，像我這種乾扁形的，不見得討人喜歡。

"但討趙大同的喜歡。"她說。

一時真讓我無語。

"那天我送藥過去的時候就看出來了，妳千萬不要誤會喔！我和趙大同之間真的一點兒事也沒有，只是聽說他生病很多天，而我手邊剛好有成藥……"

我趕緊表明心跡，說誤會的人是她，也許趙大同對我有意思，但我對他完全不來電，況且我已經有男朋友了，他也是A大的學生。

"真的？哪天該認識認識妳男友，不然怕沒機會了，因為我只打算待在新西蘭一年，下學年就要回新加坡了。"

新加坡？我問為什麼？

她笑咪咪地答："因為我是新加坡人呀！"

原來如此，難怪我覺得她的腔調怪怪的。

"既然是新加坡人，為什麼不在當地上大學，反而跑來新西蘭？"我問。

她答國外正流行"a gap year", 也就是空檔年，意即學生在高中畢業後不馬上入讀大學，而是去旅遊或打工，藉以增廣見聞或累積經驗。一年過後再上大學，這樣的學生往往學習得更好、人也更加成熟。

雖然空檔年的寓意聽起來很好，但我不認爲中國父母能接受子女"中途輟学"，遂問她的父母可曾反對過？

"我父親是新加坡國立大學的教授，他很贊同空檔年的意義，但他提出一個想法，認爲我可以利用這一年的時間去國外學習，既能了解當地風土人情，又可以獨立生活。我想想也對，我是比較喜歡唸書的那類學生，錯過一年的在校學習的確可惜。和父親商量過後，我決定大一在新西蘭唸，大二以後回新加坡唸。"

"真好，妳把生活安排得很充實。"

"我父親說過人的一生很短暫，所以要在短暫的時間內做令自己開心的事。我喜歡學習，也高興自己一直在學習，那麼等到被上帝召喚的那一天，便可以無怨無悔了。"她說。

~

我曾自問爲什麼要上大學？難道就爲了給自己的頭腦再多塞進一些可有可無的東西？後來我才發現上大學的價值在於認識更多像羅靜宜這樣的學生，在她面前我變得好渺小，當我還在爲情所困，人家已經想到生命的意義這種大議題，而我甚至不敢想像自己也會有頭髮花白的時候……

走出圖書館，太陽亮晃晃地令人睜不開眼，我抱著書本下階梯，有個人影正好往上走，與我擦肩而過後，飄來了一股熟悉的香氣，那是最迷惑我的古龍水味道，我趕緊轉頭察看，那雙長腿很快走進圖書館內。

我的古龍水先生竟然回來了，心中湧起千層浪。

他的身影像極了《歌劇魅影》裏的幽靈，讓我神魂顛倒。我不由自主地爲自己插上翅膀，隨著歌聲再次飛回到圖書館內……

第七十一章／I AM MARRIED

我像個遺失小孩的母親般，來回地在圖書館內尋覓，邊找邊感嘆，擁有一雙長腿真的比較吃香，他跨一步等於我的兩步，加上圖書館又大，叫我從何找起？

一樓沒找著，我上二樓又翻了個遍，還是沒有，我氣餒地趴在二樓欄桿上唉聲嘆氣，有點兒懷疑是否午後陽光太明亮，讓我看走了眼，要不就是太想念我的古龍水先生，以致產生幻覺。

感嘆歸感嘆，望著眼皮底下的圖書館，我的腦子還是開了小差，心想："A大圖書館真的沒法兒和牛津大學那種百年學府比，後者有古色古香的靜謐，不像眼前這個，雖然簡潔明亮，但我還是比較喜歡古樸的那一種……"

當我還在無釐頭地從"找人"變成"比較兩所大學圖書館之差異"的跳躍式思考中流連，那雙長腿已經毫無預警地往出口處走去，我趕緊衝下樓。

這次我的古龍水先生雖然還是健步如飛，但他的鶴立雞群在空曠的校園中仍然被我一眼鎖定。本來想大聲喊他（做我在圖書館內不敢做的事），但轉念一想，湯尼不告而別那麼久了，也許有不可告人的秘密，我還是先靜觀其變吧！

我再一次尾隨我的古龍水先生，和他保持約五十米的距離。

十幾分鐘後，他離開校園往Queen Street的方向走去，看來湯尼是想回"The Grand"。如果他還住在"The Grand"，那代表他和毛先生依舊藕斷絲連著，難怪毛太太又回頭找大鬍子了。

我看緊眼前的這個高個兒，深怕給跟丟了。此時正是市區人潮最洶湧的時候，有幾次我被迎面而來的人給撞個正著，還好後來又跟上了，但是人算不如天算，當那群黑衣人奕奕然地走過來時，我還是顧不上古龍水先生，趕緊閃！

新西蘭的黑衣人最令人頭疼，都是由一些家庭有問題的青少年組成，一律從頭黑到腳，不是黑的髮就染黑，再畫上黑眼線、塗上黑唇膏及黑色指甲油、套上黑色衣褲和鞋襪，個個彷彿成了從地獄來的黑色使者。

這些"黑孩子"通常以廢棄的工廠為家，整天放著吵死人的音樂，裡面烏煙瘴氣、男女雜處，可惜玩樂終治不了肚餓，幹些偷雞摸狗的勾當便成了家常便飯。

由於大部份的黑衣人都未成年，即使被逮，警察口頭告誡一下又放行，所以勢力才會越來越壯大，成了社會毒瘤。

看到這群瘟神，我躲都來不及，哪裏還想得到其他？等他們吊兒啷當地離去，我的古龍水先生早已沒了蹤影。

站在街頭，我沮喪得不知如何是好。

"妳在找我嗎？"

一回頭，我的古龍水先生正俯身給我一個狡獪的笑臉。

"沒……沒啊！我在找……找公交站牌。"

"一路從圖書館找到Queen Street，都沒找著嗎？"

"原來你早就知道，還走這麼快？"我埋怨起來。

他解釋走這麼快是爲了上超市買做Spaghetti的材料。

我注意到他的手上拎著一個沈甸甸的塑料袋，裡面果然有大大小小的食材。

"愛吃意大利麵嗎？"他給了我一個意外的邀約。

坐在古龍水先生的豪華公寓裏，心情是不可言喻的激動。他說我是第一個被邀請到他家的女性，對於這項殊榮，我受寵若驚，尤其看到一個偉男子繫上圍裙爲我"洗手做羹湯"，就更加篤定自己是那千萬分之一的寵兒。

"今天做的是佛羅倫薩口味的Spaghetti,用的是牛肉末，因爲新西蘭的豬肉有股酸味，我不愛吃。蔬菜選用的是青椒和西紅柿，這些妳都可以接受吧？"他問。

"可以，没問題。"我很快回答，心中卻叫苦連天。

我極不愛青椒的味道，吃青椒好比吃苦味皮革，蔬菜能難吃到這種程度，真讓人懷疑那原本就不是給人吃的。

本來想當湯尼的下手，幫他洗洗切切，但被婉拒了，他說不習慣別人打亂他煮食的秩序，所以我樂得坐下來享受現成的，並且不由得羨慕起他未來的另一半。瞧！這公寓窗明几净、井然有序，湯尼又愛下廚，還有比這個更好的結婚對象嗎？

只見他先把水燒上，在等待水開的同時把肉末放入碗內打散，然後加鹽和黑胡椒，再把西紅柿和青椒切成絲、大蒜壓碎，等到這些準備工作都備齊，便是大展拳腳的時候。

他開火加熱平底鍋，接著倒入橄欖油，食材也依序下鍋，最後加上麵醬。等到麵條煮熟撈起，淋上這一大勺色香味俱全的醬料，真是不想大快朵頤也難。

古龍水先生把兩大盤Spaghetti擺上桌後，問我要不要來杯紅酒？因爲意大利麵配紅酒，絕配！

"好啊！"我愉快地答應。

"吃不吃起司？"他又問。

"不了，起司有股臭味。"

我已經勉強接受青椒，若再來個起司，自己恐怕得退避三舍。

古龍水先生邊在自己的麵上灑起司粉邊問我愛吃臭豆腐嗎？我給予肯定的答案。

"既然能接受臭豆腐，爲什麼不能接受起司？"他問。

"因爲……臭得不一樣啊！"

"呵呵……呵呵……"古龍水先生笑得差點兒岔了氣，"可可，妳真有趣。"

"是真的嘛！"我呐呐地說。

等湯尼笑完，他舉起酒杯說："Cheers！"

"Cheers!"我也舉杯，"For what？"

"For……I am married."他笑著回答，順便展示左手無名指上的白金戒指。

什麼？！我的古龍水先生竟然結婚了？我呆若木雞。

第七十二章/願賭服輸

"Con......Congratulations! "我非常言不由衷地祝賀他。

"謝謝！"湯尼竟然聽不出我內心的波濤洶湧，反而理所當然地接受我的祝福。

我略帶醋意地問他誰是那個lucky girl? 我以爲他愛的是毛先生。

"我是愛著他呀！"他給了我一個寓意深遠的笑臉，"我就是和David結婚的。"

我再次受到衝擊。

"新西蘭已經在2013年4月通過《同性婚姻法案》，也就是說這個國家已經承認同性婚姻了。"他接著解釋。

我問毛太太怎麼辦？

"願賭服輸，她已經退出了。"

"願賭服輸？"

"是的，毛太太......噢！不是，我應該稱她邵女士，邵女士給了我一筆錢，讓我離開新西蘭三個月，如果在這三個月當中，她成功讓David回歸家庭，我便永遠消失；反之，她會離開他，重新尋找幸福。"

原來這就是那筆錢的由來，可是古龍水先生何以如此篤定毛先生一定非他莫屬？

湯尼答他原本也沒那麼大的把握，那是因為毛先生還有很深的傳統觀念，認為出櫃會引起非議，尤其華人圈子小，怕失顏面，所以多年來他們一直偷偷摸摸地愛著。這次他的出走帶給毛先生很大的打擊，還好最後幸運之神降臨在他這一邊……

" 我以為只有北歐那些性開放的國家才有可能同性婚姻合法化，你確定……"我還在做最後的努力，希望那個白金婚戒不過是個口頭承諾罷了。

" 我確定，因為上個禮拜我和David已經在奧克蘭AA大樓內政部登記結婚了。"他答。

這麼說是真的了，我像隻洩了氣的皮球。

雖然古龍水先生早已表明他是gay, 不可能和我發展成戀人關係，但內心還是期待會有奇跡發生……

" 所以前陣子你不告而別，就是拿著毛太太……呃！邵女士的錢到處旅行？"傷心歸傷心，我還是管不住自己的好奇心。

" 沒錯，我去了澳大利亞、日本、韓國，還回了一趟台灣。"

" 你不覺得……嗯……即使是個賭注，也應該很有骨氣地離開，不應該拿錢，尤其那是女人的錢。"我紅著臉問。

在我心中，我的初戀情人應該高風亮節、不會為了五斗米折腰，所以希望他能給我一個合理的解釋。

古龍水先生把口中的意大利麵咀嚼完畢，又喝了一小口紅酒後，才慢慢告訴我殘酷的事實。

" 這個公寓一星期的租金是1200元，我衣櫃裏的一件襯衫等閒也要五百元一件。我在Ａ大教中文，時數不多，一個月只有五千元左右，單身漢納稅約百分之五十，也就是說我一個月的收入大概只夠付半個月的房租或買五件襯衫。”

“這麼說你被……”我實在說不出“包養”二字。

“沒錯，David負擔我生活上的開銷，另外還給了我一張信用卡。”他毫無羞愧地承認。

我低下頭去，感覺難受極了，我的古龍水先生竟然是株藤蔓，攀著大樹蹭蹭蹭地往上爬。

“很抱歉讓妳失望了。在我的愛情觀裏，錢一向不佔重要位置，如果今天我和David角色互換，我也會負擔他的生活開銷。”

古龍水先生起身去廚房倒了兩杯水回來，一杯給了我。

“謝謝！”我說。

“當你愛一個人，總想著要對方開心，好比小時候，你會把一支鉛筆送給同桌，那樣單純的給予，爲何不能坦然接受，反而要把它和交易劃上等號呢？”

聽完，我總覺得哪裏怪怪的，不求回報的付出不符合人性，不是嗎？

我問湯尼如果毛先生只是個清道夫，無法負擔他的生活所需，他還愛他嗎？

“不愛。”他斬釘截鐵地答不，倒叫我一時語塞。

“我不愛是因爲我無法和一個清道夫有心靈上的交流與溝通，如果妳的意思是David破產了，淪爲清道夫，但他的腦子和心沒變，Of course, 我愛他如昔。”

我拿著叉子攪動那盤冷掉的Spaghetti, 心裏想著古龍水先生的愛情觀，是人類把情感物質化，還是物質被情感化了？

見我仍有不解，古龍水先生索性開誠佈公：“達芬奇歷經四年完成他的曠世傑作《蒙娜麗莎的微笑》，這幅畫最後送給了他的同性戀人，妳想想，藝術家把畫作送給愛人，這是多麼浪漫的事。雖說這幅畫的價值如今已無法用錢來衡量，讓我們保守地說值一百個億好了，當我們聽說有人把一百億送給愛人時，輿論會是什麼結果？我相信交易論、陰謀論等等都會一一出籠，爲什麼？因爲人們習慣愛得不單純，我愛你是因爲你會帶給我什麼，他們寧願相信兩人在一起是基於經濟應用的最大化所做的結合，而不是單純的喜歡。"

湯尼的這番談話把我搞迷糊了，如果愛和錢沒有任何關聯，愛是愛，錢是錢，那麼爲什麼老人家會說"貧賤夫妻百世哀"？又爲什麼談到結婚，房子、車子、銀子都在考慮之列，難道要結婚的兩個人並不愛對方？

我想湯尼不過是挑對他有利的說，畢竟毛先生有錢得很，湯尼當然可以"視金錢如糞土"。

我的古龍水先生彷彿聽見我內心的疑慮，他說："妳問我爲什麼拿邵女士的錢？原因很簡單，我把那場賭注當成交易，但如果邵女士不給我錢，我會不會就不交易？答案是我仍然會交易，因爲……我深愛David。"

第七十三章/初戀情人

古龍水先生深愛著他"亙古不變"的戀人，我應該替他高興，也應該替自己慶幸，畢竟我的初戀情人是個癡情種子，不是個花心大蘿蔔(雖然他癡情的對象是個四十多歲的中年男人，而不是二十一歲含苞待放的我)。

我把古龍水先生送我的旅遊紀念品抱在懷裏，裏面有一個日本木偶娃娃，他說看到那個娃娃就想到我；還有一個台灣製的貓咪髮夾，藍色的，他說我原來的那一個是粉色的，送我一個不一樣顏色的，我可以根據心情換著戴。

啊！他是如此體貼，連送禮都能送到心坎裏，可惜他已經使君有"夫"了……

"Hi."莫亦辰從後面將我攬腰一抱，"去哪兒？"

"是你啊！嚇我一跳，還以爲是誰呢！"

"有誰會這麼抱妳？說！"他放開手與我並肩而行，並且假裝生氣地質問我。

"多著呢！從奧克蘭排隊到北京。"

莫亦辰說那麼豈不是有人隊排著排著就掉進南太平洋？我答可不是。

"那麼我得看好妳，免得妳被人拐跑了。"他在我耳邊低語，嘴巴噴出的氣息撓得耳朵癢癢的。

不知爲什麼，我的心跳因此加速，呼吸也顯得紊亂。

"妳怎麼了？臉好紅啊！"莫亦辰不明所以地問。

"都是你啦！靠我那麼近，熱死人了。"我把他往外一推，"離我遠一點兒！"

"這是怎麼了？好好的大晴天突然轉陰了。"他研究性地看著我。

哎！這真是件難以啓齒的事，雖然我不是男的，但也有"少年維特的煩惱"，莫亦辰，難道你沒有嗎？

莫亦辰說要開車送我上工，我高興極了。

一般情況下，"溫馨接送情"不太可能發生，因爲他的課通常排到下午五、六點，而那時的我早已在餐廳內忙活。

上車後，莫亦辰熟練地發動汽車，車子晃動一下便平穩地上路，一點兒也看不出他的腳曾經受傷過，這讓我懸著的心終於可以放下。

"妳白天都忙些什麼？"他問。

"没忙什麼，離開圖書館後遇見湯尼，他煮Spaghetti給我吃，我們聊了一下，他還送旅遊紀念品給我，就這樣。"我像記流水賬似地背給他聽。

"你去了湯尼家，他還煮麵給妳吃？"

"對啊！"我心無芥蒂地承認。

見莫亦辰久久不說話，我轉頭看他，他竟鐵青著一張臉。

"呵呵！你忌妒的樣子好可愛啊！"我說，突然很想把這個生氣的大男孩抱在懷裏。

"知道我會忌妒，妳還這麼做？"

想到我和他的約法三章，呃......我好像犯了第二條和第三條，得趕緊彌補，遂把湯尼和毛先生的喜事告訴他。

" 這麼說湯尼結婚了，他這算是有夫之婦，還是有婦之夫呢？"莫亦辰問。

"是有夫之夫。"

我問過古龍水先生，他和毛先生互稱對方"老公"。

" 也就是說他不再是我的威脅，對嗎？"他又問。

我弱弱稱是，但......如果湯尼不是Gay, 哪怕對我只有一點點兒的喜歡，我會不會捨了莫亦辰，然後投向古龍水先生的懷抱？我不知道，真的，也許正是古龍水先生的性取向救了我，讓我不用在取捨間徘徊。

" 妳在想什麼？"莫亦辰扳動方向盤，來個大轉彎，" 在想湯尼嗎？"

" 也是也不是......莫亦辰，你有初戀情人嗎？"我問了一個很早以前就想問的問題。

" 初戀情人啊～"他把句尾拉得好長，整個人彷彿跌進回憶的旋渦裡，" 我的初戀情人不食人間煙火，就像童話故事裡的公主一樣。我以為會一直牽著她的手到老，直到某一天，她沒能買到限量版的MJ紀念CD，失望之餘竟要我去偷、去搶。當下我發現自己已經是個有思想的青少年，而她卻沒跟著我一起成長，還是記憶中五、六歲的模樣。彼此的關係就在那時候悄然生變，她成了我妹妹，不再是小情人了。 "

" 你說的該不會是......"

“是啊！”他對我點頭。

真是糟糕，江彩雲竟然是莫亦辰的初戀情人，那麼莫亦辰想必也是江彩雲的初戀情人囉!

沒想到遭到否認，原來江彩雲的初戀情人是日本動畫片Pokemon裡的Ash，當Ash後來喜歡劇中女主角時，她憤恨地把後面幾集的錄像帶全給剪了，哭得撕心裂肺……

“她是不是有幻想症？”話一出口，我吐了吐舌頭，想到鴨子曾說過江彩雲有幻想症一事。

“我不知道，但……有一天她突然告訴我，我就是Ash的化身，還怪自己尋尋覓覓竟沒及早發現，哈！我竟然成了動畫人物了。”莫亦辰自嘲。

第七十四章/被警方帶走的她

我又去探望了鴨子幾次，他的神情一次比一次憔悴，話卻一次多過一次，簡直成了話癆。

"我曾看過一部電影，講的是男主角一直在重複生命中一個再平常不過的日子，包括所遇見的人和所經歷的事。如果這種好事降臨在我身上，我要回到十四歲時與初戀女友初嚐禁果的那一日，我們從早幹到晚，每一次都像第一次一樣新鮮刺激……"

那個亞裔警官大概已經聽慣他的瘋言瘋語，所以當鴨子又在"風花雪月"時，他竟低下頭審視自己的指甲是否塞了髒東西。

對於鴨子這樣毫無憚忌地談論他的床笫之事，我覺得渾身不自在，但看在他獄中孤寂的份上，我勉爲其難地當起沈默的聽衆。

"除了那一天特別難忘，我還想重複另外一天……噢！其實不需要一整天，就五分鐘吧！我想一直重複那五分鐘。"鴨子說。

"該不會又是另一段性史吧？！"我損他。

"不是，我想回到今年元旦的一開始。"

元旦的一開始？那不就是……

"很難忘吧？可可。"他對我揚揚眉梢。

"哼！也許你認爲自己的吻功一流，但那不是我的初吻，所以……不是特別有感覺，就是一般的吻罷了。"我故意輕描淡寫。

他答那真可惜，爲了那個吻，他對著充氣娃娃沙盤演練無數回，而我竟然没感覺……

"鴨子，stop，我感覺不舒服。"我終於失去耐性，同時也覺得他太over了。

"我都快死了，還不讓說。"

"你……不會吧？"

看我一臉慘淡，鴨子噗嗤一笑："哈哈！騙妳的，不過跟死刑差不多，我的律師說如果不出意外，我應該會待在獄中N多年，出來時大概已成白髮蒼蒼的老頭子。"

我想不出安慰的話，只是一再重複"不會的"。

"我很高興把帕爾曼的海報給了妳，真的，幫我好好收藏，這是我唯一能送給妳的禮物……如果妳不把那個吻算進去的話。"他有些感傷地說。

Mr.Miller 說我的報告有抄襲的嫌疑，說得我面紅耳赤的。

我當然知道寫報告時如果引用了別人的著作或觀點，必須在報告末頁注明作者和出處，即使是網絡信息也必須提供鏈接，但……天知道，所有有關蟲子的知識都不是來自於我個人，如果按照遊戲規則走，那麼從報告的第一個字到最後一個字，完完全全都會是別人的思想，壓根兒跟我沒半毛錢關係。

爲了讓報告看起來不那麼"人云亦云"，我不得不把部份佔爲己有，誰知道Mr.Miller眼尖，抓到我這個"小偷"，除了上繳"贓物"外，我還單獨聆聽Mr.Miller的十分鐘訓話。

" How can you make this kind of mistake? "我的老師語重心長地問我。

" Sorry."除了對不起，我還能說什麼？

訓話完畢就是等待判決的時刻，大概Mr.Miller看在我是國際學生的份上，語言理解難免有障礙，所以不了解如何正確寫報告云云（呃！這個藉口好像有點兒牽強，畢竟我已是大三的學生，而且也不是第一次寫報告）。Anyway, 那個好好先生只判我"重寫"，對於這樣的輕判，我應該跪下來磕頭謝恩，但......怎麼辦呢？我還有兩個報告未完成，而且期限全輒在一起，真要急死人了。

我很好奇別人的報告是怎麼過關的，反正我對蟲子是不可能有什麼"獨到見解"，但是現在的我好像沒得選，沒看法也得有看法，沒觀點也得擠出觀點，否則就等著來年重修好了。

什麼？！請人代寫報告，這......

一來我是個窮學生，付不起高昂的代寫費，二來代寫的人程度參差不齊，而且難保他不會一個報告多個賣，到時Mr.Miller收到完全一樣的報告，我能想像他的臉色會有多難看。

在新西蘭，"Cheating"是件很嚴重的事，不僅丟臉，還會根據情節輕重有相應的懲罰，如果你因此得了鴨蛋，那麼該去買串鞭炮慶賀一下，因爲得零分是最好的結局。

至於大型考試作弊（如雅思、托福等），在有些國家竟不可思議地屬於刑事犯罪，會坐牢的。我可不想大學文憑沒拿到，反倒穿起囚衣（雖然我還不清楚在新西蘭作弊會不會鋃鐺入獄）。

~

"怎麼了？一副悶悶不樂的樣子。"何麗問。

我低著頭走路，腦中正做著不同的時間組合排列，好能在一個半月內趕出三份報告，所以連何麗和Ben靠近我，我都渾然不知。

"沒什麼，報告沒通過，得重寫。"我心情鬱悶地說。

"那就重寫啊！"Ben說。

呃！這句話怎麼聽起來很逆耳？好像……好像晉惠帝說過的經典名句："何不食肉糜？"

我答要是那麼簡單，何必煩惱？我……另外還有兩份報告得交。

"可可，妳一定沒問題，妳要相信自己，也要相信主。"何麗說。

於是我們三人就在眾目睽睽之下，向偉大的天主發射求助之箭。

"阿門。"何麗完成祝禱。

"阿門。"我和Ben跟著應合。

也許是"自我暗示"起了作用，禱告完畢，我好像被注入正能量，不再焦急地像隻無頭蒼蠅，反而很有信心能克服難關，這大概就是宗教的神秘之處吧?！

~

爲了達成目標，我不得不把兒女情長放下，莫亦辰首當其衝，每天只被允許和我共進半小時的午餐，其他時間恕不接待。

課外活動當然也得取消，除了必要的打工外，能利用上的時間都被我拿來寫報告，日以繼夜、焚膏繼晷的結果是連做夢我都會夢見數以萬計的蟲子向我飛來，而另外兩份報告所帶來的化學程式和土壤分析數據也好死不死地從天而降，將我砸得肝腦塗地、血流成河。

就在壯烈的輓歌中，我終於把最後一份報告也上繳了，這真算得上是嘔心瀝血之作啊！

我真想問問是誰說在國外上學很容易來著？依我看是進大學容易，但想要成功地待到畢業卻很難，很多學生就死在半路上，只得了個"肄業"的美稱。當然也有學比爾蓋茨，認爲在大學中學不到東西而及早改變前進方向的怪咖，不過有這想法的多半是從小"自由"慣了的學生，國內來的很少這麼"離經叛道"，再怎麼著也得混個文憑回國交差。

好不容易熬到下課鈴響，我像隻雀躍的鳥兒，馬上奪門展翅高飛，心中是無限欣喜，想著該和莫亦辰好好聚聚，彌補這些日子對他的冷落，但此時手機短信卻傳來驚天消息：江彩雲被警方帶走，我上警局了解情況，不和妳吃飯了，辰。

什麼？！我一時没了主意。

第七十五章/瑕疵的愛

我趕緊打給莫亦辰，然而這小子竟然關機，什麼天大的事要關機？又不是在上課！

怪就怪在每隔一、兩個小時撥給他，他依舊沒開機，這是怎麼回事？莫亦辰，你好歹也給我個電話，你不知道我會著急嗎？

直到離開"美味餐廳"，躺回308室的床上，我才徹底死心，莫亦辰今天是不可能來電了。

沒有任何日子比今天更讓我著急，我在老地方等他，心急如焚。沒多久，我看到他奕奕然向我走來。

"怎麼回事？江彩雲爲什麼被警方帶走？是不是跟鴨子的事有關？你爲什麼關機？昨晚你在哪兒？……"我丟給他一連串問題。

他顯然慌了，不知該先回答哪一題。

“可可，我們到視聽教室好嗎？我有話對妳說。”

聽莫亦辰這麼一說，我的心喀噔了一下，上次和趙大同攤牌，不就選在視聽教室？

看著莫亦辰如喪考妣的神情，我努力讓自己的聲音聽起來不那麼膽怯：“好啊！”

～

走進視聽教室，莫亦辰突然向我飛撲過來，我還沒來得及問話，他的嘴便吻上來，粗魯得像個強盜似的，手也不安份起來，我發現不對勁，一把推開他。

眼前的他樣子很狼狽，我也好不到哪裏去，兩個人都神情尷尬地望著對方。

“怎麼了？”我問。

“沒什麼。”

我走過去幫他整理一頭亂髮，再度問他怎麼了？

也許因爲溫柔的語氣，也或許是他早有認罪的心理準備，他告訴我，江彩雲在warehouse偷了件衣服，被店家報警抓到警局去了。

江彩雲跑到warehouse偷衣服？這真是太奇怪了！

新西蘭的warehouse就是國內家樂福的水平，整個賣場是個大倉庫，賣些廉價的衣物和玩具，江彩雲不去偷連卡佛或香奈兒那類高檔的奢侈品，反而改走平民路線，真讓人納悶。

後來通過莫亦辰的敍述，我終於知道個大概：小妮子因爲莫亦辰疏遠她，在精神極度恍惚下，拿了衣服忘了結賬，所以……

在新西兰，順手牽羊的小惡時有發生，店家通常不願走法律程序，因爲燒錢又鬧心，所以多半只要付錢買下“贓物”，人就可以走了。偏偏江彩雲，不合作，又哭又鬧的，店家只好報警。

當莫亦辰知道只要當場付費就能帶走"小偷"時，立馬掏出錢包，警察並沒有刁難他們。

" 這不就好了嗎？你爲什麼關機，而且消失一整天？"我不解。

" 我關機是爲了集中精神和警察斡旋，後來回到車上，江彩雲哭得像個淚人似的，我安慰她都來不及，哪裏想得到開不開機的問題？"

"你送她回家，然後呢？"我握緊他的手。

" 她……她說我最近不理她，不再關心她，又……又說何麗經常不在家，她有些害怕，希望我陪她上樓查看家裏是否安全，然後我就可以離開了。"

"你送她上樓，然後就離開了，對吧？"我再次握緊他的手，但喉嚨發乾。

莫亦辰答他又陪喝了點兒小酒。

" 開車的人還喝酒？喝完酒你就走了，對吧？"我的手心開始冒汗。

" 可可～"

"告訴我答案！"我大喝一聲，連自己都没發覺原來已經憋氣這麼久了。

" 我發誓自己有兩瓶啤酒的酒量，但昨天真的只喝一小杯就不醒人事了，我也不知道是怎麼回事。"

聽他這麼一說，我簡直站不住腳，趕緊找把椅子坐下。

" 所以昨晚你在江彩雲那兒過夜了，那也没什麼，因爲你已經不醒人事了。"我還在做春秋大夢。

"不……不是這樣的，可可，你要相信我，我真的什麼都記不起來了。"他開始討饒。

" 所 以 意 思 是 你 和 江 彩 雲……上 床 了 ？ "我 非 常 痛 苦地質問他。

沈默許久後，他灰頭土臉地表示這是個意外，江彩雲没要求他負責……

"呵呵！好個吃乾抹淨，莫亦辰，我算是看清你了。"我站起身來，只想馬上遠離這個人渣。

"可可，妳聽我說。"

我劈頭就賞他一個耳括子，接著對他拳打腳踢。

"爲什麼？爲什麼你要這麼做？我……我以爲……以爲你對我是認真的。"我邊打他邊嗚咽得厲害。

打著打著，實在打不下去，因爲莫亦辰就一副任我宰割的模樣。

"可可，我對妳當然是認真的，如果打我能讓妳好過，妳盡量打，來！"他抓起我的手向自己揮拳過去。

"別踢我，"我把手收回來，" You make me sick."

我當然知道說這句話會深深刺傷他，但我管不了那麼多，傷心絕望的女人什麼都看不見。

離開莫亦辰算是對戀情的又一次告別，雖然古龍水先生同樣讓我心痛，但這次不一樣，我真的不捨，因爲我知道莫亦辰即使犯錯還是深愛著我，而我也愛著他……

第七十六章／對不起，我愛你

"所以莫亦辰跟江彩雲上床了？"何麗問。

"嗯！"我喝了一口抹茶拿鐵，口感還是那麼淳厚，但少了一份閒適的心情，"他犯錯後還想和我親熱，真搞不懂他是怎麼想的。"

"我想他是心生愧疚想彌補吧？！呃……我的意思是肉體上的彌補。"

我問這不是很奇怪嗎？如果他同時和兩個女人發生關係，豈不是讓自己陷入更深的漩渦？

"妳錯了，像莫亦辰這種實心漢子是不願辜負女人的，現在發生這種事，從道義上，他認爲應該對江彩雲負責，但他愛的是妳，如果他也跟妳發生關係，形勢就改變了，反正注定他得二選一，兩害相權取其輕，他可以有藉口選擇妳。"

"呵呵！這麼說昨天我應該被他拿下才是。"我自棄地說。

"可可，照我看，莫亦辰是真的在乎妳，如果妳也在乎他，何必在小枝小節上過不去？誰沒迷失過？原諒他，自己也能得到救贖。"

我答這不是小枝小節的事，我也想原諒他，但自己過不了那個坎，只要想到他和江彩雲卿卿我我的樣子，我就痛苦地想死掉……

"可可，來，讓我們向天主禱告。"

她握住我的手，被我用力一掃："禱告個屁！天天禱告還不是煩惱事一堆，我再也不相信妳的主，祂……根本不存在。"

我站起來，頭也不回地往外跑，邊跑邊拭淚，莫亦辰，我再也不理你，你把我的純情都給攪黃了，讓我成了低俗笑鬧片裏的女主角，我還能期待什麼？一個一毛錢不值的吻別嗎？

我漫無目的地走在繁忙的商業區，看著櫥窗裏精緻而索價不菲的商品，想把眼睛都塞滿，好彌補心裏的空虛。

經過pharmacy時，我看到櫥窗裏擺著古龍水先生最鍾愛的那一款香水，想著他婚後是否幸福快樂？然後眼一飄，看到Durex保險套的廣告。

"那晚莫亦辰戴了沒？如果沒有，萬一江彩雲中獎了，他豈不是當了爸爸？"我心想，腦海浮現他趴在地上給孩子當座騎的情景。

如果那天真的來到，他是否還會記得在芳草碧連天的新西蘭，曾有個叫可可的女孩與他相識、相惜、相愛過？

"可可學姐，妳怎麼在這裏？"羅靜宜突然現身。

"噢！隨便逛逛就逛到這兒來，"我收起悲傷，"妳怎麼也在這裏？"

羅靜宜笑咪咪地答她在這兒打工呢！

我想到她是藥劑系的學生，在pharmacy打工算是專業對上口了。

“下班了嗎？”我問。

“没，我等人……”羅靜宜的眼光落在我身後，整張臉亮了起來,“噢！他來了。”

我很好奇來者是誰，遂轉過身去。

“可可～”趙大同有些尷尬地和我打招呼。

我眼光銳利地掃向那兩人，想根據一些蛛絲馬跡判斷兩者的關係，羅靜宜是一貫的坦蕩蕩，趙大同反倒有些長戚戚。

“趙大同說他也想在pharmacy打工，所以我向老闆推薦他，待會兒他會有一個interview。”羅靜宜解釋。

“噢！那趕緊進去，Good Luck.”

“可可學姐，那我們進去囉！”她笑著打開商店大門。

趙大同一反常態地沒多做解釋，低頭跨入商店。

就在大門閉上的前一刻，我看見羅靜宜把手勾住趙大同的臂膀，不知和他說了什麼，趙大同聽著，沒有拒絕她的熱情。

我微笑著離開pharmacy，最近老是不順，總算有件事值得高興。羅靜宜配趙大同，藥劑系配護理系，嗯！滿不錯的組合。

～

我正做著功課，雖然努力想集中精神，但腦袋中的畫面老是四分五裂，等我好不容易拼裝完畢，莫亦辰親吻江彩雲的影像又把拼圖整個給打散了，如此渾渾噩噩，叫我如何學習？

“Shit!“我罵道。

又寫錯字了，最近老是這樣。

我拿起修正液抖了兩下，媽的，竟然那麼快就用完了？我不假思索地打開抽屜找新的修正液，沒找著，卻在角落發現莫亦辰送我的提基神像。

提基神像是毛利人的守護神，莫亦辰把守護神送給我，是希望我能得到神的庇佑，但庇佑在哪裏？

我撫摸著那塊綠石，眼淚像決了堤似的。

你說過要把我像姆指姑娘一樣塞進口袋裏；你說過要看好我，免得被別人拐跑了；你說過打從我一進校園就喜歡上我……難道這些只是隨便說說而已？莫亦辰，你這個大話王！

我憤然把提基神像丟向牆頭，踫的一聲，綠石直線下落，碎了一地。

" Oh no !"我這才大夢初醒，趕緊走過去收拾殘局。

神像的頭被削了一大半，腳掌也少了一塊，我懊惱地把這些零星碎石在桌上拼湊起來，然後找來強力膠，細心地一個個給沾粘好。

"好了，不是嗎？"我白問白答。

雖然努力想欺騙自己，但看著歪歪扭扭的神像，我還是忍不住嚎啕大哭。

" 張可可，看妳幹的好事，把莫亦辰送給妳的禮物搞成四不像，他知道了會多難過！"內心的聲音向我提出控訴。

我邊撫摸神像邊哭："對不起……對不起……莫亦辰……對不起……我愛你……"

第七十七章/合約到期

我走出房門，没想到趙大同也剛好從3I3室出來。

"早啊！"我說。

"早！"

走進電梯，我問他昨天的面試結果，他答他被錄取了。

"恭喜，這樣一來，你和羅靜宜就是同事了。"

"可可，如果我搬走了，妳……怎麼想？"

趙大同要搬家了？這真是條大新聞，我問他搬去哪兒？他答"市區"。

" 那很好，離學校和打工的地方都很近。"我邊說邊走出電梯。

"就這樣？"他有些失望，"我以爲妳會挽留我。"

老實說，我不知道該如何回答，所以先和窗口的伍迪艾倫道早安。

" Good morning."伍迪艾倫和我揮揮手，"Have a good day! "

" You too."我回禮。

推開大門，我不忘跟在身後的趙大同，直到他也把手搭在門上，我才放手。

剛來新西蘭時，就因爲只顧著自己出大門，不管後面有沒有人，當門結結實實打在後方來者的身上時，我被當成來自蠻荒地帶的野蠻人，沒文化兼沒教養，簡直丟臉死了。

" 我覺得搬家是好事，這裏太偏遠了。"我還是有禮地回答他剛才的提問。

" 可可，妳等等，"趙大同拉住我，" 我有話跟妳說。"

我遂停下腳步看著他。

" 羅靜宜……羅靜宜說她喜歡我，想跟我確認戀愛關係。"他臉紅了，" 但……只要妳說一句，我馬上離開她，回到妳身邊。"

我沒想到羅靜宜的動作這麼快。

" 趙大同，羅靜宜是個好女孩，開朗、積極，剛好彌補你個性上的陰鬱。你倆很般配，這就是我要說的。"我說得很慢，並且盡量把話說得不那麼刺耳。

" 可可，妳……"他的喉結上下滾動了一下，" 那……就算是我把妳給甩了吧！我和羅靜宜會很幸福，幸福得讓妳妒忌，然後妳會後悔，後悔當初的抉擇。"

他恨恨地看著我，我沒躲開，反而很有風度地祝他幸福。

" 我一定會的！"他吐出一句，聽起來像是賭氣來著。

雖然被趙大同甩了，我一點兒也不憂傷。

他是星期六搬的家，當時我還在週末補眠中，有人很有禮貌地輕敲我房門，扣扣兩聲便停止。

我睜著惺忪的雙眼去開門。

"可可學姐，不好意思，我不知道妳在睡覺。"羅靜宜吐了吐舌头說。

"沒關係，我醒了，什麼事？"

"我……我們走了，"她往左看了一眼，"告訴妳一聲。"

我往外探去，趙大同雙手叉腰站在313室門口，地上擱著兩個行李箱，直挺挺地瞪著我瞧。

"抱歉，我還没梳洗，没辦法幫你們。"我對羅靜宜說。

"不用了，趙大同的行李不多，就兩個箱子，我的車在樓下，很方便的，可可學姐妳繼續睡回籠覺吧！"

"那……好吧！See you."

"Bye！"她說。

待我梳洗完畢，突然想到樓下買個 MUFFIN 當早餐，經過伍迪艾倫的窗口，被他大聲叫住。

他吧啦吧啦地說了一長串，我Pardon了兩次，終於搞清楚我住的 308 室還有四個星期就到期，如要繼續住得重新簽合同。

哎呀！我怎麼把這麼重要的事給忘了？鴨子只預付一年的租金，租我時還剩下大半年，算算時間也差不多了，可是如果繼續住下去，我將比現在多付3倍的價錢，加上往返的交通費及時間上的浪費，倒不如住市區，難怪趙大同要搬走。

此時的我不得不承認，趙大同爲了接近我的確做了不少犧牲……

"I will think about it."我對伍迪艾倫說。

雖然說要考慮一下，其實心裏非常清楚，搬家勢在必行。

我回頭望了一眼"Golden Castle"，不禁心懷感激："謝謝你，在我最困難的時候解了我的燃眉之急，並且帶給我恬靜小鎮的溫暖人情......"

第七十八章/依舊愛你

"可可學姐～"

當我踽踽走在校園裏，羅靜宜的聲音突然在耳邊響起。

"下課了？"我停下腳步。

"嗯！連著上兩堂大課，有點兒累。"

我要她早點兒回去休息，她反倒問我待會兒有課嗎？如果沒有，我們聊一下。

下堂課是三點十分，我還有一個多小時的時間可揮霍。

"好啊！"我答。

我們來到球場邊休息區，羅靜宜藉故走開，回來時，手上多了兩個紙杯咖啡，她肯定是從熱飲自動販賣機那兒買來的。

"謝謝。"我說。

"學姐，小心燙。"她提醒我。

上帝沒給羅靜宜美貌，卻給了她一顆金心，這多少公平些。

"可可學姐，"她坐了下來，"因爲……因爲妳說對趙大同不來電，所以……所以我對他表白了，妳不介意吧？！"

我笑了："這是什麼傻話？我高興都來不及，怎麼可能會介意？"

"真的？"

"真的，我非常非常的高興。"

"那就好。"她低下頭，像一朵羞澀的百合。

我很好奇她怎麼就對趙大同情有獨鍾？

她沈默了一會兒後，壓低聲音問："如果我告訴妳，妳能答應我不告訴別人，包括趙大同嗎？"

"當然沒問題。"我答。

於是她向我娓娓道來。

原來羅靜宜的學習一向很好，父母也很開明，但她的內心一直很孤寂，覺得世界上沒有人能真正懂她、理解她。高三時，由於功課壓力大，有時她會上網聊天，藉以排解壓力，趙大同就是那時遇上的網友之一，他當時的網名恰巧是"孤寂"，與她的心境不謀而合。

"趙大同到現在還不知道妳是他的網友嗎？"我問。

"應該不知道，我沒說。"

"那妳來新西蘭……"

她答那的確是部份原因，既然兩人都來自一個叫"孤寂"的星球，就應該互相扶持，不是嗎？

我放下咖啡，誠意十足地說："羅靜宜，我相信妳和趙大同一定會得到幸福。"

"謝謝妳，我也希望如此。"她笑得一臉燦爛。

～

羅靜宜說她沒課了，可以陪我一起走到實驗大樓。我們邊走邊聊，就在轉角處，不巧與那兩人不期而遇。

不知是不是我過度敏感，莫亦辰瘦了不止十斤，神情也極度委靡；江彩雲則一臉驚恐，拉著她的辰哥哥繞道而行，莫亦辰還頻頻回首，用眼睛和我說了不少話。

"那個男生爲什麼一直看妳？你們認識嗎？"羅靜宜問。

"他……他是我的前男友。"

"Oh, I am sorry."

我答沒事，已經過去了。

"那江彩雲……"

"妳怎麼認識她？"我停下腳步。

"她是趙大同的同學，不是嗎？"

然後羅靜宜告訴我一件匪疑所思的事……

有一次他們三人一起用餐，趙大同突然提到江彩雲曾在新加坡上過一年大學預科，羅靜宜便自然而然地問起江彩雲上的是哪所大學？

"新加坡國立大學。"她答。

羅靜宜很高興地表示自己的父親正是那所大學的教授，還問她在哪個校區上課？國際學生部組長是否還是Dr.Chen？

江彩雲驚呼一聲："哎呀！真糟糕，記錯了，我上的是'新加坡大學'不是'新加坡國立大學'。"

我問這很奇怪嗎？

羅靜宜答當然奇怪，因為新加坡大學和南洋大學早在1980年便已合併為新加坡國立大學了。

"妳的意思是……"

"意思是江彩雲說謊，她壓根兒沒在新加坡上過大學預科，呃！我是說至少不是'新加坡國立大學'或者她後來更正的'新加坡大學'。"

原來這樣啊！我還以爲江彩雲的驚恐表情是因爲看見我，原來是因爲羅靜宜。

今天的實驗做的是蔗糖酶的提取，我把酵母菌剪碎，然後把組織放入陶缽中，用研桿來回研磨搗碎，接著將搗碎了的粉末放入量杯中，再慢慢倒入硫酸銨溶液，不一會兒就能提取沈澱物了。

在等待沈澱的過程中，我又想起江彩雲驚恐的表情，她没上過新加坡的大學預科，所以她交給莫亦辰的就學證明是假的，她爲什麼要造假呢？

我想起鴨子說過江彩雲曾是精神病人，又憶起莫媽媽對於兩家成爲親家所採取的保留態度，所以……所以莫亦辰正和一個隨時會引爆的炸彈在一起。

想到此，我五雷轟頂。

" CoCo, what are you doing ? "我的老師搖頭，一副難以置信的模樣。

我瞄了一眼量杯，原來沈澱過久，沈澱物都結塊了。

" Sorry."我說。

我的老師輕敲我的腦袋瓜，喊著"Knock.Knock."，意思是喚醒我沈睡的腦子。

這下子實驗又得重做了，哎~

冬天到了，白楊樹上的枝幹早已光禿禿一片，樹皮也一層層地剝落下來，留下斑白的軀幹，像得了白癜風的患者似的。

我把衝鋒衣的拉鏈拉高，雙手插入口袋，打算頂著寒風去打工。

"可可～"

當那熟悉的聲音響起，我忽然被凍成了冰棍。

我慢慢轉過身去，樹下的莫亦辰正神情哀傷地看著我。他的褲腰鬆垮垮的，連腰帶都繫不住，雙頰也凹陷下去，留下兩個空洞無神的大眼睛。

"你瘦了。"我乾澀地說。

"想妳的結果……"

我要他別說了，我不想聽。

"可可……我愛妳，真的。"他沈啞的聲音聽起來令人心碎。

"給我一個同樣愛你的理由。"我賭氣地問。

然後他為我清唱一段：

那一段我們曾心貼著心，

我想我更有權力關心妳。

不願妳已走進別人風景，

多希望也有星光的投影。

他把"可能妳已走進別人風景"改成"不願妳已走進別人風景"，讓我很感動。

唱完，他上前一步：" 可可，千錯萬錯都是我的錯，原諒我，好嗎？"

想起這些日子以來的痛苦與折磨，我不禁悲從中來。他溫柔地劃去我臉上的淚水，擁我入懷，此時的我們又心貼著心。

啊！莫亦辰，即使你犯錯，我還是這麼，這麼沒出息地愛著你……

第七十九章/毛奶奶病了

我告訴莫亦辰我得搬家了，因爲"Golden Castle"的租約快到期，而我負擔不起租金，加上地點偏僻，購物、吃飯都挺不方便的。

"妳說得對，但是市區的房租很貴，尤其是套間。"

這的確是個大問題，看來只能合租了，我問他有沒有這方面的訊息？

"我知道有人想合租二居室，不過對方是個男的。"他答。

"男的？這樣不太好吧！"我猶豫了。

"沒問題的，這個男生人品很好。"

不知道爲什麼莫亦辰笑得很開心。

"我覺得還是不要......"

"傻瓜，那個男的是我。"

"你？你住男生宿舍好好的，爲什麼......"

"還問爲什麼，當然是爲了可可妳啊！"

“不來了。”我推開他，把手伸進自己衝鋒衣的口袋內，並且佯裝著急等公車的樣子，探頭探腦的。

莫亦辰走到我身邊：“可可，妳也知道很多大學情侶都同居起來，過起夫妻生活，我們已經認識三年多了，一起租屋同住，應該……妳應該可以接受吧？”

我答我可以接受租屋同住，但不能接受婚前就過夫妻生活，對我來說這太不莊重了。

“明白，那麼我負責租屋，錢的事妳不用操心。”

“不，該付的我照付。”

“爲什麼？”

哎! 我如何告訴他窮人也有傲骨？

“反正……反正房租我是一定要付的，所以你最好找一個我負擔得起的住房。”

“好，聽妳的，什麼都聽妳的。”他笑得很傻氣。

當那輛熟悉的公車搖搖晃晃地駛來，我催促莫亦辰快回去上課，自己則跳上車找個靠窗的位子坐下。一轉頭，看到公交站牌下有個男人對我比出愛心手勢，我捂住嘴，心裏喜滋滋的。

下了車，走幾個Blocks就能抵達“美味餐廳”，所以我悠栽悠栽地散步過去。

經過華人超市時，我看見店門口擺出大大小小、南北不同口味的粽子，難道端午節就要來到？

在國外生活就是這樣，經常會忘了各種佳節，往往要靠超市或華文報紙的提醒才不致於錯過。

“這不是可可嗎？”好久不見的王媽提著大包小包從超市走出

來，笑對我說。

"王媽好，真巧啊！在這裏遇見您。"

"要過節了，總得上這兒來採辦採辦。"

我瞥見王媽的塑料袋裏有粽葉和食材，這不難理解，端午節快到了嘛！但除了這些應景的東西外，我還看到幾包用白報紙包的中藥，因爲我聞到濃濃的中藥味。

"王媽，妳還上中藥店？"我問。

"嗯！老太太病了。"

"病了？"我的心糾了起來。

"老太太一病，全家都籠罩在憂傷的氣氛中，誰也没想要過節，但我老頭兒說了，節還是要過，這可以帶動氛圍，毛宅才不致於死氣沈沈……"

我問奶奶哪兒不舒服？要不要緊？

"哎！老太太有心臟病，她自己也知道，所以平常很重視養生，盡量過規律的生活，並且保持情緒上的穩定。不知爲什麼，最近這幾個月她的情緒非常不穩，很焦躁的樣子，嘴巴老說著'來不及了'之類的話，認人摸不著頭緒。"王媽把袋子往地上一擱，"人的情緒一不穩，麻煩就來，有天老太太說她胸口悶，我正要打電話給家庭醫生，誰知電話還没打通，她整個人就癱了下去，把我給嚇得……"

"那奶奶現在……"

"還在皇后醫院，不過已經轉到普通病房了。哎！年紀大了，連心血管支架也做不了，現在只能求上蒼保佑了。"王媽搖頭嘆息。

我問這中藥是不是治心臟病的？

"噢！這中藥跟她的心臟病無關，補身子的。"她突然想起什麼，"忘了問，妳怎麼也在這兒？"

我才驚覺自己打工快遲到了，王媽說那趕緊去，她會跟老太太說今天看到我了，她老人家可惦記著我呢！

"王媽，"我邊跑邊回頭，"您跟奶奶說過幾天我抽空去看她。"

"一定啊！"王媽在我身後大喊。

第八十章/白色堡壘

我告訴莫亦辰毛奶奶病了，他說他可以載我去醫院探望，於是我們把彼此的課表對照了一下，終於挪出四個小時的時間。

一抵達醫院，莫亦辰先放我下車，然後打了方向盤找停車位去。

我到詢問處問了一下，毛奶奶果然住在VIP房，我熟門熟路地上到五層。

向護士報上名，得到肯定的答覆後，我進入病房，没想到一股老人味立馬撲了上來，我皺了皺眉頭，心想若不是奶奶病了，她肯定不會讓自己的體味四處飄散，因為她的身上總帶有淡淡的花露水味道。

“可可妳來了，”王媽笑對我說，然後轉向毛奶奶，“老太太，可可來了。”

“我聽到了，可可～”

奶奶伸出手，我趕緊小跑步過去，握住她瘦骨嶙峋的手：“奶奶，我來了。”

"來了就好，來了就好。"她握緊我的手，來回撫摸，像要確認這就是可可的手，"王媽，削個水果給可可吃。"

"不……不用了，王媽別忙了。"我推辭。

"削個水果有什麼忙的？妳坐一下，我馬上就削好。"

看王媽因我的到來而忙活，心裏很過意不去。沒多久她端來水果盤，我們仨邊吃邊話家常，連有人推門進來也沒發覺。

"可可～"莫亦辰輕喚我的名。

"怎麼現在才來？"我怪嗔，然後把他帶到毛奶奶跟前，"奶奶，這是莫亦辰，我的男朋友。"

毛奶奶擡起頭，試著睜大眼睛看清楚眼前人。

"奶奶。"莫亦辰羞澀地喊了一聲。

毛奶奶出奇的安靜，她轉動著不落力的眼球，死盯著莫亦辰。

"奶奶，他是莫亦辰。"我再次提醒。

沒想到毛奶奶非常激動地抓住他："小凱，你是小凱，你來看我了。"

"老太太，"王媽走過去安撫，"他是莫亦辰，可可的男朋友，不是什麼小凱。"

我忽然想到心臟病患者最忌情緒激動，於是小聲地解釋："奶奶，他不是小凱，他是我男朋友。"

"奶奶，我不是小凱，我是可可的男朋友。"莫亦辰像學語鸚鵡。

"……不是小凱……不是小凱……"毛奶奶喃喃說道。

王媽應合，說的確不是小凱。

"爲什麼小凱不來看我？他說過會來看我……"毛奶奶不知向誰問話。

王媽答等病好了，小凱就會來看她。

“等我病好了，小凱就會來看我。”毛奶奶重複王媽說過的話。

“對。”王媽小心翼翼地讓毛奶奶往後躺，順手蓋上毛毯，然後示意我和莫亦辰到房外。

關上房門後，王媽說：“抱歉啊！老太太的病不能激動，而且她的身子弱，不適宜說過多的話，你們大老遠跑來，實在不好意思。”

“王媽，快別這麼說，今天能看到奶奶心裏不知有多高興。我們下午其實還有課，現在回去剛好趕上上課。”

“這樣啊！那還是上課重要，你們快回去吧！路上小心。”她說。

～

“誰是小凱？”回去的路上，莫亦辰問我。

“小凱是……”我娓娓道來。

“原來如此，奶奶一定很想念他。”莫亦辰說。

我答想是一定會的，那樣刻骨銘心的一段戀情，任誰也忘不了。再說了，奶奶都這麼老了，身上又有病，什麼時候撒手人寰都未知，她當然希望能在有生之年與當年的戀人見上一面……

莫亦辰問有沒有辦法找到小凱？

“二十多年前的事，早已物是人非，從何找起？”

“聽說國內的戶政體制很完善，有人名和相關資料應該不難找到。”

“你去找還是我去找？我倆的功課壓力還不夠重嗎？”我問。

“說的也是。”

莫亦辰說没料到探病這麼快就結束了，他可以順路帶我去一個地方。

Jeep被莫亦辰開上一個坡路，轉了個彎，眼前出現一棟白色建築物。他刷開樓下大門，我們沿著旋轉式樓梯上到二樓，Room 211.

打開深褐色房門，莫亦辰做了個“請進”的手勢。我問要不要脫鞋？他答不用。

這是棟剛完工不久的公寓，我還可以聞到空氣中那股簇新的味道，傢俱也是新的，IKEA風格。

客廳連著開放式廚房，兩間房，一大一小，大的那間有獨立衛生間。

我打開落地窗，窗外有個大陽台，陽台上有藤製躺椅，躺在上面可以觀看無敵海景。此時海面上白帆點點，原來前方就是風帆俱樂部。

回到屋內，我問莫亦辰這是誰的房？

他没回答，反而問我喜不喜欢？

“太貴了，負擔不起。”我已經猜出這是莫亦辰打算租的房。

“那麼妳是喜歡的，對吧？”

我答有誰會不喜歡？但……還是另外再找吧！

没想到莫亦辰說他已經租下了。

“什麼？！你動作也太快了，我的租約還有兩、三個星期才到期。”

“没關係，妳可以慢慢打包。”

“可是……兩天前我才告訴你搬家的事，怎麼你一下子就……”

莫亦辰的嘴角有了笑意，我因此猜到這是他父母買的房。想到莫媽媽是多麼反對我和莫亦辰在一起，如果她知道我和她兒子“同居”在她買的房子裏會做何感想？

“可可，妳怎麼一副不高興的樣子？”

“萬一，萬一你父母來新西蘭發現我們住在一起……”

“妳忘了？我們已經大三了，還剩下一年多就畢業，下次妳看到我父母應該是在畢業典禮上，而那時也該是塵埃落定的時候。”

“塵埃落定？”

“嗯！我要把妳娶進門，讓妳當莫太太。”他走過來擁抱我，“妳願意嗎？”

難道這就是傳說中的“求婚”？我以爲會更正式些，譬如鮮花、氣球、下跪……等。

“我……我猜我們上課要遲到了。”我提醒他。

莫亦辰轉頭看牆上掛鐘，頓時驚慌失措。

“快跑！”他喊。

我們以跑百米的速度離開這棟白色堡壘，然後動作神速地跳上Jeep。莫亦辰腳踩油門，車子便怒吼著往A大急駛而去……

第八十一章／好愛好愛妳

我問何麗我該搬去和莫亦辰同住嗎？她反問我爲什麼會煩惱這個問題？

"因爲我怕莫媽媽發現了，把我當成高攀的假鳳凰。"

"還有呢？"她問。

我答没有了。

"妳不好意思說，我幫妳說，妳怕妳是乾柴，莫亦辰是烈火，稍一不小心就會野火燎原。"

"這……這也是個問題啦！"

"那麼就要看妳對性的看法是什麼，如果妳把它當成自然而然的生理需求，像餓了要吃飯，尿急了要上廁所，這件事就算水道渠成；但如果妳把它當成個人最重要的東西，不肯輕易交付，那麼還是別同居了，你倆不可能把持得住。"

我怎麼覺得我和莫亦辰在何麗眼中就是兩個少不更事的傢伙。

"何麗，性……很快樂嗎？"我囁囁地問。

“嗯！它應該是快樂的，如果不快樂，動物就不會想做它，生命便無法延續。”

我問如果它是快樂的，爲什麼我既好奇又不敢嘗試；既想做又羞愧去做？

“那是因爲妳被社會規範給制約了，這個社會給縱容生理需求的女性貼上標籤，尤其是未婚女性。”

“那麼妳是贊成婚前性行爲囉？這似乎和妳的宗教相背而行。”

“我只能說我理解婚前性行爲，但不能說贊成婚前性行爲。當我傳教時，很多女性反饋一旦有了婚前性行爲，相戀的兩人見面後，最重要的一件事就變成了上床，所有戀愛的甜蜜和關心好像都消失了。”何麗替我把空了的茶杯斟上茶水，“如果妳把戀愛當成觀察和試煉未來伴侶的過程，那就得守貞，這跟考上駕照再上路是一樣的道理。當然，妳也可以不考駕照就上路，但心理上多少有些擔心受怕，即使妳的駕駛技術無庸置疑。”

何麗的一番話又把我打入深不見底的深淵，我已經禁慾22年了，再繼續下去也不是不可能，修女、和尚不也如此？但⋯⋯

如果我一定得考上駕照才能上路，不練習怎麼考？

莫亦辰說吃完飯去他的公寓坐一下，今天海邊有風帆比賽，他家陽台就是最佳的觀賞地點，能把整個比賽過程盡收眼底。

我沒在陽台待多久就被莫亦辰拉回到客廳沙發上。

“妳好香啊! 用的是什麼香水？”他在我耳鬢廝磨。

“没噴香水，大概是洗髮水的味道。”

莫亦辰將我攬腰一抱：「現在幾斤重？我怎麼覺得妳又瘦了？」

我答没瘦，大概今天穿牛仔褲的關係，顯得修長。

「爲什麼不穿裙子？妳的牛仔褲很緊啊！」他動手去解我的牛仔褲褲頭。

「莫亦辰，你想幹嘛？！」

「没幹嘛！就是不想妳的牛仔褲太緊。」

我「啪」的一聲大力揮掉他不安分的手，並且推開他緊壓的身子。

「妳……不喜歡我？」他一副受傷的樣子。

「我……我喜歡你，但……你壓得我好不舒服。」

「可可，每次和妳見面，我是既高興又煩躁，高興是因爲可以和妳在一起；煩躁是因爲每當妳離去，我往往得洗冷水澡才能讓自己冷靜下來。我……我想要妳，難道妳不想？」

我答不知道他在說什麼，還是回學校吧！早點兒去可以佔個好位子。

「可可，妳知道我在說什麼。」

望著他那張微慍的臉，我不得不承認了解他的意思，但我們還没考上駕照，所以不能上路。

「這跟考不考駕照扯得上關係嗎？」他不解。

於是我把何麗的駕照論拿來開講。

「反正我們將來是要結婚的。」

「那就等結完婚再……」

「走！」他一把將我拉起。

我問去哪裏？他答去做結婚登記。

“別傻了。”我一屁股又坐下。

“妳知不知道我現在夜夜想妳，想得不能入睡？”他非常痛苦地看著我。

沈默半晌後，我答我們還是分開一陣子比較好，因爲我還邁不出這一步。

“別……別這麼說，是我不好，不該勉強妳，我們不做了，好不好？”莫亦辰神情緊張地對我說。

我的心馬上軟了下來。

“考上駕照再做。”他補上一句。

“討厭！”我出手捶打他。

他抓住捶打的手，一臉無奈地說：“我真是服了我自己，誰讓我好愛好愛妳！”

第八十二章/狼心狗肺

在饑餓的人面前擺上珍饈，卻命令他只能看不能吃，這是極其殘酷的事。我心疼莫亦辰，所以另外擇屋居住的念頭也就更加堅定。

我一方面上網查租房信息，另一方面也向周遭的朋友放出消息，華文報紙當然也被我翻了個遍。地點好、房屋狀況佳的，我負擔不起；地點不好、房屋狀況又不佳的，我看不上眼；介於兩者之間的，我一時又無法馬上做出決定，等我終於可以勉強自己委屈求全時，房子卻早一步給出租出去，真要急死人了。

走出教室，我思忖著該上哪兒吃午餐（今天我得獨自用餐，因爲莫亦辰給我發來短信說臨時有事，不得不取消午餐的約會）。

"去食堂吃吧！快點兒吃完，我還可以有時間查租房信息。"我心裏盤算著。

經過學校停車場，我老遠就聽到男女吵架的聲音，男的試圖壓低音量，女的卻扯開喉嚨，尖銳的聲音像小刀劃過玻璃，想不注意也難。

等我能聽出說的是普通話，人已經離他們很近了，近到可以分辨是莫亦辰和江彩雲。

他倆就站在Jeep車旁，駕駛座上的門開著，引擎正熱著，莫亦辰邊說好話邊把江彩雲往車內塞，後者不依，兩人拉拉扯扯。

我躲到紅色HONDA車後，想搞清楚事情原委。

" 上車好不好？求妳了。"

" 不去。"

" 我都約好了，再約很麻煩。"

" 那就別約。"

" 妳昨天不是答應了？現在怎麼反悔？"

" 我反悔又不是第一次，你不知道我經常反悔嗎？"

" 別孩子氣了，這件事不能鬧著玩，再晚就危險了。"

" 孩子待在媽媽的肚子裏有什麼危險？把他拿掉才危險。"
……

聽到這，宛如晴天霹靂，原來……原來江彩雲真的中獎了。

我扶住HONDA車體，感覺快撐不住。

莫亦辰還在跟江彩雲說好話，我已經拖著羸弱的身子往食堂走去。

～

" 今天中午妳吃了什麼？"莫亦辰當晚打電話給我。

"在食堂隨便吃吃。"

"怎麼可以隨便吃？一個人也要好好吃飯，看妳瘦的……"

我的眼眶突然濕潤起來。

"你中午吃了什麼？"我反問。

"吃了速食。"

"一個人吃？"

"……嗯！"

我問他今天去辦什麼事？爲什麼不能和我一起吃午飯？

"車子出了點兒毛病，送修去了"

"修好了嗎？"

"嗯！小毛病，一下子就修好了。"他答。

本來我還抱著一線希望,莫亦辰帶著江彩雲墮胎去，一切又回歸正常，但是……

隔天早上，我在圖書館自習，剛一打開電腦，右下角提示有封新郵件，我隨手點擊進去。

信件上的主題只寫著For you，另外附了附件。我打開附件，一張黑白照片跳了出來，有點兒像……像宇宙混沌照。我的眼光往下一掃，看到一行字：This is my and Jerry's lovely baby.

頓時我嚇傻了，往上一瞄，收件人竟高達108人，看來她已經迫不及待要把這個天大的喜訊昭告世人。

"呵呵……哈哈……呵呵呵……"我像個瘋子似地大笑起來，不知道的人還以爲我在網上看到了什麼好笑的笑話。

我沒心情和莫亦辰有什麼午餐約會，但也沒力氣跑回家

哭，所以像個幽靈似地從這間教室轉移到那間教室，上課老師的聲音像催眠曲，一曲接著一曲……

當下課鈴聲再度響起，我起身，看到莫亦辰在教室外探頭探腦。

"可可～"他喚我。

我不理睬他，逕自往外走去。

"今天爲什麼没跟我一起吃午餐？"他跟上我。

我答因爲他的車子没送修。

"送……送修了，已……已經修好了。"

"你確定修好了？修好了怎麼還會蹦出一個Baby？"

"妳……妳看到了？"

我大笑說不只我，恐怕全校都看到了，恭喜莫先生，你他媽的就要當爸爸了……

"可可，妳聽我說。"莫亦辰一把抓住我。

我甩開他的手："我們還有什麼好說的？你不知道有一種東西叫保險套嗎？再怎麼淫慾上身，總得做好防護措施，你連這點兒保護意識也没有嗎？還是太猴急，連這會兒功夫也捨不得浪費？！"

"可可！"莫亦辰對我大喝一聲，"瞧妳說的什麼話？！我告訴過妳，當時……當時我已經無意識了。"

"哈哈！你的意思是江彩雲強奸你了？！我算是看清楚你們這些狼心狗肺的臭男人，滾！離我遠一點兒。"

我推開莫亦辰，大踏步離去。

第八十三章／搬進毛宅

我又去看望毛奶奶，一個人。

她對我噓寒問暖、關懷備至，讓我感受到家人般的溫暖，也讓我暫時忘卻失去莫亦辰的痛苦。

"我的金絲雀死了。"毛奶奶說。

"啊！怎麼會？"

"人老了就會死，鳥老了當然也會死。"

聽到這個消息我很震驚。

"I am sorry. 噢！我的意思是很遺憾。"

"遺憾？我不知道我的鳥兒死時是否有遺憾，但……如果死前不能和小凱見上一面，我一定有遺憾。每晚閉上眼睛睡覺，我都不確定明天還能不能醒過來，我的日子不多了，我知道。"

"奶奶，快別這麼說，可可還有好多書要唸給您聽呢！"

"真的？妳願意唸給我聽？"毛奶奶的聲音又有了朝氣。

我點頭表示下次會多帶幾本書過來，奶奶喜歡聽什麼，我就唸什麼。

「好，好，我等妳。對了，上次和妳一起來的那個男孩子，這次怎麼沒來？」

「他……功課忙。」

「是不是上次我把他給嚇著了？」

我趕緊否認。

「可可長大了，是該有男朋友。」毛奶奶說。

「他不是我男朋友……」

「噢！對不起，我以爲……哎！人老了就是這樣，記憶力變差，我以爲妳告訴過我，他是妳的男朋友。」

我答上次來時他還是我男友，但現在……現在不是了。

「没事，小朋友談戀愛哪有一次就成功？咱們也要多談幾個比較比較，妳說是吧？」

「但……我還是愛著他。」

「愛他就告訴他，女孩子稍微示弱一下，男孩子多半會回頭。」

「不……不是這樣的，他……我相信他也愛著我。」

毛奶奶說她不懂，我愛他，他愛我，這不就好了？鬧什麼分手？

「我……我不想分哪！」雖然努力想不哭出來，但還是嗚咽得厲害，「他……他也不想分，但……没辦法……他當爸爸了……」

「噢！我的小心肝，聽妳哭，奶奶的心都碎了。」她擁我入懷。

我問毛奶奶，爲什麼我這麼愛一個人，他還要做對不起我的事？

“他還年輕，妳要原諒他。”

“即使原諒他，他還是別人的，不是我的。”

“可可，等妳再大一點兒，妳就會明白，人生不是我們想怎樣就能怎樣，妳只能盡人事聽天命。乖，別哭，把眼淚擦乾。”毛奶奶拍拍我的肩膀。

我們又談了點兒別的，試著沖淡悲傷的情緒。

“老太太，今天上超市我踫到董老師了，她要我向您問好……啊！這不是可可嗎？妳來了，來多久了？”王媽放下大包小包問。

“來好一會兒了。”毛奶奶替我回答。

“妳要經常來，自從妳上次來過，老太太就經常叨唸著可可什麼時候會來？今天會不會來？”

“快別這麼說，給可可壓力了 ，”毛奶奶替我解圍，“年輕孩子的活動多，是該到處玩玩。”

我告訴奶奶，今後我會常來看她，但最近不太方便，因爲我還沒找到合適的租處，接著把大致情況交待一下。

“找什麼出租房？醫生說過幾天我就出院了，到時妳搬過來和我們一起住吧！”毛奶奶說。

“這……不太好吧？！”

“有什麼不好？”王媽接話，“毛宅這麼多空房間，妳搬進來，多少也帶來活力，老太太不知會有多高興！”

“是啊！搬進來吧！不收妳房租，打工費照付，妳就安心住下吧！”毛奶奶再度發話。

“我……我考慮考慮。”

～

我是星期六早上搬的家，伍迪艾倫幫我把行李搬進出租車的後車箱內，然後給我一個 Hug.

" Good Luck! "他說。

" You too."

我把自己塞進出租車內，對伍迪艾倫揮一揮手，車子噗呲一聲便箭似地往毛宅駛去。

第八十四章/八卦

毛宅雖然空房間很多，但王媽和老王並不住在大屋裡。

是這樣的，我們總以為外國人不時興和老一輩的人住在一起，這的確是一般現象，但也有例外，譬如新西蘭就有"母子房"的產生，也就是經濟來源者住大屋，年老的父母住小屋，既不過分親近產生磨擦，也能就近照顧年邁老人。

毛家的情況比較特殊，所以老奶奶住大屋，閒置的小屋就留給王媽和老王，而我……被安置在樓梯下方的客房裡，和奶奶的房間有點兒距離。

我喜歡這樣的安排，因為即使住在一起，我也有想要"獨處"的時候。

"毛先生和毛太太分開了，可惜啊！那麼相配的一對。"王媽邊撿豆莢邊對我說。

"好像很少看見毛先生。"我答。

自從搬進來就只見過男主人那麼一回，他對我點點頭，然後安靜地上樓。

“毛先生和他的伴侣就住在市中心的公寓裏，很少回來。”
王媽解釋。

“毛奶奶……知道嗎？”我坐下來幫忙撿豆莢。

“我們誰都没說，但我估計她心裏清楚著，不然毛太太那麼
久不在家，她一句話都没問，肯定是知道了。”

我問毛先生的伴侣會來這兒嗎？心中期待能再次見到我的古
龙水先生。

“以前偶爾來，”王媽突然壓低聲音，“都是趁著毛太太不
在，偷偷摸摸來的。哼！小三就是小三，見不得光，一看就
知道不是什麼好東西，驕傲得很。妳說毛先生怎麼會喜歡個
男的？毛太太哪點兒不好？”

我不喜歡王媽像三姑六婆似地搬弄是非，所以趕緊轉話題。

“豆莢撿完後，還要我幫忙做點兒什麼嗎？”

“不用了，這裏交給我，妳洗洗手，然後看老太太醒了没？如
果還没，時間就是妳的了。”

我像得到特赦般，很快離開廚房。

～

“你們聽說了没？物理系的莫亦辰和護理系的江彩雲就要
奉子成婚了。”

“真的假的？莫亦辰不是另外還有個女朋友？”

“這年頭得先下手爲強，聽說莫亦辰原來的女友是個教徒，
連手都不讓踫，難怪他要另找別人。”

“你別瞎說好不好？江彩雲才是莫亦辰的正牌女友，兩人是
青梅竹馬的戀人，是那個園藝系的硬把莫亦辰搶走，江彩雲
不過是搶回來罷了。”

"現在那個園藝系的悔不當初，聽說不當教徒了，夜夜笙歌，自棄得很。"

"那你上，這種女人現在是下手的最好時機。"

"你嘴巴積點兒德好嗎？園藝系那個又沒惹你。"

"就你清高？不過聽說莫亦辰現在的這個也不好惹，兩人已經同居在海邊公寓裏，半夜江彩雲把莫亦辰踢下床。"

"怎麼了？男的睡覺打呼？"

"才不呢！大小姐半夜醒來說肚裏的寶寶想吃臭豆腐，讓他給買。"

"臭豆腐？新西蘭哪來的臭豆腐？要有我也買來吃。"

"估計若有，新西蘭人會群起抗議，然後把境內的中國人全給轟出去。"

"我倒好奇，莫亦辰要如何應付這個無理要求。"

"聽說當夜他買了一張飛湖南的機票，然後直奔長沙，因爲長沙臭豆腐最臭。"

"哈哈……哈哈……哈哈哈……"

在日式包廂外，我幾次想衝進去對那群忙著慶生的臭男生潑灑手中的茶水，簡直太欺負人了，原來男生八卦起來不輸女生，而且更惡毒。

在他們眼中，我成了小三，江彩雲成了惡婆娘，而莫亦辰無疑成了小丑。

"りょくちゃ，お願い"包廂的門突然打開，一個懂日語的男生衝著我要茶水，並且誤以爲我是日本人，殊不知我就是他們口中那個夜夜笙歌的自棄女生。

"はい"我捧著茶壺走進包廂，替他們一一斟上那綠色的苦澀茶水……

"はい"我捧著茶壺走進包廂，替他們一一斟上那綠色的苦澀茶水……

第八十五章/柳暗花明

這是我第一次在校園內看到趙大同和羅靜宜走在一起，他們手牽著手，很甜蜜的樣子，我不知道該不該上前打聲招呼？

"哎呀！你的鞋帶鬆了。"羅靜宜輕嘆一聲，然後蹲下去幫趙大同繫鞋帶。

趙大同說得沒錯，他倆幸福得讓我妒忌，但我不後悔做了那個抉擇，因爲他們本來就該屬於彼此。

"可可學姐，妳也在這兒。"羅靜宜繫完鞋帶，一擡頭，看見我了。

"嗯！很難得在校園內同時看到你們兩個。"我說。

羅靜宜看看趙大同又看看我，很高興的樣子："趙大同說我是他的，所以要天天膩在一起。"

"誰讓妳說這個？！"趙大同彷彿被人瞧見秘密似地惱怒起來。

"有什麼關係？可可學姐又不是外人。"羅靜宜討饒。

我也說的確没什麼關係，這樣很好，没有什麼比兩人相愛更好的了……

"我早看清楚莫亦辰就不是個東西，也只有妳把他當寶貝。"趙大同突然義憤填膺起来。

聽在耳裏，這簡直就是棒打落水狗。

"大同，你不是說還有事？趕緊走吧！讓我和可可學姐談會兒話。"

趙大同似乎還想說些什麼，被羅靜宜的眼神給制止住，聳聳肩，走了。

"對不起啊！他不應該這麼說話。"看趙大同走遠，羅靜宜對我說。

"你們也知道了？"我問。

"嗯！流言的速度有多快，妳又不是不清楚，聽說江彩雲還發寶寶的超音波照片給妳。"

我無奈表示不只發給我，很多人都收到了。

"給我看一下，好嗎？"

我想問爲什麼，但看到她一臉思無邪的樣子，也就同意了。

"這就是他們的寶寶啊！都這麼大了。"羅靜宜死盯著我的手机屏幕說。

我探頭過去，不過是一堆幾何圖形。

"這也看得出大小？"我問。

"嗯！妳忘了我是醫科學生，雖然不是婦産科，但看懂一張超音波照片還是綽綽有餘。"

接著她幫我上了一堂"醫學常識"課：照片最上端的數字和英文字是專業數據，一般人無需知道，重要的是右下角的信息。GS表示胎囊直徑，也就是寶寶目前房間的大小；GA表示周期，也就是寶寶現在多大歲數；EDD表示預產期。

根據羅靜宜的說明，照片中央最大的黑洞便是子宮，直徑有5.5公分長，預産期是明年一月九日，而寶寶的歲數是12w3d，也就是12個星期零3天。

"都三個月大了，她的肚子還是一片平坦啊！"羅靜宜摸摸自己微突的小腹，很感慨地說道。

"三個月？不可能啊！時間對不上。"我皺起眉頭。

"可可學姐，妳説這話是什麼意思？"

我告訴她，莫亦辰和江彩雲發生關係是在我去法院探望一個朋友的後幾天，我清楚地記得那天是4月1日愚人節，也就是說他們的寶寶頂多一個多月大。

羅靜宜思考片刻後，說："如果妳確定他們兩人發生關係的時間不是早於妳說的日期，那麼唯一的解釋是莫亦辰當了別人孩子的爹。"

什麼？！如果莫亦辰不是孩子的爸，那會是誰？雖然我不喜歡江彩雲，但也不認爲她會爲了和莫亦辰在一起，隨便找個男人上床。

羅靜宜反問爲什麼一定得跟男人上床才能製造出一個Baby來？江彩雲是護理系學生，經常會上醫院實習，打印一張超音波照片易如反掌。

"這麼說……"我幾乎要喜極而泣，"羅靜宜，我愛妳！"

我跳起來擁抱她。

第八十六章/ FM2

我問羅靜宜有什麼藥物吃了之後會讓人昏迷？

"妳是說醫用嗎？"

"不是，莫亦辰說他在江彩雲家喝了一小杯酒後就失去意識，而平常他有兩瓶啤酒的酒量。"

"那麼妳指的可能是FM2,它是一種白色藥片，可以迅速溶解在液體中，無色無味，不易察覺，又稱爲……嗯！不是太好聽的名詞-約會強暴藥。"

我問這種藥合法嗎？

"它是處方藥，服用者會在半小時內呈現意識模糊狀態，藥效可持續六到八小時，原本是用來治療重度失眠者，可惜後來被有心人士利用，拿它實施犯罪。"她解釋。

我問江彩雲有沒有可能在醫院拿到FM2？

"估計不太可能，因爲醫院對藥物的管制很嚴格，但其實也無需從醫院下手，因爲利之所趨，現在網上也能買到，不需要處方簽。"

什麼？！原來這麼容易就能拿到。

"意思是很可能那天晚上什麼事也沒發生，對吧？"我滿懷希望地問。

"這只有當事人才知道，不過……我認爲學長被設陷的可能性很高。"

"這麼說，是我誤會他了……"我喃喃說道。

～

星期六早晨，雖然已經九點多，但冬天晝短夜長，所以天才朦朧亮。

站在沙灘上，我望著那棟白色建築物的二樓陽台出神。

莫亦辰家的客廳亮著燈，我知道他在家，而且醒著。

寒風凜冽，我縮著身子想讓自己溫暖些，但還是太冷了，不得不原地跑步，好增加點兒熱量。

沒多久，我瞧見那扇落地窗被拉開，莫亦辰走了出來，他趴在陽台欄桿上望著大海出神，挺落寞的樣子。

冬天樹葉都掉光了，我躲在大樹下，如果他仔細找，一定不難找到我。

"莫亦辰，我在這兒，頭轉過來一點點兒。"我開始對他行傳心術。

他毫無反應，反而從口袋裏掏出一小包東西，背風點火後，抽起煙來。

我不知道莫亦辰會抽煙，他一向煙酒不沾，只有在特殊情況下才會小酌一下。

"他一定很無助。"我替他的抽煙舉動下了結論。

此時落地窗又被拉開，這次是江彩雲，她穿著睡袍走出來。

陽台上的兩人短暫交流一下後，莫亦辰把江彩雲往屋裏推，小妮子不悅，踫的一聲拉上落地窗。

我感覺很受傷，原來他倆真的同居在海邊的公寓裏，那個原本屬於我和莫亦辰的小天地……

"嘎嘎……嘎……嘎嘎……"一群白色的海鳥飛過來，落在沙灘上覓食。

新西蘭的鳥兒很特殊，不怕人，大概這裏的人都很愛護動物，不會做傷害它們的事，所以敢肆無忌憚地在我四周圍大踏步。

"噓！噓！走開！"我說。

有隻鳥竟啄起我的靴子。

趕了幾次，見它仍對我的靴子情有獨鍾，我只好擡起腳往地上一踩，没想到這個舉動驚動了鳥群，數十隻鳥兒展翅齊飛，頗爲壯觀。

這副景象當然也吸引了莫亦辰的目光，他的頭真的轉過來一點點兒，然後……他發現我了。

没過幾分鐘，我看到那個日夜思念的人兒急匆匆地向我奔來。

"可可～"他給了我一個熊抱。

他抱得那樣緊，好像怕我又會飛走了似的。

"莫亦辰……我……我快不能呼吸了。"我不得不提醒他。

"噢！對不起。"他鬆手，直愣愣地盯著我瞧。

"我……我來看看你過得好不好。"我說。

他答不好，很不好，接著反問我過得好不好？

"也不好。"

"哈！扯平了。"

我忽然發現我和莫亦辰就是一對傻子，原本應該享受戀愛的甜蜜，卻被江彩雲胡搞瞎鬧，日子過得慘兮兮，還有比這個更愚蠢的嗎？

"給你看樣東西。"我把手機從口袋裏掏出來，找出那張超音波照片，開始給莫亦辰上課。

"這麼說，這不是我的小孩囉！"他指著照片上的黑洞明知故問。

我答羅靜宜是這麼說的，接著又把FM2的作用告訴他，這次我承認是有那麼點兒"落井下石"的意味。

"沒想到江彩雲一下子變得這麼多，我都快不認識了。"他搖頭，"可可，妳放心，我不會再讓她爲所欲爲，我會捍衛我們的愛情，徹底與她劃清界線。"

"真的？"

"當然是真的，妳等著瞧好了。"

"假的，假的，通通是假的，你爲什麼不告訴可可，你愛的是我？"江彩雲穿著睡袍，眼光凌厲地質問莫亦辰。

第八十七章/謝謝你的愛

"我……我……妳怎麼來了？"莫亦辰打著哆嗦問。

"我怎麼不能來？老公跑出來幽會，做老婆的不該尾隨嗎？"

莫亦辰想起剛才對我的誓言，馬上和江彩雲劃清界線，表明兩人不過是青梅竹馬的朋友，不是夫妻關係。

"我們不只是朋友，你是我肚裏孩子的爹，"她走上前，"你忘了嗎？"

一陣寒風襲來，我冷得牙齒上下打顫，江彩雲卻不懼寒冷，身上的睡袍看著很單薄。

"那……那張超……超音波照……照片是假的，寶……寶不可能三……三個月大。"實在太冷，短短一句話我都說不利索，最後海風還送了我一嘴的海沙。

"小三，閉嘴，旁邊納涼去！"小妮子直接給我下馬威，然後轉向莫亦辰，"那天晚上我們赤裸著身體抱在一起，你說我是你的唯一，難道你忘了？"

"我真沒印象，對了，妳是不是在我酒裏放了FM2？"

江彩雲不做正面回答，反而提到他倆小時候已成過親，辰哥哥答應會愛她一輩子……

"那是小時候，妳都多大了，不能分辨遊戲和現實嗎？"莫亦辰板起臉孔說。

"現實是你愛我，我也愛你，我們的寶寶需要爸爸媽媽的呵護才能快樂長大，要不是可可從中作梗，我們早就是幸福的一對，不是嗎？"

"不是，我愛的是可可，妳是妹妹，是家人，不是伴侶。"

莫亦辰的坦誠讓我感到欣慰，他像棵大樹般張開枝椏爲我擋風遮雨。

"那麼以前的誓言哪裏去了？"江彩雲用雙手捂住臉，我不確定她是否哭了，"你說過會一直牽著我的手。"

"我仍然會一直牽著妳的手直到把妳交到另一個男孩的手裏。"

江彩雲放下手怔怔地看著莫亦辰，然後說她的肚子好痛，好痛。

"這招不管用了，妳……自己回家吧！"

說完，莫亦辰拉著我的手往山下走去，我還頻頻回首看那身睡袍。

"別看了，越看她越來勁。"莫亦辰壓低聲音對我說。

然而我還是覺得不對勁，就在第四次回眸時，江彩雲把睡袍拉高，露出細長白晰的小腿……

"啊～"我驚叫一聲，"莫亦辰，快，江彩雲流血了。"

莫亦辰也被這個突發事件嚇住，趕緊往回跑，抱起江彩雲後，一時沒了方向。

"先回公寓，這裏太冷了，我打999."我提醒他。

就在撥打手機之際，我看見遠去的身影中，江彩雲雙手勾住莫亦辰的脖子，嘴巴不停地親吻他。

" Hello,"救護車專線撥通了。

" Oh.Hi.Hello......"

老天，我在講什麼？這這這......"流産"的英文該怎麼講？

在醫療室外，我和莫亦辰就像兩個木頭人似的，我不知他心裏是怎麼想的，如果他想的是他可能逝去的寶寶，那麼我無疑成了挑撥離間者；而我想的是，羅靜宜說的怎麼會出差錯？一切都有科學依據，難道......難道三個月前莫亦辰和江彩雲就已經發生關係了？

我轉頭望著莫亦辰，想從他的表情中看出端倪，他反而握住我的手，要我別擔心，一切都會好轉的。

"江彩雲她......流産了嗎？"我囁嚅地問。

" 不知道，待會兒問醫生。"

没多久，醫療室的門打開了，護士說醫生要跟病人的"夫婚夫"談話，我這個外人只好待在房外，心裏七上八下的。

大概有一個世紀那麼長，莫亦辰终於走出來。

"怎麼了？到底怎麼回事？"我著急問。

他示意我坐下，然後慢條斯理地答"功能失調性子宮出血"，是壓力過大引起的內分泌失調，婦女病的一種。

" 不是流産？"

" 没懷孕哪來的流産？"莫亦辰有些生氣地説。

" 原來這一切都是她安排好的！"我突然有受騙的感覺。

" 既然水落石出了，就別再責怪她，她的方式雖不對，用意不過是想和我在一起，只要我擺明態度，她應該會退出。”

她會退出嗎？我還真没譜。

〜

我没想到被羈押三個月的鴨子，等待的結果竟然是“驅逐出境”。

法院做出這個判決其來有自，雖然他運毒的證據不足，但鴨子的簽證早已過期半年，也就是說在羈押前，他已經過期居留了。

我應該替鴨子感到慶幸，真的，“驅逐出境”是所有可能性當中最好的一個。

當我趕到機場時，鴨子正要進候機室。

“鴨子～”我大喊一聲。

他轉過頭來，手上覆蓋著一件深色衣服，我想是爲了掩飾手上的手銬吧！

“May I speak to my girlfriend？”鴨子對押解他的左右護法說。

没想到他的請求遭到拒絕。

“Come on.”他推了其中一名警察一把。

“Sorry.”我趕緊代替他道歉，“Could you give us some time? Please！”

也許我的“低姿態”奏效，最後被法外施恩五分鐘，但他們絲毫無離開之意，我們只好在別人的虎視眈眈下快速以普通話交談。

“回中國？”

“嗯！”

“還會回新西蘭嗎？”

“估計不會，有壞記錄很難得到簽證。”

我說我的郵箱和手機號不變，我們常聯繫。

“不了，我想忘掉從前，重新開始。”

哎！我還以爲他會高興與我聯繫。

“可可，”他忽然表情嚴肅地看著我，“妳是我這段荒唐歲月裏唯一一道美麗的風景，我要把妳深深埋在心裏，直到地老天荒。我不要看到妳老了的樣子，也不要聽到有人喊妳‘媽媽’，在我心中，妳永遠會是現在這副模樣。”

“鴨子……”

“我知道自己配不上妳，就讓我在回憶中與妳共舞，”左右護法開始拉著他的臂膀往前，他回过头对我说，“可可，我……愛妳，好好照顧自己，答應我，永遠別讓任何人在新年開始的第十二分鐘親吻妳，因爲，因爲那是我的時間……”

他的話在機場中回蕩，帶來一絲傷感。

我想起在中央公園裏與他的第一次邂逅，他拉了首《梁祝》，餘音繞樑。如今那個放蕩不羈的小提琴手就將遠去，而我仍開不了口對他說：“謝謝你的愛。”

第八十八章/皇后與公主之爭

我拎著麻油雞進入VIP病房，江彩雲正坐在床上打遊戲。

" 我認識的一位阿姨幫我煮了麻油雞，她的手藝比我好太多，妳嚐嚐就知道。"我把保溫鍋放在餐桌上，再到廚房拿了個碗，小心翼翼地盛了半碗。

"喏！小心燙。"我把碗遞過去，她絲毫不爲所動，仍在戰場上撕殺。

"待會兒再玩吧！"我把她的PSV機拿走，重新遞上麻油雞。

没料到江彩雲把遊戲機搶回去，順手把滾燙的麻油雞往我身上潑，我的白色大衣頓時成了褐色的水墨畫。

" 妳……"

" 我怎麼了？誰說妳可以踫我的遊戲機？！"她張大眼睛，怒不可遏。

" 但妳也不用這樣，如果不是爲了莫亦辰，我才不會大老遠替妳送補品。"

" 誰讓妳送了？而且是補品還是毒藥，妳心裏清楚。"

我費了好大的劲儿才把怒火壓下去。

"妳是病人，我不與妳計較。"我雲淡風輕地說（只有自己心裏清楚，這是"打落牙齒和血吞"）。

看著一身狼狽，我決定上洗手間把大衣擦乾淨。

"可千萬別留下印子啊！我只有一件大衣。"我心想。

剛替脫下來的大衣打上肥皂，洗手間的門突然蹓的一聲給關上了。

我濕著手去轉動門把，果然起不了作用。

"江彩雲，妳開門，這一點兒也不好玩。"我大喊，但門外毫無反應。

上下摸索一番後，我才想起手機被自己擱在餐桌上。没了手機等於斷了求助的渠道，我只好捶打門板："江彩雲，開門啊！"

儘管我苦苦哀求，那個可惡的傢伙還是無動於衷，事實上我不確定她還在，因爲門外靜悄悄的，了無生息。

就這麼被關了好长一段時間，长到讓我打起盹來，直到……

咳、咳、這是怎麼回事？外面著火了嗎？然而任憑我喊破喉嚨，依舊無人回應，此時小小的洗手間已經煙霧彌漫。

我趕緊將洗手槽蓄滿水，時不時把臉浸在裏面，以免嗆昏。

聽說危急時，人的五感六覺會特別靈敏，這可不，我分辨出空氣中飄散的是印度香的氣味，應該是有人在門縫處燃香，對，門縫。

我離開水槽仔細觀察門板，原来下方有三道細長的透氣孔，煙就是從那裏滲透進來的。

哈利路亚！事情總算出現轉機。

我大力去踹透氣孔，雖然一時沒踹開，但成功引起注意，因爲房外傳來說話的聲音。

"Help～"我扯開喉嚨大聲喊叫，並且加大踹門的力度。

"辰哥哥，你要相信我，是可可說要玩HIDE & SEEK，我把洗手間的房門反鎖不過是跟她開個玩笑，誰知道她大呼小叫還踹門，驚動了護士，雲雲……雲雲真的不是故意的，只是覺得好玩而已。"

那個不要臉的東西還在找理由搪塞。

"有這種玩法嗎？把我關在裏面兩、三個小時，而且我根本沒說要玩Hide & Seek."我怒目相對。

"那妳進洗手間幹嘛？"

"我去洗我的大衣，因爲妳把它弄髒了。"

好個明知故問，真要給跪了。

"哇～我不管，妳自己把大衣弄髒了還賴我，我知道辰哥哥肯定相信妳，不相信雲雲，雲雲……雲雲只好一死表清白。"

她環顧一下四周，很快走向廚房，然後拿起擱在洗手槽旁邊的水果刀……

"幹什麼妳！"莫亦辰一個箭步把刀奪下。

"你不相信我嘛！"她哭喪著一張臉。

"我相信，我相信，妳現在是病人，趕快回床上躺下。"

江彩雲一臉高興，蹦蹦跳跳地回床上待著，像隻溫馴的小羊。

"辰哥哥，我想聽睡前故事。"蓋好被子後，她說。

"妳都多大了？"莫亦辰有些不耐煩。

“人家就是想聽，不然睡不著。”

真是開了眼界，世界上竟然還有如此厚顏之人？

我杵在那兒，感覺像個外人似的，無端闖入別人的愛情故事裏。

“你趕緊說故事給公主聽吧！我走了。”我拿起餐桌上的保溫鍋就要走人。

“可可，”莫亦辰抓住我的臂膀，“別走，我開車送妳。”

“辰哥哥，你還沒說故事給雲雲聽呢！”江彩雲催促著。

我眼光凌厲地掃向那個立場不明的男人，問他走還是不走？

莫亦辰看看我，又看看病床上的小蘿莉，一時沒了主意。

“那好，做你的辰哥哥去吧！別管我！”我抽回自己的手，頭也不回地走了。

莫亦辰，有你這樣的嗎？把女朋友晾在一邊，急巴巴地去照顧你口中的“妹妹”，既然這麼在乎妹妹，要我做什麼？虧我還千里迢迢跑來送補品，只因你說要“愛屋及烏”，我看干脆我退出，直接成全你倆得了。

“怎麼這麼生氣？”

一個轉彎，我瞧見莫亦辰和他的Jeep。

“公主睡了？”我虧他。

“不知道，我没說故事就衝下來攔我的皇后。”

“誰是你皇后？”我撇開臉，但氣已消了一大半。

“你說誰是我皇后？除了可可，還會有誰？”

我要他少來這套！

"不來這套，來哪套？"

"貧嘴！"

莫亦辰把我手上的保溫鍋接了過去，很誠心誠意地謝謝我幫他照顧妹妹，他知道我今天受委屈了，但江彩雲是病人，所以得先安撫她，問我能理解不？

"不能，我不喜歡你是非不分、態度模糊。"

"可可，我能怎麼辦？妳教我。"他一副可憐兮兮的樣子。

我答別理江彩雲，她不是好人。

"這......有難度，她畢竟是我記憶中的一部份，拋下她猶如拋下自己的手足，那種愧疚感會一直跟隨我。"

"你的意思是我得和她分享你？"我很痛苦地反問。

"不是的，"他苦笑，"彩雲離不開我是因爲還沒有找到心愛的人，一旦她找到了，就會轉移目標，好比那個趙大同。"

莫亦辰提起趙大同，我果真無話可說，他和羅靜宜現在是A大留學生裏有名的神仙眷侶，羅靜宜甚至爲了他決定留在A大完成學業，不回新加坡了。

"你說的也有道理啦！但萬一她一直沒找到Mr.Right,那怎麼辦呢？"

"妳放心，她找不到Mr.Right,我幫她找，我有一堆哥們兒苦於找不到女朋友，江彩雲是幼稚了點兒，但她貌美，家裏又有錢，我想會是很多男生的理想對象。再說了，我沒那麼完美，也只有妳把我當寶貝。"

"誰把你當寶貝？臭美！"

"不當寶貝沒關係，把我當老公也行。"他說。

又來了，什麼時候才能正經說話？我正要反擊，莫亦辰聳動一下鼻翼，問："可可，怎麼妳身上有麻油雞的味道？"

我聽完大驚，趕緊聞大衣，糟糕！這味道恐怕三天三夜都去不掉。

“我說呢！怎麼我的肚子咕嚕咕嚕地喊餓？”莫亦辰取笑我。

“少氣我。”我推他一把。

“走，”他牽起我的手，“去吃韓國人參雞，天氣冷，吃這個最好。吃完，我買件大衣送妳，算是謝罪。”

“謝什麼罪？”

“能讓妳這麼愛我，這不是很大的罪過嗎？”

“莫亦辰～”我氣得直跺腳，“不理你了！”

我作勢要走，莫亦辰一拉，將我塞進副駕駛座上，我沒多做反抗，車子安穩地往中國城駛去……

第八十九章／承諾

雖然我替毛奶奶準備了不同的書目，包括愛情、偵探、武俠、科幻等，而且來源囊括國內、港澳台，甚至外國翻譯小說，但毛奶奶似乎不感冒。有時我不禁懷疑她是不是聽著聽著就睡著了？還是根本就對我選的書不感興趣？

"奶奶，最近有一本暢銷書叫《跳舞的豬》，很好笑，我唸給您聽，好嗎？"我問。

"好啊！"毛奶奶淡淡地回應。

於是我開始唸起這本無釐頭又帶點兒黑色幽默的小說，然而當我唸到令人捧腹大笑的段落，連自己也忍不住哈哈大笑時，毛奶奶卻一點兒反應也沒有。

"奶奶，是不是這本書不合您的口味？"我小心地問。

"很好，繼續唸。"

"可是……我還是唸另外一本吧！"我翻找了一下，"瓊瑤的六個夢，好嗎？"

這是本"比較老"的愛情小說，奶奶應該會喜歡。

“瓊瑤的不錯。”她點點頭。

於是我把從圖書館借來，已經很破舊的書翻開，正要唸第一章……

“皇后鎮現在肯定白雪皚皚。”毛奶奶没預警地來上一句

“皇后鎮？”

“嗯！那個地方好美，我死的時候要葬在那裏。”

我忽然覺得感傷，奶奶又想起他了。

“小凱會不會在‘La Bella’餐廳外的紅旗下等我？”她問。

“La Bella？”

“嗯！他說每年我生日時都會給我一個吻，就在那家餐廳外的紅旗下。”

我問奶奶的生日是何時？她答一月七日。

這麼說還有四、五個月就到了約定的日子。

“那個餐廳不知道還在不在？如果不在了，他會不會找不到紅旗？還有，紅旗會不會移動位置？如果移動了可不妙，小凱就找不到地了。”奶奶很擔憂。

我樂觀地答不會，如果真那樣，我們就沿著湖畔找，一定會找到小凱。

“真的？”毛奶奶突然很激動地抓住我的手，“妳真的願意帶我去見小凱？這真是太好了，我就知道妳是上帝派來的使者，幫助我在歸天之前完成心願。”

真是糟糕！我的安慰之語傳到毛奶奶耳中竟成了承諾。

“可可，現在幾月了？”毛奶奶忽然急著問。

我答八月二十八日。

“這麼說還有四個多月，”她摸摸自已的臉頰又攏攏頭髮，“

我得開始保養了，臉上皺紋太多，也好久沒染髮，衣服該買件新的，小凱喜歡我穿粉色長裙，現在是冬天，夏天的裙子恐怕不好買。"

"没事，天氣很快就會熱起來，到時候我帶您上街買漂亮的粉色長裙。"

不知道爲什麼，我非但沒有扼止毛奶奶的遐想，反而在她的夢上錦上添花。

"好，太好了……對了，我生日那幾天的機票會不會賣光了？"毛奶奶突然擔心起別的。

我要她放心，還有四個月，機票不會那麼快就賣光……

"不成，妳得早點兒訂，萬一賣光了，讓小凱好等了。"說完，毛奶奶差遣我到她房內的梳妝台上拿一個餅乾盒子。

我很快就找到那個印有小熊圖案的可愛鐵盒。

"奶奶,這是您要的盒子。"我把盒子交給她。

毛奶奶用手指觸蹚一下盒面，確定這就是她指定的盒子後，扳開盒蓋，裏面有滿滿一盒子的百元大鈔，讓我驚訝不已。

"我老早爲了這次會面準備的，"她忽然壓低聲音，"景然不喜歡小凱，所以肯定不會幫我，我得自己攢夠旅費，唒！妳收好。"

"奶奶，這可不好，萬一毛先生知道了……"

這事非同小可，我可不想成了小偷或詐騙份子。

"妳別告訴他，這事妳知我知，没有其他人會知道。"

"可是……"

"收著收著，妳得訂機票、酒店，可能還得租車，加上雜七雜八的費用，我想這些應該夠，如果不夠，我還有一些首飾，就放在……"

我趕緊阻止毛奶奶往下說，表示這些錢足夠了，不需要動用到首飾。

"夠了就好，夠了就好，不夠妳再說。"毛奶奶像完成使命般，整個人鬆懈下來，"妳唸《六個夢》給我聽吧！"

"好的。"

打開第一章，我開始唸起這蕩氣迴腸的愛情故事。

奇怪的是，明明是悲哀的故事，毛奶奶的嘴角卻有一絲笑意，彷彿她聽出第一個夢將會有一個完美的結局......

第九十章／貞潔牌坊

我盯著床上的鐵盒子，一時沒了主意。

這麼多錢該藏哪裏？藏在我的房間裏肯定不行，王媽每天都會進來打掃衛生（儘管跟她說過我會自己整理，但她好似聽不見，照樣來去自如）。

把錢存到自己的銀行賬戶裏？不好，不好，萬一有人查起，這麼一大筆錢，我該如何解釋？

哎！原來從天而降的錢財會讓人如此煩惱，看來沒錢也有沒錢的快樂。

當我拿不定主意時，一個人影跳了進來，我拿起鐵盒子，決定找他商量去。

～

我和莫亦辰同時盯著茶几上的鐵盒子出神。

"這麼說，毛奶奶是鐵了心要飛去皇后鎮會會她的小情人。"

"看樣子……是的。"

莫亦辰問毛奶奶多大歲數？我答七、八十歲。

"小凱呢？"

"五十幾。"

莫亦辰拿起茶几上的筆開始轉起來，我知道他在思考，但筆在他手中轉了兩、三分鐘都沒掉下來，真是神奇，正想開口讚美他時……

"可可，"他的筆掉了下來，"這件事得從長計議，不是我們想怎樣就能怎樣，幫助別人是好事，但不要幫著幫著反倒成了壞事。"

"這話是什麼意思？"

"毛奶奶已是耄耋老人，又有心臟病，能禁得起一路顛簸嗎？還有，萬一小凱沒如約到場，她會多傷心，如果因此引發心臟病，妳承擔得起嗎？"

莫亦辰分析得沒錯，是我大意，光憑一腔熱血，忘記背後可能帶來的隱患。

我問現在該怎麼辦？如果回絕毛奶奶，她會有多失望，他沒看到她今天的神情，簡直就是十八歲情竇初開的小女生，我怎能將那股熱情澆熄？這多殘忍啊！我做不到……

"可可，"莫亦辰握住我的手，"我認爲妳應該跟毛先生談談，他是大律師，資源肯定比我們多，再說了，有誰會比他更在乎毛奶奶？"

"那這錢……"我指著茶几上的鐵盒子。

"當然得交給毛先生。"

我還是覺得不妥，但莫亦辰給我吃定心丸，他說毛先生絕對知道該怎麼做。

看他一副篤定的樣子，我暫且相信這個建議是對的，決定等毛先生在家時和他好好談談。

毛先生是在兩個星期後的週六清晨進的門，我聽到行李箱的輪子在木質地板上滾動的聲音。

"早。"我跑出房間向他打招呼。

毛先生看見是我，微微一頷首："Good morning."

他匆匆回禮後便想上樓，我趕緊走過去："毛先生，我有事想跟您談談，您有空嗎？"

他站在樓梯上俯視我，答："我不過是回來洗個澡，馬上又得出門，妳的事很重要嗎？"

我用力點一下頭。

"那麼……"他擡手看了一眼腕錶，"八點半妳到我的書房來，準時，別講廢話，妳有十分鐘。"

"好的。"我懦懦稱是。

毛先生很驕傲地上樓去，我對接下來的談話信心全無，這麼自以為是的人能聽得進去別人的建言嗎？

我準時在八點三十分零一秒敲毛先生的書房門。

"Come in."他說。

我戰戰兢兢地推門進去。

"Have a seat."他指著前面的椅子。

"Thanks！"我坐了下來，順便把鐵盒子放在書桌上。

因為毛先生說我只有十分鐘，所以我以飛快的速度把事情的來龍去脈交待完畢，然後等待大律師的裁決。

"我沒想到母親還念念不忘那個人，究竟把我和父親擺在什麼位置？簡直是胡鬧！”

聽毛先生這麼一說，我的心開始往下沈。

“Miss Zhang, 謝謝妳告訴我這些，這個月我會額外付妳五百元，辛苦了。”毛先生起身，代表談話已結束。

“毛先生，”我也急急起身，“我……我不要那五百元，這不是我的用意，我不是來討賞的，我……我是……是想問您，有沒有可能完成毛奶奶的心願？”

“什麼心願？”

“想見小凱的心願。”我答。

毛先生一屁股坐回原來的位子，哈哈哈地大笑起來，讓人很不舒服，我問他笑什麼？

“我笑妳說了個笑話，這樣說吧！如果妳母親要去會舊情人，而妳深愛著父親，妳會爲那兩個有不倫之戀的人牽線嗎？”

“我知道這對您來說很難，但毛奶奶已經這麼老了，你不覺得在有生之年完成她的願望比什麼都重要嗎？”

“Miss Zhang，”他大起聲來，“讓我告訴妳什麼最重要，名節最重要，一個人如果背負著不潔之名離去，那是最蒙羞的，不只她個人，她的子孫也同樣蒙羞。我的任務就是要保證母親離去時是乾淨的，這才對得起父親和毛家世世代代祖祖輩輩。”

“毛先生，”我吞了一口口水，“要說不潔，同性戀長久以來都被冠以不潔之名，你身在其中，應當知道苦戀的滋味，如果你能接受自己，爲什麼不能接受自己的母親？原諒她吧！她也有軟弱的時候。”

“Miss Zhang，”毛先生虎著眼，“妳的十分鐘到了，門在身後，請回！”

如果眼光能殺人，我大概已被他千刀萬剮，屍首無存了。

雖然還想說些什麼，但看到他堅毅的眼神，我知道大勢已去，只好無奈地轉身，就在觸及門把時，背後傳來毛先生冷冰冰的聲音：" 別輕舉妄動，如果我母親有什麼閃失，我以身家性命擔保，絕不會讓妳好過！"

遲疑了幾秒鐘，我轉開門把，黯然走出毛先生的視野……

第九十一章/守貞

我現在非常害怕和毛奶奶在一起，對我來說，那不啻是一種折磨。

"妳說小凱看到我會不會很失望？我都那麼老了，樣子一定很難看。"毛奶奶說。

"不會，您做做頭髮、化化妝，再把粉色長裙穿上，還會是他心目中的小粉蝶兒。"

"妳說小凱會不會胖了？他以前挺瘦的。"

"不知道，可能會吧！很多人中年以後會發福。"

毛奶奶仰起頭看窗外，問："我生日那天會不會下雨？"

"應該不會，皇后鎮很少下雨。"

"還是把傘帶上，多帶一把，如果小凱淋雨著了涼，那就不好了。"

"好的。"我答。

毛奶奶還在編織她的"皇后鎮之行"美夢，殊不知我已放棄，這樣的對話殘酷地凌遲著我，只好無奈地跟毛奶奶告假，說考試快到了，想請兩個禮拜的讀書假。

" 去吧！好好溫習功課，我也有事要忙。" 她很體貼地應允我。

對不起，奶奶，我需要時間冷靜一下，拒絕人（尤其是您）實在是件痛苦的事啊！

～

"江彩雲已經開始跟建築系的彭澤民約會了。"莫亦辰說。

"真的？"

"當然是真的，還是我介紹的呢！"

我問進展如何？他答應該不錯，最近天天約會。

"那很好。"

"是啊！"

我和莫亦辰站在海邊公寓的陽台上，他擁著我，邊嗀嗀叨叨邊把舌頭伸進我耳中，酥酥癢癢的。

"幹什麼你，好癢啊！"我說。

"不喜歡嗎？"

"也不是。"

"那就是喜歡。"

這次他轉個方向攻擊我的右耳，我覺得全身軟得像棉花。

"好了，別玩了。"我撇開臉。

"還沒結束呢！"

他的手伸進我的襯衫，從腰際往上撫摸，找到我的胸罩，再往裏伸……

這是我從未有過的新鮮感覺，不僅心跳加速，呼吸也開始急促起來；莫亦辰也是，簡直像等待升空的火箭……

"莫亦辰～"

"噓！別說話，讓我好好愛妳。"

他的手像鋼琴家的手，我的身體就是琴鍵，他就要彈起愛的樂章……

"不要。"我說。

"要。"他答。

"還沒考駕照。"我提醒他。

"以後補考。"

"那不一樣。"

"只要考過了都一樣。"

我們就在陽台上邊爭論邊糾纏不清，我是欲迎還拒，他是得寸進尺。

"叮咚！"有人在樓下按對講機。

"別理他。"莫亦辰終於解開我的胸罩，還費了他好大的功夫，可見他真的是新手。

"不行，你去開門。"我推他一把，然后把胸罩重新繫上。

"啊～"莫亦辰嘶吼一聲，"早不來，晚不來，偏偏這時候來，真要氣死我了！"

他真的很生氣，走起路來蹦蹦蹦像打鼓，和對講機裏的人講話也像吃了炸藥似的。

"錯號？竟然是錯號，那人是瞎子嗎？斗大的門牌號也會看錯？！"莫亦辰指著對講機憤恨地說。

“好了，別氣了，我也該回去了。”我拿起沙發上的包。

“別走，還沒結束呢！”他搶下我的包。

我拍拍他的臉頰說結束了。

“就知道妳不愛我，”他的臉速地黯淡下來，“妳走吧！別管我。没人像我們這樣，都認識三年了還是處男、處女。”

我說我們不一樣，我們將來是要結婚的……

“妳不試試怎麼知道我們合不合拍？搞不好我性無能，或者妳是石女。”

“你是不是性無能，我不知道，但我絕對不是石女，因爲……因爲我是有反應的。”我有些羞澀，“相信我，我是愛你的，因爲愛你，所以我們要守貞。事實上你應該覺得高興，我在這方面保守，你就不用擔心我會和別人胡來，不是嗎？”

莫亦辰聽了之後說我聰明，他現在巴不得和我結婚，不作第二人想。

“那就趕緊準備吧！莫先生。”我站起身，把背包往肩上一搭，“就等著你把我娶進門。”

“真服了妳，走吧！我送妳。”

關上大門，我們往停車場走去……

第九十二章/又見古龍水先生

建築系的彭澤民、法語系的錢昆、財經系的林峰奇、醫學系的方進清......長則一個禮拜，短則三、四天，無一不被江彩雲三振出局。

"怎麼會這樣？"我問。

莫亦辰也很納悶："不知道，可能......可能没達到她的標準吧！"

"她還要什麼標準？像她這樣難搞，有人喜歡她，她就應該......"

見莫亦辰臉上有不豫的表情，我非常識趣地馬上住嘴。

"再怎麼難搞，也可以有擇偶標準。"他說。

"好啦！"我扯扯他的衣袖，"說錯話了，Sorry, 現在怎麼辦？"

"能怎麼辦？再幫她找唄！"

我靈光乍現，何不讓我替她介紹對象？同爲女人，我很清楚哪類的男孩子會受女生歡迎。再說了，沒有人比我更希望江彩雲找到如意郎君，只有她幸福，我才有可能幸福。

莫亦辰正苦無對策，我一提議，他樂得有人接手。

我把所有的可能人選在腦中過了一遍，最後鎖定同班同學余子文。我有個感覺，太老實巴交的，江彩雲看不上眼；太風流成性的，江彩雲又吃不下，所以有點兒壞又不太壞的公子哥兒最好，余子文就符合上述，而且剛和前女友分手，時間點恰恰好。

余子文聽說我要介紹個富二代給他，無可無不可地接受了。

我想這次應該能成，余子文是公認的美男子，照我看，江彩雲絕對是"外貌協會"會員。

事情進展五、六天，我沒聽到任何負面消息，正慶幸自己的眼光獨到，有當"媒人"的資質時……

"可可，借一步說話。"余子文擋住我的去路，表情凝重地對我說。

"好啊！"我的心七上八下。

等下課的學生都散去後，余子文劈頭就問我開的是什麼玩笑？

"你什麼意思？"我一頭霧水。

"我知道自己的名聲不太好，但不表示我得接收個二手貨。"

"二手貨？"

"江彩雲結過婚，知道不？呵！妳肯定知道，她的前夫就是妳現在的男友。"

我趕緊搖頭否認。

“她還爲妳的男友墮過胎。”他再補上一刀。

我幾乎要掏心掏肺地證明子虛烏有。

“可可，我鄭重告訴妳，我余子文交再多女友，男未婚，女未嫁，没人能說什麼，但我的結婚對象必須是清白的，最好還是個處女，明白不？別再把髒水往我身上潑，我承受不起。”他瞪了我一眼，氣呼呼地走了。

這下子我真是啞巴吃黃蓮，有苦說不清啊！

我到廚房找水喝，趕上王媽準備晚餐，她正替魚掏腸剖肚，忙得不可開交。

“王媽，今晚吃魚？”我問。

“嗯！老太太喜歡吃。”

“吃魚好，我也喜歡吃。”

我端著水杯正要回房，被王媽叫住。

“可可，妳聽說了嗎？”

“聽說什麼？”

“老太太，”她停下手中的動作，壓低聲音，“去整型醫院拉皮了。”

“拉皮？爲什麼呀？”

一問完，我真想敲敲自己的笨腦袋，這還要問？當然是爲了小凱。

“不知道，”王媽搖搖頭，“反正老太太最近怪怪的，嘴巴哼著歌，快樂得像個小女孩似的。有一次我經過她房門，竟瞧見她在房間裏跳奇怪的舞，她告訴我那是佛朗明哥舞，哎！也不想想自己的眼睛都快看不見，還跳舞？這要摔了磕了還得了啊！”

我問毛奶奶是否真的拉皮了？

“没，”王媽給魚身抹上鹽，“誰敢在七、八十歲老人的臉上動刀？好歹也要家裏人簽字，毛先生不給簽，老太太只好打道回府囉！”

“她自己一個人上醫院？”我又問。

“怎麼可能？司機老劉載她去的，妳知道老劉一句英語也不會說，”王媽把腌好的魚放在盤子上，轉身切蔥薑，“我看老太太想整容的心很堅定，不然不會把正在開會的毛先生喊去醫院簽字。”

我想起那個不可能成行的旅程，喃喃說道毛奶奶不需要拉皮……

“我也這麼認爲，拉皮？拉給誰看？老先生都作古這麼久了。”

王媽不知個中緣由，自顧自地搖頭嘆息。

“王媽，我走了，待會兒要上工。”我忽然想起打工快遲到了。

“好，路上小心。”

就在我即將轉身之際，王媽又開口了：“毛先生的那一個要搬回來住了。”

“哪一個？”

“也不知道該說是毛先生的老公還是老婆？”

原來說的是古龍水先生。

“那很好啊！”

“不好，我不想服侍一個不男不女的陰陽人。”

“王媽～”

“妳說我落伍也好，說我老古板也成，反正……反正我站在毛太太這一邊。”

没想到王媽這麼忠心耿耿。

“他什麼時候搬進來？”我問。

“今天稍晚。”

這麼說當我打工回來，湯尼應該已經在毛宅了，我迫不及待想見到他。

“王媽，謝謝，我走了。”

我高興地轉身離去，還聽到王媽在身後嘀咕著：“謝我什麼？真是奇怪！”

第九十三章／水晶鞋

古龍水先生已經搬進毛宅好幾天了，但是刨去上課和打工，我待在毛宅的時間並不多，所以雖然和他同在一個屋簷下，竟好似"人生不相見，動如參與商"。

今日當我在家庭房唸書給毛奶奶聽，一個龐大、赤裸著上身的身影從走廊盡頭一閃而過，我聽到洗衣房的後門被打開，接著是啡啡啡的足步聲，一直延伸至泳池的方向。

我心神不寧地唸完《黛安娜傳》，闔上書本的同時，我的心早已飛了出去。

穿上人字托，我快步來到泳池旁。他，躺在白色躺椅上，鼻樑上架著黑超，泳褲濕漉漉的，桌上有一杯香檳和數本時尚雜誌。

"Hi."我喊他一聲。

我的古龍水先生摘下太陽眼鏡，轉頭瞇著眼看我："噢！是可可，坐吧！"

他重新戴上黑超，繼續享受太陽浴，我則在他旁邊的躺椅上坐下。

“我聽David說妳搬進來了。”古龍水先生說。

“嗯！搬進來好一陣子了。”

他問我還習慣嗎？

“很好，大家都很照顧我。”

“那好。”

雖然極力想避開自己的目光，但他的大肚腩還是一直刺激著我的視神經。

“胖了吧？”他讀出我的心思。

“嗯！”

“我胖了二十斤，”他坐起身，呷了一口香檳，“每天不是美酒就是山珍海味，怎能不胖？”

我問他難道不工作？

“工作？一個小時八十元還不夠我買幾本雜誌呢！”他嗤之以鼻。

“毛先生......毛先生没意見嗎？”

“什麼意見？他接一個案子足夠我工作半年，毛家不缺錢，我何必苦巴巴去挑擔子？”

我說不光爲了錢，醉生夢死的日子很没意思......

“哈！妳知道人生的最高境界是什麼？就是醉生夢死。人生得意須盡歡，莫使金樽空對月，李白說的。”

我頓時無語。

“ DAVID花八十萬買了輛FERRARI 458給我......”

“ 在市區的高檔餐廳裏，只要我報上名，永遠有個VIP房空出來給我……"

"買衣服時，店家會關上大門只服侍我一人，旁邊四、五個服務員供我差遣……"

……

我想起與古龍水先生的第一次邂逅，他是如此陽光、積極，而眼前的這個人卻是隻被圈養的金絲雀，在籠子內傾訴著它的幸福。

"下個月我和David有個歐洲之旅，他說了，如果喜歡，他買棟屋給我，我就待在那裏不回來了，他每個月飛去歐洲看我。"他站起身，上下左右做一下暖身運動，"所以我待在新西蘭的時間不多了。"

說完，他蹟的一聲躍進泳池，像隻龐大的青蛙在水裏恣意來回。

我也站起身："我走了，湯尼。"

他好似没聽見，一個轉身，從蛙式換成自由式。

"再見了，古龍水先生，再見……再見……我的初戀……"我在心中與他告別。

我問余子文他的"誤會"從何而來？

他告訴我和江彩雲約會四、五次後，有一天她忽然良心發現，把真相全盤托出。

"爲什麼？"坐在中式茶館內，我質問這個反覆無常的女人。

"這還用問？我的心裏只有辰哥哥。"她頗爲生氣。

"但妳也知道莫亦辰的心裏只有我。"

“我知道，”她抿了抿嘴，“如果當時他選擇去美國就好了，也就不會有這麼多麻煩事發生。”

我說即使遇不上我，也會有另一個可可，因爲他把她當妹妹，兩人不可能發展成情侶關係……

“那是妳的想法，”她突然握住我的手，“可可姐，我真的好愛好愛辰哥哥，我願意把我的所有與妳交換。”

“這不是我說了算。”我把手抽回。

“只要妳答應離開辰哥哥，其他的我來搞定。”她滿懷希望地問。

我答不可能，因爲我愛莫亦辰，莫亦辰也愛我。

“不管妳怎麼說，辰哥哥是我的，他曾答應我，當我們結婚時會訂做一雙水晶鞋送我，就像灰姑娘穿的一樣。”

我告訴她，她會找到幫她穿上水晶鞋的王子，但那個人不會是莫亦辰。

“這麼說，一切都無望了，”她喃喃自語，“我原以爲不會走到這一步，没想到……哎～”

“什麼意思？”我問。

“謝謝妳的茶，”她給了我一個詭異的笑容，“再見！”

這是什麼跟什麼？前言不搭後語的。

她走後，我望向窗外，已是初夏，我又聽到風吹過白楊樹梢的聲音，沙沙……沙沙……沙沙……

第九十四章/遺失的氯化鉀

何麗和Ben結婚了，這個消息在留學生圈子裏炸開了鍋。

他們選擇在奧克蘭的St.Patrick's Cathedral教堂結婚，整個婚禮莊嚴而隆重。

天主教婚禮給我的感覺就是有好多的禱告及對神的讚美，沒有喧囂，只有肅穆；沒有俗麗，只有祝福。當何麗的父親把她交給Ben時，我幾乎要熱淚盈眶，剛認識何麗時，何曾想到會是這個結局？

交換完戒指後，新人被簇擁著來到教堂外拍照，我和莫亦辰也被抓去當人肉背景。

"今天沒空跟妳聊，咱們找機會，嗯？"何麗覷了個空，在我耳邊低語。

看何麗和Ben幸福地在鏡頭前擺出各種親暱動作，我好羨慕，羨慕何麗終於找到一生的伴侶，這個伴侶無私地接受她，包括那過去的不堪。

"何麗幹嘛急著在大四結婚？該不會是有了吧？"莫亦辰問。

我要他別亂說話，天主教徒不能有婚前性行爲，他又不是不知道。

"我當然知道，因爲是何麗教妳的。"

"去你的，"我推他一把，"我又不是教徒。"

"不是教徒，妳還……"看我一副不高興的樣子，他馬上見風轉舵，"禁慾好，禁慾有助身體健康。"

"誰理你！"我睨了他一眼。

其實何麗趕在大四結婚是有原因的，她和Ben被教會派到南美傳教。Ben已大學畢業，所以先過去，等年底何麗一畢業，她再飛南美與他會合。如果他們選擇一年後結婚，那麼親戚朋友就得飛到南美，太勞民傷財了，但他們又希望能得到親朋好友的祝福，所以……

"哎！我原以爲何麗會跟個登徒子結婚。"莫亦辰說。

他想的和我想的不謀而合，但是人生啊！你永遠不知道下一頁會是什麼。

我還在感慨，莫亦辰的眼睛突然發亮："我們也學何麗和Ben在大四結婚，好嗎？"

"不好，你怎麼跟你父母交待？"我說，心裏想的是他母親不殺了我才怪！

"這妳就不懂了，生米煮成熟飯，如果再加上懷孕，他們就更沒輒了，總不能讓孫子沒媽吧？！"

"莫亦辰，你好可怕啊！我不知道你這麼有心機……"

他回答這不是心機，而是心理戰術，如果要成好事，這招最簡單也最奏效。

我還是覺得不妥，畢竟得考慮自己父母的感受。

"那好吧！我只能等妳了。"他顯得無奈。

~

雖然留學生的圈子裏還是充斥著各種流言，但“張可可和莫亦辰是一對”似乎已成了定局。

在校園內我偶爾可以看到“舊愛”江彩雲的身影，她總是形單影隻，讓我這個“新歡”頗爲內疚，因爲莫亦辰明顯是因爲我而疏遠這個妹妹。

坦白说，我也不願把事情弄擰巴，若不是因爲江彩雲的霸道，我不會如此小心眼，當然也就不會造成如今這尷尬的局面。

“可可學姐～”羅靜宜從Tuck Shop走了出來。

“噢！羅靜宜，好久不見。”我停下腳步。

“是啊！好像兩、三個月沒見了。”

没想到那麼久了，我問她最近可好？

“很好，趙大同也很好，學姐呢？”

“我很好，莫亦辰也很好。”

語罷，我和羅靜宜相視而笑。

我們又聊了一些家常，交換一下訊息，譬如哪裏又開了新餐廳，哪家商店正在打折，還有，用哪個軟件下載資料又快又好……

“可可學姐，趙大同說……”羅靜宜突然轉話題。

我問說了什麼？她低下頭答没事。

“幹嘛吞吞吐吐？不像妳。”

她猶豫一會兒後，告訴我江彩雲最近怪怪的，有些抑鬱傾向。

抑鬱？我問怎麼回事？

“聽趙大同說她靜得可怕，上課發呆，作業經常不交，老師問話也不答，有時還會無端哭泣。”

“看來她還未從失戀中走出來，過一段時間應該會好的。”

“可是……可是她試圖從實驗室拿走氯化鉀。”

“氯化鉀？”

她答氯化鉀是臨床常用的電解質平衡調節藥，使用時要非常小心，因爲有強烈的毒性。

“既然有毒性，管控肯定嚴格，怎麼會……”

“趙大同説上週護理系做完實驗，清點時發現氯化鉀少了0.5克，這還得了，那個劑量瞬間可以殺死五個成人哪！於是實驗室大門馬上被拉下，所有在場人員也被扣留，過程我不清楚，反正最後在江彩雲身上搜出0.3克，還有0.2克下落不明。江彩雲辯稱她不知道那是氯化鉀，以爲是生石灰，因爲聽說石灰能吸收空氣中的水分，最近她的房間很潮濕，所以想拿回家使用。”

如果江彩雲拿走0.2克的氯化鉀，豈不是隨時要人命？這個小妮子真讓人不能省心，我以爲能喘口氣，哪知她又來上這麼一齣。

羅靜宜安慰我也許事情没那麼糟糕，因爲江彩雲後來被女老師叫到小房間裏徹底搜身，没再發現任何氯化鉀……

“但願如此。”我答，心裏一點兒譜也没有。

第九十五章/祈求

剛考完最後一科就收到莫亦辰的短信：" 明天早上九點接妳，辰。"

想到即將成行的陶波湖之旅，我的心快活得像隻小鳥，直到收到莫亦辰的第二條短信……

"江彩雲約我晚上六點上她家吃晚飯，待批准，辰。"

老天，這怎麼成？

" 不准。"我大手一揮下了聖旨，然後轉身去打工（其實一點兒也不想去啊！）。

從"美味餐廳"回來，本想在上床前打個電話給莫亦辰道晚安，但再一想，都夜裏十一點半了，他明天還要開三個小時的車，現在肯定睡了，也就破例沒打。

隔天，我從早上九點等到下午三點，等不到一個影子，他的手機一直處於關機狀態。

我開始感覺不妙，交待王媽如果莫亦辰來了，馬上通知我後，坐上司機老劉的車往海邊公寓駛去。

莫亦辰曾給我一張備用房卡，一直沒用上，今天第一次使用，還有些不利索。

打開房門，海風迎面撲來，我看見陽台的落地窗開著，趕忙走過去將它闔上。

轉身環顧室內，它還是一樣乾淨、整齊，我看見莫亦辰收拾好的行李箱就擱在入口處，兩個房間裏空空蕩蕩的。

走進廚房，台几上有一碗泡麵，封蓋被掀開，調味料也灑上了，彷彿告訴我：「可可，妳看，我沒有和江彩雲共進晚餐。」

很明顯，莫亦辰走得匆忙，落地窗忘了關，泡麵也來不及吃上一口……

不安的情緒開始啃噬著我。

我沒有耽擱很久，馬上央求老劉載我回舊居（江彩雲的住處）。莫亦辰憑空消失，除了這個頭號嫌疑人之外，我不做第二個人想。

按了樓下對講機，果然無人接聽，我只好請出何麗。

「我早搬出來了，不知道江彩雲換房卡了沒？」她說。

上到三樓，我先敲門，無人回應，何麗拿出房卡，嗶嗶兩聲，還好江彩雲沒換房卡。

我與何麗先後腳進入屋內，乖乖，這還是從前我們住過的公寓嗎？簡直是浩劫後的慘狀。瞧！瓜子殼丟了一地，桌上擺滿外賣紙盒，垃圾桶早滿了，衣服更是東一件，西一件……不知道的人還以爲這裏遭小偷了呢！

「嘖嘖嘖！估計從我搬走，這個家就從未打掃過。」何麗搖頭嘆息。

我試圖在一片狼藉中找出莫亦辰來過的痕跡。

「妳知道嗎？我們現在是非法入侵，江彩雲有權告我們。」

"告吧！"我無所謂地答。

走進江彩雲的房間，床上亂成一團，也不知多久沒整理過，我竟還在床單上看到她例假來時所留下的斑斑血跡。衣櫃塞滿衣服和包，有的甚至連標籤都没拆，抽屜裏面有幾張收據和筆記本，我翻開筆記本，裏面鬼畫符，也不知寫些什麼，桌上倒是堆滿上課用書，但書面覆蓋一層薄薄的灰塵，好似很久没被翻開過。

"好像没什麼有用的信息。"何麗說。

我和她意見不同，我認爲莫亦辰來過。

"妳咋知道？"她問。

"女性的第六感，還有……我聞到他的味道了。"

何麗聳動一下鼻翼，似乎没聞到什麼，但她没說打擊的話。

"現在怎麼辦？人口失蹤48小時後才能立案。"何麗問。

"我不知道，心裏亂糟糟的。"

"這樣好了，我們聯繫莫亦辰和江彩雲的同學和朋友，看能不能找出一些蛛絲馬跡。哎！可惜現在學校放長假，不然效率會高一些。"

我答就照她說的做，咱們分頭進行吧！

"那好，現在也晚了，我們都各自回家，有任何消息，電話聯繫。"

"謝謝妳！何麗。"

"說什麼傻話！"她睨了我一眼。

零零碎碎傳來一些消息，有人兩個禮拜前曾看到江彩雲走進SWAROVSKI,這是一家著名的水晶飾品店……江彩雲曾告

訴同學下學期她不回來上課……江彩雲曾諮詢法律系學長怎樣的婚姻算有效？……

而莫亦辰的信息只有一條：他打算在旅程中向女友求婚，戒指也買好了……

聽完，我泣不成聲，噢！莫亦辰，你到底在哪裏？

～

是何麗報的案，警方受理了，同時聯繫莫亦辰和江彩雲在中國的父母，雙方家長正在趕來的飛機上，而我和何麗此時正在機場準備接機。

“何麗，我感到害怕。”看著熙熙攘攘的旅客，我忍不住說出心裏話。

“別怕，主與妳同在。”她拍拍我後背。

在等待的同時，我把實驗室遺失0.2克氯化鉀的事告訴何麗。

“江彩雲是不是想同歸於盡？”何麗問出我心裏的擔憂，但馬上打嘴，“呸呸呸！看我說的什麼話？莫亦辰肯定被江彩雲抓去什麼地方玩了，過幾天就會回來，沒事，沒事。”

“不用安慰我了，我也擔心江彩雲真的想同歸於盡。”我說，感到心灰意冷。

廣播聲中傳來班機已抵達的消息，我們等了約一小時，終於看到莫爸爸和莫媽媽的身影，旁邊還有另外兩位，想必是江彩雲的父母。

“莫爸爸，莫媽媽，我來接你們。”我小聲地說。

莫爸爸對我點一下頭，莫媽媽則面無表情。

“伯父、伯母，我是莫亦辰的朋友，我叫何麗，車就停在停車場，是七人座，我們幾個應該坐得下。”何麗解釋。

沒有比這個更尷尬的了，四個長輩直盯著我瞧，完全不理會何麗。

"那……我們到停車場吧！"何麗說，然後拉拉我的衣袖。

我正想開步走，誰知莫媽媽往前一步，劈頭就給我一巴掌。

"我告訴過妳離開我兒子，否則會給他帶來厄運，妳聽進去了沒？妳有孤寡相，還來糾纏他做啥？莫亦辰萬一有個閃失，我跟妳沒完！"莫媽媽憋了一肚子氣，正好找到發洩的對象。

"好了，好了……"莫爸爸拉住自己的老婆。

"伯母，您怎能這樣說話？莫亦辰失蹤，可可比誰都著急，他們兩人是真心相愛的……"

我捂住被打的臉頰，阻止何麗往下說。

"妳就是可可？"這次是江媽媽，"我女兒從小就喜歡亦辰，他們兩人是很相配的一對，妳從中插進來，她當然受不了，若有過激行爲也不是她的錯，她向來要風得風，要雨得雨，哪能受得了這種委屈？"

"都是妳給慣的。"江爸爸竟指責起江媽媽。

"又說我，如果不是莫亦辰的父母從中阻撓，他們兩人早成親了，也不會鬧出這麼一齣。"江媽媽轉而炮轟莫亦辰的父母。

莫媽媽也不是省油的燈，她火藥味十足地反問有哪個家庭願意把進過精神病院的女人娶進門？

"她不是真的精神有問題，誰讓她的室友聯合起來孤立她，她一時衝動才會做傻事。"江媽媽開口護衛。

"現在她一時衝動綁架我兒子，妳說該怎麼辦？"

原來，原來鴨子說的一點兒也沒錯。

何麗把雙方家長載去警局了解案情後，又分別將他們送回各自孩子的住處。

“原來江彩雲真的進過精神病院。”在回毛宅的路上，我喃喃說道。

“我認爲莫媽媽說的没錯，江彩雲綁架了莫亦辰。”

“現在他們在哪裏呢？他們……他們還活著嗎？”

何麗聽我這麼一問，駕駛盤滑了一下，車子偏離了車道，她趕緊往回撥，急急地說：“可可，快禱告，求神庇護他們！”

我没有遲疑，在車內雙手合十：“天上的父，我誠心祈求……阿門。”

第九十六章/莫亦辰說～

聽到水壺裏的水開了的聲音，我趕緊走進廚房把火給熄了，正要將熱水注入碗麵當中時，手機響了。

"辰哥哥嗎？我是彩雲。"

"噢！是彩雲，什麼事？"

"沒事，只是祝你旅途愉快！"

"謝謝！這個假期妳有出遊的計劃嗎？"

"沒有，我以爲你會邀請我。"

"我……"

"我知道，我不怪你，現在我特別想看到你，你能過來一下嗎？"

"我……我累了，從陶波湖回來後再去看妳，好嗎？"我想起可可，只好狠心拒絕。

"那時候就太晚了……沒事，我一個人也很好，真的。答應我，如果我不在了，你會幫我照顧我爸媽，我……我這個女兒太不孝了。"她啜泣。

"彩雲，妳怎麼了？不要緊吧？"

"我好冷，冷得不得了，聽說割腕後要等兩個小時才會失去意識，趁著我還清醒，就想跟你說兩句話。"

"妳在哪兒？我馬上過去。"我緊張起來。

"在家。"她答。

拿上車鑰匙，我一路飛車，同時趁等綠燈的空檔，撥通了111。就在快抵達前，彩雲來電話了。

"我馬上就到，妳等等。"我急著告訴她。

"辰哥哥，忘了告訴你，我……搬家了，就在原來的租處往北兩個Blocks，你不會錯過的，是棟灰色建築物,2118室。"

於是我轉了個方向。

如同她所說，我很快就找到那棟建筑物，當我停好車，彩雲又來電了。

"辰哥哥，你在哪裏？"她問。

"我停好車了，馬上上來。"

"你別上去，我……我記錯了，哎！可能流血過多，腦筋也糊塗了，本來我想租那裏，後來沒租成，所以……反正不遠，你走過來就是。"

我以爲是幾分鐘的路程，誰知道她在電話裏東指揮，西指揮，左拐右繞後，我竟然離開Queen Street老遠，都不知身在何處了。

"你有没有看到左手邊有棟粉紅色洋房？"江彩雲問。

"看到了。"

"推門進來吧！"她掛上電話。

我把手機放進褲袋內，走上前推了一下大門，没鎖。

"彩雲～"我呼喚她，但無人回應。

我往房間的方向走去，一、二、三、四、五、六、七，竟然有七個房間，還好她就在第七個房間裏。

"彩雲，我來了，妳還好吧？"我把聲音放柔，"讓我看看妳的手。"

掀開被褥，差點兒把我嚇死，裏面竟然是個充氣娃娃。

"辰哥哥，對不起。"背後傳來江彩雲的聲音。

我一轉身，她迅速對著我的臉不知噴灑什麼東西，痛得我兩眼睜不開。

"親愛的，你再等等，等那個東西一到，我們就可以結婚了。"她說。

第九十七章/粉紅色大屋

莫亦辰的車被找到了，就在江彩雲的公寓不遠處，但人卻蒸發了。

各大華文報把這宗失蹤事件解讀爲情侶私奔，甚至……殉情。

我每天都過得渾渾噩噩，想做什麼卻又不知能做什麼。

“有什麼需要我幫忙的嗎？”古龍水先生說。

我搖搖頭，感到很無助。

“這樣吧！妳仔細想想出事前江彩雲有什麼異於平常的地方？”

“聽她的同學說她有抑鬱傾向……她可能偷了氯化鉀，那是種劇毒……我請她喝茶，離去時，她對我笑，那個笑很奇怪。”

湯尼問怎麼個奇怪法？

“說不上，好像有些無奈又有些釋然，反正她從來不這麼笑。”

“你們提到什麼，所以她對妳笑？”

“提到……“我努力回想，“她要我把莫亦辰還給她，我不願意，噢！她還提到水晶鞋。”

“水晶鞋？”

我轉述江彩雲說過的話，然後古龍水先生要我等等，待他再度回到客廳，手上多了一份英文報。

“報上說有個華人在SWAROVSKI訂做了一雙水晶鞋，妳看～”汤尼指著一張斗大的照片说。

我看見一個店主人模樣的男人正對著鏡頭驕傲地笑著，手里捧着一雙晶瑩剔透的水晶鞋。

“那是江彩雲的鞋，她雖然不矮，但腳丫子卻很小，這鞋看起來頂多36碼。”我很篤定地答。

湯尼還在想其中的可能性，但我沒耐心了，央求他載我到SWAROVSKI門市店，馬上。

店主人聽說我幫朋友來取水晶鞋，一臉驚訝地表示鞋子已於兩個小時前送出，難道還没收到？我和湯尼面面相覷。

他遂走到收銀台，在下方的抽屜中拿出一沓紙張，翻看了一下，從中抽出一張：“ 39 Belleaire Court. Right？”

“ That's right. Sorry，our mistake.”湯尼馬上表達歉意。

“ Don't worry.”店主人答。

離開SWAROVSKI，我和湯尼馬不停蹄地趕往39 Belleaire Court。

站在這棟粉紅色大屋前，耳中傳來古龍水先生急促的說話聲。

我死盯著眼前屋，研究起這顏色是不是剛漆上不久？因爲太鮮豔了，矗立在四周圍素雅的房屋中，顯得突兀。

" Shit. 警察要我們上警局做筆錄，如果認爲可疑才會通知屋主談話，這下子不得兩、三天？"古龍水先生掛上手機，非常氣憤地說。

" 那你趕快去做筆錄。"我催促著，" 我先觀察一下再走。"

" 可可，妳可別輕舉妄動。"

" 不會的，我頂多待十分鐘。"我答。

湯尼還想說什麼，我已揮手Say Goodbye 。他邊走邊回頭，最後還是無奈地走了。

店主人說水晶鞋兩個小時前已送出，也就是說時間迫在眉睫，我沒空等警方了。

雖然害怕，但莫亦辰的呼喚勝過一切，我毫不猶豫地走向那棟深不可測的粉紅色大屋……

第九十八章/婚禮

我刻意走著貓步，而且時不時眼觀四方、耳聽八方，像做賊似地走入別人的地盤。

一切都靜得出奇，我望了一眼大門，決定先來個旁敲側擊。

屋子的左側被密封起來，右側有個木柵門，上面有個警告標誌：**Beware of Vicious Dog.**

我選擇從那裏突破（狗的鼻子很靈敏，不可能聞不到入侵者的氣息），在確定那塊警告標誌不過是虛張聲勢後，我小心地推開那扇没上鎖的門。

眼前是柔軟的草地，我多希望這是片水泥地，那麼足聲就會小很多，尤其我正匍匐前進。

不知經過了幾個窗口，我忽然聽到衣裙掃過地面的聲音，一陣風似的。

我探頭過去，身著白色婚紗服的江彩雲正對著落地鏡搔首弄姿，地上擺著一雙水晶鞋。

“她應該把頭髮盤起來，她的脖子挺性感的。”我心想。

（Shit, 都什麼時候了，我還有閒情逸致去批評她的美醜？）

我很快離開窗口，繼續匍匐，爬沒幾步，全身機能開始嗶嗶作響，好像金屬探測器一樣，我忍不住伸直上身，往鄰近的窗口探去。

“莫……”我忍不住喊起來，但很快摀住嘴，心想，“還好他安在，雖然樣子很狼狽。”

“心電感應”真是個神奇的東西，莫亦辰突然張開眼，轉頭凝視我。也許他以爲自己正在作夢，所以絲毫没有任何反應。

我好心酸，在胸口比了個心形，他忽然張大眼睛，拼命扭動身軀。我接著比手勢要他稍安勿躁，他馬上意會並且噤聲，Good Boy！

接下來怎麼辦？打電話報警嗎？

我還在思索，那個白色的影子忽然推門進來，我趕緊離開窗口。

“辰哥哥，你看我漂不漂亮？”江彩雲原地轉了個圈，“覺得漂亮就點個頭。”

嘴巴貼上膠帶的莫亦辰機械式地點頭。

“就知道你喜歡，你看，我還穿了水晶鞋呢！”江彩雲把裙子拉高，好讓莫亦辰看個仔細，“小時候你曾答應結婚時給我買，但……管它的，誰買都一樣，重要的是結果，不是嗎？想到我們就要結婚了，我開心得幾天都睡不好覺。”

我躲在窗戶外，斜眼看屋內發生的一切，此時莫亦辰瞧了我一眼。

“親愛的，窗戶外有什麼東西嗎？”江彩雲轉過頭去，我嚇得又離開窗口。

“嗯嗯嗯……”

“你怎麼了？抖得這麼厲害，熱嗎？……渴嗎？……想上廁所嗎？……別嚇我，你說話啊！"江彩雲抓住莫亦辰的肩頭用力搖晃幾下，"哎呀！看我傻的，我得把膠帶撕了你才能說話，估計有點兒疼，你忍著啊！"

膠帶一被撕下，莫亦辰便搶著說他想上廁所。

"原來是這個，我扶你去。"

"不要，妳這樣讓我好尷尬，快幫我把繩子解開，我自己去，順便洗個澡，換上妳給我買的禮服，總不能要結婚了還一身髒臭吧？！"

"可是……"

見江彩雲猶豫，莫亦辰趕緊給她吃定心丸，說這幾天他終於想明白，可可的家世背景和他家相距太大，而且心裏還愛著湯尼，他不可能娶一個心裏還有別人的女人……

"真的？你真的這樣想？"她的聲音忽然高八度。

"當然是真的，只有妳真心對我好，不娶妳，我就是天底下最愚蠢的傻瓜。"

江彩雲責怪莫亦辰到現在才知道她的好……

"我已經承認錯誤了，妳趕緊幫我解開繩子吧！"

"那……好吧！"

她動手解開莫亦辰手上的繩子，正要解腳上的繩子時，忽然憶起爐子上還燉著牛肉，她要他等著，她去去就回。

"妳先把繩子解了吧！"莫亦辰喊著，可是那個白色影子似乎聽不見，一溜煙跑了。

江彩雲一走，莫亦辰跳了三大步來到窗戶前開鎖，我一爬進去，他馬上給我一個熊抱，被我一手推開："快，没時間了。"

我蹲下身去解他腳上的繩子，聽見莫亦辰喚我，聲音有些顫抖。

"快解開了……好了，解開了。"

我鬆了口氣，一擡頭，發現江彩雲就站在莫亦辰身後，手裏舉著槍。

"妳的動作好快啊！呵呵！"我強顏歡笑。

"我試穿婚紗的時候，已經從鏡子裏看到妳了。"

"好……好眼力。"

"不敢當，對了，幫我把我老公綁起來，因爲……他不乖。"

我看了一眼莫亦辰，没想到這個舉動激怒了江彩雲，她大喝："Stop it. 別在我面前眉來眼去，我受夠了。妳綁還是不綁？不綁我直接斃了妳！"

她舉槍的手在我眼前晃動，樣子有些歇斯底里。

"可可，來吧！"莫亦辰伸出雙手。

我被一盆水給潑醒。

"對不起，本來不想吵醒妳，但神父有哮喘的毛病，我怕他支撐不了多久，所以……"江彩雲解釋著。

迷迷糊糊當中我記起來了，當我把莫亦辰五花大綁完畢，頭突然被重物敲擊，人也昏了過去。

"莫亦辰在哪裏？"我問。

"他在客廳，快，就缺妳這個見證人。"江彩雲將我一把抓起，也不管我還頭昏腦脹，強行推我向前，我這才發現雙手已被戴上手銬。

一走進客廳，我倒抽一口氣："Jesus."

那裏被佈置得像個教堂似的，我看見莫亦辰一身筆挺地被綁在輪椅上，台上的神父神色緊張，想必也是被綁架而來。

江彩雲將我拷在樓梯扶手上，然后小跑步到莫亦辰身邊，一就定位就迫不及待地催促：" 神父，見證人來了，你趕緊開始吧！"

" 你是否願意娶......"神父看了江彩雲一眼。

" 江彩雲。"她答。

" 你是否願意娶江彩雲爲妻，按照聖......聖經的教訓與她同住，在神面前和她結爲一體，愛......愛她、安......安慰她、尊重她、保護她，像你愛自己一樣。不論她生......生病或是健康、富......富有或貧窮，始終忠於她，直到離開世界？"

莫亦辰答不願意。

" 你說什麼？"江彩雲氣急敗壞。

" 我說我不願意，再怎麼任性也有個尺度，妳這次太over了。"

没想到江彩雲直接甩給莫亦辰一個大耳刮子，然後彎下身，柔聲地說："親愛的，如果你再這麼任性下去，可可恐怕會少隻胳臂斷條腿，咱們別耽誤神父的時間，他還得去做彌撒呢！"

莫亦辰惡狠狠地瞪向江彩雲，江彩雲故意看不見，轉頭要神父重來一次。

"孩子，妳現在惡魔上身在行不義之事，請和我一起禱告，讓神幫助妳。"神父苦口婆心。

江彩雲提醒他還有個教友被關在地下室，若不趕緊唸完回去救人，那人就要變成餓死鬼了。

神父很無奈，只好繼續唸結婚證詞："你是否願意娶江彩雲爲妻，按照聖經的教訓與她同住，在神面前......神面前和她結爲一體，愛她、安慰她、尊......尊重她、保......保護她，像......像你愛自己一樣。不......不論她生病或是健......健康，富......富有或貧......貧窮，始終忠於她，直......"

神父明顯不對勁，他正大口喘氣，莫亦辰問他要不要緊？

"我……不舒服，藥……藥……"神父痛苦地趴在地上祈求給藥。

江彩雲卻不痛不癢地答没事，不過是犯哮喘，没什麼大不了的。

我代神父求情，說哮喘會要人命，還是趕緊把藥給他吧！看他這個樣子，證詞也唸不下去了。

"真是事多！"江彩雲不情不願地踩著水晶鞋上二樓。

等她回到神父身旁，那人已經陷入昏迷。

"拜托，你現在還不能死，你死了，誰來唸證詞？"江彩雲蹲下身推了神父兩下，他没反應。

"彩雲，趕緊打999。"莫亦辰大喊。

"打什麼999？很快你、我、還有可可就要和他一塊兒上天堂了。"她答。

第九十九章/火海

"可可，很抱歉妳得一人分飾兩角，既當神父又當見證人，這是證詞，"江彩雲交給我一本厚厚的本子，翻開其中一頁，"照上面的唸。"

"這是不合法的，我不是神父，所以即使完成儀式，你們的婚姻仍屬無效。"我說。

"嗯......可是......"

"妳應該去請一個真正的神父過來。"莫亦辰很有默契地和我一起打拖延戰術。

"不行，"她搖頭，"時間拖得越久，對我越不利，我等這一天已經等太久了，反正神父也在場，只是......不能開口，可可就充當他的發言人，上帝不會不通人情的。快，沒多少時間了。"

我說我不會，因爲沒當過神父。

"他媽的，妳不識字嗎？"江彩雲虎著眼。

"這是繁體字哪！"

“可可，我實在受夠妳的矯情，真不知道辰哥哥是怎麼看上妳的？別告訴我妳没幫湯尼校對文章過，他寫的繁體字還會少嗎？”

“OK, 我是看得懂繁體字，但……這是不對的，如果不相愛的兩人勉強結婚，這個儀式還有任何意義嗎？”

她答有，因爲她還是得到她想要的，這才是重點。

“問題是我不想跟隨妳的魔杖起舞。”我較起真來。

“噢……是嗎？”

江彩雲扣扣扣地走向講台，從角落無數根蠟燭中舉起一根，又扣扣扣地走向窗戶，點燃已被拉上的窗簾。

“妳瘋了？”我和莫亦辰齊喊。

“我倒要看看可可隨不隨我的魔杖起舞。”她作勢又要點燃另一幕窗簾。

“好，好，我唸，我唸。”除了棄械投降，我別無他法。

“你……你是否願意娶江彩雲爲妻，按照聖經的教訓與她同住，在神面前和她結爲一體，愛她、安慰她、尊重她、保護她，像你愛自己一樣。咳、咳、不論她生病或是健康、富有或貧窮，始終忠於她，咳、咳、直到離開世界？”

“我願意。”莫亦辰答得飛快，因爲煙霧已開始彌漫。

“妳是否願意嫁莫亦辰爲妻，按照聖經的教訓與他同住，在神面前和他結爲一體，愛他、安慰他、尊重他、保護他，像妳愛自己一樣。不論他生……生病或是健康、富……富有或貧窮，始……始終忠於她，直……直到離開世界？”

當我看到江彩雲身後的人影時，簡直難以置信，以致唸得坑坑巴巴。

“我……”

江彩雲還沒來得及答完“我願意”，便被神父從後擊倒在地。

“God forgive me.”神父輕嘆一聲，然後把燭台往地上一扔。

面對突發狀況，我嚇得目瞪口呆。

“現在沒空讚美我的演技，手機呢？”神父問。

我答大概在江彩雲的兜裏。

“不是的，她把我和可可的手機都收走了，但廚房有家用電話。”莫亦辰更正。

神父馬上奔向廚房，回來時手裏多了把大剪刀。

“我報警了。”他說。

接下來發生的事簡直是一團混亂，神父匆忙剪開莫亦辰的繩索後離開，莫亦辰找來切肉刀對著樓梯扶手一陣猛砍，Thank God，還好扶手是木頭做的，若換成金屬製的，我豈不等著當炙肉？

神父不知從哪裏抱來一床棉被，他想用棉被將火撲滅，可惜火太大，非但沒達成目的，棉被反倒著火了。

“神父，算了吧！逃命要緊，快，從後門走。”莫亦辰邊說邊把江彩雲塞進輪椅內，我也過去幫忙。

在黑煙彌漫中，我們四人急匆匆地逃出粉紅色大屋，消防隊、警車、救護車也適時趕到，此時火勢已經非常凶猛了。

直到江彩雲被送上救護車，我緊繃的心才終於懈下，誰知莫亦辰竟對著遠去的救護車衝口而出：“糟糕！湯尼還在裏面。”

“什麼？！湯尼怎麼會在裏面？”我太害怕了。

“妳昏迷的時候，湯尼不知怎地找上門，被江彩雲甕中捉鱉給抓個正著。”

噢！我的古龍水先生……不行，我得回去救他。

我轉身想跑回大屋，被莫亦辰一把抓住，他要我別做蠢事。

"湯尼不能死，他死了，我怎麼辦？"我嘶吼著。

"可可妳……"莫亦辰痛苦的表情一閃而過，"妳等著，我去救妳的心上人。"

"別……"

莫亦辰沒等我說完，一頭鑽進火海裏，連警察都沒能攔住。他那樣決絕，倒叫我懷疑他是賭氣來著。

"別去，你死了……我也不想活了。"我對著熊熊烈火喃喃自語起來。

第一百章/我們分手吧！

" Do you know that guy who rushed into the house？"一位黑皮膚警官衝著我喊。

" Yes, he is my boyfriend."我答。

" Is he crazy？ What a bloody idiot."他諷刺莫亦辰愚蠢。

新西蘭人很喜歡用 bloody 這個字眼，聽起來很粗魯，血淋淋似的。

" You......shut up."我淌著淚水反擊。

有誰比我更慘？兩個心愛的男人同時深陷火窟，而我無能爲力，還要聽一個黑鬼對莫亦辰的揶揄，天哪！這是什麼世界？

我噗通一聲跪倒在地，雙手合十，開始對萬能的神射出求助之箭。

神父見狀也蹲下来與我一起禱告。

大約有一個世紀這麼久，打火英雄終於拖著一個人往外走。

“Ambulance！”穿著橘紅色消防服的Kiwi大喊著。

那雙長腿不用靠近我也認得出，我焦急地喊著他的名。

“孩子，別過去，讓醫護人員做他們的工作。”神父提醒我。

我又聽到救護車哇哇哇遠駛而去的聲音。

“莫亦辰，你怎麼還不出來？”我的眼光重新回到火海，急得像熱鍋上的螞蟻。

神父把他慈愛的手搭在我肩上：“他會没事的，妳要相信主。”

我轉頭看著神父，他對我點點頭，彷彿旭日和風。

我對著病房外那塊“Declined to visitors”的牌子發愣。

莫亦辰在房屋倒塌的前一刻，被兩個消防員及時拉了出來，匆忙送往醫院。我多次想去探望，都被莫媽媽無情地擋在門外。

“拜托，別再來找我兒子，求妳了。”莫媽媽的語氣很軟弱但態度卻很堅定。

見不到莫亦辰，日子變得異常難捱，我將注意力轉向另外兩人。

江彩雲被鑒定爲精神分裂症，需要長期治療，她的父母想方設法將她帶離新西蘭，目前行蹤成謎。

古龍水先生則有肺氣腫和肺出血的現象，我去看過他幾次，透過加護病房的玻璃門，他虛弱地舉了舉手和我打招呼。

人真的生不起病，原來發胖的他又瘦回我和他初識時的模樣，只是少了結實，多了蒼白。

毛先生認為瑞士的醫療和環境有助於湯尼的康復，於是在某個蟬聲呲呲作響的午後，我和我的古龍水先生徹底告別了。

"可可，妳很好，真的，如果我不是Gay, 一定會義無反顧地愛上妳。"古龍水先生拉拉我的手，笑得很苦澀。

"在我的心裏，永遠有個位置留給你。"我說。

"不，把那個位置拆了，沒有哪個男人能忍受自己的愛人心中還有別人，尤其是莫亦辰。"

我低下頭去。

"可可，莫亦辰本來可以比我早一步得到解救，但他讓消防員先救我，原因是妳需要我，妳真的需要我還是需要……另外一個人？"

"我的確需要你，你是我的精神支柱，但……我更需要莫亦辰，他是……他是……"

"他是妳的家人、妳的生命，何不這麼告訴他？"古龍水先生問。

我感慨，如果莫亦辰真懂我，我何必明說？如果他不懂我，說了又有何用？

"哎！這就是矯情，多少姻緣就敗在此，妳得學習長大，用成熟的方式去愛人與被愛。"

古龍水先生臨走前還不忘為人師表地給我上了一課。

陽光溫暖地灑在醫院的後花園，莫亦辰坐在輪椅上不發一語，彷彿他只是出來曬個太陽而已。

"亦辰，今天天氣真好，是不？"莫媽媽問。

"嗯！"

“我們拍張照吧！”莫媽媽拿出手機。

“不要。”莫亦辰嫌惡地撇開臉。

莫媽媽問他怎麼還一副陰陽怪氣的樣子？得趕快振作起來才行，可不能再想念那個掃把星了……

“別喊她掃把星，她没有名字嗎？她叫可可，張可可。”

“噢！我還以爲她的名字是妲己或褒姒，像這類紅顏禍水，咱們惹不起，你說哪次進出醫院不是因爲她？”

莫亦辰表示這不關可可的事，是他自願的。

“傻兒子，我該怎麼說你？你這是鬼迷心竅没得救了。”

“好不容易出來透個氣，能不能讓人靜一靜？”莫亦辰一臉的不耐煩。

“哎！兒大不由娘，”莫媽媽拭去眼角的淚水，“我去幫你買個水果。”

莫媽媽走後，我慢慢地走向那個可憐的男人，越往前一步，我越膽怯，看著榕樹下那個瘦弱的身軀，我感到非常的抱歉。莫媽媽說的没錯，他的幾次進出醫院都是因我而起。

“Hi.”

“妳來了。”他說。

“嗯！”

“我媽走了。”

“我知道。”

“聽說湯尼也走了。”

“嗯！”

“那麼我也該走了，學業雖然還剩下一年，但……這裏没有讓人留戀的……人，我還是到比較溫暖的國家去吧！”

噢！不，我的心開始往下沈。

"能別走嗎？"我哀求。

莫亦辰反問我當過別人的備胎嗎？那是件很累很累的事。

"你不是備胎。"

"那是什麼？"

這真是個複雜的問題，我該如何告訴他，我已經準備好把整顆心都獻給他？

"瞧！妳答不上來，可見連備胎都談不上。"

知道莫亦辰誤會了，我鼓起勇氣告訴他，自己太過矯情，以致明明愛他、戀他、心疼他，卻要表現出一副不在乎的樣子，我他媽的就不是個東西。

"快別這麼說，我感謝妳的坦誠，讓我……讓我受寵若驚，但是經過這場生死浩劫後，我想明白了，我要的不過是平凡的愛情、平凡的妻子，然後有平凡的小孩和平凡的生活。"

"我……我以爲我就是個平凡人。"

"不，妳的愛情太驚心動魄，我承受不起，我們……我們還是分手吧！"他說。

第一百零一章/進退兩難

"韋麗麗住在銅鑼灣，我上過她的家多次。某天，她母親剛好回來，我簡直不相信那是她的母親。韋麗麗……"

"韋麗麗住在哪裏？"毛奶奶問。

"什麼？"我一時丈二摸不著頭緒。

"妳剛剛唸的，韋麗麗住在哪裏？"

我趕緊往回找，毛奶奶的手突然蓋住我的書本，問我是否有心事？我答沒有。

"告訴奶奶吧！"

蒼老的聲音來自天籟，誰能拒絕一位老人的關懷？於是我把新近發生的事一傾而出。

"這麼說，妳愛的兩個男人都離妳而去了？"

"嗯！"我抿抿嘴，心情很低落。

毛奶奶說照她看來，莫亦辰還是愛我的，不管如何，只要我不放棄，愛情還是會回來找我……

"我也只能等待了，因爲提出分手的是他。"我很洩氣。

她拍拍我的手背："即使愛情回不來，妳也要心存感激，因爲他陪妳走過一段。"

"像小凱？"我問。

"是的，噢！不……不是的，"她趕緊否認，"小凱不一樣，他會回來的，他一定會回來看我的。"

老人堅毅的神情讓我動容，我相信那個叫小凱的男人一定給了她愛情以外的東西，不然奶奶不會如此執著地等待二十多年，但那個東西究竟是什麼？我想不明白。

~

聽說期末考後，莫亦辰就要轉學到澳洲上昆士蘭大學了。

昆省四季如夏，這次他真的就要到溫暖的國家，對我而言，今年的新西蘭無疑會更冷。

我每天一個人上學、一個人吃飯、一個人上工、一個人回家、一個人哭、一個人笑、一個人……我已經忘記不是一個人的滋味了。

這一天我很早就起床，到廚房倒了杯牛奶，打算回房繼續昨晚未完成的功課。經過家庭房，我瞧見毛奶奶就坐在她慣坐的貴妃椅上，腿上擱著一大本相簿，她的眼睛直視前方，手緩慢撫摸著一張又一張的老相片，我聽到牆上的咕咕鐘發出滴答滴答的聲音。

時間像沙漏般一點一點地流失，眼前的這位老人，她的生命也正一步一步地邁向死亡……

她渴望的不過是一次的相見和擁抱，這過份嗎？一點兒也不。

我快步走回房內，打開電腦啪啪啪地開始搜索信息。

原來奧克蘭飛皇后鎮的往返機票就要70元，我和奶奶兩人便要140元。酒店普通一點兒的一晚也要30元，兩晚便要60元，加上陸上交通、伙食費等，沒有400元肯定無法成行。

望著電腦屏幕，我頓時洩了氣。

毛奶奶給我的旅行費用已被我上繳給毛先生，現在要我自費⋯⋯

雖然省吃儉用之下，我已存了四千多元，但下學年的學費就得六、七千元，雖然學費是一個Term一個Term地交，不用一次性大出血，饒是這樣，我還得日日勒緊褲帶過活，所以這400紐元對我而言算是個不小的數目。

猶豫再三，我想起奶奶平日對我的好，咬咬牙，豁出去了。

~

"奶奶，妳的護照在哪裏？"我問。

"護照？"

我說我得訂機票了。

"啊！對，該訂機票了，"毛奶奶一臉欣喜，"護照⋯⋯護照我擱哪兒了？"

老太太按緊太陽穴開始努力回想，終於想起護照在她兒子那兒，我答這可不妙。

"怎麼了？是不是景然說了什麼？"她問。

我很糾結，不知該不該說實話。老太太緊接著問是不是景然不同意她去見小凱？我只能無奈承認。

"沒事，他會同意才奇怪。讓我想想⋯⋯我猜他把護照放在保險箱裏了，妳上到二樓書房，牆上有幅蒲公英的畫，將它移開，保險箱就嵌在畫背面的牆上，密碼是123123。"

我太驚訝了，這保險箱密碼怎能輕易告訴別人？

"快去，別讓老王和王媽知道，我還不清楚他們夫妻倆會站在哪一邊？"毛奶奶提醒我。

當我把毛奶奶的個人信息輸入預售機票系統時，這才發現她已經七十二歲了。

奇怪的是，不論我怎麼輸入，一直無法成功下單，無奈之下，我只好撥打客服電話。

客服告訴我，根據航空法的規定，七十歲以上老人購票時必須出示由家庭醫師開出的適宜乘坐證明，以免飛行途中有什麼閃失。

"老太太，妳非常非常不適合坐飛機。"那個馬來西亞華裔醫生斬釘截鐵地說。

"可可，"毛奶奶轉頭問我，"奧克蘭飛皇后鎮要多久時間？"

我答兩個多小時。

"你瞧，才兩個多小時，我睡個覺就到了。"

醫生放下筆並把病歷表闔上，說："我就怕您一睡就再也醒不過來了。"

第一百零二章／大律師的警告

扶著奶奶走出Clinic，她很沈默，我安慰她天無絕人之路，我們一定能想出法子……

"可可，我們可以從奧克蘭坐火車到惠靈頓，再從惠靈頓坐渡輪到皮克頓，皮克頓有巴士到基督城，到了基督城再轉另一輛巴士到皇后鎮。"

我没想到奶奶的一路無語不是因爲太過傷心，而是在思考如何解決問題，真讓人折服。

"奶奶，我好崇拜您！"我歡呼一聲，向前擁抱這位智慧老人。

我打開新西蘭地圖，根據老太太的方案，奧克蘭到惠靈頓的火車耗時12個小時，渡輪過海時數三個半，從皮克頓到基督城的巴士需行駛5小時45分鐘，基督城到皇后鎮又得另外六到七個小時。

考慮到奶奶的年紀，我們肯定不能馬不停蹄，所以我打算花一個禮拜的時間來完成這項壯舉，只是新西蘭的陸上、海上交通工具不比機票便宜，住宿也從原來的兩天延長爲七天，這下子就不是400紐元能解決的事，我開始煩惱起錢的問題。

〜

毛奶奶和小凱的世紀之約在一月七日的晚上，那天是老太太的生日，往前推七天，那麼就決定一月一日晚上出發吧！在火車上睡一覺，隔天清晨就能抵達惠靈頓……

我對自己的計劃沾沾自喜。

没想到人算不如天算，一向不在家的毛先生突然在一月一日進門，而且一整天都足不出戶。

我的心懸在半空中，做什麼事都不對勁，還好下午五點左右他出門了，臨出門前我還聽到他交待王媽不用替他準備晚餐，因爲他有個appointment。

哈利路亞，真是上天保佑！

毛先生前腳一走，我趕緊扶著老太太出門，還特地交待出租車停在路口，免得王媽起疑。

等車子上了High Way，我才真正鬆了一口氣，對於即將來臨的未知旅程，也開始有了期盼與憧憬。

“哎呀！我怎麼忘了那個重要的東西了？”毛奶奶顯得很著急。

“奶奶，您忘了什麼？”

“貝殼，我把小凱送我的貝殼留在家裏了。”

哎！小事一椿，我安慰她不會有小偷把它偷走。

“不是這個意思，我是……我想把貝殼帶給小凱，告訴他這些年來我一直保留他送給我的禮物，一點兒也没損壞。”

"奶奶～"我輕嘆。

老人的癡心讓我感動，我探身對司機說："Excuse me. Can you......"

～

我跳下車，躡手躡腳地回到毛宅，經過廚房還能聽到王媽炒菜的聲音。

"可可，妳看老太太睡醒了沒？再過二十分鐘就能吃飯了。"

"噢......好。"

老天！這王媽的耳力也太好了。

我成功拿到貝殼後，回到廚房對王媽說："奶奶......奶奶說她太睏了，今晚別喊她吃飯。"

"這怎麼行？上了年紀的人不好好吃飯會生病的，"王媽熄了爐灶上的火，"我去看看她。"

"別去！"我大喊一聲，把王媽給嚇住了，"奶奶......奶奶說她剛吃了安眠藥，現在藥性發作，睏得不得了，誰去吵她，她就跟誰急。"

"呵！這老太太還發脾氣？早知道我就下碗麵吃，煮飯也是很累人的事。"

我答那就權當她和王叔叔有個燭光晚餐，不挺浪漫的？

"都老夫老妻了，還燭光晚餐？也只有你們年輕人會想這些不切實際的事，"王媽轉過身去，"可可，出門別忘了把門帶上。"

"好的。"

關上大門，我心中默唸著："王媽，對不起，我也是情非得已呀！"

考慮到奶奶的身體，我不得不買臥鋪，老實説，若不是怕奶奶醒來需要人幫忙，我寧願坐二等座，省錢。

躺在上鋪，我一夜難眠，因爲奶奶在下鋪翻來覆去，頗不安穩。

"奶奶，您還好吧？"我問。

"嗯！没事。"

這是今晚她給我的第五個"没事"。

當我迷迷糊糊正要走入夢鄉時，一陣撲天蓋地而來的嘔吐聲把我給驚醒，我趕緊跳下床。

"奶奶，您怎麼了？"

"我……不舒服，大概是暈車了。"

我找來嘔吐袋，拍了拍她後背，她又吐了幾次。

把地上的穢物清理乾淨後，我跟服務員要來溫開水和暈車藥，但奶奶只是啜了幾口水，卻不踫藥。

"我的心臟不好，不能隨便服藥。"她解釋。

看著奶奶蒼白的臉，我開始責怪自己的孟浪，一個上了年紀、心臟又不好的人被我帶上旅程，萬一路上有個差池，我責無旁貸啊！

奶奶似乎讀出我的擔憂，從隨身包裹掏出一張折得整整齊齊的A4紙，説："如果我不行了，跟妳無關，這張是我手寫的保證書，蓋了手印，應該有法律效力。"

看著奶奶歪歪扭扭、大小不一的字體，我可以想見她是多麼用心在極有限的視力下完成這張保證書，以便讓我遠離麻煩，而我，竟然還想著放棄，真是太不應該了！

“可可，妳可以問服務員下一站什麼時候到嗎？我……我得下車休息一下。”

勉強忍了五、六個小時，毛奶奶還是支撐不下去了。

～

我們在國家公園站下了火車，好個“前不著村，後不著店”的荒郊野外啊！

通過火車站服務員的幫忙，附近一家Motel答應開車過來接我們入住。

～

奶奶入睡後，我在自己的床上發呆了好一會兒，心想奶奶暈車暈得那麼厲害，火車、巴士肯定都坐不了，唯一的辦法就是自己開車，可以一路開開停停，問題是我不會開車，更不用說還是個大路癡……

當我還在想方設法之際，手機鈴聲忽然大作，我趕緊衝出門外接聽，免得吵醒奶奶。

“ Miss Zhang, where is my Mum ？ ”毛先生憤怒的聲音傳來。

已是深夜，我不知道毛先生是怎麼發現自己的母親不見了。

“她……她……”

毛先生沒耐心聽我支支吾吾，他直言不管自己的母親在哪裏，我現在就得把她送回去，馬上！

“毛先生，”我的正義感浮了上來，“毛奶奶的願望就是在有生之年和小凱見上一面，難道你就不能理解？”

“我以爲我們已經就這件事達成共識，沒想到妳還是愚昧不堪、一意孤行，我母親若有什麼閃失……”

"你以身家性命爲擔保，絕對不會讓我好過。"我把他的話接下去。

停了半晌，毛先生找回大律師該有的理性，但仍不忘語帶威脅："Miss Zhang, 妳目前的行爲已構成綁架，我警告妳......"

我没聽完毛先生的警告便斷然關機。

回到屋內，我微笑著上床，腦中浮現毛先生暴跳如雷的樣子，極具喜劇效果。

第一百零三章／渡輪

我和毛奶奶在Motel附設的早餐室用餐，雖然汽車旅館的設施一般，但早餐卻意外的美味。瞧！鬆軟的炒蛋、煎得恰到好處的培根、香味四溢的磨菇、剛烘焙好的麵包以及可以一再續杯的茶或咖啡，讓我的味蕾得到充分的滿足，但毛奶奶卻吃得不多。

"奶奶，早餐不合您的胃口嗎？"我問。

" 不錯，很好，只是昨天暈車，到現在我還沒緩過來。"她答。

糟糕！這個問題得盡快解決，因為我們有時間上的壓力，必須趕在一月七日前抵達皇后鎮。

我抓來餐巾紙，在上面寫下：**會開車、願意幫我、不要錢、不求回報……**

腦中的人選一一被我刪除，只剩下一個。

～

“妳在哪裏？”莫亦辰問。

我答國家公園，火車站附近。

“我開車去接你們。”他說。

“等等，你……你不會告訴毛先生吧？！”我有些擔心。

“可可，”他的聲音有著不滿，“雖然我們分手了，但我依舊關心妳，妳以爲我會背叛妳嗎？”

“我不認爲你會背叛我，但你的良知可能會背叛你，畢竟帶著一個老太太千里迢迢去找她的舊情人，這是件很衝動、很冒險的事。”

莫亦辰要我放心，他的良知在我面前起不了作用，即便有一天我殺人了，他也不會告密。

什麼？！我嚇壞了，一時張口結舌。

“妳會嗎？如果有一天我殺人了，妳會告訴警察嗎？”他問。

“這……這是什麼爛問題？叫我如何回答？”我怪嗔。

“呵呵！妳現在知道我爲什麼要逃到澳洲了吧？因爲跟妳在一起，我早已是非不分了。”

～

一個早上我都在想“如果莫亦辰殺人了，我會不會告密？”的爛問題上。

是不是不告密代表更愛這個人？還是正好相反？我沒有答案。

無論如何，莫亦辰連我殺人都不會告密，那就更不用擔心他會告訴毛先生。

說到毛先生，他就像隻揮之不去的可惡蒼蠅，不僅給我打來

無數通的電話（我一律不接聽），還發來無數條短信，一條
比一條憤怒；一條比一條刻薄，不外警告加威脅。

真奇怪，堂堂大律師難道不知道這已構成恐嚇罪，而我有
權告他？

看到莫亦辰風塵僕僕地趕來，我大爲感動。

他幫著把行李擺進後車廂，又扶老太太坐進後車座。

"謝謝你。"坐在副駕駛座上的我，很誠心地向他道謝。

他看著前方道路，莫名其妙地答上一句："我們分手了。"

"我知道。"我很無奈。

"幫妳跟愛情無關。"他又說。

我的聲音不由自主地揚起，質問他爲什麼要強調這個？

"因爲我已經告訴學校下學期就走，我不希望事情有變化。"

"什麼變化？"

"任何讓我走不了的變化。"

我打開車窗，讓風吹散我的髮，莫亦辰啊莫亦辰，你還是愛
我的，我知道。

我們到達惠靈頓時，天已昏黑，胡亂吃完晚餐，隨便找了
家旅館，要了兩間房便住下。

莫亦辰開了一天的車子，現在肯定累了，老奶奶就更不用
說，今天雖然沒暈車，但坐了那麼久的車子，身子骨肯定受
不了，所以梳洗完畢便早早上床。

只有我因多喝了咖啡，精神還奕奕著，所以躺在床上看電視，一台換著一台看。沒多久，電視畫面突然出現老奶奶的照片，我像被雷擊中，趕緊將音量加大，毛奶奶因此挪動一下身子，這下子肯定吵到她了，但我無暇他顧，因爲自己的照片也出現在電視上，而且被打上血紅色的兩個字：The Kidnapper.

老天！我竟然成了綁匪？

毛先生也上電視了，他義憤填膺地指控我，彷彿和我有不共戴天之仇，這下子我真完了，遠在中國的父母會不會也看到這則新聞？

我很想馬上告訴莫亦辰這個惡耗，但我不能，因爲明天他還有好長一段路要開。

～

莫亦辰去辦理退房，我扶著毛奶奶上車，並把行李塞到後車廂，不知道是不是我多疑，旅館清潔員放下手中工具死盯著我們瞧，我趕緊低頭鑽進副駕駛座裏。

“他們知道了。”我壓低聲音說。

“誰？知道什麼？”莫亦辰把車子開上鄉間小路，很隨意地問起。

我把昨晚的新聞轉播給他聽。

“這下子不妙了。”他拍打駕駛盤。

“是啊！待會兒上渡輪不知會不會被攔下？”我也擔心著。

莫亦辰問毛先生是否知道我們去皇后鎮？我答應該不知道，我没說。

“那還好，待會兒妳和毛奶奶待在車內佯裝睡著了，我把車開上渡輪。”

一切都按照莫亦辰說的進行，我和奶奶非常有默契地把頭埋進衣服內，驗票員看了一眼後便放行。

乘客們都上二層去了，一層只剩下大大小小的車輛和我們仨。

"這就是南太平洋，很美吧？！"莫亦辰感嘆著。

"嗯！"我看了一眼留在車內的奶奶，很殺風景地問，"你說待會兒毛奶奶會不會暈船？"

"I hope not. 船程有三個半小時呢！"

想到這兒，我倆都沈默了。

"我一直在想你說過的話。"我換個話題。

"我說過什麼？"他轉身面對我。

"你說即使我殺人，你也不會告密。"

他反問這很奇怪嗎？

"不奇怪，事實上，我很感動。"

"這樣就感動了？我還沒說會幫妳埋屍呢！"

我要他別再往下說，越說越恐怖。

莫亦辰感嘆這就是我們之間的差別，他的愛是全心全意、毫無保留的，而我的呢？我會爲了良知、道義而出賣他，還好他就要到澳洲，也不用幫我埋屍了……

第一百零四章/選擇

毛奶奶果然没逃過暈船的厄運，在船上大吐特吐，連胃液也吐了出來，只差没要了她的命，所以船一靠岸，莫亦辰便火速將奶奶送往醫院吊點滴。

看著她老人家躺在病床上奄奄一息的模樣，我不禁想著愛的力量究竟有多大？直教人生死相許。

我還在感傷，莫亦辰已經鐵青著一張臉回來。

"醫生說我們這樣折騰老人是不對的，她不適合旅行，最好的辦法是留在醫院觀察幾天，然後搭機返回奧克蘭，當然得雇個醫生或護士隨行。"他說。

"如此一來，奶奶的願望便没法兒達成了。"

"任何事在生命面前都顯得微不足道。"

哎～看來也只能這樣了。

當我把醫生的建議告訴毛奶奶時，她嗤之以鼻："醫生都

往壞裏想，一個小硬塊被他們想成腫瘤；一個小黑點被他們懷疑是癌細胞；連小小的暈車、暈船都會要人命。你們別信醫生說的，我一個老太婆好得很呢！」

「奶奶，我們還是別冒險了，明年，我們明年再和小凱見面，好嗎？」我苦口婆心。

「明年他只能和我墳上見了。」

面對毛奶奶的倔強，我一時無語。

「你們若覺得我是個累贅，没關係，你們走，我就不信我一個人到不了皇后鎮。」

說完，毛奶奶把插在手腕上的管線一一拔下，掙扎著要下床。

「奶奶，別走，我們……我們一塊兒走。」我急著說。

「真的？」毛奶奶立刻笑顏逐開，「這就對了，事情做到一半可不好，得有始有終才行。」

莫亦辰看著眼前的鬧劇，只能無奈地搖頭。

皮克頓是個小城鎮，然而我們的車子從醫院開出來没多久便陷入車陣裏，這是始料未及的，我以爲交通堵塞只會發生在大都市。

奇怪的是，在緩慢的龜速中，時不時有幾輛車臨陣脫逃，往難行的石頭路駛去。

莫亦辰探頭出去攔住其中一輛，那個貨車司機表示從電台廣播中得知警方在皮克頓往南的主幹上設柵臨檢，聽說要找一位黄皮膚少女及花白老人……

還好貨車司機的座位高，那個角度看不清楚車內乘客的臉孔，否則肯定要倒吸一口氣。

莫亦辰跟他道謝後，轉頭看我。我看了一眼遠去的貨車，他馬上會意，將車子掉轉頭後，尾隨貨車而去。

～

經過四十多分鐘的煎熬，我們終於又回到柏油路上。

因爲害怕警方會在前方某個路段神出鬼沒地臨檢，我要莫亦辰打開車內的廣播頻道。

在幾則國際新聞之後，這宗少女綁架老人案件竟列爲國內新聞第一條，我越聽越感到毛骨悚然，原來警方已在南、北島灑下天羅地網，準備將我逮捕歸案，這都得感謝毛先生的不遺餘力。

"怎麼辦？"我向莫亦辰求助。

"沒事，有我在。"

此時我看見他擱在駕駛座旁的手機在振動，提醒他有來電。

"別理它。"莫亦辰看都不看一眼。

"Why？"我問。

其實在休息時間裏，他已背對我接聽了幾個電話。

"是我媽。"

"你媽……知道了？"我嚥下好幾口口水。

"嗯！"

完了，我幾乎能看見莫媽媽提著菜刀向我砍來。

思考過後，我要他放我和奶奶下車，我會想辦法，他現在脫身還來得及……

"別傻了。"

"我是說真的。"

莫亦辰憤而將車子駛離車道，停好車後，轉頭對我說：“妳想辦法？想什麼辦法？妳會開車嗎？不開車難道坐巴士？妳和奶奶的照片早已印在每個販夫走卒的腦海裏，妳以爲你們上得了車？現在恐怕連住旅館都有問題。”

“可是……”

“沒有可是，妳和奶奶需要我，”他重新發動車子，“我沒得選，只能繼續往前走。”

親愛的莫亦辰，你不是沒得選，而是執著地選了一個對你最不利的選項。

我該怎麼說呢？我的前男友。

第一百零五章/矯情

我們還是太低估警察的辦事能力。

夜晚，莫亦辰將車開進汽車旅館，我和毛奶奶入房沒多久，他就來敲門。

"瞧！我也上電視了。"莫亦辰打開新聞頻道。

電視上的莫亦辰比現在胖，臉上還有嬰兒肥。

"你這是什麼時候拍的？呆呆的樣子。"我問。

"那妳這又是什麼時候拍的？簡直就是村姑！"

現在的畫面回到我的照片，那是我高中畢業時拍的，清湯掛麵，的確很像村姑。估計他們是從學校那裏拿來的，我申請A大語言班時，用的就是這張。

"我很好奇他們用的是我的哪一張照片？"毛奶奶問。

我沒想到奶奶對這個也感興趣，遂答是在花園裏拍的，旁邊有個鳥籠……

"就知道他們用的是又老又醜的那一張，我櫃子裏有一堆既年輕又漂亮的照片，他們幹嘛不用？這些人是不是有病？見不得別人美。"

我和莫亦辰同時大笑起來，說奶奶真風趣！

"我是說真的，這下子小凱看到了豈不是嚇得躲起來？誰會願意和一個又老又醜的女人見面？"

"等等，奶奶您剛剛說什麼？"莫亦辰忽然嚴肅起來。

"我說小凱看了會嚇得躲起來。"

莫亦辰聽完，怔在一旁，我問他怎麼了？

"沒……沒什麼，奶奶，可可，你們休息，我回房去了。"

突然的告別，讓我和奶奶都有些錯愕。

"莫亦辰他……"我試著解釋。

"沒事，開了一天的車，他也累了。"毛奶奶很體貼地說。

我們一路躲躲藏藏地開往基督城，沿路莫亦辰紅著一雙眼，哈欠聲連連。

我強迫他停車，然後到路旁的咖啡店爲他買了杯咖啡（當然，我沒忘了用一頂大寬帽將自己的大半張臉給遮住）。

毛奶奶說她想待在車內，於是我和莫亦辰下車找了塊陰涼處席地而坐。

"你怎麼了？一副沒睡好的樣子。"我問。

"昨晚寫了三千多字的稿，差點兒寫死。"

寫稿？我問這是學校功課嗎？

"不是，我把奶奶和小凱的愛情故事寫下來發給報社記者。"

"什麼？你……"

"別急，聽著，目前的情勢對我們不利，我和妳成了萬惡綁匪，一路像過街老鼠，如果公衆知道我們不過是幫助老人完成心願，那麼情勢就整個逆轉了。"

"說的也是，不過你寫的是奶奶的故事，是不是應該先徵求她的同意？"

莫亦辰沒有回答我的問題，反而問我有沒有想過小凱不會來？

"的確想過，這也是我擔憂的地方。"

"所以如果我們把這個二十多年前的約定炒起來，不僅新西蘭會關注，整個世界，包括中國也會關注，那麼小凱赴約的可能性就大大提高了。"

我不得不佩服莫亦辰的心思縝密，畢竟二十多年前的約定，誰也說不準啊！

我開始領教傳媒的力量，本來我和莫亦辰是挾持老人，无惡不作的大壞蛋，等莫亦辰情文並茂的文章一見報，我和他頓時改頭換面成了助人爲樂的小天使。

雖然我們的行動還是得低調再低調（畢竟警方還在追查我們），但我可以感受到四周圍的氣氛變得不一樣了，尤其當我們開進基督城，沿途樹上都繫上了黃絲帶……

"奶奶，他們真的繫上黃絲帶了，就像電視上說的一樣。"我轉過頭對後座的老人說。

"我看見了，我看見了。"她打開車窗，高興得像個小女孩似的。

是這樣的，毛奶奶的愛情故事經過報導後，她奧克蘭家的左右鄰居開始自主在樹上繫起"為人祈福"的黃絲帶，後來蔚然成風，整個北島黃海一片。沒想到這股風氣現在也吹到南島的基督城，怎不讓人悸動？

~

我和莫亦辰在旅館外的階梯上坐了下來，屋外滿天星斗，草叢裏不時傳來蛙叫蟲鳴。

"明天就是約定的日子了。"我說。

"是啊！終於也到了這一天。"

想到不管小凱有沒有赴約，不久之後，莫亦辰仍然會到別的國家，我感到悲傷。

"如果……如果澳洲不像你想的那樣溫暖，你會不會回到新西蘭？"我小心地問。

"妳放心，昆士蘭省是熱帶氣候，最高溫能達45度，最低溫不低於15度。"莫亦辰轉頭看我，"可可，妳到底想說什麼？"

"我……我想說……既然那麼熱，小心中暑。"我起身，快步回到屋內。

哎！我還是改不了自己的矯情，但……莫亦辰你這塊大木頭，難道聽不出我在挽留你嗎？

第一百零六章/愛在新西蘭（完結篇）

毛奶奶 73 歲了，我難以想像生日蛋糕上插滿 73 根蠟燭的樣子。

用完早餐，今天的壽星便催促著早點兒出發，因為見小凱前，她想先休息一下，然後做個頭髮，打扮打扮。

這完全是戀愛中的人才會有的心思，我可以理解，誰知道莫亦辰來上一句："奶奶，小凱不會在乎這些，搞不好他自己也齒搖髮落、老態龍鍾了。"

莫亦辰的不識時務，逼得我趕緊接話："奶奶，您說得對，最好再洗個香噴噴的玫瑰浴，然後全身灑上花露水，把小凱的魂全給勾過來。"

"哈哈！這樣我不就成了老妖精了？"

我答奶奶一點兒也不老，是漂亮的精靈呢！

"可可，妳早餐吃蜂蜜了？怎麼嘴巴這麼甜？"

奶奶嘴上雖怪嗔著，但心裏可樂了，這可以從她臉上愉悅的表情中看出。

“人家是說真的嘛！”我睋了一眼莫亦辰，“不像某個人，頭腦不清楚，不知自己在說什麼。”

莫亦辰顯得無奈，他說他只會開車，不會說話，還是盡早上路吧！

~

考慮到毛奶奶的身體，我們無法馬不停蹄地趕路，所以原本六、七個小時的車程，硬是被我們翻了兩翻，到皇后鎮已是晚上八點多了。

“奶奶，您跟小凱約的是幾點？”我著急問。

“妳是問他親吻我的時間吧？！”她很認真地回想，“高級餐廳又是餐前酒，又是甜點的，用完晚餐再走到紅旗下……應該在十點左右，現在幾點了？”

“八……八點多了。”我囁囁地答。

“那怎麼辦？來不及梳妝打扮了。”

我安慰她沒關係，待會兒到了“La Bella”，借一下餐廳的洗手間即可。

雖然我表現得老神在在，但心裏七上八下的，二十多年過去了，“La Bella”還在嗎？

莫亦辰開著慢速車沿湖找，是有那麼幾家餐廳和酒店依著湖畔歡迎四面八方蜂擁而至的遊客，但……“La Bella”在哪裏呢？

對了，紅旗—

“莫亦辰，奶奶說那家餐廳的旁邊矗立著一根紅旗。”我提醒他。

“紅旗啊～”莫亦辰喃喃自語。

此時我們的眼光開始鎖定紅色旗幟，彷彿鬥牛場上的牛，約莫幾分鐘後……

"那裏那裏！"我指著前方那面迎風飄揚的火紅旗子高聲吶喊，然後迫不及待地轉告後座老人，"奶奶，找到了，找到您說的紅旗。"

"找到就好，找到就好。"她很欣慰。

當我們以爲這就是目的地時，卻發現紅旗旁邊根本不是"La Bella"，這是怎麽回事？

我們又再度繞湖一周，確認只有這面紅旗，無奈之下，只好踏進這家原本應該是法式餐廳，如今卻已成爲家庭旅館的大門。

旅館主人聽完我們的來意，表示他是兩年前接手的，聽前旅館主人提起過，這家旅館建成前原本是家餐廳，至於是不是"La Bella"？他不清楚。

"怎麽辦？小凱會不會找不到？"我憂心忡忡。

"應該不會找不到，紅旗只有一個，除非……"

我知道莫亦辰想說"除非小凱没來"，這是我們三人最不願面對的結果。

"奶奶，九點半了，我們開個房間梳洗一下吧！"我打起精神說。

於是我們在這家旅館開了個房間，我扶奶奶入內，幫她換上長裙，臉上撲了粉，嘴唇也抹了胭脂，接著把頭髮放下來，她的滿頭白髮已被染成亞麻色，這讓她的膚色看起來更加白皙。

"好了，大美人一個，小凱看了會驚爲天人。"我說。

奶奶對我的諂媚没反應，她問我包呢？

我趕緊把包找來，她伸手進去，掏出一個被白手絹包裹的東西。

"可可，幫我看看貝殼有没有受損？"她問。

我打開手絹，那個潔白無瑕的貝殼就在我眼前亮了起來。

"奶奶，您放心，小凱送您的貝殼完好如初。"

"那就好，那就好，"她把貝殼重新用手絹包好，"可可，我們得趕緊走，別讓小凱等太久。"

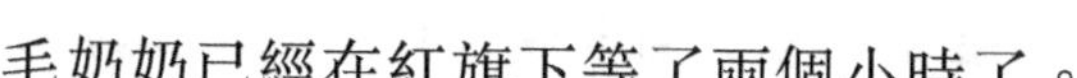

毛奶奶已經在紅旗下等了兩個小時了。

"怎麼辦？小凱會不會不來了？"我心想。

我和莫亦辰躲在遠處的大樹下，此時的我早已又累又餓，累是因爲趕了一天的路，餓是因爲晚餐沒來得及吃，那就更不用說奶奶羸弱的身子了，但那個風燭殘年的老人硬是傲立在湖畔，執著地等待一個二十多年前的約定。

"莫亦辰，都十二點了，"我的眼光離開手腕上的錶，"小凱肯定不會來了，奶奶……奶奶怎麼受得了這個打擊？"

我哽咽了。

"妳待在這兒別動。"莫亦辰說。

他的眼神有異，似乎下了某種決心。我拉住他，問他想幹嘛？

"我……既然奶奶曾誤認爲我是小凱，何不讓她再誤會一次？天這麼黑，她的視力又不好，肯定認不出是我李代桃僵。"

"不……不行，"我拼命搖頭，"她認得出，她絕對認得出，情人身上都有一股味道，那是別人沒有的，好比五十年過去了，我還是會認出你來。"

"我以爲妳只認得出湯尼……"

"不，我認得出你，你的味道裏……有我的味道。"

我們彼此對望，直到一個微胖男子的身影落入眼底。

"快看！"我喊著。

那人沿著湖畔走來，步伐沉穩，但略顯疲態，踟躕地向眼前的這位老太太走去。

"莫亦辰，會不會……"我抓緊他的臂膀，感覺心跳加速。

"乖，別緊張。"他握住我的手安撫我。

只見那位男子在離毛奶奶五大步遠的地方停了下來，躊躇一會兒後，他舉起掛在胸前的照相機，對準老人咔嚓一聲。

毛奶奶轉過頭去，那男子放下機子，許久，喚了聲："小粉蝶兒。"

"別走。"望著眼前的一幕，我悄聲地說。

"他不會走的。"莫亦辰答。

"我是說……你別走。"

這次莫亦辰沒有回答我，只是把我的手放進他的口袋裏，抿了抿嘴，嘴角有一絲笑意。

啊！在這個貌似有完美結局的湖畔，我們的麻煩依然沒有結束，警察會不會抓我們？毛先生會不會放過我們？我的學業能不能順利完成？莫媽媽會不會從中作梗？……

這些已不重要，重要的是莫亦辰就在我身旁，有他同行，就算暮色蒼茫、亂雲飛渡，終有守得雲開見月明的一天。

我……翹首以待。

《完結》

. . .

【看不够嗎？B杜的《英倫玫瑰》正等著您，以下是前三章，先睹爲快。】

《英倫玫瑰》

第一章／我們在英倫

"媽咪，我要遲到了。"艾米喊著。

"妳的紅蘿蔔還沒吃。"我說

"給波波吃，牠肚子餓。"

波波是艾米養的兔子。

"波波有自己的紅蘿蔔，這個……"我用叉子指著她的盤中物，"是妳的。"

艾米嘟著嘴，轉頭找救兵，喬面無表情地要她聽媽媽的話。

沒了救兵，女兒只好抓起紅蘿蔔啃了起來。

"Honey，妳的刀叉呢？"我說。

"好啦！"她不情願地拿起刀叉，切塊、入嘴。

艾米今年五歲，剛入小學，聖保羅私校很重視餐桌禮儀，每週都有禮儀課，她學得很好，只是偶爾還是會"回歸本性"。

"夫人，還要點兒咖啡嗎？"翠西拿著一壺咖啡問我。

"不了，給我橙汁。"

她轉身問喬，喬說給他來點兒。

翠西小心翼翼地倒了黑咖啡在喬的WEDGWOOD咖啡杯裏，我們家的瓷器都是這個牌子，它的歷史可以追溯到1759年，以質地細膩、色彩豐富著稱。

"貝，待會兒我載艾米去學校，今天妳有什麼節目？"喬問。

我答上午有法語課，下午練瑜伽，還有，得到Piers Atkisnon那裏試禮帽，這週末有馬賽。

"報上說'星星之眼'是這季的大熱門，奪冠機會很大。"他邊說邊翻了一頁泰晤士報。

"星星之眼"是隻六歲大的純血馬，由阿拉伯馬、西班牙馬及加洛韋馬雜交而成，是世界上速度最快、身體結構最好的馬種之一。

"爹地，我們的馬兒如果贏了，會有禮物嗎？"艾米問。

"會有很多很多錢。"

"多到能買棉花糖嗎？"

"呵呵！比那個多得多，能買十個棉花糖。"喬伸出十個手指頭。

我不禁和他相視而笑。

如果你以爲這樣全家和樂的畫面經常有，那就錯了，不久前，我們還兩地分居呢！這得從六年前開始說起……

在一個春暖花開的季節裏，我和喬風塵僕僕地從澳大利亞搬來英國，住了一晚香格里拉酒店，隔天酒店司機便載我們到離倫敦四個小時遠的大農莊，最近的鄰居與我們相距五十多公里。

"我以爲我們會住在倫敦市區。"我說，心裏很是失望。

"貝，這裏空氣清新、鳥語花香，是最好的養胎之處，妳不希望我們的小寶貝住在有空氣污染和噪音污染的地方吧？！"

"可是……這裏好安靜，鄰居又遠，買個東西多不方便。"

喬要我放心，家裏的傭人會把家事都做得妥妥貼貼的，不勞我費心，至於鄰居……不來往也沒關係，過些日子，他會把爸媽接來和我做伴。

"真的？"

"當然是真的。"

有了爸媽的陪伴，我多少不那麼寂寞了，只是喬的工作在倫敦，他只能週末回來陪我。

"我也想每天見到妳，可是……這樣吧！等妳生完小東西，我們一起回倫敦，嗯？"

說是生產完回倫敦，但時間一到他又有話說，這個那個的理由編派，我也因適應了鄉間生活，無可無不可地接受繼續分隔兩地，直到艾米要上小學，我們才不得不搬回倫敦，和喬一起。

"媽咪，老師問我小提琴用學校的還是自購？"艾米問。

車內的女兒穿著灰黑色外套和深藍色及膝學生裙，腳上套著被翠西擦得發亮的黑色小牛皮皮鞋。

"告訴老師，媽咪會買。"

"買一個像Dorothy的琴。"她趴在車窗口興奮地說。

我答比那個更好。

"Great."女兒滿意地和我揮揮手。

車子很快開出停車場。

~

和Mlle Martin上完一對一的法語課，我上Bean Coffee
喝了杯熱巧克力，又吃了個馬芬當午餐。

在咖啡店裏，兩個中國來的大男生用不流利的英語問我大笨
鐘怎麼走？我馬上用流利的普通話指點他們。男孩們很訝異
我會說普通話，其中一個男生甚至跟我要手機號，我晃一晃
無名指上的婚戒說：“抱歉，結婚了。”

“天哪！妳看起來就像個大學女生，這麼快就名花有主了？
告訴我是哪個幸運兒，我馬上謀殺他。”那男生憤憤不平。

我笑而不語。

走出Bean Coffee，我想起艾米需要一把小提琴，1/8尺寸的，
於是信步走到聖彼得廣場，那裏有多家樂器行，我得趕緊在
瑜伽課之前把這件事辦妥，因爲還得去試禮帽。

“Good afternoon，madam.”樂器行的老男孩對我說。

“Good afternoon.”我回禮。

他接著問我需要什麼幫助，濃重的倫敦口音聽起來很滑稽，
嘴巴像含著一粒小球。

我告訴他，我想要一把1/8尺寸的小提琴，魚鱗雲杉做的。

他說看來我懂小提琴，那麼得找把好的給我，於是佝僂著背
往店後走去，留下一個店面給我。

我無聊地翻看店中的樂譜和樂器輔助器，那張海報就在角落
的牆面上與我打上照面。

“**Lin Nan Piano Solo Performance**”斗大的字映入眼簾。

畫面中的他身著白色燕尾服，眼光犀利但神情冷漠，短俏的
鬢髮貼在他瘦削的臉頰上。

老人的聲音忽然在我背後響起，他告訴我海報上的鋼琴家是顆新星，正在做世界巡迴演出，這裏是倒數第二站，票不好買，只有兩場，問我要不要？

我很快答Yes,兩場的票都要。

老人對我的大手筆很是驚奇，因爲我買的是最前排正中，價格不是普通的昂貴。

" Thanks ！"我拿了票想走。

" Wait，your violin......"

哎！竟然忘了重要的事。

我調好音，隨意拉起巴赫的《G弦上的詠嘆調》......

老人感嘆音樂的美麗，問我是不是小提琴家？我否認。

他答真可惜，然後指指天上,說我有上帝給的天份。

我低下頭去，感覺很氣餒。

他接著問我小提琴是買給誰的？我答給我的女兒。

" She must be an angel."他說她一定是天使，一個我永遠也不會否定的答案。

向老人告別後，我右手提著琴盒，左手拿著演奏會入場券，快步走向中央大街，因爲那裏的瑜伽課已經開始了。

第二章/對不起

我趴在床上，喬還在答答答地打著電腦，他的身上有古龍水的香氣。

"妳先睡，今天我得把郵件發出去。"他說。

我不睏，看喬忙公事也挺有趣的，他能連續工作好幾個小時而不自知。

此時敲門聲響起，輕輕的。

"進來。"我坐直身子。

"媽咪，"艾米轉開門把，"我可以跟妳睡嗎？"

"可以。""不可以。"我和喬同時給出不一樣的答案。

最後由我提出折中方案，在喬結束工作前，她可以暫時跟我睡。

艾米高興地跳上床，手裏拿著一本厚厚銅版紙印刷的精裝本故事書。

“媽咪，唸書給我聽。”她把書遞給我。

我當然沒拒絕，艾米隨即鑽進我胸口，期待她的睡前故事。

“寶馬王子，”我先唸出書名，“從前從前有一個王子，他叫寶馬王子，他有一匹白馬……”

原以爲這又是一個王子與公主圓滿大結局的故事，沒想到完全錯了，這個寶馬王子是個Gay，外表是男孩子，內心卻是女孩子……

“什麼亂七八糟的故事？！”喬憤而把書搶過去扔在地上，“這書是給孩子讀的嗎？”

艾米嚇得抱緊我。

“有話好好說，你嚇到孩子了。”我撫著艾米的背安慰她。

“阿四！”喬把筆記本電腦往床頭櫃上一擱，站起來喊著保姆的名字。

喬在房門口面斥保姆買不合適的童書給艾米，她嚇得像隻小老鼠。

阿四是個有五名孩子的廣東婦女，一家八口擠在Elephant Castle區的地下室裏。面試時我不是沒猶豫過，但當一身寒碜的她提及若再找不到工作，房東就要趕人到大街上，包括她七十歲的老母親時，我一時心軟，將她留下來。

“現在把艾米帶走，晚上不許她上我們夫妻房間。”喬氣呼呼地說。

阿四低著頭進來，將艾米從床上抱起。我的寶貝兒邊哭邊伸手要我抱，最終還是被無情地給帶走。

“你這樣對艾米，不怕她心裏有陰影？況且她没做錯什麼。”

"她已經連續好幾天和我們擠一張床，她應該學著獨立。"喬答。

我說艾米還只是個孩子，何況他生氣不是爲了這個。

他反問我不爲這個，爲的是哪個？

我索性不語，翻身假寐。

喬見我不說話也上了床，那晚他發郵件發到凌晨。

隔天一早艾米晨浴完，我主動接替保姆的工作，幫她綁辮子。

女兒有一頭黑褐色的及肩長髮，髮質偏細，我要幫她綁上麻花辮，繫上粉紅色蝴蝶結。

"爹地爲什麼生氣？"艾米忽然問。

我回答喬工作忙，有時心情會不好，不是真的生氣。

"好了，綁好了，喜歡嗎？"我繫上最後一個蝴蝶結說。

艾米對著鏡子左右擺頭，然後滿意地點點頭。

"艾米，今天爹地接妳放學，然後載妳到 Foyle's 書店買書，我親自幫妳挑。"早餐桌上，喬溫柔以對。

"真的？"女兒笑開了臉，"我喜歡王子和公主的故事。"

"那麼就買好多好多王子和公主的故事書......媽咪，要不要一起去？"喬不忘邀請我。

" 我 ...... 不去，今晚有香奈兒時裝發表會，我和 Kristen 約了去。"

Kristen是WR英國分公司總裁的老婆，是個幹練的猶太人。

"那好，"他面向女兒，"看來我只能和艾米約會。"

"呵呵……爹地和我約會……"

"不可以嗎？"喬反問。

"可以，"艾米點頭，"別忘了送我花。"

～

今晚没有時裝發表會，也没有Kristen，我走向皇家艾伯特演奏廳……

夜幕低垂，盛裝的男女從四面八方湧入，一時商賈蜂擁、冠蓋雲集。我穿著Romona Keveza的紅色曳地長裙，隨著人群走進演奏廳。

林男晚了五分鐘才上台，他仍是一身白，非常自信地走向台上正中的白色三角琴。他的手撫著琴鍵數秒鐘，似在醞釀情緒，深呼吸一口氣後，林男按下第一個琴鍵。

今晚是舒伯特之夜，曲目偏向夜曲，在經過白天的喧囂後，靜謐而神秘的曲子正撫慰著一顆顆浮蕩、不安定的心。

多年不見，他的琴藝更精進了，少了花俏，多了沈穩。

兩個小時的演奏讓聽衆如癡如醉，安可聲不絕於耳，林男光是謝場就出來謝了五次，最後不得不彈奏卡農的短曲《眼淚》，大家才放過他，魚貫而散。

我没去找他，提不起勇氣。

～

"發表會上有什麼新貨？"我一上床，喬便膩了上來。

我答也就那樣，換湯不換藥。

"今天我幫艾米買了五十本書，書店老闆說會派員工送貨，明天到。"

我"嗯"了一聲，表示知道了。

"今天用的是什麼洗髮水？"喬聞著我的髮問。

"Alterna，你在比佛利山莊幫我買的。"

喬又低頭聞我胸口，問我用的是什麼沐浴露？

"卡玫爾，你在巴黎買的。"

然後喬的手開始不安分，他解開我浴袍的繫帶，人也爬了上來......

"喬......喬......Stop......Stop......"

他不聽我的，將手移向我的小腹："噓～妳會喜歡的，讓我來......"

"你聾了嗎？I said stop！"我邊咆哮邊用力推開他。

喬很錯愕，問我怎麼了？

我不忍看他受傷的神情，解釋今天心情不對，Sorry。

"没事，"喬回到他的床位，"我也有事要忙。"

他拿起電腦很認真地打起字，答答答......答答......

約莫十分鐘後，我問他爲什麼總有那麼多事要忙？他答有五千多名員工指望他。

"我......"

"什麼？"喬停止打字。

"没什麼，你繼續。"我翻身背對他。

喬不知是什麼時候停止工作的，半夜當我睜開眼時，他仰頭半躺著，被褥上放著他的電腦。

我把電腦拿開，動作輕柔地扶他躺下。

“對不起。”我親吻他臉頰。

他迷迷糊糊嘟囔兩句，轉身沈沈睡去……

第三章/六年後再見

我又來到皇家艾伯特演奏廳，這次我穿上藍色雪紡紗圓領襯衫配白色綁腳褲，腳登Jimmy Choo的金色高跟鞋。

臨出門前，翠西問我今晚幾點開飯？

我答和平常一樣，她招呼先生和小姐用餐即可，今晚我有約。

翠西仍然鍥而不捨：" 先生若問起夫人上哪兒，我該如何回答？"

" 就說……"我想了想，" Louis Vuitton有個新包發表會。"

林男仍是一身白，只是脖子上的白領結和昨晚的不一樣。

今晚是肖邦和貝多芬之夜，除了浪漫，還多了哀傷……

我捧著紅玫瑰，爲接下來的獻花動作躊躇不已。

" 再不獻花，林男就要下台了。"我告訴自己，但腳步卻邁不開。

終於幕簾拉上，人群離去，我捧著花坐在座位上，獨自一人，落寞、後悔......

一位花白老人走了過來，他問我是不是想送花給林男？

" Yes, but......it's too late."我很懊惱。

老人說不晚, 林男還在化妝間，沒走。

" May I give him these flowers face to face ？"我滿懷希望地問。

他答不行，除非......我答應不把化妝間的東西打亂。

" No，I won't. I promise."我興奮地說。

化妝間的門没關，我輕敲兩聲。

" Enough. Leave me alone."他要我別煩他，這讓我進退兩難。

林男大概也察覺到氛圍有異，他轉過頭來。

" Hi."我努力擠出笑臉。

他看見我，愣了一下，但很快鎮定下來：" 這裏不是粉絲能進來的地方。"

" 噢......好......我知道了......"我把花擺在化妝台上，" 花我擱這裏，今晚......今晚的演出很精彩。"

是時候離開了，我低頭轉身。

" 貝貝～"

" 是。"我回望他。

" 妳長高了。"

“穿高跟鞋的緣故。”

林男走了過來，此時的他和我等高。

“妳化妝了。”他說。

我答演奏廳是重要場合，當然得化妝。

“妳還噴了香水。”

“Secret Wish.”

“What?”

我解釋那是Anna Sui的新産品，給少女用的淡香水。

林男凝視著我，時間彷彿停止了。

“六年了，六年不見，妳好嗎？”他問。

“好，你好嗎？”

林男没回答我的問話，反而說起ZL音樂學院每年都替我保留入學資格，但他一直讀到碩士，我還是没來。

“我……我得照顧女兒。”

提到女兒，林男的眼中閃過一絲痛苦：“我聽說了，女兒……女兒長得像妳嗎？”

“一點點兒，她比較像……像你哥。”

說到喬，我們兩人都沈默了。

“我哥好嗎？”還是他先開口。

“他很好……你們没聯繫嗎？”

林男摇頭表示自從他哥搶走他心愛的女人，他便不想再和那人說話。

“林男～”

“我也不想和妳說話，結婚前夕妳告訴我，不要破壞妳的幸福，別去參加婚禮，我……想死的心都有。”

我懵了，什麼時候我這麼不近人情？

林男說我發了短信給他，後來他想再聯繫就聯繫不上了，莫非我忘了？

我搖搖頭，心裏怕得要死，現在我知道那個遺失的手機是怎麼回事了。

“婚禮我還是去了，但被餐廳保安架著離開，我邊走邊喊妳的名，妳好似聽不見。”

我想起來了，婚禮進行當中的確曾有過騷動，但很快平息，婚禮策劃人還跟我們比了個OK的手勢。

原來……原來林男不是刻意躲我，而是喬……

“貝貝，妳在發抖？”

“沒……是的，這裏有點兒冷。”我答。

林男把他的白色燕尾服脫下，披在我身上：“這演奏廳的冷氣好像不要錢似的，不過台上倒是熱得要命，十幾個燈光打下來，雞蛋都能烤熟。”

我噗嗤一笑，說他太誇張了，不過台上的確比台下熱，我知道。

“貝貝～”

“嗯？”

“妳幸福嗎？”

我望著林男，說不出話來。

“爲什麼不回答我？”他問。

該怎麼回答？我應該是幸福的，有大房子、有傭人、有漂亮乖巧的女兒、有疼我愛我的老公，可是……爲什麼我一看到林男的演奏會海報，所謂的幸福卻離我越來越遠？

"貝貝，妳……"

"林男，我……"

"扣、扣、"

我和林男不約而同望向聲音出處。

"It's time to close."老人催促我們離開。

於是林男牽起我的手走出化妝間。

我和林男約好明天去諾維奇，一個離倫敦三個小時車程遠的古城市，或許他也怕在倫敦市區與喬相遇。

"我後天一早飛紐約，那是巡迴演奏的最後一站，所以明天妳一定要來。"他叮囑我。

然而人算不如天算，隔天一早，艾米在餐桌上說她不舒服，不想喝牛奶，我以爲她又藉故不喝，很是生氣，她只好皺起眉頭喝下。不到五秒鐘的時間，她突然"喔"的一聲，把喝下的牛奶全吐了出來，伴隨著橙紅色的液體，酸臭的味道頓時彌漫開來。看此情景，我慌了手腳，還是喬機警，他衝過來抱起女兒，口中喊著："貝貝，打電話給家庭醫生；翠西，把車鑰匙拿來！"

我邊撥打電話邊跳上車，我們一家三口在上班高峰期擠在車陣裏，神色慌張地奔向診所。

醫生說是感冒引起的腸胃不適，吃過藥後，記得讓病人多喝開水、多休息。

回家後，我留在房間內陪女兒，喬逗留了幾分鐘，終因有公事要忙，很不捨地離開了。

面對病怏怏的女兒，我一方面心疼，一方面也內疚沒及早注意到她的異樣，直到艾米終於入睡，我才想起林男，趕緊打電話給他。

電話中的他很是失望。

“要不，你來我家。”我試探性地問。

他斷然拒絕，反而問我能出來嗎？就一下下，他在我家附近的BG Hotel等我。

我轉頭望向艾米，她睡得正沈，應該兩、三個小時都不會醒來。

“好的，我來。”掛上手機，我順手把它擱在艾米的書桌上。

作者介紹：

在異國的背景下加入纏綿悱惻的愛情故事是B杜小說的一大
特點，她的文筆清新、筆觸詼諧、畫面感很強，讀完小說有
種看完一部愛情偶像劇的感覺，特別適合懷春少女及對愛情
有憧憬的女性閱讀。

B杜創作了一系列異國戀情N部曲，包括《法蘭西情人》、
《東瀛之愛》、《新西蘭之戀》、《英倫玫瑰》、《愛在暹
羅》、《情定布拉格》、《獅城情緣》、《愛上比佛利》、
《夢回楓葉國》......等作品，歡迎關注。

ALSO BY B杜:

新西兰之恋（简体字） Love in New Zealand (simplified character version)

《東瀛之愛》 Love in Japan

《法蘭西情人》 Love in France

《英倫玫瑰》 Love in England

《愛在暹羅》 Love in Thailand

《情定布拉格》 Love in Prague

《獅城情緣》 Love in Singapore

《愛上比佛利》 Love in Beverly Hills

《夢回楓葉國》 Love in Canada